黍宁

著

上

册

御剑桃花 昆山晚 2

长江出版社
CHANGJIANGPRESS

御剑桃花

人生若尘露,天道邈悠悠。
从今往后,这条问道路上,
她会一点一点地,慢慢地,
重新往上爬。

第七章 妙法的心魔　118

第八章 「鬼市」　146

第九章 这心上人，怎么看上去比我还恐怖呀　163

第十章 渡生花　188

第十一章 又见碧眼邪佛　223

第十二章 郁行之被揍实录　250

第一部分 三教论法会

第一章 梅花白长袍的杀念 　003

第二章 不平书院 　019

第三章 群英会 　037

第四章 小方同学大作战 　073

第五章 爱情骗子 　082

第六章 大混战,就那个乔晚!昆山乔晚! 　098

第一部分

三教论法会

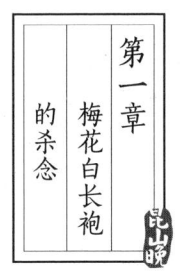

第一章 梅花白长袍的杀念

想要救岑清猷,是件很棘手的事情,尤其岑清猷还是自己跟着善道书院跑的,大光明殿也不好主动去要人,说"孩子不懂事,我们再带回去教育"。

而且,最重要的是妙法可能是生气了。

乔晚主动提起岑清猷,面前的尊者脸色一冷:"这是他自己的选择,既然是他的选择,结果如何都由他一人承担,难道还要大光明殿日日夜夜地看护他不成?"

等小号醒了过来,穿好衣服,告别了妙法,乔晚避开了护寺的武修,跟几个平常就和岑清猷交好的弟子在大光明殿找了片空地,讨论着营救岑清猷的可能性。

"尊者……当真不管岑师弟的死活了?"说话的是个叫鉴方的胖弟子。

"不可能吧?"另一个叫鉴闻的瘦弟子应声,"谁不知道尊者刀子嘴豆腐心?"

定忍禅师昨天刚下了命令,不准大光明殿弟子谈论任何和有关岑清猷的消息。

乔晚修炼的这段时间以来,鉴闻和鉴方天天就躲在善道书院门口蹲点。

"卢德昌当初曾经在卢饮冰坟前立誓,说要把碧眼邪佛过去处刑。"鉴方说,"既然他们把岑师弟给绑了过去,那这几天肯定要派人出发,离开鸠月山的地界,把岑师弟押回善道书院。"

众人聚在一起分析了一会儿。

"押解岑师弟的肯定是善道书院精锐弟子,怎么把岑师弟救出来,这有点儿棘手啊。"

"虽然棘手,但善道书院距离大光明殿有千里之遥。他们既然想把岑师弟给带回去,这一路上肯定要低调行事。如果要低调,那上路的人数一定要从简,这么一看,他们人手肯定不够。"鉴闻搓着下巴:"我们要是在半道儿堵他们,说不定这事还能成。"

"这几天里,我都摸清楚了。"瘦弟子鉴闻补充。

据说这位鉴闻师兄本体是只蚊子,后来被妙法感化,带着一帮子孙们改吃素了。

妙法能劝蚊子改邪归正,不咬人光吃素,这是具有怎样恐怖的恒心和毅力?

用胖弟子鉴方的话来说,尊者这感化蚊子改吃素的善举,简直妥妥地能立地成佛,

003

怎么也得立个什么佛像天天供奉的。

鉴闻师兄摊开手上的"蚊子蚊孙"说:"卢德昌都安排好了,后天就出发。"

"所以,现在最重要的事是怎么瞒过尊者。"

一想到妙法尊者,所有人都默契地顿了顿。

毕竟,尊者可是真生了岑清猷的气。

"其实,要瞒过尊者也不是没办法。"乔晚挠了挠头,发自内心地说,"我觉得前辈其实好骗得很。"

鉴闻表示赞同:"我觉得尊者特贤惠、特好骗,其实我愿意来大光明殿,也是因为当时尊者亲手给我烧了道菜,特别香!"

他们这些开了灵智的蚊子精,为了修炼,认为尊者的血是最香的!

一想到那道菜,鉴闻就流口水。

"是吗?"话音刚落,一个男声淡淡地传来。

这声音,清冷、威严、尊贵。

乔晚、鉴方、鉴闻几个人齐齐僵住!

他们一回头,就见定忍禅师垂着眼皮,而妙法尊者静静地站在树下,脸色是熟悉的黑如锅底!

完!

一股寒意立即从脚底板蹿上了后脑勺,意识到自己刚刚危险发言之后,乔晚僵硬了一秒,和鉴闻默契地对视了一眼,第一反应就是脚底抹油,开溜!

她刚迈出去半步,一道光兜头打来。

眼前一花,她就已经被妙法像拎只小鸡崽一样拎在了手里。

乔晚下意识地扑腾了两下,认怂。

妙法拎着乔晚,长长的眼睫低垂,凌厉如刀的目光所到之处死伤一片!

"我好骗?"

鉴方、鉴闻齐齐哆嗦了一下,差点儿吓得跪了下来。

"尊……尊……尊……者,陆师弟可能不是这个意思。"

什么叫祸从口出,被人提着衣领,拎在手上,乔晚悔得肠子都青了。

妙法黑着一张脸:"骗过我之后,你们再去送死吗?!"

眼看都到这地步了,鉴方一咬牙,说道:"尊者!求你救救岑师弟!"

他们总不能看着岑清猷白白送死啊!

"回去做功课!"差点儿顺手把手里的乔晚给丢了过去,尊者额头青筋一跳,赶紧收回手,冷冷地说道,"这事我自会安排!"

看着提溜着乔晚离去的妙法,几个光明殿师兄面面相觑,一时间都没摸清楚刚刚妙法这话的意思。

"尊者……这是气消了?"

"我就说,尊者就是看上去凶嘛。"

"实际上——"

004

尊者倍儿心软，倍儿好骗，也倍儿贤惠！

虽然放下话不准大光明殿的人谈论岑清猷，但毕竟是自己一手带大的徒弟，妙法又是整个大光明殿出了名的刀子嘴豆腐心，这烂摊子还得妙法来收拾。

拎着乔晚往地上一戳，尊者转头就下了命令，叫大光明殿集结一队弟子。

既然大光明殿不好主动再去要人，那就披上马甲去偷！脱了修士服，谁知道他们是不是大光明殿的弟子？就算被逮住了，他们也能一口咬死不承认。

如果鉴闻摸出来的消息没错，善道书院明天就出发，那留给她的时间不多了。

乔晚翻开了道书。

这本道书上没有记载什么花里胡哨的剑招，但基础特别扎实。

她好歹也在昆山剑仙玉清真人门下混了几年，虽然退了学，但在"剑"道上，不是没学到东西。

这么多年以来，大师兄只教了她几招。

乔晚握着剑，回忆当初陆辟寒的教导，沉默了半天。

她之所以用锤也不是没原因，既然当初是她自废修为，在周衍面前自请下山，就没想过再用昆山剑法。

这一次，情况紧急，她想把昆山剑法和这本道书结合起来，去摸索独属于她的招式！

配合道书，回忆着当初陆辟寒的教导，乔晚心里隐隐有了点儿想法。

剑一，主速杀。

大师兄体弱，所以极其注重剑招的实用性，不求花里胡哨，只求快准狠，一击必杀。

剑二，主攻。

此招是戾气和杀气最重的一招，剑招急而戾，步步进攻，步步直取，随剑而动，绝无回头路。

剑三，主守。

此招步似行云，剑意如同流水，忽而行至险涩之处，幽微难测，行至开阔处的时候，又如同明月照大江，大开大合。

善道书院的看守弟子觉得岑清猷这事特别难办，至少他就没碰到过这么难办的人。

少年乌黑的头发整齐地拢在右肩上，一个人坐在角落里静静禅定，身上锁着副锁灵镣铐。

灵力被堵住，岑清猷现在与凡人没什么两样，需要吃喝拉撒睡。

善道书院的弟子怎么说都有点儿傲气，搭理是不愿搭理他的，每天给碗饭吃，给口水喝，确保这人还在喘气就行了。但要去折磨他，几个弟子面面相觑，倒也做不出这种事。

既然看着就添堵，他们索性眼不见心不烦，将人往角落里一塞了事。

但其他人做不出来虐待人这种事，不代表没人做。

眼看着其他师兄都能参加三教论法会，他只能在这儿守着这魔，其中一个看守弟子

心里憋闷，看着岑清猷顿时火起，抬腿踹了岑清猷一脚："挡什么道！给老子滚！"

少年坐直了，也不说话。

他这几棍子打不出个屁的模样，激怒了对方。

这人摆这副清高的模样给谁看呢？真当他们书院对不起他？

"怎么？没听见吗？"

拳脚就像雨点一样落了下来。

这是谁？这是碧眼邪佛！那个当初被魔域都奉为座上宾的碧眼邪佛！但他又怎么样？现在这人还不是跪在他面前，被他折磨。

越打，看守弟子心里就越升腾起一股畅快之意，面目也跟着扭曲起来。

看吧！就算碧眼邪佛又怎么样！

看见少年的模样，他心里倒是还浮现了点儿犹豫情绪，但转念一想，他怕个屁，他这也是惩恶扬善！只要这人不死，不管他们做得多过分，长老也只会睁一只眼闭一只眼！

"我说……"看守弟子打累了，在岑清猷面前蹲了下来。

少年出身世家大族，生得唇红齿白、温和细腻，但被这么一通虐打，也已经遍体鳞伤，眼下青青紫紫一片，左脸高高地肿了起来。

"你要是喊我一声'爷爷'，我就放过你怎么样？"

岑清猷悬挂在额前的菩提子挂饰沾了血，他半合着眼喘了一口气，咳出了点儿血沫。

看守弟子愣了愣："装什么清高！"

只要第一个人敢抬脚踹上这么一脚，就有其他还在犹豫的人接着出手。他们不高兴就踹一脚，嫌弃穿着白衣服太碍眼就踹一脚。

只要这人留着口气儿，叶师兄和卢长老就绝不会过问！

他们这是为了书院在战斗，是为了给卢山长报仇！也是为了修真界！

乔晚加班加点地修炼的时候，鉴方和鉴闻就在善道书院附近蹲点，从早上一直蹲到晚上。

善道书院承包的这一间客栈，房间够多，宅院够大，书院弟子进进出出。

乔晚知道，岑清猷就被关在这里面的其中一间房里。

但善道书院对岑清猷这事很警惕，日日夜夜派人在屋门口看守。乔晚想过用"缩身成寸"溜进去的可能性，但也就这么一想，转头就放弃了这个念头，只能靠鉴闻的"蚊子蚊孙"们来打听消息。

眼看着鉴闻打听出来的消息的时间临近，乔晚从怀里拿出两个鸠月山特供灵力烧饼，一边啃着烧饼，一边和鉴方、鉴闻日夜蹲守。

终于，在一个飘起了雨丝的阴天里，客栈里终于走出了两队弟子！

这两队弟子都没穿善道书院的"校服"，但各个整装待发，神情肃穆，领头的正是之前在山门和乔晚交过手的那个。

两三个弟子，押着个身上披着大斗篷的人。

"走快点儿！"

有个弟子抬腿就是一脚踹了上去。

被押着的人被踹得跌倒，又慢慢地从地上爬了起来，手上沾了满满的泥水。

看到这一幕，鉴闻气得眼睛都红了。

雨丝落在身上，凉凉的一片，乔晚默不作声地按紧了剑。

等他们这几个弟子一转道离开客栈，他们就去偷人！

他们这回"营救岑清猷"，本来就是求速战速决，把岑清猷给偷回来。

但现在看看这局势，鉴方、鉴闻和几个大光明殿弟子默契地交换了一个眼神。交战过程中，他们一不小心失手，戳死几个那也没问题！这反倒还是替人斩断了罪业！

天上的乌云好像压得更低了。

叶锡元皱着眉，心里沉甸甸的。

这是最后一天了，他们一旦离开鸠月山地界，大光明殿的人就算想追击也不好追击了。

所以，大光明殿的人肯定会在这一天出手。

问题是……叶锡元目光一扫，看了一眼平静的长街。

大光明殿的人什么时候会到？

再一看面前的善道弟子还要抬脚去踹人，叶锡元立即伸出手。

"叶师兄？"

"这都什么时候了，还打？"叶锡元看着面前这帮弟子，恨铁不成钢地说，"先押回书院再说！"

他们不能再等了。

眼看着迟迟没大光明殿的动静，叶锡元果断下了个命令："出发！"

说不定是他想多了，叶锡元心道，这大光明殿的人根本就不在乎岑清猷的生死。

鸠月山地势本来就崎岖难走，两队善道书院弟子个个紧按着佩剑，快速穿梭在山道上，十几双眼睛，警惕地留意着四周的情况。

只要他们过了这鸠月山的地界，到了前面的兰舍镇，就有卢长老安排好的接应的人。

"还不快走？"

面前的"斗篷"走得跌跌撞撞的，押送弟子气不打一处来，抬手就是一剑鞘，打得斗篷里的人跟跄一下，正要缓缓站起身，腰上又挨了一脚。

就在一行人即将走出鸠月山地界的那一瞬间，异变突生！

"准备好了？"鉴闻深深地吸了一口气，无声地使了个眼色，朝身后招手。

抄家伙！上！

替岑师弟报仇！

鉴方怒喝一声，从山顶上一跃而下！

"有埋伏！"见势不妙，叶锡元神色一冷，立即祭出了棋盘，"敌袭！"

莽修像一座铁山从天而降,身上罩了个金钟罩,两只肉掌,一手揪起一个善道弟子,沉喝了一口气,向山壁上猛甩去!

"砰——"

整个山道上瞬间乱作一团。

乔晚、鉴闻和其他几个光明殿的师兄,同时配合大开大合的鉴方,加入了战圈。

身形飞快在狭窄的山道间穿梭,乔晚滚身跃步,剑招一招套着一招,招招如套环。

鉴闻好歹是个蚊子精,人瘦。他手一扬,无数"蚊子蚊孙"便从袖中蜂拥而出!

其凶残之势不亚于后世学生直奔食堂,不过,这"蚊子蚊孙"间的信号其实也和学生奔食堂没什么差别。

开饭了!

善道书院弟子们避之不及,纷纷往后退了几步,甩出剑光,企图削开面前这飞来飞去的蚊子。

其中一个弟子猛地甩出个刀锋铁轮,朝着鉴方的面门劈了过去。乔晚纵身一跃,徒手一拉,还在飞速转动的铁轮落在手心里,锐利的刀锋"刺啦"在手心上割开了一道血口子。

乔晚徒手握紧了铁轮,止住了这铁轮的运动,一抬眼就看到刚刚那甩铁轮的弟子一副见了鬼的表情。

这……怎么可能?

他这铁轮明明也算得上三阶法器,能一下子削去别人的半条胳膊!这人竟然能徒手接下来?!

实际上,乔晚徒手接下这铁轮,也有实验一下这修炼成果的意思。虽然这个阶段她还做不到真正刀枪不入,但已经够了,手心里的伤口比她想象中的还要浅。

这还是三阶法器。

她的皮肉和之前相比已经坚韧了不少。

看了一眼那用铁轮的弟子,乔晚一用力,将沾了血的铁轮甩了出去!

铁轮如同飞镖,所过之处,血花飞溅!

不对,好像有哪里不对劲儿!

越战乔晚心里就越沉,眼睛迅速在山道中一瞥,正好对上了鉴闻的视线。

"觉得不对劲儿?"鉴闻虎躯一震,看了乔晚一眼,也给了个默契的眼神。

乔晚一边强攻,一边留意着四周善道弟子的动静。

过了一秒,脑子里突然灵光一现,她终于明白究竟哪里不对劲儿了。

这些善道弟子根本就没跑!

这些人一个个都在运动法器,拼命护着队伍里的"岑清猷",看都没看前面那剩下来的半截路一眼。

他们往前一段路就能出鸠月山地界,离开大光明殿的地盘。这路上,有卢德昌给他们安排好的接应人,但善道书院的弟子们竟然没一个有冲杀出去的意思!

正常人碰到这种情况,第一反应难道不是绝不恋战,赶快撤出吗?

· 008 ·

就连她在山门前碰上的那个叶锡元，也只是丢丢棋子。

他们这是在……拖延什么。

乔晚手上一抖，一道剑气贴着岑清猷的脑门飞了出去！

一张漆黑的斗篷瞬间被剑光削得四分五裂，随即露出了一张陌生的脸，瘦弱，单眼皮。

这人根本就不是岑清猷！

假的？

鉴方和鉴闻齐齐愣住！

果然。

乔晚心里一沉，迅速招手，叫上了几个大光明殿弟子，一脚蹬上悬崖峭壁，抽身就走！

除了这条路，还有一条路能离开大光明殿的地盘！

另一侧的山道之上，一队善道书院的弟子正铆足了劲儿飞快地赶路，马不停蹄，争分夺秒。

"快了。"眼看着兰舍镇近在咫尺，叶锡元，或者说真正的叶锡元抹了把脸上的雨丝，心神一振，赶紧整队，"快！"

飞行法器太招摇，这一路他们只能光靠两条腿走，好在终于快到了。

抬头看见不远处的旷野，那看守弟子心里松了一口气，下意识地踹了一脚面前被斗篷紧紧盖住的人。

"还不快点儿走，听见没？"

这一脚，他故意踹上了少年的侧腰。

一丝血色透过斗篷映了出来。

"身上全是屎尿。"

"什么碧眼邪佛，什么妙法尊者的得意弟子？"看守弟子轻蔑地伸着脚，抵着少年的后腰蹭了一下，"这一身尿骚味儿，雨都盖不住，既然管不住自己的下半身，那也别要了。"

少年低垂着眼睫，走得稳稳当当，身上的伤口又裂开了不少，沾了污垢的白衣依稀还能看出点儿袍角上的梅花花瓣。

看守弟子心头火起。

这人就这样摆给谁看？！

傲？傲给谁看？

看守弟子抬脚一踢，手里长剑出鞘，直冲着少年的下半身捅了过去——

剑光穿破了雨幕，劈开了一串飞溅的雨珠。

紧跟着，一大片鲜红的血飞溅上了整面山壁。

随之飞上半空的是——

看守弟子愣在原地，和善道书院的弟子们一道呆呆地看向了半空，再反应过来的时

候,视线陡然一矮,整个人已经栽倒在了地上。

他伸手一抹,他的腿!

青年目眦欲裂,胆丧魂飞地看着眼前这一幕。

飞向半空的一串血珠映着黑漆漆的一双眼,乔晚横剑,从崖壁上一跃而下,剑尖上还往下滴着血。

他完了。

看守弟子心想,五官扭曲,绝望惊恐地看向叶锡元。

这都是叶师兄吩咐的,刚刚是叶锡元让他这么对付岑清猷的!是叶锡元告诉他,越凶狠、越恶毒就越好!不这么干,就逼不出大光明殿的人!

可是现在他后悔了。

看守弟子看了一眼这落在地上、沾了泥水的两条腿,心里突然一阵茫然。

他不该踹那几脚的。

没了腿的修士,那还算修士吗?那他还能活下来,还能在这条路上走下去吗?

没有人告诉他答案。

看着这骤然飞上天的一道血色,目光落在乔晚和这群大光明殿弟子身上,叶锡元脸色变都没变,丝毫不慌,往岑清猷面前一拦,沉着声给出了一个指令。

"杀!"

狭窄的山道上,眨眼就是修罗地狱!

乔晚一马当先,提剑抢攻,反手先捅进了剩下两个看守弟子的胸口,剑上抖开一圈一圈的血水。

目光扫了一眼这四周摆开架势的善道弟子,乔晚就地一滚,躲过一枚直冲自己而来的黑棋,脸色遽然一变。

他们中计了!

这根本不是拖延时间,而是分而化之!

战局瞬间被分割!

乔晚当机立断,从袖子里摸出了出发前鉴闻给她的一只蚊子。她刚放出这只蚊子,下一秒,又一枚棋子贴着脑门擦了过去。

乔晚迅速横剑一挡,一抬头,对上了叶锡元惊讶的眼神。

这怎么可能呢?

面前这"少年"还是筑基期的修为,但给人的感觉简直就像换了个人。交手的那瞬息之间,"少年"出招更快,更加利落!弓起脊背,配合着剑光挥出拳脚,肌肉结实强韧,这人就像是穿梭在这山道血雨上的雪豹。

乔晚和其他光明殿弟子配合默契,其他人对付黑棋,她拎着剑,一直冲到叶锡元面前,招招都往他脸上招呼。

打架那肯定不讲究什么公平公正,她一个人打不过他,这么多人还打不过吗?

一个不察,脸上差点儿被削去半块肉,叶锡元往后一仰,惊魂未定地躲过这道剑光,脸色微变,这人是经历了什么特训?

不对,就算这人经历了什么训练,也不可能在这么短的时间里就成长到这个地步。

更何况,就算这人经历了什么特训和奇遇,那也没用。

青年看了乔晚一眼,脸色稍微和缓了点儿。

就算眼前的人有了长进又能怎么样?山道上其他几个来劫囚的大光明殿弟子也得交待在这里。

卢长老算得果然没错。

大光明殿的人,不敢,也没理由堂堂正正地来要人。明着不敢来,那他们肯定会乔装打扮来偷,这就正中卢德昌的算计。

既然他们没用大光明殿的身份来要人,就算自己在这儿把他们几个都杀了,大光明殿也没理由来报仇!

叶锡元闭了闭眼。

他们等了这么长时间,终于也到了让大光明殿尝尝"有仇不能报"的滋味的时候了!

眼看着蚊子摇摇晃晃地穿过雨幕,成功飞过了山壁,乔晚心里也算不上多轻松。

就算这蚊子能给鉴闻他们报信也来不及。他们总共就这么多人,如今被善道书院给分别包围,不论哪一支想突围支援都困难。

现在,最重要的事还是救岑清猷。

这战况,不容乐观。

一面是怪石嶙峋的山壁,另一面是千丈高的悬崖,就在这窄窄的山道上,两方人马杀个你死我活。

乔晚心里清楚,再拖下去,对他们没好处。

他们要么撤,要么就只能选择破釜沉舟地试一试。

通过传音入密,乔晚扭头和旁边的弟子简单沟通了几句。还在奋战的大光明殿弟子明白了她想干什么之后,纷纷靠拢,帮她掠阵。

他们能不能把人抢回来,就在此一搏。

乔晚将目光放在了那漆黑的斗篷上。

斗篷里的人没有说话,下摆露出了点儿梅花。

乔晚握紧了手里的剑,喘了一口气。

岑清猷在等她。

察觉对面的阵形的变化,叶锡元扬手,喝了一声,善道书院这边的人也迅速摆出应对之策。

就在这气氛僵持的瞬间,一道身影以迅雷不及掩耳之势冲杀了出去!

全身的肌肉都被运转到了最佳状态,乔晚眼神亮得惊人,眼里就剩下了那人形斗篷。

"冲!"

就在所有法器都齐刷刷地对准了乔晚的那一刻,大光明殿弟子们也跟着动了,目标

· 011 ·

也直奔岑清猷!

冲!他们要把岑师弟给抢回来!

做了活靶子、负责吸引火力的乔晚,兔起鹘落般躲避着这纷乱的法器和剑光。

眼看着其中一个大光明殿弟子手指已经碰上了斗篷一角,善道书院的人横剑去拦。

山道上,另一阵光突然袭来。

乔晚几人纷纷抬头。

随即,几个身穿修士服的梵心寺弟子,居高临下地站在山壁上。

叶锡元毫不意外地抬头看了一眼:"你们来晚了。"

"来得早,不如来得巧。"为首的一个梵心寺弟子轻巧地从山壁上跳了下来,笑道,"叶仙友,你说是也不是?"

这帮人还有援军和后招!

乔晚和光明殿弟子心里俱"咯噔"一声,大脑里清清楚楚地浮现出几个字。

他们完了。

善道书院的人都疯了!这是摆好了陷阱,请君入瓮呢!

雨水连成了一线,哗啦啦地从天际倾倒而出,砸在了山道上。

梵心寺的一行人,修士服被雨水打湿了一大片,湿重地贴着身子,一个个都神情倨傲,看着乔晚这一行人的眼神就像在看死人。

"杀不杀?"梵心寺的人看了一眼脸色赧然的大光明殿弟子。

叶锡元瞥了乔晚他们一眼,淡淡地说道:"都到这地步了,斩草还得除根。"

轻描淡写之间,他就决定了眼前这一行人的命运。

战局再一次逆转,法棍、刀剑并行。

梵心寺和善道书院这边的人手起刀落,这一次简直就是单方面屠戮。

没人乐意被当成砧板上的鱼肉,任人宰割,梵心寺和善道书院的人动手的同时,乔晚和大光明殿弟子也动了。

这一次,山道上的厮杀更加激烈,雨水落得更急、更猛。

就在这时,叶锡元突然往后走了一步,一把掀开了那黑漆漆的斗篷:"你不看看?看一看你这些同修,为了救你付出了什么。"

斗篷之下露出了一张熟悉的脸。

乔晚使劲儿拔出剑,扭过头去,目光穿过雨幕,落在了岑清猷身上。

少年衣衫褴褛,梅花白的长袍溅了点儿血,那张白皙俊美的脸,现在看来怎么也和俊美沾不上边,乌黑的眼里映出乔晚这一行人在生死边缘奋力挣扎的场景。

雨顺着岑清猷纤长的眼睫落了下来,眼前变得模糊一片。

眼看乔晚一时不察,被人一脚踹倒在地,过了半秒,岑清猷终于开口说话了。

叶锡元有点儿惊讶,这还是岑清猷这几天里第一次开口说话。

在这几天时间里,岑清猷一直在用眼睛丈量这世间,而不是开口说。

赶了这么久的路,又没水喝,岑清猷嗓音有点儿哑,却还是很温柔,像山寺外潺潺的流水。

"我想和她说句话。"

这个"她",指的就是乔晚。

叶锡元看着岑清猷,心神微凛,还没回过神,身体却快嘴一步,答应了下来。

意识到这一点,叶锡元皱眉,心里突然冒出了一股不祥的预感,就像是什么东西被他们亲手给打开放了出来。

少年慢慢走到了乔晚面前,在乔晚面前跪了下来,沉默了半晌,主动解下了额上的菩提子发饰塞到了乔晚手里。

菩提子发饰微凉。

岑清猷去摸乔晚的手,指尖相触,凉得惊人。

乔晚抬起眼去看他,立即明白了他想干点儿什么,费力地从嗓子眼里挤出了一个沙哑的字,反手握紧了岑清猷的手指。

"别。"

五指交扣间,少年没吭声,紧紧地握着她的手,淡淡的温热感透过冰冷的肌肤一点点地传了过来。

岑清猷腾出一只手,摸了摸乔晚冰凉的脸。

"辛夷,已经够了,你是我的朋友。"她能做到这一步已经够了。

他低头去看乔晚的脸,默不作声地看着,像是要将乔晚现在的模样深深地镌刻在心底。

你看,这个世上,如果没实力决定自己的命,那只有别人决定你的命。

乔晚费力地喘了一口气,伸出手一把攥住了岑清猷的手腕。

她才不要和碧眼邪佛做朋友!就算她不在乎,大师兄肯定也不乐意!

但岑清猷温和地拂开了她的手,在乔晚身上点了那么两下,灵气逆行,在身体里横冲直撞,乔晚眼前猛地一黑。

然后,少年缓缓地站了起来,雨水落在他的眼睫上,漆黑的瞳仁里有绿色的光滚过,就像是鬼火。

他瞥了乔晚一眼,目光相接的刹那,气势好像也跟着变了,眼里平静得像一汪碧绿的深潭,深潭下面沉睡了累累白骨,怨气、煞气、戾气乖顺地臣服在少年的鞋履下。

雨落了下来,冷冰冰的,一滴滴地砸在乔晚身上,顺着眼睫往下淌,沿着下巴弧线渗进了衣领里。

少年转身离开。

迷迷糊糊间,乔晚感觉好像有一剑捅进了她的心口,逆行的灵气汇聚在胸口,稳稳地护住了心脉。

她没能替岑夫人把岑二给带回去。她还是太弱了,被善道书院的人给摆了一道,玩得团团转。

血一点点地流了下来,温热的血刚流出来立即被雨水打散,顺着地上的流水流向了远方,在身下漫开。

乔晚浑身上下慢慢变得冰凉,脑子里昏昏沉沉的,就剩下一个想法。

她怎么就这么惨呢？就在意识即将远去的那一瞬间，好像从很远的地方传来了人声，一个柔软清脆的女声。

"师叔！都怪你说再等等！你看，她快死了！"

回答这声音的是个沉稳有力的男声。

"不晚，来得正好。"

头顶传来了极其细微的"噼噼啪啪"的动静，有人在她的头顶撑开了一把伞。

乔晚费力地睁开眼皮，只能看见一片青色的袍角。她视线往上，一只骨节分明的苍白大手紧紧地握着伞柄。

"想活吗？"男人嗓音淡淡的，"你答应我一个要求，我就救你，不仅如此，还能帮你化解魔气。"

没等乔晚开口，想到乔晚这个时候没办法开口，男人一字一顿，掷地有声地把要求说了出来：我救你，你来做我们书院的山长，怎么样？"

濒临死亡的感觉尤其不好受。

体温在迅速流失，身下流淌着的已经不知道是血还是雨，这一瞬间，连神识也脱离了控制。

乔晚不想死。

雨水落在脸上，冷得彻骨。

垂死边缘，是个人都会爆发出强烈的求生欲，就算是小号，第一反应也是，不想死！

她不想死。

模模糊糊之间，乔晚听到一个低沉的男声说着些什么。

与此同时，远在光明殿的大号也受这强烈的求生欲望影响，神识陷入了一片混乱，再度入魔了！

大光明殿。

"这……怎么会这样？"小弟子张大了嘴，战战兢兢地看着跪坐在自己跟前的少女，完全没想明白，为什么刚刚还好好的少女突然间面色微变？

"鸠月山！快去找援军！"

留下这么一句话，少女再一抬眼的时候，魔气冲天而起，直接冲自己杀了过来！

目睹这汹涌翻滚的魔气，小弟子愣住。

再一看乔晚攻势不减，看样子是真准备要自己的命，小弟子打了一个哆嗦，连滚带爬地跑了出去！

救命！尊者带回来的乔仙友要杀人了！尊者你在哪儿？！快来救救弟子！

这是怎么回事啊？！

跑肯定是跑不过的，脚下一个趔趄，一个漆黑的雷球砸了过来，小弟子顿时绝望地闭上了眼。

吾命休矣！就在这时，一道金光更快一步——

砰！

· 014 ·

金光迅速将面前这颗雷球给抽了回去！

小弟子睁大了眼，看到不远处那阵耀目的金光，劫后余生的喜悦感瞬间涌上心头，激动得差点儿哭出来。

"尊……尊者……"

在小弟子泫然欲泣的目光中，尊者上前一步，将小弟子护在自己身后，侧过脸沉声说道："拿缚灵锁来。"

缚灵锁……

对，缚灵锁。

小弟子眼睛一亮，拍了一下脑袋，赶紧撒丫子跑了出去，过了一会儿，手里拖着条漆黑的铁链，气喘吁吁地赶了回来："尊者，缚灵锁拿来了！"

妙法一把摁住乔晚，沉声扭头喝道："拿来！"

刚刚在山门前，鉴闻才捎来了信，妙法再一看乔晚现在这入魔暴走的架势，善道书院那儿究竟发生了什么事，已经很明显了。

那边的战况恐怕不容乐观。

但具体是怎么回事，妙法看了一眼乔晚，心里一沉。

他还得等这孽障清醒了再说！

缚灵锁一上手，尊者眉目冷峻，动作迅速地把身下的少女给捆了起来。

这缚灵锁和定心帚用的都是一个材质：心越定，这铁链捆得就越松；心越乱，不安分，这铁链对人的压制也就越深，捆得就越紧。

隐约间，乔晚还残存着一丝意识。

基本上每次都是这样，入魔的时候，她还残存着一丝意识。

她感觉头痛欲裂，脑子里只有一个信念：出去，跑出去。不跑出去，她就会死。

但在这根基的碾压之下，她挣扎不过是徒劳！

怎么办？她还能有什么办法？铁链深深地陷入了布料里。

"咔嗒。"

她的左手手腕被牢牢地锁上了，紧跟着是右手、左脚、右脚。

转眼之间，她就被铁链给捆成了个粽子。

妙法打横抱起乔晚，修士服在灵力波动中猎猎作响。

小弟子惊恐地看着眼前这一幕，心里一紧，往后退了一步。

他总觉得……眼前这画面实在是有点儿……说不上来的古怪感，和他偷看的岑师兄那话本里描写的场景怪像的。

"尊……尊者，现在该怎么办？"

偷瞥了一眼尊者黑如锅底的脸色，小弟子倍感绝望。

"你先回光明心殿。"

得到妙法的吩咐，小弟子麻溜地跑开了。

至于乔仙友，他只能希望她自求多福了。

小弟子一走，妙法刚把被锁链包成个粽子的乔晚放下，突然，一声虚弱的呻吟

响起。

妙法下意识地抬眼看去。

少女被铁链捆得结结实实的,身上的魔气突然间一点点地安分了下来。她跪在崖壁前,也不吭声,身上冷汗涔涔,几乎一转眼的工夫,整个人就像是从水里被捞出的,身上的衣服湿了个透。

"前辈……"乔晚喘了一口气,苦笑了一声,"我是不是又入魔了。"

她这么快就恢复理智了?

尊者愣了愣,心里隐隐觉得有些不对劲儿,但仔细看又看不出个所以然来,最终还是沉声问了一句:"你感觉如何?"

乔晚沉默了一瞬,回道:"疼。"

"哪里疼?"

乔晚哑声说:"左手,勒得疼。"

缚灵锁深深地勒入了手腕,眼看着乔晚的确是疼得厉害了。

妙法上前一步:"等着。"

"咔嗒——"

他解开了她左手的手腕上的手铐。

但就在这一瞬间,少女猝然发难!

不对!

尊者心头一凛,更快一步,一把攫住少女的手腕,抬头去看乔晚的情况。

少女明显还是游走在入魔边缘,但和刚刚魔气暴走的情况不太一样的是,被缚灵锁一捆,乔晚的魔气终于稍稍平息下来了一点儿。

对上妙法的视线,少女顿了顿,随即面露茫然之色,委屈地抽了抽鼻子,眼泪滚落了下来。

眼前这人的模样,和梦境里第一次见面的模样微妙地重合在了一起。妙法的脸色虽然依旧算不上有多好看,但五指不自觉地松开了点儿。

"前辈。"乔晚的目光落在了妙法的脸上,"前辈,你的鼻子……"

鼻子?她这是入魔入糊涂了?

尊者皱眉,脸色转冷。

"前辈的鼻子很好看。"少女梦呓一般低声说着,大脑在飞速运转。

面前这个人很强,像现在这样,她要怎么跑出去?

硬碰硬,乔晚没有把握。

魔基本上没什么三观和节操,一颗心客气地挣扎了一会儿,最终还是入魔后的欲望战胜了理智,乔晚抬起了手。

尊者,不,面前的男人鼻梁高而挺直,秀眉入鬓,眼角微微上挑,妩媚艳丽,下垂的眼睫纤长柔顺。

但和这艳丽的容貌极其不相称的是尊者紧皱的眉头和一身清正尊贵的金光。

乔晚梦游一般伸出手,突然摸向了妙法的鼻梁。

少女的手很凉，算不上细腻，手心里全是常年握剑长成的老茧。

手指掠过高挺的鼻梁，一路往下，滑过唇瓣、下颌，一直到微微凸起的喉结。

察觉脖颈上传来的微凉触感，妙法愣了愣，有点儿蒙，反应过来后脸色更黑，当机立断地一把扣住了乔晚的手腕。

少女眼里短暂地浮现一丝清明之色，她皱紧了眉，气喘吁吁地挤出一个字："疼。"

这一声再度把尊者嗓子眼里的怒斥声给堵了回去。

乔晚轻轻地松了一口气。

至于再往下她要怎么做，无数画面纷纷涌上心头，最终定格为昏暗的地牢里女修风情摇曳的笑容。

"哟，来了个小妹妹。"

下一秒，乔晚现学现用，指尖迅速探入了修士服，在尊者结实的胸肌上果断地摸了一把，指腹掠过从来没被人触碰过的淡粉部位。

少女算不上温软，但结实有力的身躯温暖坚韧，胸脯紧贴尊者的手臂。

尊者全身巨震，难以置信地抬眼看去。

乔晚趁着妙法愣住的刹那，用那只空下来的左手快准狠地把妙法给扣上了缚灵锁。

四周仿佛安静了下来。

现在，心定的反倒是乔晚了。

成了。就算根基再高，修为再深，身为此门巨擘，威严再盛，脱了修士服，他还是个男人。

心一定，锁链一松，乔晚迅速挣脱了缚灵锁，有意忽略了背后能杀人的目光。

"这缚灵锁拴得这么紧，"纵使入魔，还没失了浓厚的吐槽欲，乔晚面瘫着脸吐槽，"这位前辈你禅心实在不稳哪。"

什么叫嘴欠儿，她这就叫嘴欠儿！

周围瞬间杀气四溢。

如果眼神能杀人，乔晚在这一秒可能已经被杀了无数次。

"孽障！"妙法怒喝！短短两个字，隐含了无尽怒气，声如雷鸣，短促有力。

紧跟着这两个字杀到的，是扑面而来的眼刀！

禅心一乱，除了嗔怒，妙法更觉得荒谬！

回想刚刚发生的一切，尊者面色铁青！

再一想之前在菩提树下所看见的场景，乔晚挠了挠头："我觉得前辈还挺好骗的。"

现在这个局面，妙法还有什么不明白的？！

他好骗？！他早该知晓，比起压制魔气，她应该先控制自己的脑子！转眼之间局势逆转，尊者被锁链高高吊起，凌乱的修士服下露出白皙紧实的胸膛，艳丽的眉眼更呈现出凌虐一般的美感。

就算他被锁链给捆得紧紧的，全身上下这铺天盖地的威压，也没被减弱半分。

眼前这锁链捆绑尊者的场景，好像有点儿眼熟，乔晚总觉得似乎在哪里看见过。

她一时半会儿想不出个所以然来，看着眼前的一幕，乔晚，或者说入了魔的乔

晚,心里"咯噔"一声,突然冒出了点儿不祥的预感,总觉得自己好像做了什么不得了的事。

但这预感转瞬也被魔气搅得乱七八糟,她的识海里又只剩下了一个信念——跑出去。

身后的锁链被尊者摇得"哐啷"直响。男人的怒喝声在背后如惊雷般滚过!

"孽障,现在站住,尚且来得及!"

跑!乔晚打了一个哆嗦,心里不祥的预感更浓。就趁现在,谁不跑谁是傻子!

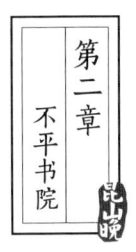

第二章 不平书院

我真傻,真的。

乔晚盘腿坐在床上,膝盖上放着个长长的卷轴,深沉地想着。

回想脑内那一幕幕画面,乔晚眼神呆滞,悲愤地捂脸。

她都干了什么啊?!而在离破木板床不远处,还有几个练气期的书生围在一起窃窃私语。

"山长已经发了这么久的呆了,李师叔找来的山长该不会是傻的吧?"

"我们这小破书院已经够惨的了,再来一个傻山长,真的有活路吗?"

就在这时,一个中年修士突然从门口走了进来,身后还跟了个穿着绿衣服的姑娘。

"师叔!"

"李师叔!"

男人刚走进屋,几个书生立即神色严肃,手里捧了个书卷,摇头晃脑地开始念书。

"关关雎鸠,在河之洲……"

"投我以木瓜,报之以琼琚……"

几个人嘴上说着不要,身体却十分诚实,眼睛一个个往男人的方向瞟。

男人犹如一尊煞神,青布衣摆滚滚,在琅琅的读书声中,"李师叔"一直走到乔晚面前坐下,沉声询问:"考虑得怎么了?"

乔晚抬起眼皮,目光在来人脸上扫了一圈儿。

这是个中年修士,颌下生着短须,面容清癯,眼中藏神。

男人坐得笔直,衣着整洁,头发一丝不苟地梳在玉冠中,嘴角的小胡子也打理得一丝不苟,能看出这是个十分严谨自律的人。

乔晚知道这人叫李判,就是面前这人和一个叫绿腰的姑娘把她从山道上捡了回来。

她昏过去之前,听见的那个男声就出自面前这个修士之口。

"答应我一个要求,我就救你……"

"还能帮你化解魔气……"

"做我们书院的山长……"

等清醒过来之后，乔晚就被打包塞到了这间小破木屋里，身上的伤已经被包扎好了，胸前的血洞撒上了药，缠上了干净的白布，并且得知自己在垂死边缘挣扎的时候，和这名叫李判的中年修士成功签订了魔法少女，啊不，山长血契。

据绿衣服的姑娘介绍，他们都是不平书院的弟子，乔晚没听说过不平书院也不要紧，反正就是个小破书院。

验证绿衣姑娘这句话的，就是乔晚躺着的这间屋子：缺了条腿儿的木桌、一把看上去快散架的椅子、黑黢黢的棉布帘子，和桌子上一看就散发着浓厚的贫穷气息的干瘪馒头。

想到这儿，乔晚更加绝望。

没有人比她更清楚她大号到底做了什么，这厢她刚清醒过来，受到小号牵连的大号也跟着恢复了神志。

意识到这一点之后，乔晚果断脚底抹油跑出了大光明殿，找了个客栈藏身。

他不仅没追回岑清猷，小号和人绑定了契约，大号还做出了如此丧心病狂之事。

一想到刚刚大号对尊者做了点儿什么，乔晚恨不得以头抢地。

妙法说得一点儿都没错，在学会控制神识之前，她可能真的要净化一下她那肮脏的大脑。

回大光明殿她是不敢的，只能盘腿坐在不平书院这张小破床上思考人生。

一想到这儿，乔晚就觉得牙疼。现在给她十个胆子，她都不敢回去，尤其一想到尊者全身一震，难以置信的目光，乔晚就更觉得人生昏暗无光。

而面前的修士还等着她的回答。

签订血契这种事，她已经没了一点儿印象，但人在生命的危急关头，都会做出点儿什么冲动的事，她也不能保证自己是不是真的就这么干了。

考虑到眼前这修士毕竟救过自己的命，乔晚捏紧了手里的卷轴，迅速爬下床行了一礼："前辈，我考虑过了，这事关系甚大，晚辈不过一个筑基期修者，没办法担任山长要职，完成前辈托付之事。前辈还是去找别人吧。"

男人嗓音低沉："如果，我只要你呢？"

"你不用担心。"绿衣姑娘露齿一笑，"我们书院是正经书院，是正道，这汗青卷你看了没？看了难道还不信吗？"

乔晚低头看了一眼手里的卷轴。

她手里的卷轴就叫汗青卷，基本上每个门派都有这么一个东西。

修真界大家活的时间比较长，门派历史也比较悠久，随便拎出去一个门派都有动辄上千年的历史。

为了培养各派弟子的门派归属感，各门派基本上都有这么一卷汗青卷，也就是门派历史书。

救了她的不平书院，是在魔域和修真界死磕之前建立的，距今已有百年历史。

汗青卷上浮现的留影像统共有十多幅。

第一幅是一个白发苍苍的老人，跪在大雪纷飞的丹墀前，颤巍巍地摘了官帽，回到了家乡。

这就是不平书院建立的契机。

第二幅，是两三个儒生，都身着白袍素履，面容坚定。其中一个身着青布衣的年轻修士，做了书院山长，一点点地在乱世之中建设书院。

第三幅，是书院建立初期，整个书院只有寥寥几个人，大多数还是没什么灵力的凡人。

第四幅，书院的学子慢慢地多了起来，有杀猪的，有木瓦匠，有卖花圈做丧葬的，各个阶层的人聚集一堂，一块儿通宵达旦地修炼念书，学有所成之后，一部分人回到人界做官，一部分人继续求仙问道。

第五幅……

第六幅……

不过就算混了这么多年，不平书院也没闯出什么名声来，人是多了，但大部分弟子还是练气和筑基期，就几位长老勉强到了元婴期。在各教派林立、人才济济的修真界，不平书院还是那么一只默默无闻的小虾米。

等到第七幅的时候，画面又摇身一变。

"这就是当初魔域和修真界那场大战。"

乔晚抬头。

李判沉声解释。

乔晚再低头一看，汗青卷上缓缓浮现一把大火。

风雨飘摇，数十个儒生踩着青履，背着包袱，提着剑，转身投入了抗击魔域的那场大战中，然后再也没回来。

最后一幅，是一场大火，将不平书院焚烧殆尽。

不平则鸣，最初只是一个人的小不平，然后是一群人的大不平。

这就是不平书院的汗青卷，也是修真界无数小门小派的缩影。

乔晚之前在藏书楼的时候也看到过昆山的汗青卷，当时还是大师兄带她去看的，和昆山这深厚的底蕴、恢宏的发展历程相比，不平书院确实寒酸了许多。

他们自始至终就没干出什么扭转战局的大事，那些脚上沾泥、风尘仆仆的儒生，刚上战场，下一秒就血洒战场，完全可以称得上一群无名无姓的炮灰。

但在整个修真界，的的确确有许许多多不知名的小门小派的人，临危受命，前赴后继地死在了战场上，堆出了那场血色大战的胜利。

乔晚合上汗青卷，心里有点儿感慨。

但她更不能随随便便就当这个山长啊！

乔晚坐直了点儿，诚恳地回答："山长一职，晚辈真做不到。"

男人不怒反问："你已经和书院签订了血契，难道想反悔吗？"

"放心，我知道你在担心什么。"李判警了乔晚一眼，"不平书院行得正，坐得端，

绝不会做什么伤天害理之事。"

乔晚："我只是不明白为什么非得是我。"

突然出现一个人非要请她去做他们书院的山长，这件事从头到尾透露着一股诡异的气息！

李判嗓音不高也不低，一字一顿地说："命中注定，就是你继承这所书院。白继承一所书院，这些弟子都能供你驱使。"

男人不疾不徐地随手一指，手指的方向，一串练气期的儒生纷纷露出尴尬而不失礼貌的微笑。

"书院中存放的历代典籍道书，也可供你随意翻阅。你有什么不愿意的？"

乔晚内心吐槽：虽然这些好处听上去很诱人，但这简直像背锅的挂名法人……

"既然书院缺山长，前辈为什么不去做？"

"我不是儒修。"李判平静地回答，"我修的是法，而且我方才说过，这书院只能由你来继承。"

就算是乔晚，也听说过儒法之间死磕的故事，道不同不相为谋，被一个法家的修士绑来做儒家书院的山长，这简直就更诡异了。

男人很敏锐，眼神锐利，几乎一眼就看出了她心里在想什么："不论儒法，共求一个太平盛世，有何不可。"

被这目光一瞥，乔晚心里猛地漏跳了一拍，回想刚刚李判说的话，心里更加茫然。

只有她能继承书院，这是什么意思？

但中年修士没继续回答的意思，垂下眼，干脆解下了背后的一黑一白两把剑。

乔晚："这是……"

"这是不宥刑，这是不赦死。"

李判一一指给她看，先是那柄白鞘小剑。

"这柄白鞘小剑，名唤不宥刑。"

然后他指着那柄乌鞘巨剑："这柄乌鞘巨剑，名唤不赦死。"

"不宥刑常出鞘，不赦死等闲不出鞘，一出鞘，皆斩。"

说完，李判等着面前这少年，或者说少女的反应。

屋里安安静静的。

过了一会儿，乔晚眼睛微亮，才结结巴巴地开了口："好……好酷。"

这就是法修吗？！虽然这听上去怪"中二"的，但好酷！救世之类的，听上去也好酷！

留意到乔晚的神色变化，李判拿起剑，站起身："我带你去看另一样东西，如果你当真拿不定主意，那就先跟我来看一看。"

乔晚在心里盘算了一下，乖乖地跟着站起身来。

不平书院虽然破，但面前的男人好歹也是个元婴期的修士，她签订了血契，跑肯定是跑不掉的，不如先看看情况。

但跟着李判往前走了没两步，乔晚突然意识到有点儿不对。

022

这不是鸠月山地界?

"敢问前辈,不平书院在哪儿?"

"你脚下站的地方就是。"

乔晚:"恕晚辈失礼,这不是在鸠月山,大光明殿的地盘内吗?"

李判突然瞥了她一眼,乌眸沉沉的,袍袖一卷,转眼之间,眼前景色变了,面前是危崖峭壁,冷风瑟瑟,落雨如注。

等乔晚再一睁眼的时候,眼前一片荒野,晴空如洗。

不远处有一排小茅屋,屋前开垦了几亩地,地里的小青菜蔫蔫的,还有几只鸡优哉游哉地逛来逛去。

"明白了?"

乔晚:"书院在……这芥子空间里?"

李判:"书院已毁在战火之中,如今暂且搬到了这芥子空间内。至于书院旧址,如果你有兴趣,等这次论法会结束,我就带你回去看看。"

五六间破破烂烂的茅屋和这几只母鸡,就是不平书院的全部了。

她好歹也是个过来人,不是说,过来人肯定会继承个什么老爷爷的修为,或者空间金手指?

这件事虽然从头至尾散发着一股诡异的气息,但看上去还挺像送上门来的金手指。

虽然她是个女配角,但万一呢?乔晚心下摇摆了一会儿,万一她拿的是女配逆袭的剧本,苦到了现在,终于守得云开见月明,等到了她的金手指呢?

"前辈,晚辈还有一个问题。"

"说。"

乔晚真诚地问:"这空间里有灵泉吗?"

就是那种传说中泡一下,美容养颜,泡两下,强身健体,洗髓伐脉,泡三下,皮肤白里透着红,红里透着黑,身娇体软,肤滑无力,能让男主角一见钟情,再见倾心的温泉!

"你渴了?"李判反问,"往前数百步,有一处小潭。"

眼看着灵泉泡汤,乔晚垂死挣扎:"那这土是不是和别的地方有什么不一样?……"

就那种传说中土壤蕴含丰富灵力,一栽下去,灵草像韭菜一样成茬成茬收割的那种。

李判脚步不停,低声问:"这土?"

将男人的反应尽收眼底,乔晚心想:看来土也泡汤了。

乔晚:"那这时间流速和外界是不是也有些不同?"

就是那种传说中主角一进入空间,在空间里面修炼个几百年,外界才过了几天的超级作弊器!

然而,李判的最后一句话,彻底打碎了乔晚的妄想,并且干脆利落地结束了整个对话。

"这就是个普通的储物空间,和其他芥子空间比,没什么不同之处。"

这里左右也就这几间破破烂烂的茅屋，没走几步就到了目的地，李判停下脚步。
"到了。"
乔晚："这是……"
李判："这是讲堂。"
两个人面前是一间稍微宽敞点儿的茅屋。
男人一把推开门，跨过门槛走了进去。
穷酸，屋里的摆设还是一样穷酸。
乔晚刚走进茅屋，一眼就看见墙上挂着的一把残破旧剑。
剑身通体黑金色，剑柄上刻了个遒劲有力的大字——"行"。
一笔一画像是风刀霜剑深深镌刻而成。
任何人只要看到这把剑，一眼就能看出这把佩剑经历了很多战斗，是淌过战火的。
乔晚目光一顿，眼睛一眨不眨看得入神。
这把剑给她一种特别熟悉和亲切的感觉。
它是战火中炼化出来的，杀伐之气虽然含蓄内敛，但锋芒不减，似乎还在渴望出世去匡扶正义，去救道。
只可惜，剑身残破不堪，看样子已经不能用了。
"这是'闻斯行诸'，历任山长的佩剑。"李判的嗓音在身后响起。
"是书院唯一值钱……"男人诡异地沉默了一秒，迅速换了个说辞，"是书院唯一的镇山之宝。'闻斯行诸'，也是儒门五大名剑之一。"
这倒是大实话，整个不平书院加起来都没这把剑值钱。
不过这都是以前的风光了，"闻斯行诸"被毁成这样，早已被"儒门兵器谱"开除了剑籍，踹出了五大名剑之列，成了五大名剑之耻，现在整个儒门统共只有四大名剑。
当然这些事，李判都明智地选择没开口。
"如果你喜欢，这佩剑你现在也能拿去用。不过这剑损毁得太厉害，在用之前，"李判瞥了一眼佩剑，走上前将其拿下来，放到了乔晚怀里，"我建议你先想办法修好它。"
长剑一入怀，乔晚眼前好像浮现了许许多多的画面：战火纷飞，横剑诛敌，一身转战三千里，一剑曾当百万师。
这许许多多的画面，最终定格在一个青衣修士的沧桑背影上，寒冬腊月，更漏将残的雪夜里，青衣修士挑灯夜读。
这是上一任书院山长吗？
乔晚略微失神。
"圣王不作，诸侯放恣，处士横议。民有饥色，野有饿莩。整个修真界人人相食，无人修道心，这点，"李判意有所指道，"你现在肯定深有体会。"
岑清猷。
有那么一瞬间，乔晚好像又看见了少年消失在雨中的山道上的身影，寂寥、坚定。
她心里也不平，也不甘。
乔晚攥紧了手，指尖却好像碰到了什么凉凉的东西，低头一看，是袖子里那颗菩提子发饰。

"怎么样？现在你愿不愿意做这书院的山长？"

乔晚愣愣地抱紧了剑。

好熟悉，好像有一股热流从怀里一直贯穿全身，一颗心"扑通扑通"跳得厉害，她感觉既亲切又昂扬热烈，让人忍不住去信任这把剑和面前这中年修士说的话。

虽然之后回忆起来会感到一阵羞耻，但谁没年少轻狂，觉得自己全世界独一无二，妄想拯救世界的时候？

好酷！乔晚眼睛晶亮。

谁不是自己人生中的主角？

旧剑的温度透过布料一直传到了胸口，好像在提醒她，她心底还有那一腔热血和激情。

虽然从清醒过来到现在也就过了两三个小时，但对汗青卷的惊鸿一瞥，已经让她喜欢上了这个书院，喜欢上了这个"不平则鸣"的门派理念。

胸中小不平，可以酒消之，世间大不平，非剑不能消也。

将乔晚的反应尽收眼底，中年修士不着痕迹地翘起了嘴角。

他就知道，面前这"姑娘"没办法抗拒这剑和书院带来的诱惑。

激动归激动，艰难地将怀里的"闻斯行诸"放下，乔晚沸腾的一颗心稍微冷静了那么一两秒，她问出了一个从刚才起就一直萦绕在心头的疑问。

"恕晚辈直言，前辈叫晚辈出任山长，究竟是让晚辈做什么？"

"做什么？"李判淡定地回答，"振兴不平书院。"

"再不然，具体一些。"男人抬起眼，目光落在了乔晚的脸上。

乔晚心里突然涌现出了一股不祥的预感。

男人深深地看了乔晚一眼，翘起了嘴角，嘴角的小胡子也跟着抖了一下。

"干翻昆山。"

瞬间，整个屋子都安静了下来。

乔晚结结巴巴地问："前……前辈，我没听错吧？"

她刚刚是不是听到了什么不得了的目标？

中年修士好像不大高兴："你这是什么表情？"

乔晚：几个引气入体、几个练气、一个筑基和一个元婴期的修士，究竟是谁给的你们干翻昆山的勇气啊！

"昆山如今是正道魁首，各门各派，谁人不想干翻昆山自己上位？"李判挑眉，"怎么样？你做还是不做？"

乔晚僵硬了一秒，问道："现在反悔还来得及吗？"

"你说呢？"

乔晚："我有选择的余地吗？"

李判嗓音淡淡地说："血契是你自己签的。"

这话的意思就是:我们可没逼你。

虽然趁着人重伤垂死,意识模糊的时候签订血契,确实可耻了点儿,但李判是个实用主义者,脸不红心不跳地换了个舒服点儿的姿势跪坐着,沉静地等待着乔晚的回答。

她不会拒绝。

乔晚低下头,看了一眼怀里的"闻斯行诸"。

"好,"乔晚深吸一口气,"我做。"

干翻昆山,这个目标虽然远大了点儿,困难了点儿,但总比让她现在去一剑砍了谁来得现实。而且目标太远大,实现年份长,可操作空间大。

不就是干翻昆山吗?

想到记忆中一头白发、眉目清冷的前师尊老人家周衍,乔晚一咬牙,万丈豪情冲天。

"我做!"

山长就职,李判一个传音符将书院里的儒生们全都召集了过来。

一众儒生穿着白袍,整整齐齐地站在乔晚面前,宛如地里最新鲜的那一茬小白菜。

但看见乔晚,众人都有点儿怀疑人生。

"这就是我们书院山长?"

"有冤大……啊不,不,有山长愿意来就不错了,你还指望着什么剑仙、妖皇之类的大能到我们这儿来?"

"这也太瘦了。"其中一个儒修搓了搓下巴,"回头我杀只鸡给山长补补,好歹也是我们书院的排面不是?"

总而言之,几家欢喜几家愁,有满意的人,也有不满意的,但好歹总有个冤大……山长了不是?

绿衣服的姑娘绿腰眨着眼睛,一脸惊喜的表情:"我们书院终于有山长了!"

既然出任了不平书院的山长,乔晚必须得对书院有大概了解。

"山长你放心,这些事都包在我身上!"

绿腰信誓旦旦地拍胸,转身跑出了屋,回来的时候手上抱了一摞泛黄的书册。

"啪!"

她直接把这一摞书册放到了乔晚面前。

"这是书院的账本和名簿。"

"干翻昆山"这个理想很远大,但现实很骨感,乔晚翻开账本和名簿,心里一突。

灵石,几近于无。

书院弟子:11名。

练气期弟子:10名。

筑基期弟子:1名。

金丹长老:0名。

元婴长老:1名。

她刚刚绝对听见了"冤大头"这类的话!

乔晚嘴角抽搐，她现在绑架甘南还来得及吗？

"论法会。"李判沉声给乔晚指了条明路和第一个小目标。

第一个小目标，就是乔晚要在三教论法会上扬名。

绿腰："想要振兴书院，首先得让修真界知道有我们这么一个书院存在。"

乔晚："那书院有多少弟子要参加这次的三教论法会？"

其中一个叫郑温良的弟子抢答："山长你啊！"

乔晚愣了愣："我？"

"对，"郑温良一副沉痛的表情，"只有山长你一人。"

李判不紧不慢地补充："距离三教论法会召开如今只剩三日。当务之急，是先化解你的魔气。"

"你过来。"李判站起身，"我带你去看看书院的藏书楼。"

所谓书院的藏书楼，其实就是两间极其寒碜的茅屋。

不平书院虽然破败了点儿，到了这一代只能沦落到蜗居在芥子空间里生存，但好歹也是个传承几百年的教派，十分重视弟子教育，就这几间可怜巴巴的茅屋，还特地省出来两间作为藏书楼。

这两间茅屋里的藏书也确实丰厚。

李判一一给她介绍了过去。

"第一间，闲暇时无事，你都可以进去看看。至于这第二间，"李判说道，"这一间等你修为至元婴期才能入内阅览。"

这有点儿像童话里不能去看那一间屋子的那个故事，但乔晚没故事主角那么重的好奇心。

人在修真界走跳，生存法则第一条，就是好奇心害死猫。

更何况一口气吃不成一个胖子，其他茅屋里所藏的典籍和道书虽然算不上多精妙，对乔晚而言已经是意外之喜。

乔晚问："前辈，当真有办法替我化解魔气吗？"

李判："书院虽小，却也同魔域交过手。"

"这些，"男人走进第一间茅屋，停下脚步，抬眼看了一眼面前的书柜，"这些，是当初保存下来的道书。"

这书柜和人界的书柜没什么不一样的地方，一本本书排得整整齐齐，能看出被照顾得很好。

"当年书院也曾俘虏过几个魔修，缴获了不少魔域的法器和魔书。"

中年修士迈步走到书架前，抽下了其中一本破旧不堪的魔书："就是这一本。"

李判："这就是教你压制魔气的魔书。"

乔晚接过书，略翻了一下。

这有点儿像一本指导幼年的魔如何控制魔气的"教材"。

"压制魔气，堵不如疏，魔气是戾气，是欲望。"李判突然出声，"欲望不可耻，端看你如何利用它。"

"受控于欲望的人，是蠢货。"李判沉声说道，"但若是你能利用欲望，它未尝不可成为你前进的动力。"

"没有杀伤性的剑，不知自己的去向，毫无用处。"

"怎么化这股'欲望'为自己所用，是所有新生的魔首先要学习的内容。"

说话间，男人周身的气势好像也跟着变了。

乔晚抬头一看，愣在了原地。

男人一身青布衣，眉目锋锐如刀，身后这两柄剑一黑一白，泾渭分明，透过剑鞘她也能看出这锋锐的剑意。

冷酷，无情，实用，这就是法修。

乔晚捏紧了书页，干脆就在这间茅屋里盘腿坐了下来。

见她上道，李判微微颔首，眼里露出了点儿欣慰的表情，转身走出了茅屋，留给乔晚一个人琢磨的空间。

到了傍晚，绿腰和一干儒生似乎想到了什么，急冲冲地赶到了茅屋里，绿衣姑娘"啪"地解开了腰间的传讯玉简，拍到桌上。

"山长！你快看！"

玉简上墨色大字十分醒目，标题是"探讨陆辞仙和方凌青谁能赢"。

方凌青？利生峰上那场十日之约！

乔晚心里猛地一凛，立刻想起了那早就被她丢到十万八千里之外的约架。

绿腰眼睛睁得滚圆："如果我没记错的话，山长，你就叫陆辞仙吧？"

切磋嘛，各门各派都挺常见的，但特地选在三教论法会报名，人最多的那天切磋，就有点儿意思了，这就代表着方凌青是铁了心要挽回当初在利生峰上被"羞辱"的脸面。

这次三教论法会，来的不仅有各教派精英弟子，还有旁观学习的围观群众，不论修真界如何风云变化，八卦永远是冲在第一线的。

对这三教论法会第一战，围观群众纷纷投入了极高的热情。

"这几天没陆辞仙的消息，这位陆道友是不是临阵脱逃了？"

"这位道友慎言，陆道友在哪儿闭关修炼也说不准呢。"

"这都倒数第三天了，再怎么修炼也该有点儿动静了，到现在还没动静，在下估计，这位陆道友当天十有八九来不了了。"

如果说之前她和方凌青的十日之约输了也就输了，但现在不一样了，现在她头上顶着个不平书院山长的称号，山长要是输给别家弟子……

乔晚抬眼："我……"

面前的一串儒生纷纷做了个眼含热泪抹脖自尽的动作。

乔晚："……"

猝不及防地肩负了个重担，乔晚惭愧地低下了头，又被下一个标题给吸引了注意力。

下一个标题是"论法会各教派弟子长老裁判大揭秘！"。

028

她一点开，一张留影像突然跳了出来。

郑温良："啊，这是昆山问世堂的马堂主！"

留影像中的男人左臂缺了半截，右脚被人整整齐齐地削了半只，坐在轮椅上，侧着那半张被毁的脸。

留影像下附着一行小字。

"谁不知道昆山马堂主有多凶残！这可是在下冒死拍下的第一手留影像啊！在下差点儿就没回来！"

紧跟着这人十分无耻地开始要打赏。

"求各位道友灵石打赏，也好抚慰一下小道受伤的心灵。"

留影像里的男人窝在轮椅上，画面定格在一抬眼的那一刹那。

画面模糊不清，眼神阴郁肃杀。

有杀气！

果然，玉简上的"吃瓜"群众纷纷被镇住了。

"这位道友果然好胆色！"

"马怀真也来了论法会？"

"来做裁判的。这回好像昆山特地派了马怀真过来捧场子。"

察觉乔晚没了声音，绿腰问："山长也听说过马怀真？"

乔晚：何止听说过，简直是熟得不能再熟。

"啊，听说这马堂主虽然凶残了点儿，但护短得很，是个好人呢。"绿腰笑道，"那个……那个乔晚？就那个干翻昆山和魔域的那个？从太虚峰上跳下去之后，马怀真带着暗部的弟子整整找了十多天，一个个眼睛都熬红了呢。三天之后的论法会，马堂主肯定也会到场。"

乔晚心里猛地一抽，默默往下继续滑，又一张留影像猝不及防地映入了眼帘。

这张留影像是个大特写。

留影像中的男人正端坐在高台上说法，藏蓝色的发丝一直垂到了腰际。

尊者眉眼一扫，台下鸦雀无声。

下面还有"跟帖"的，纷纷为之心折。

绿腰怕乔晚不明白，指着玉简帮忙解说："听说这次妙法尊者也会到场。"

"妙法尊者闭关了这么多年，按理说这一次也不会露面的，就是不知道怎么突然改了主意，说是要出关。"

"不过，这场论法会本来就在鸠月山办，妙法尊者不出面也说不过去。"

郑温良好奇地问："欸，山长，你不是认识大光明殿的人吗？你见没见过这妙法尊者？"

耳畔好像跟着响起了那提神醒脑的怒喝。

"孽障！现在站住，尚且来得及！"

乔晚快准狠地迅速往下滑！

她什么都没看见！

再往后就是小辈们了。

"孤剑"谢行止、"沧浪剑"孟沧浪、"照海仙子"白珊湖，这些都是论法会夺魁的热门人选。

这次论法会……可真是风起云涌，一出大戏。

合上玉简的同时，乔晚也默默下了个决定。

她一定，一定要捂好自己的马甲！不然她就只有死路一条！

问题是，现在只剩下三天了。

这十天时间里，方凌青肯定也在铆足了劲儿修炼。

三天时间，她还能干些什么？

为了重现不平书院的荣光，不管来不来得及，从现在开始，训练吧，少女！

为此，郑温良特地含泪杀了一只鸡给乔晚炖了碗汤，表示慰问。

临走前，青年回过头，在门框外探出个脑袋，恋恋不舍地瞥了一眼鸡汤。

乔晚："……"

青年尴尬地咳嗽了一声，比了个鼓励的姿势："山长冲啊！"

乔晚低头看了一眼鸡汤，刚拿起勺子，眼里就是郑温良"含情脉脉"的视线，握着个勺子，半天都没忍心下嘴，最后还是大家一块儿分了鸡汤。

这一汤之恩，也迅速帮助乔晚打进了不平书院内部，正式确立了山长地位。

喝过这碗汤，大家就是有福同享，有难同当的同门了！

穷人的快乐就是如此简单。

把嘴一抹，乔晚洗过手，盘腿入静前看了一眼搁在腿边的"闻斯行诸"。

她心里不平，有怒气，但干翻昆山太遥远。

乔晚摩挲着袖子里的菩提子发饰，默默地想着。

这次三教论法会，她要干翻善道书院，然后再绑了卢德昌，去把岑清猷带回来！

但前提是，她要捂好自己的马甲。

怎么在三天之内赢了方凌青，是目前乔晚面对的头号难题，也是整个不平书院面对的头号难题。

在此之前，李判特地给乔晚分析过。

"身体素质不错，能勉强应付三阶法器，但锻骨最好别用得这么频繁，伤身。"

身体素质这一项，加分。

撇开身体素质不提，神识挺强韧，可惜乔晚没经过系统学习，配合魔气操纵魔兽、灵兽比较容易，但碰上专攻这一块儿或是特地修炼过神识的修士，很可能就得跪。

叶锡元就是个惨痛的案例。

武技乔晚算得上同龄人中的佼佼者，加分。

但方凌青既然能在"仁义礼智信"中排上礼字辈，那也不是吃素的，更何况知耻而后勇，这几天时间他肯定一门心思扑在了修炼上。

这场十日之约，到时候谁能赢还是个未知数。

"总而言之，"李判换了个舒服的姿势趺坐着，淡淡地下了结论，"你就是查缺补漏，保证武技上的优势，缩小自身的劣势。"

但就剩三天时间了，就算她想来个脱胎换骨也来不及。

认真听完了李判的分析，乔晚举手，含蓄地问："前辈，书院……有没有那种比较独特的剑谱，或者说道书？"

李判冷笑："书院若是有这些法器典籍，何至于沦落到今天这等地步？"

乔晚：是她想太多。

三天时间，她到底能做点儿什么？

李判皱眉："你可曾和什么修为高深的金丹、元婴期修士交过手？"

"你神识已经突破了元婴修为，要是和这些修士交过手，不如回溯当初交手时的记忆，说不定还能有所收获。"

伽婴。

听闻这话，乔晚一颗心瞬间高高地提了起来。

她和伽婴交过手！

察觉乔晚的脸色变化，李判显然误会了什么，眉头皱得更紧了："没有？"

如果没有这就麻烦了。

乔晚立刻摇头："有。"

而且何止是什么金丹、元婴期的修士，和她交过手的可是当世妖皇！

"前辈，我有办法了。"

匆匆抛下这么一句话，乔晚迅速盘腿入静，任凭自己的神识浸入识海。

识海里的记忆就像一条河，乔晚循着这条长河，在回忆里扒拉着。

下一秒，乔晚眼前一花，再回过神的时候，眼前就已经多出了一个一身玄色衣袍、俊美傲岸的男人。

男人冷冷地瞥了她一眼："来。"

伽婴，妖皇伽婴。

比起武技，有谁比得上妖皇？

记忆虽然没办法更改，但她能回溯，在识海里，"穿越"成过去的自己一遍又一遍地重温之前和伽婴那场血泪战斗，这妥妥是一个顶尖的免费陪练啊！

想到这儿，乔晚精神大振。

她不需要金手指，一次一次的战斗经验就是她最强的金手指。

和妖皇伽婴过招，好处多多，但有一点不太好，就是精神压力可能有点儿大。

尤其是乔晚要一遍一遍重温自己怎么被伽婴一掌给打碎全身骨骼的，这简直是对精神力的地狱摧残。

"鼠辈贼子。"像是忽然间失去了兴趣，伽婴扯了扯面皮，袍袖一振，"受死。"

乔晚再一次被打飞了出去，重新体验了一把骨骼碎裂的感觉。

乔晚吐出了一口血。

趁着还没疼到失去理智的时候，她赶紧把记忆给拨了回去。

眼前再一花,一晃神的工夫,她就看见伽婴负手站立着,黑白色的细细小麻花辫随风轻扬。

男人眼皮低垂,嗓音低沉而冷傲:"找到了。"

这是她和伽婴初见的那一次。

伴随着这短短的三个字,近乎恐怖的威压瞬间倾压了下来。

这就是整个修真界顶尖的战力之一。

乔晚屏住了呼吸,全神贯注地留意着伽婴的每一次出招,留意着男人出招时,每一次妖力的变化。

她没看清没关系,重新拨回去就是。

众所周知,妖皇伽婴是个战斗狂,当初在破殿宇和她过招的时候也没动真格的,之所以后来突然翻脸一掌结束了战斗,是因为觉得没意思了。

这就有个好处。

那一次破殿宇之战,男人有意地压低了自己的修为和能力,给了她战斗的机会,否则她还真不一定能看清楚这里面的门道。

就这么重复了十多遍破殿宇之战后,乔晚把回忆拉到了南霍洲同行的那段日子,继续重温伽婴的指点。

就在乔晚沉迷于把伽婴当陪练的时候,现实里,她面前已经蹲了一圈围观群众。

"山长已经入静快一天了,"郑温良一脸一言难尽的表情,"该不会真的放弃了吧?"

就算死,你好歹也垂死挣扎一下啊,光入静不修炼有个屁用啊?!

难道说他们书院首战就这么不战而逃了吗?

就在这时,一个低沉的男声响起:"滚回去。"

郑温良和其他"小白菜"悚然一惊:"李师叔!"

"师叔,你快来看看,山长都入静快一天了。"绿腰伸手指着乔晚,一脸郁闷的样子,"从早上到现在,一直就在这儿没挪窝,我们这不是担心吗?"

李判脸色没变,淡淡地瞥了一眼盘腿坐着的乔晚:"等着。"

等"他"醒过来。

第二天,乔晚结束了记忆回溯,记住了所有过招情形,开始试着用之前妙法教她的方法,在识海里捏出个沙包版的伽婴。

毕竟能力有限,她捏来捏去也顶多捏个低配版的,但一个低配版的伽婴,差不多也约等于一个高配版的方凌青了。

将手办伽婴往地上一戳,乔晚开始试着和低配版的伽婴过招。这一次过招,就不用因于记忆无法改变了,她能变招。

她能在手办伽婴身上试试看,在记忆回溯中究竟学到了点儿什么东西。

打完了,乔晚再坐在地上回忆刚刚的战斗过程,继续查缺补漏。

和大能过招是一件让人上瘾的事,尤其是和伽婴这种宛如开了挂的强者过招,每一招,乔晚简直都是游走在生死边缘,几乎每一次回溯记忆,都能从中学习到点儿不同的经验。

乔晚往后跳开一步，喘了一口气，只觉得全身激动得都冒起了鸡皮疙瘩，心里热血沸腾。

虽然才过了短短三天，但她已经理解了伽婴为什么天天忙着和别人干架了！

因为这实在是——太爽了！

这真的能让人上瘾，虽痛但爽！

第三天的时候，乔晚终于从入静中出来了。

见状，一众"小白菜"纷纷相拥而泣。

这三天时间，"小白菜"们的心理已经成功从"打不过好歹也挣扎一下"向"打不过就算了，山长可别死了"转变成功。

"出来了！山长终于出来了！"

"就算真的打不过，山长你也不能自闭啊。"

不是他们长他人志气，灭自己威风，实在是这三天时间乔晚都在入静中度过了，根本就没修炼，这还打什么？

没想到顶着众人的视线，少年十分淡定地伸出了手："你……还有你，陪我过几招试试。"

一众"小白菜"面面相觑。

山长这是修炼不成，要拿他们几个撒气，还是在输之前，稍微挣扎那么两下？

众人犹豫的间隙，李判毫不客气地抬脚踹人："去！"

老实说，乔晚不过是筑基期的修为，又在入静里浪费了三天光阴，郑温良等人是不相信乔晚能有什么变化的。

但片刻之后，几个"小白菜"是鼻青脸肿地哭着回来的，一回来就抱着李判的大腿"哇哇"大哭，惊呆了绿腰等人。

"小白菜"们一边抱着李判的大腿，一边声泪俱下。

他们错了！他们不该看轻山长是个小白脸的。

师叔啊！山长太可怕了！这还是人吗？！这出招变招也太恐怖了，这不是人啊！

一脚踹开抱大腿的儒生们，李判盯着乔晚看了一会儿，突然扯着嘴角露出浅浅的微笑，拔出了背后那柄白鞘小剑。

"在去论法会之前，和我过上一招。"

"先说好，"李判低声说道，"要是你输给了我，就别去论法会给书院丢脸了。"

两个人四目相对。

李判脸色不变，目光幽深。

乔晚也扯出个笑容："成。"

她在识海里打了这么久，被彻底点燃了激情，全身上下每一个细胞都在叫嚣着要战斗！

论法会，花座峰，放眼望去，人山人海。

花座峰之所以叫花座峰，是因为峰形形似一朵莲花，莲台铺展在缭绕的云雾间。

而在花座峰不远处，是三座壁立千仞、高耸入云的山峰。

到时候三教论法会前三名获得者将会登顶这三座高峰，端坐在峰顶，脚下是百丈渊崖，头顶是荒荒油云、寥寥长风，俯瞰整个鸠月山山势变化的同时，就在这三座高峰上论法，决出魁首。

三座高峰，也是三教弟子心向往之的所在。

但现在，不少人面色焦灼，紧盯着花座峰左看右看。

这主要还是因为乔晚和方凌青那场十日之约。

两个人明明约定了巳时切磋，眼下都已经辰时四刻了，人怎么还没来？

人群中响起了断断续续的议论声。

"该不会是跑了吧？！"

"我的灵石！我可是赌了一百颗中品灵石啊！"

"我还赌了三百颗中品灵石呢！"

这要是人跑了，他们可就被坑惨了。

位于人群中央的方凌青四下环顾了一番，脸色也有点儿不好看。

陆辞仙要是没来，确实对他有利，但架不住心里那点儿微妙的不爽感冒了出来。

这十天里他铆足了劲儿就是为了一洗利生峰顶的耻辱，结果对手跑了，这就像一拳打在了棉花上，心里憋得慌。

而且……光他一个人站在峰顶。

一阵冷风吹过，青年儒生端着高贵冷艳的神色，余光不经意地往周围瞥了一眼，生出了一阵微妙的萧瑟和忧伤感。

把切磋时间和地点选在这次三教论法会报名大会暨开幕仪式上，方凌青也有自己的私心，不约战就罢，这一约战就赌个大的！

胜者为王，败者为寇！

输了的人卷铺盖滚回老家，但赢了的人就不一样了。

方凌青四下一扫，心里也有点儿振奋。

第一天，这各派的掌教、首座、长老都会到场，这无疑是扬名的最好机会，就看这场比试鹿死谁手了！

问题是，时间已经过去快一刻钟了，距离约定的时间只剩下三刻钟的工夫了，这陆辞仙究竟是来还是不来？

随着"开幕仪式"临近，各家各派的人也开始陆陆续续登场。

这一回算是正式亮相，各家都铆足了劲儿，甭管最后能不能入围，气势上绝对不能输。

各类飞舟乌压压地挤满了整片天空。

其中当属崇德古苑最为阔绰，拉来了一座仙宫！

雕栏玉砌、碧瓦朱甍、金碧辉煌的仙宫高悬在碧空上，无数儒生凭栏而望。

"照海仙子"白珊湖，和"沧浪剑"孟沧浪赫然就在其中，齐非道揣着手，懒懒地往下扫了一眼。

远处,太玄观一众弟子纷纷御剑而来,天上剑光交织,黑压压一片。

就在众人铆足了劲儿比拼家底的时候,一座轮椅从天而降。

一个身体各部位都被削了半截儿的男人窝在轮椅上,脸上挂着官方的微笑,身后随侍了两队壮汉,个个身上都带着股煞气。

这就是昆山问世堂的堂主马怀真和其麾下的暗部弟子。

"这是谁?"

男人懒懒地抬起眼皮,往峰顶瞥了一眼,目光所落之处,赫然是方凌青。

作为离马怀真最近的暗部弟子,袁六闻言愣了愣。

"啊。这似乎是约战的人吧。"

这事他比较熟。

马怀真虽然看上去接地气了点儿,嘴里也爱跑火车,但毕竟老大不小了,又是昆山问世堂的堂主,不可能对这些小辈的事上心,没听说过这场"十日之约"也正常。

但像他们这些暗部弟子,大多数是从外门升上来的,对这些事往往会留意一下。

考虑到马怀真可能没听说过这事,袁六十分体贴地解下了玉简,交代了来龙去脉,让马怀真自己看。

马怀真完好的那只眼瞥了一下玉简。

约战?

今天,在这儿约战?

他之所以留意到方凌青,主要还是这人太突出,突出得太傻。

既然是约战,那这人肯定得有对手,就不知道那傻子二号究竟是谁了。

"陆辞仙?"

马怀真接过袁六递来的玉简,右手随意一翻,目光定格在了留影像上。

少年肤色白皙,眉眼冷清。

"是啊。"袁六感叹,"堂主你看,这陆辞仙长得还挺好看的。"

没想到马怀真往轮椅上一靠,对此没多大兴趣。

原来,这就是另一个傻子,长得确实挺好看的。

全昆山最不解风情的马堂主闲闲地想着。

可惜这人年纪轻轻就是个傻子。

在外门摸爬滚打了这么多年,袁六早就修炼出了一双火眼金睛,眼看马怀真对此不大感兴趣,也没再提此事,转头提了另一件事。

"听说这一次妙法尊者也到了。"

妙法尊者这么多年没出关,今天出关,也不知道是为了什么。

听到这句话,男人这才抬起了眼皮:"妙法尊者那儿有消息了?"

"还没,"袁六皱眉,"估计他得晚点儿到吧。"

如今在这儿接待客人的还是空定禅师。

马怀真不置可否地重新窝到了轮椅里。

小辈们切磋，那是小辈们的事，门派之间那点儿利益情面之类的弯弯绕绕，才是他们来这儿的目标。

袁六留意着马怀真的神色变化，只觉得嘴里一阵发苦。

要不是乔晚，他们至于沦落到今天这么谨小慎微的地步吗？

一想到乔晚，袁六心情就十分复杂。

他能替马怀真跑腿，这还得感谢乔晚。

要不是上回泥岩秘境里他入了马怀真的眼，他也不至于能在马怀真身边混。

都说男人流血不流泪，袁六觉得自己一路从一个外门弟子，摸爬滚打到暗部小队长，怎么也算得上是个硬汉了吧。

结果乔晚死了，他听到消息心里其实挺难受的，还为乔晚流了几滴眼泪。

不止他，就连铁血硬汉如马堂主，也受到了点儿影响，那段时间心情一直不太好，总是阴沉着脸，说话做事十分狠，变着法儿地折磨手下的弟子们。

那是暗部弟子们最黑暗的一段时间，但偏偏也不能怪马堂主。

毕竟乔晚没了，马堂主心里的确不痛快。

没办法，暗部弟子们只能忍着，总有拨云见日的一天

但谁知道过了几个月，现实就给了他残酷的一巴掌。

乔晚她根本没死，乔晚她没死！

包括袁六在内的一众暗部弟子都郁闷了。

那合着他们这段时间的苦全白受了！

而且最重要的是，乔晚把马怀真也给骗了啊！

说好的拨云见日，守得云开见月明呢？这简直就是黑云密布，看不见曙光啊！

袁六到现在还记得那黑暗的一天。

得知乔晚没死之后，问世堂铁血煞神马怀真的反应很奇怪，他先是扯着脸冷笑了一声，但紧跟着又黑了脸，叫来了一帮暗部弟子来了次魔鬼训练，硬生生把暗部硬汉们操练到哭爹喊娘狂骂乔晚。

一直到现在，马怀真都是这么一副阴郁的模样，搞得他们这几个随侍的暗部弟子整天提心吊胆的。

袁六看了一眼漏壶，还有两刻钟了。

连同袁六在内，所有人脑子里都盘旋着一个念头：陆辞仙是真不打算来了？

第三章 群英会

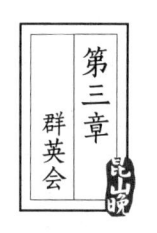

正当所有人焦灼不安的时候,乔晚还在打架。

李判很强。

判定胜利的方式很简单,只要乔晚击中了李判的任意一处命门就算她赢。

但男人手提着白鞘小剑,青色衣衫无风自动,犹如一座巍峨高山拦在乔晚面前。

"古之善守者,以其所重禁其所轻,以其所难止其所易。"

法修的守招是难得的以攻代守,处处杀招,以雷霆手段威逼对手不敢侵犯。

这连环的攻势,也是滴水不漏的守势,在这攻势之下,很少有人敢以身试法。

就比如,那一排正炯炯有神地围观着的"小白菜"。

"怎么?"男人看了乔晚一眼,"这就服软了?"

乔晚默不吭声地握紧了剑,李判越难缠,反而越激发了她的好胜心。

回忆着识海里和伽婴那三天对战的情形,乔晚一个蹿步冲了上去。

伽婴的战技路数繁杂,千变万化,不拘一格,基本上好用、称手,他都能拿来用,还能把对方的路数吸收进自己的招式里,每一次和人对敌,都是他自己修为和战技更精进的时候。

他已经习惯了游走在生与死的边缘。

修真界的人打架其实大多数是"动感光波对轰",每每打架都要打得地动山摇,在更看重修为的情况下,战技一向不是很受重视。

妖皇伽婴就是整个修真界少有的重视战技的修士。

不过,伽婴的战技虽然自成套路,但自己压根没有给这些招式起名字的意思。

招式随意组合,千变万化,永无止境。

乔晚还没修炼到像伽婴这样对招式信手拈来、任意组合的地步,在识海里入静三天,只能一遍一遍回溯。

简而言之,就是她配合当初伽婴亲自的指导,总结归纳,找套路。

伽婴出招，基本上就是拳、脚、掌、肘组合，和她过招的时候用到的招式不多，翻来覆去也就那么几种。

一招手，一招拳，一招腿，大道至简，这三种平平无奇的凡人武学配合妖气，愣是让妖皇伽婴给玩出了一朵花。

于是，在识海里入静三天，乔晚终于努力梳理出了一点儿门道。

第一种套路，是近身的时候。

伽婴近身的时候，擒拿路数有点儿玄妙，主要用来制敌和防御，招式变化莫测，机敏灵动，修真界一般管这叫无相诀。

乔晚学了半天，才勉强摸索出了一点儿意思。

第二种套路，就是那五条龙气。

但凡王族都有龙气护体，伽婴身上有，普通的帝王身上有，就连她那难兄难弟甘南身上也有龙气。

每个人的龙气出招方式都不大一样。

伽婴的龙气不同之处在于，这有点儿像袖里乾坤，龙气附着在袖子里，衣袖上也暗藏气劲。可能是因为捡了个魔域帝姬的身份，乔晚发现她自己身上也有龙气。她的龙气是暗黑色的魔龙，颜色暗淡，她暂时没开发出什么用处。

在识海里狂刷了三天的"伽婴模拟"，乔晚最后也只总结出了这两种套路，这还是建立在伽婴曾经指点过她的基础上总结出来的。

毕竟这世上的招式要是这么容易被人看透，也就不存在什么门派秘而不宣的典籍和剑谱这玩意儿了。

但就她目前这个情况而言，乔晚已经很满意了。

如果说这世上有以儒入道，以法入道的，那妖皇伽婴就纯粹是以武入道！

在识海里揣摩着伽婴的招数的时候，乔晚觉得自己对他的了解好像更深了点儿。

和其他人想象中那个不打架不舒服的残暴妖皇不一样，伽婴是真正沉下心在修炼，享受修炼，乐此不疲地去挑战其他修士，在一次次生死考验中，把自己的武道锤炼得臻于完美。

这个男人出乎意料地沉稳可靠，知道自己想要什么东西，有耐心也有动力。

想到这儿，乔晚有点儿后悔，早知道她就答应替伽婴打工了。有这么一个成熟可靠、员工福利一级棒的老板和靠山，她干吗还要白手起家自己创业！

乔晚和李判死磕的时候，郑温良摸了摸脑袋："山长能行吗？"

那可是李师叔啊！李师叔可是他们整个书院的排面！

这么多年来，他们就没一个人能击中李师叔的命门的，无一例外，全部"阵亡"！

抛弃了妙微步法，乔晚一路猛攻，步法小，重心稳，出招迅疾如雨，急促而有力！

而李判这边，下手也十分果决狠厉，不留情面。

郑温良和绿腰看得一颗心"扑通扑通"直跳。

这哪里是指点啊？这看上去凶残得简直像在相杀。

乔晚几乎毫不掩饰自己的杀意。

战技融合在剑招里,这是有杀伤性的,有血性的,她知道自己的剑的去向,不论前方李判的攻势多凶猛、霸道,都一往无前。

刚逮住一个空隙,乔晚一个蹿步,立即跟上。

就在这紧急关头,无相诀,启!

这是……

李判微露讶然之色,这有点儿像妖皇伽婴的路数。

就在他略一失神的刹那,剑光一现,紧跟着无相诀袭来的是"剑一·速杀"!

剑尖直指男人的眉心。

李判收回了那点儿惊讶情绪,面色不改地收了剑,嗓音如剑鸣般冷冽:"算你过关。"

男人终于露出了一丝微笑:"你赢了。"

书院"小白菜"们目瞪口呆,顿了一秒之后,都沸腾了。

这是李师叔啊!这可是李师叔!山长入静了三天,竟然能在李师叔手下撑这么长时间,还成功击中了李师叔的命门!

漂亮,太漂亮了。这以硬打硬、以暴制暴的打法,实在是太漂亮了。

这个时候,如果有和伽婴交过手的人在,一定能一眼看出,乔晚身上有那个当世妖皇的影子。虽然战技和那伽婴相比还有点儿不够看,但她身上已经有了那么点儿大开大合的霸气。

李判:"看见没,都学着点儿。"

"现在几时几刻了?"将白剑入鞘,李判沉声问道。

郑温良如梦初醒,赶紧去看了一眼漏壶:"还有不到一刻钟了!"

"来不及了!"

乔晚飞快地问道:"书院有飞行法器吗?"

一众"小白菜"露出个"无语凝噎"的表情:"你说呢?"

在这目光之下,乔晚只能选择了修真界最平民的出行方式。

她架起剑光,冲啊!

人头攒动的花座峰上,等了这么长时间,眼看着陆辞仙还没来,终于有人失去耐性了。

"这都什么时候了?这还打不打了?"

"这陆辞仙该不会真跑了吧!"

"亏在下还以为这陆辞仙是条汉子!呸!就是个中看不中用的小白脸、草包!"

"这也不能怪陆辞仙吧,再怎么说,方凌青好歹也是崇德古苑礼字辈的修者,打不过就跑,这不是人之常情吗?"

众人等了半天,也没等到正主出场,感觉自己被欺骗了感情。花座峰上怨声载道。

还有半刻钟了,就算不知道陆辞仙窝哪个地方修炼去了,这个点也该来了吧?

这个时候,各门各派的人都已经陆续赶到了。

善道书院和梵心寺的人是结伴而来的。

众人远远看过去，就看见一朵盛大的金色莲花盘旋在鸠月山上方。

那朵金色的莲花越来越大，渐渐有将花座峰吞噬在其中的意思。

"这是梵心寺的金莲？"

花座峰上的人纷纷不淡定了。

光明殿弟子愣了愣，眼看着金莲稳稳地降落在了花座峰顶，彻底将花座峰一口"吃"了进去，取而代之。

这花座峰是鸠月山的标志性建筑。

才逼走了岑师弟，今天又有人来砸场子，光明殿弟子咬牙，这善道书院和梵心寺是几个意思？未免欺人太甚了。

有人皱眉。

这一场盛会，客人暗地里较劲没关系，但一进门就要砸了主人的场子，梵心寺这是等不及要踩着光明殿上位了吗？

一人低声说道："都说妙法尊者心魔深重，如今看来倒可能是真的了。"

修真界各门各派的演变，其实是此消彼长的过程，不是你踩我一头，就是我压你一头。

大光明殿这几年一直没什么大动作，梵心寺倒是动作频频。

如果说大光明殿这是恪守此门派的规矩，低调谦逊想憋个大招，到了这地步，也该放大招了。但是到现在都没动作，看来大光明殿不是不想放大招，而是不能。

资源就这么点儿，各个教派之间彼此倾压，谁家但凡露出了点儿弱势，立刻就会被其他几家教派联手给咬住。

"听说前几天三家刚联手要走了妙法尊者的那个小徒弟。"

"看来这此门内部又要变天了。"

既然大光明殿元气和声望确实大不如以往，那这次论法会和梵心寺拉拉交情倒也无妨。

在座的各派长老都是人精，看着这花座峰上微妙的局势变化，心里小算盘打得那叫一个"啪啪"直响。

唯独昆山这边的人，依然稳如泰山。

暗部弟子们沉默地伺候着，马怀真舒舒服服地坐在轮椅上。

昆山之前虽然被乔晚打了一次脸，打得有点儿疼，但毕竟还是稳坐着这头一把交椅，地位暂时无人能撼动。

牵扯不到自家身上来，马怀真也乐意看戏。

在这金色莲花上，善道书院的卢德昌与梵心寺的梵海禅师并肩而来。

一眼扫去，梵海禅师大笑道："不愧是花座峰，如今一看，果真壮丽险峻。"

瞎说！

光明殿弟子纷纷怒目而视，梵心寺的这朵金莲几乎把整个峰顶笼罩在了自己的范围之下，真当他们听不出这话里的意思吗？

就算这花座峰景色再瑰丽又如何，还不是被他们梵心寺踩在脚下？

卢德昌将目光落在了空定禅师脸上，状似关切地问："今日三教论法会，妙法尊者难道还未出关吗？还是说，我们这几家加起来，也请不动尊者多看一眼？"

"都这个时候了，"卢德昌意有所指，"尊者若还不出面，只怕这流言蜚语……"

"流言蜚语，是什么流言蜚语？"

就在这当口，一个雷霆般不怒自威的男声突然在整个花座峰上响起。

几乎在同一时间，一尊足有数百丈高的金色像从花座峰上缓缓升起！

霎时间，整个花座峰几乎都被笼罩在了光之下，足以遮蔽天日的金色巨佛手持法器跌坐着，神情无限慈悲温和，垂眼俯瞰着这花座峰上的所有人。

花座峰上的所有人几乎都成了那恒河沙数般的渺小一点，成了这光普照下，苦海中的芸芸众生。

所有人都眼睁睁地看着那庞大的虚影缓缓地落在了梵心寺那朵金色莲花之上，心里也不约而同地浮现一句话：还有这种操作？

光明殿弟子先是愣了一下，继而都欢呼起来。

尊者！尊者终于出关了！

不出关就罢，一出关，这尊者就一屁股坐在了梵心寺的莲花台上！

梵心寺不是要盖过这花座峰上的莲台吗？

光明殿的弟子纷纷扬眉吐气。

现在你们梵心寺倒是盖啊！

梵心寺的莲花台，那可真是打瞌睡送枕头，屁股累了给人递垫子，正是时候。

峰顶、峰下，所有人都屏住了呼吸抬头看去，只见一道金色的光翩然而落。

尊者一步一步，走得不疾不徐，修士服如云滚滚，每走一步脚下就化出万千光。

这是妙法尊者！

谁说妙法尊者心魔深重，已经入了魔境的？这气派，还是那个无可动摇的此门巨擘！

在这威严气势之下，这谁还敢传流言蜚语？

眼见此情此景，梵海禅师和卢德昌脸色齐齐绿了。

齐非道脸上的笑意也跟着收敛了点儿，这就是大光明殿的妙法尊者？

卢德昌面色一凛。

他们扣了他的小徒弟，妙法这是按捺不住，终于出面急着给他那小弟子找场子了。问题是妙法真出面了，却和他想象中，或者说探听到的消息有点儿不一样。

面前的男人，全身上下不见一丝一毫的魔气。

在所有人仰视之下，尊者走到了卢德昌和梵海禅师面前，嗓音淡淡，不怒自威："多谢两位道友光临论法会，还请下了花座峰入座。"

妙法皱着眉，言语冷厉，一来就毫不客气地赶人滚下峰顶，来一个怼一个，来两个怼一双。

但不知道为什么——光明殿弟子挠了挠头，总感觉，今天的尊者好像脸格外黑啊。

作为在场唯一一个得知真相的小弟子，压力山大地默默合掌，一闭眼脑子里就浮现尊者被缚灵锁绑着，衣衫不整地吊在山壁下的画面。

而在缥缈云层之外，剑光穿云破雾，飞速赶来。

还有一分钟了！

乔晚深吸一口气，开足了马力，御剑一路狂飙！

眼看着花座峰已经近在咫尺，就在这时，一座巨大的金色塑像突然升腾而起！

乔晚一惊，想要刹车已经来不及，只能硬着头皮，御着剑光火急火燎地冲了过去。

听到这云外剑鸣声，连同妙法、卢德昌在内，所有人都抬头看了过去。

卢德昌脸色彻底绿了：又有人来搅场子？有完没完！

随着花座峰越来越清晰，峰顶上的人的面目神情已经清晰可见。

刹那间，目光相接中，乔晚清楚地看见了峰顶那华丽威严的尊者，和那深深的目光中翻滚着的莫名其妙的情绪。

她要是不停住剑势，就只能一头冲向妙法，但要想刹住车，躲开面前这"黑脸魔佛"，就只有卸下剑光。

在"奔向妙法的怀抱"和"收了剑光赶紧溜"之间，乔晚心跳漏了一拍，当机立断，奋不顾身地选择了后者，果断地收起了剑光。

剑光一收，脚下没了依仗，整个人极速向下坠落。

五。

四。

三。

二。

一。

"砰！"

只听见一声惊天动地的巨响，在众目睽睽之下，少年从天而降，一头砸在了所有人面前！

方凌青吓了一跳，警惕地往后蹦了一下！

剑尾在半空中拖开了那半截剑光，被风一吹，渐渐消散在花座峰上。

顶着一脸血，少年在所有人惊悚的目光下爬了起来，面无表情地咳出一口血，有意忽略了背后那凌厉如刀的视线，故作淡定地抬手打了个招呼。

"方道友，好久不见。"

靠着轮椅，老神在在地围观的马怀真眼皮一跳。

你方唱罢，我方登场，好一出大戏。

这傻子二号的出场方式真有点儿眼熟，让他想起了当初炸飞他家山头那个小浑蛋。

方凌青袖子里的手紧了又紧，他不知道是关心几句好，还是二话不说撸袖子开干好。

考虑到所有人的眼睛这个时候正一眨不眨地盯着他俩看呢，方凌青往后退开半步，昂起下巴:"陆道友,你终于来了。"

至少气势上他绝对不能输!

乔晚单刀直入:"那开始吧?"

方凌青愣了愣。

乔晚:"开始吧。"

这十天时间里他铆足了劲儿修炼,这个陆辞仙无门无派的,修为也没比他高出多少,凭什么就这么淡定?!

方凌青默默咬牙,这和他想象中的画风根本不一样!

乔晚先发制人,抢攻!

方凌青也立即迎上。

有了上一次被乔晚带跑节奏的前车之鉴,这一次,方凌青聚精会神地盯紧了乔晚的动作,打定主意,打死也绝不要再被面前这货带跑第二次!

这十天时间里方凌青果然是下了苦工的。

乔晚能感觉出,和之前在利生峰上的那场"唇枪舌战"相比,这一场"十日之战",方凌青出招沉稳了许多,也变强了许多。

乔晚一快,方凌青却不慌不忙,沉稳以待。

一眨眼的工夫,花座峰上的两个人身形交织成了两道虚影。

这场"十日之约",各家各派的长老都有所耳闻。

三教论法会毕竟还没开始,左右牵扯不到自家身上,也没什么事可干,大家倒乐于看个热闹。

这方凌青是崇德古苑的,这叫陆辞仙的,似乎是个散修吧?

袁六心想,也盘算着要不要跟着赌点儿灵石什么的。

他是外门弟子,散修想出头有多困难,没人比他们这些外门弟子有更切身的体会。他敬陆辞仙敢当着这么多人的面和方凌青对阵,是条汉子。

可方凌青那也不是陆辞仙靠着一腔孤勇和热血,就能拿下来的。

这毕竟是群英荟萃的三教论法会,想在论法会上扬名的年轻修士们如过江之鲫,有白珊湖、谢行止、孟沧浪等一群天之骄子,凭什么要留意你?

花座峰上所有人的想法和袁六基本上没什么差别。

崇德古苑内门精英弟子,修炼这一路上享受的可是最好的资源,有当世大能指点,要是输给一个无名无姓的散修,那崇德古苑的脸要往哪儿搁?

在这一边倒的局势之下,也有人气势汹汹地杀了出来。

"我押陆辞仙!"

坐庄的修士一抬眼就看到个逆光站着的圆脸绿衣姑娘,对方鼓着脸说:"我押陆辞仙赢!"

郑温良眼皮一跳,好意提醒:"绿腰师姐,我们书院就剩这点儿灵石了。"

"那也得押。"

坐庄弟子不失含蓄地委婉问了一声:"敢问这位道友,是看中了陆道友什么呢?"

绿腰皱了皱眉，努力想了一圈儿："因为陆辞仙长得好看！"

此言一出，也有几个女修点头附和。

"这位陆道友长得确实好看。"

其他男修听了这话，往场上看了一眼，纷纷表示不屑："长得好看有什么用？长得好看就能当饭吃吗？"

看这架势，这人妥妥就是个小白脸！

小辈们赌得热火朝天，几个接地气儿没架子的长老也顺便赌了一下。

崇德古苑这边，御部的大弟子解红丹扭头看向齐非道："赌谁？"

齐非道洒脱一笑："我赌小方吧。"

知耻而后勇，这几天方凌青不要命地修炼，他们这些同门的人都是看在眼里的。

齐非道将目光落在了乔晚身上。

至于陆辞仙，虽然也挺不错，齐非道也挺待见对方的，但这人要真正和方凌青打上这么一场，总差了点儿意思。

场上，两个人还在继续相杀。

乔晚努力拼搏了整整三天，如今一上场，心反倒安定了下来。

就像对战李判那样，她心里那股暴戾嗜杀的欲望她能掌控！她不仅能掌控，还能拿过来化为自己所用，托之前一直用流星锤的福，这剑硬是让乔晚用出了点儿大开大合、杀伐随心的气势。

和所有人想象中那纤弱的小白脸陆辞仙不一样，场上，这少年比他们想象中的还要凶残得多！但这凶残倒也不是嗜杀，如果有人细心就能看出，这一套攻势急缓相见，起伏有度。

而方凌青，每口诵一句，文章交感天地灵气，眨眼就改变了场中景象，能做到这地步，已经是小辈儒修中的佼佼者。

这场上一会儿雷雨雷电，一会儿玉雪飞花，要怎么化解这攻势，就成了最棘手的问题。

乔晚抬头看了一眼衣带当风、姿势摆得十分漂亮的方凌青。

眼看陆辞仙被拦住，方凌青嘴欠儿的本质顿时又冒出了头，青年挑衅地笑了笑："陆道友，这可不是'唇枪舌剑'阵了，记得要小心行事啊。"

没想到乔晚好像全没被影响，不仅没被影响，还淡定地主动问了一句："你听说过一句话吗？"

方凌青："你什么意思？"

"叫反派死于话多。"

说完这句话，乔晚提剑抽身直上，在众目睽睽之下竟然一头撞进了那飞花旋涡之中。

想象中少年被飞花片了个整整齐齐的画面并没有出现，片片锋锐的飞花落在乔晚身上，竟然就割开了条细细的血道子。

炼体！

方凌青瞳孔骤缩。

这是炼体，合着这十天没出面，陆辞仙又是去死磕炼体了？

就在这一瞬间，乔晚已经冲到了他面前，出其不意，迅捷如电般一手飞快地抓住了方凌青的下巴！

只听见"咔嗒"一声脆响，乔晚手上一使劲儿，然后在所有人的注目之下，干脆利落地卸了方凌青的下巴！

全场的人都为之一呆。

这还是大家第一次见有人和儒修打架的时候，卸了对方的下巴的！这可真是……简单粗暴的方式，但竟然没人能挑出点儿错处。

这没毛病啊！谁叫这帮儒修整天叨叨的。

各家弟子默契地交换了一个眼神，不得不说，这陆辞仙做得真解气！

这打法，就连马怀真也多看了一眼，挑了挑眉梢。

嗯，这陆辞仙够缺德，也够合他的心意。

偏偏在这个时候，不知道是哪家倒霉催的弟子跑偏了关注点，盯着乔晚嘟囔了一句："这么厉害！"

虽然这人声音不大，声音还夹杂在人群中，但在场的修士哪个不是听力过人的？这一阵低呼声落入众人的耳朵里，就显得十分突出了。

在这倒霉催的弟子跑偏了关注点之后，瞬间所有人的关注点都被一齐带跑到了九霄云外，目光漂移，落到了乔晚身上。

少年长了张俊俏的脸，脸上血痕东一道西一道的。虽然身体没什么大事，但身上的布料被飞花割得破破烂烂的，透过破烂的布料，看得出少年有一副好身材。

场上的乔晚还在和方凌青死磕。

离妙法最近的小弟子只觉得脊背上突然攀上了一股寒意，抱着脑袋瑟瑟发抖：陆道友快看一看尊者啊！你没看见尊者脸色都快黑成炭了吗？

卸了方凌青的下巴之后，乔晚没给他任何把下巴按回去的机会，招招往青年的下巴上袭！

从开打到现在，两个人在这么高强度的打法之下，灵力基本上已经见底了。

无论如何都不能输，脑子里不约而同地浮现这一个想法，乔晚和方凌青互不相让。

于是，在众人的注目之下，这场修士之间的约战，在灵力耗尽的情况下，几乎变成了一场武夫间的肉搏。

乔晚悍勇，方凌青也不是吃素的。

你打我一记左勾拳，我就要还你一记上钩拳。

来啊！谁不来谁是孙子！

方凌青瞪眼。

但下一秒，瞥见乔晚的目光之后，方凌青心里突然冒出了点儿不祥的预感。

不对，他不该和陆辞仙玩肉搏战的！

但等方凌青反应过来的时候，已经晚了，灵力见底了，就算他不想肉搏，也得硬着头皮上。

而和方凌青相比,在这激烈战况之下,少年脸上还是没露出任何疲态,反而继续抢攻!

近身的刹那间,头、肩、膝盖一齐用力,乔晚有修炼晋阶和天雷锻骨强化,这一下简直就像是一个铁锤砸了过去,瞬间将方凌青给撞飞了出去!

看见这一幕,靠在轮椅上的马怀真手里攥着个茶杯,终于有点儿反应了。

这是战技?

这世道,现在很少有专攻战技的修士了。

之前倒有一个小浑蛋走这么一条道儿,可惜……

一想到那小浑蛋,问世堂堂主、鼎鼎大名的煞神马怀真,在衷六惊悚的目光下露出个微笑。

有人纳闷地低呼道:"这……陆辞仙出招怎么那么像……那个妖皇呢?"

这话一出口,在场有见识点儿的长老和精英弟子定睛看去。

不仔细看还好,众人一看,这陆辞仙的出招确实有那么点儿妖皇伽婴的意思。

"假的吧。"另一个人郁闷了。

这散修怎么看都不该和妖皇伽婴扯上关系。

方凌青猝不及防地被乔晚近了身,这一边,对战也终于进入了尾声。把方凌青撞飞出去的下一瞬,乔晚全身发力,身体"射"出去的同时递出了手中的长剑!

方凌青见状在半空中硬是来了个高难度的扭身反击。

风停了。

场上厮杀的两个人也终于结束了战斗。

乔晚的剑尖指向了方凌青的喉咙的同时,方凌青剩下来的那捧飞花也恰恰停在了乔晚的心口。

"平局?"

有人惊呼。

不,不是平局。

齐非道皱眉。

其他人看不出来,但他们这些弟子稍微一琢磨,就能察觉那点儿诡异之处。

刚刚陆辞仙完全能一口气冲破方凌青的攻势!这是……陆辞仙有意放水!

至于陆辞仙为什么放水,他们也很容易猜出来。

方凌青不管怎么说都是崇德古苑的弟子,崇德古苑敢放他出来打这论法会第一场对战,也是笃定了方凌青会赢。

可没想到方凌青输了,崇德古苑内门的精英弟子输给了一个无名无姓的散修。

修士想在修真界扬名这固然重要,但更重要的是要先学会审时度势。

陆辞仙若赢了一个方凌青,后面还会有无数崇德古苑的弟子站出来找场子!

而"平局"这个结果,大家面子上都还算好看,是陆辞仙卖了崇德古苑一个人情。

崇德古苑被一个散修卖了个人情,这还真是十分微妙且新奇的体验。

刚刚还赌方凌青能赢的齐非道摸了摸脸，苦笑了一声。

他前几天怎么说的来着？

"你现在这能为，十天之后，你想赢过方师弟都悬。"

啧，他感觉脸疼。

这才几天工夫，这陆辞仙的成长可真是让人出乎意料。

明眼人都能看出来，是这散修赢了，陆辞仙赢了！

离乔晚最近的方凌青，怎么可能察觉不出她陡然放缓的攻势？

青年不甘心地抿唇，想说点儿什么，往下一瞥，喉咙一哽。

方凌青变得垂头丧气。

他输了。

"让一让，让一让啊。"领着一众"小白菜"穿梭在人群中的绿衣姑娘用力挥了挥手！

看见没？！这是他们不平书院的山长！

"陆辞仙，你真是散修吗？"方凌青郁闷地问。

虽然乔晚的战技也繁杂，看上去的确像是散修东学一点儿，西学一点儿的路数，但她这招式衔接之间十分流畅自如，丝毫没有滞涩感，每一招还隐隐有那么点儿名门正派弟子的大气象。

除非有人教，他们这个年纪的修士，很少有人能做到自己融会贯通的地步。

乔晚的嗓音不大不小，但足以让周围的人都听清楚："我确实不是散修，我是不平书院的弟子。"

不平书院？

方凌青连同其他人齐齐愣住。

这是从哪儿冒出来的书院？

乔晚擦了把脸上的血，往下看去，一眼就穿过人群看见人潮中那一众欢呼雀跃的"小白菜"。

中年修士站在人群中微微颔首，莞尔一笑。

她面前的是崇德古苑"礼"字辈的弟子。

她真的做到了。

日光清澈透亮，穿过云层照在人身上，乔晚感觉大脑也有点儿晕乎乎的，心"扑通扑通"直跳。

从别人眼里昆山玉清真人门下走后门的废物，到现在能靠自己和崇德古苑的内门精英弟子对决，从岑家到大光明殿，这一路兜兜转转，她到现在终于不用继续躲躲藏藏。

就在这儿，她要以她站着的地方，以三教论法会为起点，爬上去！

等到她实力足够强的时候，她一定要告诉整个修真界，她就是乔晚！她回来了！

高台上的少年生得俊俏如玉，但神情冷清矜持，这时候突然扬起嘴角露出个笑容，眼睛明亮得如同一泓秋水。

几个女修看着乔晚，忍不住悄悄地红了脸。

别说，这陆辞仙长得确实挺俊俏的。

浑然未觉的乔晚朝方凌青行了一礼，收起剑，走下了高台，朝着绿腰和李判的方向走去。

绿腰和郑温良几个人顿时围了上来。

"山长！你赢了！"

"这回我们不平书院终于能扬名了！哈哈！"

似乎想到了什么，郑温良赶紧解下腰间的玉简递给乔晚看。

之前不是有人还说他们山长是怯战的小白脸吗？脸疼不疼，脸疼不疼！

乔晚脸上也难掩雀跃之色，她拿过玉简一看，玉简的墨字很醒目，透过墨字也的确能看出，围观群众的脸是疼的。

"陆辞仙真爷们儿啊！诸位道友你们看见没？"

下附有乔晚的留影像。

瞧瞧少年这仙骨英姿，这紧绷劲瘦的肌肉，这血染的风采，可真是让人心折啊。

"这位道友矜持啊！"

在这些墨字之中，还有几行字十分突出。

媚宗弟子："哎呀，这位道友实在合奴家的心意，姐妹们上呀，采阴补阳就是现在了，拿不下谢行止、孟沧浪，还拿不下这陆辞仙吗？"

"就是不知道这陆道友和妙法尊者，究竟谁更胜一筹了。"

"陆道友还太嫩了，在下站尊者。"

"容在下说句公道话，妙法尊者的胸肌肯定比陆道友的大。"

乔晚："……"

郑温良："……"

绿腰："……"

李判：呵呵。

乔晚：她根本不想以这种方式出名好吗！

透过墨字，眼前浮现尊者那庄严的容貌，乔晚嘴角狠狠一抽，忍不住疯狂吐槽。

谁要和妙法比胸肌大小啊！

不管怎么说，不平书院陆辞仙总算在论法会上刷了一下存在感。

看了半天玉简，乔晚由衷地发出了感叹："妙法前辈，这么多年，你可真是太辛苦了。"

就在这时，一个提神醒脑的熟悉音突然在背后响起。

"是吗？"

一股寒意迅速从脚尖蹿上了后脑勺，乔晚浑身一僵，转头就对上了一张足以颠倒众生的脸。

尊者面色不善地站在乔晚身后，冷冷地看着她。

一眼万年，不过如此。

郑温良和绿腰交换了一个眼神，十分没义气地拎着其他"小白菜"转身就跑！

不平书院刚起步，大光明殿他们得罪不起啊！

所以，为了防止三教论法会被破坏，为了维护三教之间的和平，为了建设不平书院，"外交"这个艰巨的任务就交给山长了！

乔晚大脑一片空白，单凭着一股本能，僵硬着四肢迅速把玉简揣到怀里，行礼领首一气呵成："前辈好。"

与此同时，刚刚在玉简上看到的那一行墨字还在她的脑子里盘旋。

"容在下说句公道话，妙法尊者的胸肌肯定比陆道友的大。"

极度尴尬和恐惧之下，乔晚鬼使神差地往下看了一眼。

虽然对方修士服穿得整齐，但她依稀能看出修士服下的"广阔胸襟"。

大光明殿的尊者，五感何等敏锐，就乔晚这几乎是电光石火间的一眼，也没逃过对方的眼睛。

眼看着乔晚突然僵在了原地，目光却诡异地打滑，直愣愣地落到了自己胸前，一直以来都讲究修行，勿动贪嗔痴念的妙法尊者，第一次体会到了什么叫被气得倒仰，脸色彻彻底底黑得像块炭。

崖下的事他念在她是初犯，又受魔气影响，本来不打算和她计较，以为三天时间足够她反思长进，没想到她还是冥顽不灵至此！

乔晚如梦初醒，头皮一阵发麻。她刚刚都干了什么？乔晚心里激灵了一下，自己也被这玉简给带偏了吗？

大抵是因为人在越紧张的时候，思维越不受自己控制，理智告诉乔晚应该要直面这惨淡的人生，好好停下来向前辈道歉，但是一想到她的大号都做了什么事，乔晚就觉得人生惨淡无光，就连当着妙法开口说话这件事都十分艰难。

那"广阔胸襟"还一直在她的脑子里盘旋不停。

在这种情况下，别说道歉了，她连看都不敢看尊者一眼。

她这明显在走神的样子，落入妙法眼里，更是成了顽劣难驯、屡教不改的最佳证据。

一道沛然光当头照了下来。

刚下台子没多久，身体还停留在战斗状态的乔晚，下意识地用无相诀拂开了这道金光。

不得不说，伽婴的无相诀的确很有用。

看见乔晚手上的细微变化，妙法瞳孔骤缩！

其他人或许看不出来，但乔晚这总结归纳出的无相诀，隐隐泛出的妖气压根就瞒不过和妖魔死磕了那么久的光明殿的人。

眼前之人入魔在先，又和妖族厮混在后，妙法闭了闭眼，眼前冷不防地又闪过了石壁下的一幕场景。

男人身躯猛地一震。

虽说入魔之后心智会受到影响，但如果不是脑子里就对这事有点儿想法，她又怎么会在被魔气影响之后这么顺顺当当地做出那些举动来？

妙法想到这一点，脸就更黑了。

不管他想不想，毕竟就是靠这一张脸在修真界出名的，就算身处大光明殿的莲台之上，地位再崇高，身份再尊贵，也躲不过这流言蜚语的侵袭。

修真界有关自己的传言，妙法也不可能什么都没听过。

所以，即便地位崇高如妙法，也听过不少丧心病狂的修士对他这具身体的肖想。

一大部分人是嘴欠儿，还有一部分人是真身体力行，付出了实际行动。

这一部分人，通通被妙法简单粗暴地归为"被色相所惑"，打醒就好。

但他万万没想到的是，他在心魔梦境里认识的晚辈，脑子里也有这么丧心病狂、难以启齿的想法。

这几个月来，入魔之后，她都在看些什么乱七八糟的东西？不过短短几个月没见，当初梦里那还算沉着有礼的后辈，竟会自甘堕落到这个地步！

你这孽障还敢还手？

瞬间，乔晚从妙法眼里看到了这么个意思。

她完全无法面对。

"你这孽障还敢还手"几个大字"哐当"一声兜头砸下。

不过毕竟是自己有错失礼在先，她不能不道歉。

乔晚以一个标准的猛虎落地姿势，猛行了一礼："前辈！晚辈知错了！"说完她拔腿就跑！

不过，对她这大礼，尊者好像根本没领情，疾言厉色道："陆辞仙！"

狂奔中，乔晚刹不住车的思绪再度跑偏。在这么愤怒的情况下还考虑到了她的马甲，前辈果真是个贴心善良的大好人。就是追她的金光，别那么凶啊！

沛然光跟在她屁股后面穷追不舍。

她也不想的！但思绪这东西，根本就不受人控制！

在妙法眼里，自己已经完全变成了觊觎他的那一类变态了！

尤其是她这一跑，更没有回头路，停下来不是，不停下来也不是。

后有光紧追不舍，乔晚硬着头皮，顶着风一路狂奔！她绝对不能停下来！

"这位道友，请让一让！让一让啊！"

乔晚脚步不停，"铛啷啷"花式踩过各种法器。她一个鹞子翻身，在地上滚了两圈，继续逃命！

马怀真："这是……"

袁六愣了愣："堂主你这轮椅……"

刚刚那叫陆辞仙的家伙是不是从马怀真的轮椅上踩过去了？

看看少年远去的背影，又看了一眼轮椅扶手，马怀真抬起眼皮冷笑一声，伸出那完好的右手，顺手捏了个法诀。

"砰！"

乔晚脚步踉跄，倒了下去。

下一秒，少年颤巍巍地站了起来，擦干血泪继续狂奔。

硬汉如袁六猛地瞪圆了眼：这都要计较！堂主你好缺德啊！马缺德！

一路上众人纷纷扭头："这不是陆辞仙吗？"

这人怎么一副被鬼追的表情？

还有跟在少年身后的这道金光是怎么回事？

瞬间，整个花座峰上鸡飞狗跳。

乔晚脚踩风火轮一般泪流满面地绝尘而去，屁股后面还咬着一串气势汹汹的金光。

尘烟散去，齐非道睁大了眼："刚刚跑过去的是……小陆道友？"

沉稳如孟沧浪，眼睁睁地看着远处的一点儿黑影狂奔而来，也忍不住脱口而出："那是陆辞仙？"

陆辞仙？谢行止瞥了一眼，就看见乔晚衣衫不整，一副被鬼追了的模样，顿时皱紧了眉。

"怎么跑得这么匆忙？"

眼前掠过一阵狂风，一位教派长老压了压被风吹起的胡须，欣然微笑："哈哈，这次论法会的小辈们当真有活力。"

年轻，真好。

察觉身后的光渐渐散去，乔晚这才喘了一口气，下意识地放缓了脚步，在确定光没追上来之后，蹲在地上颤巍巍地抱住了头。

呜啊啊——她完全不敢回去了，更不敢直面妙法。她都干了什么？

"我完了。"乔晚抱着头蹲在地上，结结巴巴地说，"我真的……完了。"

入魔，本非她所愿，不知道她现在再去认错还来不来得及。

乔晚艰难地想，可能是因为一直以来都把妙法当成前辈看待，一想到她的大号究竟都干了些什么事，就连老油条如她，也无法招架这扑面而来的尴尬感。

认识了这么多年，她完全忘记了，对方虽然是前辈，是此门修为高的人，但妙法确确实实是个性别为男的异性。

她这么一想，就更尴尬了。

在花座峰，众目睽睽之下，堂堂大光明殿尊者自然不可能追着个小辈跑。

他想要治乔晚，总有无数法子，但不是现在。她入魔且不提，还和妖族厮混，单凭这一点，他都不可能再轻饶她！

虽然尴尬到想原地消失，但三教论法会没给乔晚太多整理情绪的时间。

这场"十日之约"刚结束没多久，作为裁判之一的萧家终于姗姗来迟。

当那艘亮瞎人眼的庞大飞舟出现在天际的时候，也就代表着三教论法会正式开幕了！

先走下飞舟的是几个衣带飘飘的青年男女，年轻的女修们环佩叮当，披帛飞舞，男的也都是玉簪束发，袖带当风。

萧家自诩修真界的世家，衣着打扮、行为处事也和大多数修士拉开了一个档次，因此，也被不少散修嘲讽为穷讲究。

"各家各派都到了，凭什么就他们萧家的人晚来一步？怎么他们萧家这架子就是比其他门派大点儿？"

"可不是大点儿吗？这几百年里，就不说那些小宗族了，就连那三大世家里的岑、陆两家，还不是要被萧家压上一头。"

"势大归势大，前段时间他们还不是被那什么叫乔晚的人给打肿了脸？"

断断续续的议论声传入耳畔。

乔晚打了一个激灵，默默地捂紧了自己的小马甲。

她在萧家面前掉马甲和在妙法以及马怀真面前掉马甲，前者造成的后果完全是后者所不能比的！

绝杀令上她那道悬赏还没被揭下来呢！

萧家踩着点儿到，就算各教派的人心里再不爽，面子总还是要做的，一个个微笑着迎了上去。

萧家代表人在一众弟子的环伺下走下了飞舟，朝着妙法颔首微笑："尊者，许久不见了。"

短暂寒暄之后，某教派长老首先表示了自己的关心之情："这都好几个月了吧，不知道乔晚可找着了？"

萧家代表团脸色整齐划一地黑了。

妙法皱眉。

萧长老皮笑肉不笑，转头就暗暗下了个指示：去，绝杀令上再加点儿钱。

躺着也中枪的乔晚："……"

经过这么一番明枪暗箭之后，萧家代表人看向妙法："尊者，这论法会可以开始了吧？"

妙法尊者颔首。

空定禅师见状上前一步，宣布这次三教论法会正式开幕！

"今年这一届论法会到场的小辈们看上去都气度不凡哪。"萧家代表人抚须微笑，目光在花座峰上扫了一圈。

"真是青出于蓝而胜于蓝，就不知道这场论法会下来，究竟是谁能夺得魁首了。"

三教论法会一宣布开幕，远处云天海浪间梵音阵阵，耀眼的光穿云破雾地洒在整座莲花峰上。

置身这热情高昂的气氛里，乔晚眨了眨眼，突然也感到有点儿紧张。

这就是三教论法会！

群英荟萃的论法会，就在现在开幕了！

乔晚目光一一掠过众人。

方凌青刚把下巴按回去没多久，一张俊俏的脸蛋上青紫一片，抱着胸，气得直哼哼。

不远处，那一身布衣草鞋的齐非道一个鲤鱼打挺，懒散的身姿坐直了点儿。

还有仿若凌波仙子的白珊湖，绝世出尘，画风明显与周围不太一样的谢行止、孟沧浪，这论法会三大热门人选……所有的人都将在这次论法会上同台竞技！

她这修为，和谢行止等人的差距还有点儿大。

乔晚眼睛晶亮。

但她超想试试看自己能走到哪一步！

花座峰上，每一个人都摩拳擦掌，等待着一举扬名的机会！

典礼刚举行完，所有人就急不可耐地一窝蜂拥上去报名。

最终还是在绿腰多年买菜的经验下，她拽着乔晚气势汹汹地杀入了人潮，乔晚才成功报上了名。

报上名之后，负责登记的大光明殿弟子给了乔晚一个玉牌。

乔晚："这是……"

光明殿弟子看了乔晚一眼，记得这少年就是和尊者关系密切的那个，十分有耐心地解释道："这传讯玉牌，陆道友你可得保管好，之后论法会有什么消息通知，就发在这玉牌上。"

"对了，还有这留影石。"说完，光明殿弟子伸手一指，指尖指着的方向，赫然是花座峰上一座宽约四丈、高约五丈，被磨得光滑平整、光可鉴人的巨石。

"到时候你们的表现都会出现在这留影石上。"光明殿弟子握拳，"所以陆道友，千万不要辜负尊者的期望啊！"

李判也微微颔首，沉声说道："书院建设，灵石必不可少，还有夫子和长老也缺一不可，倘若论法会上碰上了什么人……不妨请他到书院来做做客。"

他这是让她当着各家长老的面，明目张胆地挖墙脚吧！

就在这时，玉牌"嘀"地响了一声，乔晚低下头看去。

第一场比试的通知已经下达。

三教论法会第一场，幻境。

乔晚粗略地扫了一眼规则，这个幻境有点儿相当于一个简易的低成本版大逃杀。

这回报名的3000个弟子被分成6个组，一个组500个人，分别被投放在6个幻境里，每个人身上都随机分配了1~10个初始分值。

刚进入幻境，大家会被清空修为，只要击杀了一个人，就能收集到这个人身上的分值，分值会转化为相应的灵力修为。也就是说，参赛者击杀的人越多，分值越高，灵力修为越高。被击杀的人，将会自动脱离幻境。最后再根据分值和排名高低，顺位淘汰倒数300名的弟子。

比试一开场，会随机分配队友，以两个人为一个小组的形式开展这项大逃杀。

这个规则带来了一个问题，分值越高的人，就越容易被盯上。

郑温良着急地问："那山长你呢？你的分是多少？"

乔晚眼往下滑。10分，好一个闪闪发光的移动经验条。

不平书院一干人等："……"

李判皱眉："那你的队友是何人？"

乔晚再一看，玉牌上赫然写着三个亮瞎眼的大字：方凌青！

乔晚默默抬眼。人群中，方凌青似有所感。

这一眼夹杂了万千思绪，抒发了数不尽的惆怅和萦绕在心头的淡淡忧伤情绪。

大光明殿效率非常高，报名结束，规则一敲定，队伍一分好，迅速开启了秘境前的审查工作。

看守幻境的弟子嗓音洪亮："请诸位仙友到左侧排队接受检查，灵石、灵汁、灵丹一类的物品禁止带入秘境，违者后果自负。"

在等待检查的过程中，乔晚转头和方凌青看了个对眼儿。

一个全身上下血痕纵横交错，一个下巴略痛。

乔晚和方凌青看了一眼彼此身上的伤痕，还有这还没缓过来的空荡荡的丹田。刚打完架，在这种情况下就被打包塞进秘境，他俩果真就是傻的。

闪闪发光的移动经验条×2，光排队等候的间隙，乔晚甚至都能感受到落在她身上的火热目光。

她想要在三教论法会上走下去，就一定不能在这儿倒下！

乔晚心里默默握拳，斗志昂扬地看了方凌青一眼，试图用神识沟通一下。

"方道友？"

这目光落在脸上，方凌青打了一个哆嗦，下巴一痛，警惕地捂住了下巴："干吗？"

乔晚："方道友，我们打个商量怎么样？玉牌你也看了，我们两个被分在一起也是缘分。"

乔晚含蓄地表示："你看我们两个'伤残人士'，一进秘境肯定会被盯上。"

方凌青依然警惕地问："你什么意思？"

"我的意思是，与其让别人捡便宜，不如我们俩将计就计，一进秘境就装出内讧不和的假象，引诱其他人上钩。"

他俩刚打过一架，装出互看不顺眼的假象，可信度应该还是比较高的。

"等他们一上钩，你我二人来个里应外合。"

乔晚伸手，做出了个割脖子的姿势。

方凌青眨了眨眼，没立即吭声，像是思索了一会儿，评估了一番眼前的局势，最终还是向现实屈服，表情屈辱地问："具体怎么做？"

乔晚："合作愉快？"

方凌青不大高兴地扯了扯嘴角："合作愉快。"

挨个儿排查完，确定没什么问题之后，那边大光明殿弟子挥手："秘境，开！"

为了防止一开场大家就杀个你死我活这种大混战情况出现，秘境一开，各"选手"被随机投放到了秘境的各个地方。

乔晚眼前一花，等再回过神来的时候，就已经身处一片密林里。

薄雾弥漫，乔晚抹了一把身下微湿的泥土。

这幻境灵气充裕，是个修炼的好地方。

乔晚小心翼翼地屏住了呼吸,四下查探了一圈儿,确定没什么危险之后,摸出了玉牌,打算先了解一下情况。

幻境里有不少传送阵,传送地点随机,还有若干妖兽、灵兽什么的随机游荡,每只妖兽、灵兽也有对应的分值,分值最高的是幻境里一头介于四阶和五阶之间的"镇境"妖兽。

运气好了,他们被人追杀的时候一脚踩上传送阵就能顺利脱险;运气不好,被传送到"镇境"妖兽面前也是有可能的。

总而言之,大家一切靠运气,听天由命。

乔晚看了一眼玉牌,玉牌上的地图已经有了点儿动静。

这才刚进入秘境没多久,就有人已经开始相杀了。

似乎是为了印证她的猜测,就在这个时候,眼前好像闪过了一道剑光。

乔晚赶紧就近往一个传送阵里踩!

这次她的传送运气不错。

乔晚环顾了一下四周,没人。

确定安全之后,乔晚也忍不住去想,刚刚她看到的那道剑光究竟是什么玩意儿。

就在这时,手里的玉牌突然"嗡嗡"地疯狂振动起来,乔晚低头一看,同一时间,花座峰上的留影大石上也跳出了一行金光闪闪的大字!

"谢行止击杀了曹子轩。"

乔晚难以置信地睁大了眼。

谢行止?

谢行止在他们这个片区里?

与此同时,窝在秘境各个角落里的弟子们看着玉牌,也都一脸苦笑。

一行小字颤巍巍地浮了出来。

"孤剑谢行止!"

但这一行小字,迅速被后面一连串的击杀信息给刷屏了。

"谢行止击杀了苗文柏。"

"谢行止击杀了杜力。"

"谢行止击杀了陶栾。"

"谢行止击杀了……"

众人:"……"

这还没完,下一秒,击杀信息继续出现。

"白珊湖击杀了×××。"

"白珊湖击杀了……"

所有人:他们眼睛是瞎了吗?这是白珊湖?

紧跟着击杀信息又出现。

"孟沧浪击杀了×××。"

"孟沧浪击杀了……"

秘境众人："……"

谢行止、白珊湖和孟沧浪全在他们这个片区？他们上辈子是炸了大光明殿的山头吧？

反应过来之后，秘境里的众人齐齐抱怨：搞什么啊！在这个幻境还玩什么啊！大家一起收拾收拾回家算了！

花座峰上，妙法秀眉一皱，也略微蒙了一下，转头看向了空定禅师："这是怎么回事？"

空定禅师："这幻境中的弟子投放并无规律可循。"

也就是说，投放随机，众人看运气，这一片区的弟子，上辈子全炸了大光明殿山头。

一看这堪比修罗场的凶残一幕，马怀真来了精神，坐直了点儿。

运气嘛，也是实力的一部分。

至于现在……花座峰上围观群众面面相觑，只能为这片区的修士们默默点蜡了。

幻境里，乔晚心里一凛，迅速收起玉简，压低了身子，赶紧趁乱与方凌青会合。

会合很顺利，碰头的那一瞬间，乔晚和方凌青都从对方脸上看到了不爽的表情。

谢行止、白珊湖和孟沧浪这个时候正在大开杀戒。

方凌青皱眉："这个时候还是先躲起来，等那边结束了再见机行事。"

乔晚木着一张脸，甩甩胳膊，握紧了剑。

方凌青一脸惊恐的表情："你干吗去？"

乔晚："你听说过偷'人头'吗？"

那几块地方金色大字跳得这么厉害，中间还夹杂了其他几个陌生修士的击杀信息，就表明这是一场大混战！浑水摸鱼，他们先成长起来才是最要紧的！

方凌青目瞪口呆地看着乔晚远去的背影。

随机分配的队友，再坑他也得憋着。

从小出生在青梧洲方家，少年时就去了崇德古苑念书，良好的涵养不准方凌青优雅地爆出脏话，他只能认命地揣上书简，跟上乔晚的脚步。

他还能怎么办？难道要放着队友去送死吗？

一路穿梭在密林深处，方凌青压低了嗓音说道："你就这么毫无准备地过去，不是送死吗？"

乔晚："到了。"

紧跟着突然"砰"的一声，乔晚趴在了地上。

方凌青：你有什么毛病？

下一秒，一道杀气凶猛的剑光掠过！

"砰！"

方凌青一个猛虎落地的姿势，十分迅速地跟着乔晚一块儿趴在了地上。

透过灌木缝隙，两个人隐隐能看出前面的情况。

各色剑光飞来飞去，夹杂着其他气劲和刀风，这一片的树木无一例外几乎全遭毒手，被削得七零八落。

其中最显眼的一道剑光，气势雄浑。

这是谢行止的玄铁剑的剑光。

目前的情况已经十分明了，谢行止"大开杀戒"之后，其他修士见状也赶紧凑过来想分一杯羹。

大家都不傻，想趁着这个机会浑水摸鱼的人不在少数。

情况越乱越好，越是大混战，就越利于他们偷"人头"。

密林里雾气弥漫，众人基本上看不清谁是谁。

乔晚扫了一圈儿，参天大树，郁郁葱葱，

总而言之，这个地形和这个天气状况，最适合偷完"人头"脚底抹油开溜！

打定主意，乔晚紧握着剑，小心翼翼地摸了过去。

这个时候就显露出锻体的好处了。

在大家修为都被清空的情况下，她这一身腱子肉皮糙肉厚！她也不怕不知道从哪儿飞来的乱剑！

被混战中的刀风扫中，一个年轻儒修就地往前一扑，心跳顿时飙升，冷汗都跟着流了下来。

这种大混战果然不适合他们儒修。

幸好他躲得快，不然差那么一点儿他就成谢行止的剑下亡魂了。

然而，这劫后余生的庆幸心情只维持了那么一秒。

下一秒，剑光如蜻蜓点水般一掠"剑一·速杀！"

"陆辞仙成功击杀了×××！"

年轻儒修难以置信地睁大了眼，愣愣地看向前方，只看见一片洁白的袍角和一缕漆黑的发丝瞬间消失在了浓雾深处！

他……他死了？这人是谁？谁干的？

这幻境做得十分逼真，杀了人之后还带有血迹效果，乔晚抖了抖剑上的血珠，拿到一血之后，迅速往树后躲去。

这个人头拿到手，丹田里立即就生出了一股淡淡的热气，她低头看了一眼玉牌，多了2分。

能进入崇德古苑念书的人，至少都不蠢，方凌青愣愣地看着眼前这一幕，也迅速反应过来，有样学样，借着浓雾遮掩，伺机而动。

青年上手非常快，跟着乔晚一路风骚地行走在战场中，见到谁不行了就上去补上一刀！

很快，混战中的修士们就发现不对劲儿了，除了面前大开杀戒的谢行止，这浓雾里还有一股神秘的"邪恶势力"，就仗着雾气和树林遮掩躲得严严实实的，等到谁不行了就快准狠地上去偷"人头"。

每次眼看着"灵力"就能到手了，斜刺里杀出一道剑光或浩然之气，顺利截和，在场所有人气得破口大骂！

偏偏这两个人打一枪换一个阵地，拿到"人头"之后就脚底抹油，跑得比兔子还快。大家抓也抓不着，简直猥琐得令人发指！

"嗯？"

剑意刚落，一道剑光干净利落地抢先一步，带走了一个"人头"。

可怜的年轻修士到"死"也没明白，究竟是死在了谁手上。

到手的"人头"被截和，谢行止皱了皱眉，不甚在意地挥剑继续杀向下一个瑟瑟发抖的小可怜。

谢行止大开杀戒，一帮修士小心翼翼地跟在其身后面喝点儿肉汤。

"陆辞仙击杀了……"

"陆辞仙击杀了……"

"方凌青击杀了……"

"方凌青击杀了……"

随着击杀信息刷屏和丹田里灵气一路上涨，本来还不大乐意，看不起这么猥琐流打法的方凌青也享受到了游走在战场边缘偷"人头"的刺激感。

刺激！舒畅！

他杀得正上头的时候，乔晚却突然收了剑："走了。"

方凌青愣了愣，恋恋不舍地问："这就走了？"

乔晚用目光示意前方战场。

方凌青往前看了一眼，脑子里转了个弯儿，立刻就明白过来了。

这个时候，差不多已经进入清场阶段了，人越少对他们越不利，他们再不走，玩脱了就走不掉了。

舍不得归舍不得，但一口气吃不成个胖子，贪多嚼不烂。方凌青也不啰唆，麻溜地跟着乔晚，又悄悄地借着浓雾遮蔽身形离去。

离开战场之后，乔晚问："多少个？"

方凌青皱了皱眉："七八个吧？你呢？"

乔晚："整十。"

大丰收！

两个人喜气洋洋地击掌！

这么一算，他俩竟然从谢行止手上捡了这么多"人头"！

两个人欢欣鼓舞之后，另一个残酷的事实也同时摆在了他们面前。

乔晚的脸色十分沉重。

光捡漏他俩就捡了这么多，那照这个架势，谢行止得成长到了什么恐怖的境界？

这幻境只能有人出，不能有人补，少一个人头，就意味着少一分修为和灵力，到了后期，大家修为基本定型，人数也基本固定，到时候想翻盘就不容易了！

所以，他们还得抓紧前期机会赶快成长！

还在回味着偷"人头"快感的方凌青，难得屈尊征求了一下乔晚的意见："接下来呢?"

虽然他看不上乔晚的手段,不想承认,但也不得不承认,游走在战场边缘,偷"人头"的快感是真的会让人上瘾的!

乔晚:"先去摸清楚这儿的大概情况。"

方凌青一脸狐疑的表情:"陆辞仙,我怎么觉得你这么熟练?"

因为她之前是个网瘾少女这种话她肯定是不能说出口的。

乔晚委婉地表示:"因为我之前是个散修。"

散修生存有多艰难,方凌青也有所耳闻,想到这一路也算是被乔晚照顾,当下别别扭扭地主动请缨:"行,你在这儿休息,我去前面看看情况。"

"别走远了啊,"说到一半,他不忘趾高气扬地威胁,"走远了我可就不管你了。"

方凌青一走,乔晚就把剑一放,盘腿坐下铺开了点儿神识进行警戒,然后开始入静消化丹田里的灵气。

这幻境应该是建立在哪个真实的秘境或者灵脉上,灵气浓郁,十分适合修炼。

要是她的筋脉能再粗一点儿就好了,乔晚遗憾地想。

虽然她现在不至于再漏气,但这经年累月下来损失的灵力几乎没办法和别人比。要是她的筋脉再粗一点儿,容纳的灵力多一点儿,情况肯定要比现在好很多。

乔晚默默地计划着。

修炼已经完成了第一阶段,她得再把炼筋给提上日程。

一边稳定着心神,一边保持着警戒,乔晚引导着灵气一遍一遍循环淬炼着肌体,刚淬炼到第二遍的时候,铺出去的那一圈神识突然有了动静。

神识像水波纹一样一圈圈地荡开,立刻闯入了乔晚的识海。

有两个人一脚踩进了她这神识里,不是方凌青。

电光石火间,乔晚抬头看向来人。

闯入这儿的两个太玄观弟子冷不防撞见乔晚,纷纷愣住。

他们没看错吧?!

10分!

两个太玄观弟子脸上的神情顿时从呆愣切换成了震惊和狂喜,他们看着乔晚的目光近乎狂热。

这是值10分的人!

"快,快,快!那里有个10分的!"

10分值!落单的人!快抓住他!

其中一个青年修士立即狂喜地招呼同伴。

随后又从密林中钻出了两个儒修。

后来的两个修士目光一对上乔晚也愣住了,却不是因为那10分,而是面前的少年他们认得!

"陆辞仙?"

乔晚也心里一震:善道书院!

那两个儒修袖子上明晃晃地绣了个金色的"善"字。

仇人见面，分外眼红。

那两个善道书院的弟子齐齐变了脸色：哪怕陆辞仙化成灰他们都认得！就是之前害得他们书院吃了暗亏的那个陆辞仙！

眼看乔晚身上血痕纵横交错，身上灵力微弱，其中一个拿着紫色大刀的高个儿儒修心里一喜。

这人受了伤，看起来还伤得不轻。谁不知道陆辞仙之前和方凌青打了那一架？这样一看明显这人还没从那场约架里缓过来。

这简直就是送上门来的10分值。

乔晚握紧了剑，往后退了一步，没吭声。

少年一身血，看上去的确凄惨了点儿，但敌我情况不明，四个人明显还有所顾忌，一时间也没人敢上前，高个儿儒修眼一瞥，一个拎锤子的人立刻折身去调查周围情况。

"没人。"

四个人松了一口气。

没人，那他们就能下手了！

"怎么，就你一个？"高个儿的善道弟子冷笑，掂量了一下手上的大刀。

他今天就在这儿宰了这人！这可是10分值啊！

在确定确实没什么陷阱之后，就这么一瞬间，虎头大刀携带着一股紫色气劲挥了下来！

四个人，在大家修为都差不多的情况下，硬拼的话她一个人肯定是拼不过的。

方凌青出去了这么一会儿，按理说这个时候该回来了。乔晚吐出一口浊气，活动了一下筋骨，眼神很冷静。

现在就看她能不能撑过这四个人的攻击，等着方凌青回来了。

大刀落下，乔晚身体平仰，刚躲过去，同一时间，另一把银环大刀也气势汹汹地朝着她的脚踝削了过去！

"这是……"

花座峰上的留影石上的画面都是随机取的，这时正好切到了这个区域。

一看留影石上的画面，不平书院众人愣住！

被四个人围攻的是他们的山长啊！

一打四没什么特别的，幻境里的比试进行到最后，所有人基本上都会抱团，这块儿区域的留影像一开始也没吸引到什么目光，

头上和脚上两把大刀一齐杀到，乔晚身体迅速一弯，一脚踩上了那把银环大刀，腾出另一只脚，踹上了高个儿儒修的下巴！

这个时候，终于有目光陆陆续续转了过来，一看这一幕，众人纷纷叫好。

这还没完。

乔晚刚攻破刀阵，太玄观弟子抖了个枪花，朝着她刺出了一柄飞虹枪。

情急之下，乔晚扭身、滑步，灵活地滑了出去。

高个儿儒修反手再斩的时候，枪尖正好杀到。

刀、枪撞在一起，火花四溅。

乔晚刚滑出去半步，还没站稳，头上突然罩下了一片阴影。

不好！

乔晚抽身想躲，没来得及。

"砰！"

重锤刚好落在了乔晚的头顶，这一下差点儿把乔晚砸得脑壳儿崩裂。

乔晚被砸得眼冒金星，下意识地刺出一剑，提着剑晕乎乎地想，失策了，忘了还有一个人。

鲜红的血流到了眼皮上，她来不及擦血，下一秒，两把大刀和飞虹枪又杀了过来。

一对四，她要在这儿没了，那可就全完了。

乔晚来不及喘口气，甩甩晕乎乎的脑袋，提剑继续应付面前这四个人。

她拖到方凌青回来就差不多了，顶多挨揍的时间长点儿。

"不要脸。"将留影石上的一幕尽收眼底后，绿腰咬着牙恨恨怒骂！

四对一，不要脸！

花座峰上的众人心里也憋着一口气，目不转睛地盯着留影石看。

被银环大刀一刀砍在脊背上，少年面色不改，动作都没停滞半点儿。

但每个人心里都敞亮，陆辞仙明显已经处于下风，要是再拖下去，被淘汰那是迟早的事。

而在幻境里，太玄观和善道书院的弟子脸色精彩纷呈。

他们本来以为10分已经到手，没想到面前这人是个难啃的硬骨头，他们四个联手，硬是没咬下来。

乔晚咧嘴笑道："别的不说，皮糙耐打的本事，我可是一流的。"

四人一听这话，心头大恨，气得磨牙却无法反驳。

没办法啊！这人说的的确就是真的，面前这少年的确耐打啊！刚刚那一锤子下去，正常情况下这10分他们就拿到手了，但陆辞仙竟然还能顶着一脸血继续和他们缠斗。

差不多了，方凌青也该到了。

察觉神识范围圈里的细微变化，乔晚果断收了剑势，脚下一个踉跄，跌跌撞撞地朝着那把银环大刀扑了上去！

成了！

眼看战局变化，手握银环大刀的弟子心头一喜：陆辞仙终于坚持不住了！

见状，用枪的少年也赶紧递出了一枪，正对乔晚的背心！

两相夹击之下，乔晚毫不犹豫地从手握银环大刀的弟子的胯下滑了出去。

刀势没收，枪势来不及停，两个人齐齐惊呼！眼见这双双交待的结局几乎不可避免之时——剑光一亮！

剑一·速杀。

乔晚一下带走了两个人头。

"陆辞仙击杀了×××！"

"陆辞仙击杀了×××！"

击杀信息瞬间弹出！

花座峰上众人：2个！

滑出去之后，乔晚立即绕到看呆了的用锤少年背后，一剑穿胸！

"陆辞仙击杀了×××！"

这一切就发生在一眨眼之间。

手握紫色大刀的善道青年打了一个哆嗦，世界观瞬间受到了冲击。

花座峰上众人：3个！

四个队友，一下子去了三个，善道青年抡起大刀硬着头皮冲了上去。

飞速赶回来的方凌青果断地扬起袍袖，浩然正气一发，准备下手之际——

乔晚动作十分迅速利落，在那用枪少年即将离开之际，一把撅断了枪头，掷了出去。

"噗——"枪头正中善道青年的胸口。

方凌青还没来得及捅下去的手，就这么硬生生地停在了半空中。

没想到临死前还坑了队友的用枪少年几乎快哭了：道友，在下不是故意的啊！

善道青年："……"

"陆辞仙击杀了×××！"

花座峰上众人：4个！漂亮！

方凌青："……"

"哎呀。"全场注目下，乔晚面无表情地抽回剑，揩了把剑上的血，"不好意思，手滑了。"

开玩笑，方凌青想抢她的人头？

剑归鞘，乔晚看了一眼玉牌上跳出的四行金色大字！

在那一排排谢行止、白珊湖和孟沧浪的主场中，这四排大字突然杀入，气势汹汹地出现在了留影石上。

"陆辞仙！"有人惊呼。

花座峰上的一干人彼此对视了一眼，都从对方的眼里看到了震惊之色。

这陆辞仙是从哪儿冒出来的？

而刚刚看见了那一场酣畅淋漓的反杀战斗的众人，纷纷长舒了一口气。

漂亮！太漂亮了！以身为盾，以身为剑，这就是纯战技的、血肉之躯的搏杀！陆辞仙果真是铁血真爷们儿！

这么快？郑温良大惊失色。

"这……这不可能吧？"

不平书院的一干人等仰头看了一眼留影石，惊恐地想：他们的山长这么猛的！

花座峰上，惊呆了一片人。

评委台上，气氛也十分微妙。

马怀真挑眉。

卢德昌气得面色铁青。

蠢货！

这两个蠢货！

四个人，一个2分，一个3分，一个6分，还有个5分，加起来就是16分。

大丰收！

乔晚扒拉了一下衣服，看了一眼伤口，刚准备坐下来调息的时候，方凌青瞥了她一眼："你这×字纹是怎么回事？"

乔晚的肌肤上的纹和光明殿那位尊者有什么关系，之前他就一直想问，可惜一直没来得及问出口。

方凌青问，乔晚也没瞒着："这是妙法尊者留下的。"

虽然早就猜出了这纹可能和光明殿那位尊者有关，但听到乔晚亲口承认，方凌青还是有点儿惊悚。

"妙法尊者不是……怎么和你扯上了关系？"像是察觉自己说话方式有点儿不客气，方凌青立刻改了口风，"抱歉，我并非此意，我是指，妙法尊者为人……"方凌青皱了皱眉，纳闷不已。

妙法尊者这么凶残，怎么和陆辞仙扯上关系的？

乔晚抬头："前辈是个好人。"

浑然未觉这是场实时转播的乔晚，当着花座峰所有人的面，吐字清晰，嗓音清朗，诚恳地表示："前辈很温柔。"

"在下仰慕妙法尊者已久，尊者曾经指点过我几招，也算有几分师徒情谊。"

这几句话，一字不漏地实时传入了花座峰上每个人的耳朵里。

花座峰上微妙地安静了下来。

温柔？

所有人的心都颤抖了。

那个妙法尊者，那个容貌和凶残程度呈正比的妙法尊者，其实是个温柔的好人？

方凌青也嘴角抽搐："你在开玩笑吗？"

乔晚摇了摇头。

她很感谢前辈。虽然……她不小心摸了一把妙法的胸，感觉怪尴尬的。

想到这件事，乔晚苦着一张脸挠了挠头。

既然她想不到怎么道歉，倒不如趁这个机会帮妙法挽回点儿名声。

想了想，乔晚脸上表情更加诚恳了："前辈虽然看着凶了点儿，但其实人真的挺温柔的，还贤惠。"

对付这一类人，或者说长辈，乔晚觉得自己已经归纳出了点儿套路。

就比如说大师兄和马怀真，总而言之，她要捧着，顺毛撸，把他们哄开心了基本上就没什么大问题了。

"所以我很仰慕前辈。"

乔晚嗓音不高也不低，说着说着，她坦坦荡荡地坐了下来。

这嗓音清晰地回荡在整个花座峰上。

贤惠？温柔？

他们是不是听见了什么不得了的话？

花座峰上惊叹声一片。

活了这么多年，第一次被人发好人卡，妙法几乎下意识地黑了脸。

小弟子偷偷瞥了一眼尊者的反应：尊者是害羞了吗？

毕竟……尊者凶巴巴地过了这么多年，还没人当众夸过他呢，若是害羞了也是人之常情。

各教派长老纷纷捋须，投去意味深长的揶揄眼神。

温柔、贤惠的大好人，看不出来啊。

这复杂的目光齐刷刷地汇聚而来，尊者嘴角也不自觉地略抽搐。

想到这儿，各教派长老又心理不平衡了。

这叫陆……陆辞仙的后辈吧，多乖多讨喜，知恩图报，多让人省心。

唉，怎么就没后辈当众也给他们表露心意呢？他们操劳到现在也不容易啊。

留影石里的少年，或者说少女，简直像只眼神明亮的小土狗。

在所有人的注目下，尊者脸色更黑，但触及这目光，不由自主地一顿，心口的那阵怒气也好像跟着淡去了不少。

严肃还是严肃，尊者眼里却像荡过了一汪柔和的春水，涟漪微起。

尊者黑着脸沉声怒斥道："孽障，胡闹。"

这孽障。

浑然未觉自己又做了什么不知廉耻的事情的乔晚，调息完了后，十分自然地站起了身，彬彬有礼地对方凌青说道："方仙友，走吧。"

方凌青深深地被刚刚那一番发言给镇到了，站在原地一直没吭声，过了一会儿才诡异地皱紧了眉："陆辞仙，有没有人说过，你其实很像个姑娘？"

这话他也憋在心里很久了！

方凌青看了一眼乔晚，虽然理智告诉他面前这是个正儿八经的爷们儿，但每次和"陆辞仙"相处，他心里总有种挥之不去的诡异感。

具体哪里诡异他也说不上来，总而言之，陆辞仙这个人和他接触过的其他男人都不太一样，一举一动都不太一样。就比如说刚刚对方对妙法尊者那通激情"告白"，更加证实了他心里那股诡异感。

少年眼神十分澄澈，语气十分诚恳是没错，但哪有大老爷们儿会这么一本正经地说自己仰慕另一个大老爷们儿的啊！

面对方凌青的困惑，乔晚丝毫不慌，十分淡定。

在披着这马甲行走前，乔晚就已经做好了被人这么问的准备，头一次当男的，还不太熟练，有违和感那是很正常的。

这马甲稳妥，一时半会儿也不用担心掉马甲的事，乔晚停下脚步，神情自然地问："你为什么会这么想？"

方凌青发现自己回答不上来。

他就看着觉得像，这理由行吗？

他肯定是疯了。

方凌青摇摇头，加快脚步跟上了乔晚的步伐。

刷怪抢"人头"虽然爽，但时间一长，幻境里的人和怪变少，他们已经不像刚开始那么好刷了。

这一路上，乔晚和方凌青还撞上过几队修士。

大家神情都很警惕，在评估了双方实力之后，都没出手，还有几个修士主动抛出了橄榄枝，问他们要不要组队。

从大家进入秘境开始，到比试结束，总共有三天时间。

玉牌上显示已经过了将近两个时辰，这个时候，幻境里的修士也开始自发性地组队抱团，当然像谢行止、白珊湖和孟沧浪那种让人羡慕忌妒恨得牙痒痒的开挂者不算在内。

问话的这一队修士，领队姓刘，队里有弟子、道士，也有儒修。

刘领队面色沉静地说："这一路上大家伙儿一起走，也好有个照应，方道友、陆道友你们怎么看？"

离秘境结束时间还长，光靠他们两个拿点儿"人头"分肯定不够。

方凌青和乔晚合计了一下，决定还是先和这一队人同行一程。

"我听说过你。"说话的是队里一个年纪不大的女修。

在完成一次十分漂亮的配合行动之后，少女擦了一下剑上的血，冲着乔晚友好地抬眼笑了笑。

女修肤白貌美，娇俏可人，生着一双无辜的下垂眼，下眼睫乌黑纤长，笑起来时十分甜美。

"我姓楚，叫楚桐微。"楚桐微眨了眨眼，看了乔晚一眼，甜甜地微笑，"你就是那个陆辞仙？"

幻境里厮杀得这么激烈，一个秀美温柔的姑娘是很能舒缓人心的，尤其是像楚桐微这样的姑娘，好看温柔，做事利索，不娇气，在小分队里特别受欢迎。

可惜，就是这么一个深受欢迎的姑娘竟然看上了乔晚，言谈间十分亲昵。

乔晚不是傻的，立刻察觉不对劲儿，等楚桐微一走，便抽了个空转头问方凌青："你觉不觉得这位楚道友有点儿问题？"

方凌青一瞬间还以为陆辞仙这是在嘲讽他。

但少年眼睛乌黑透亮，像是十分认真地在向他征求意见。

方凌青大恨，并且诚恳地表示："我觉得可能是你有点儿问题。"

你就没看见其他人看你的羡慕忌妒恨的眼神吗？

方凌青虽然有点儿艳羡，但也不得不承认，楚桐徵更愿意和陆辞仙亲近倒也不是没原因的，毕竟在这一干人里，只有陆辞仙皮相最好看，现在修真界都流行像陆辞仙这一款的美少年，像他这种有风度的世家弟子已经不吃香了。

可能是女人都了解女人。

蹲在河边脱了上衣清洗伤口的时候，乔晚看了一眼河水中倒映出的少年，深沉地觉得，这位楚道友肯定别有用意。

虽然她捏的脸长得的确挺好看的，乔晚摸摸自己的脸，十分有自知之明地想，但也不至于叫人一见钟情。

"陆道友，你在这儿？"

就在这时，柔美的嗓音传来。

乔晚蹲在河边，扭头看去，就看到楚桐徵款款走来。少女一路走到自己面前，笑吟吟地说："我找你好久了。"

这幻境里也是有时辰变化的。

这个时候正值夜半，天上云散月出，月光皎洁而明亮。

楚桐徵微微一笑，明明长了一张天真无邪的嫩脸，但笑起来的时候，眼尾都好像摇曳着风情。

"陆道友你这是在清洗伤口？"楚桐徵关切地问，"怎么伤得这么厉害？"

少女目光有意无意间在乔晚赤裸的胸膛上扫过，弯着眼睛笑了笑。

嚯，这人的腹肌、胸肌还挺结实。

像是想到了什么，楚桐徵从怀里摸出个小瓷瓶，朝乔晚笑道："说出来不怕陆道友你见笑，这幻境里虽然不能带东西，但这瓶药是刚才炼制的，能活血生肌，陆道友如果不嫌弃的话，就拿去用吧。"

乔晚神情十分正直："没事，这伤不严重，这儿灵气浓郁，过会儿就能痊愈。"

"话怎么能这么说？"楚桐徵一脸惊讶的表情，加快脚步走到乔晚跟前，伸出手来。

纤纤玉手落在之前被善道弟子劈出的伤口上。

伤口沿着脊背一路往下，翻出了肉，深可见骨。

"这得多疼啊。"楚桐徵低声说着，纤细柔软的手指一滑，指腹若有若无地在旁边那块儿光滑的肌肤上打了个旋儿。

乔晚浑身一僵。

楚桐徵下垂眼一扬，眼里波光盈盈。

这副姿态她练习的时间最久，练的次数最多，看上去最柔软无辜可怜，基本上还没失手过。媚宗的大师姐就说过，她这么一副娇娇软软的嗓音，配上这双无辜的下垂眼，只要是个男人就拒绝不了。

这一路上，她也顺利靠着这么一副姿态混入了队伍里，蹭了好几个"人头"，直到看见了这少年。

少年仙骨英姿，丰神俊朗，看得楚桐徵那叫一个心花怒放，心潮澎湃。

就少年这正经的样子，楚桐徵眨了眨眼，心道，这陆辞仙似乎拿了不少"人头"吧，丹田里灵气充裕，要是她能和他颠鸾倒凤，顺便再吸点儿灵气，岂不美哉？

怀揣着这丧心病狂的想法，楚桐徵凑近了点儿，眨着无辜的下垂眼，贴近了乔晚的脊背，气若幽兰。

虽然察觉这位楚道友没怀着什么好意，但当姑娘紧贴着自己的后背那一瞬间，乔晚浑身一僵，还是不由自主地……脸红了。

"哎呀！"楚桐徵像是察觉了什么，低声惊呼了一声，"陆道友，你的脸怎么这么红呀？"

楚桐徵顺势揽上乔晚的脖颈，往乔晚的大腿上坐，凝视着乔晚的下垂眼里好像也盛满了溶溶月光。

眼看着少年白皙的脸上泛起了一阵红晕，楚桐徵舔了舔嘴角，无辜纯情的脸上露出了点儿毫不相称的娇娆之色。

她就知道没人抵抗得了媚宗功法。

楚桐徵这么想着，空出的那只手顺着乔晚的肩膀一路往下滑。

肩挺宽，胸肌不错，腰窄，她的指尖顺着腰线继续往下走，轻轻一点，就是不知道这丹田里的灵气够不够她吸的。

花座峰上，留影石上的影像尽职尽责地跟着乔晚和方凌青两个人一路追踪，一直没停。

于是，这花前月下，你侬我侬的暧昧画面，就这么毫无遮掩地投映在了留影石上。

眼看着楚桐徵白嫩嫩的指尖就要往少年的裤腰里滑，整个花座峰上的人整齐划一地一呆，然后下一秒，炸锅了。

这算什么？活春宫啊！还在大光明殿的地盘当着妙法尊者的面上演！

而主人公之一前脚还说自己特仰慕妙法，转头就和人家姑娘搂在了一块儿，这简直是把妙法尊者的脸打得"啪啪"响！

看看，看看妙法尊者那脸，黑里透着青，精彩纷呈。

看着留影像里少年脸色泛红，晕乎乎的，俨然找不到北的模样，花座峰上的众人内心激动得"嗷嗷"直叫。

这届论法会刚开场就这么刺激！

刚目睹了陆辞仙一轮反杀操作拿了四个"人头"，转眼又看到这么一场活春宫，众人发自内心地惊叹不已。

激动归激动，但眼看着留影石上的两个人压根没有停下来的意思，花座峰上的众人还是呆了。

猝不及防地看到这一幕的女修，脸红地怒啐了一口："呸！不要脸！"

不管是乐意看的人，还是不乐意看的人，目光都十分实诚地往留影石上瞟。

陆辞仙就这么抱着少女，全然没有推开或者反抗的意思。

就连马怀真和袁六也都被这一幕给镇住了。

卢德昌则是扯了扯嘴角，皮笑肉不笑地瞥了一眼身边的尊者。

尊者目光紧紧盯着留影石，刚刚周身那柔和点儿的气息遽然消失。

妙法越不高兴，卢德昌就越高兴。

卢德昌捋着胡须，若有所指地微笑道："尊者，你这小朋友，可正是……正当年少，精力旺盛。"

在这三教论法会上，众目睽睽之下，少年和一个女修抱在一起难解难分，能不精力旺盛吗？

留影石上的两个人没看见这花座峰上的情形，还"忘我"地抱着。

楚桐徵松开那勾着乔晚的胳膊的手，在乔晚的脸上摸了一把，低头就准备亲下去。

妙法脸色一变。

所有人呼吸一顿。

下一秒，留影石上的画面一转，变成了一个年轻的小儒修瑟瑟发抖地抱着剑左顾右盼。

留影像切频道了！

卢德昌虚伪地凑近了点儿："尊者？"

妙法这才从留影石上移开视线，目光不偏不倚地落在了卢德昌的脸上。

这一眼如同刀丛里盛开的青莲，美则美矣，但杀伤性十足。

饶是卢德昌也不由得浑身一震，脸皮不自在地抖了扯："尊者生气了？"

妙法冷眉冷眼地说："陆辞仙并非我光明殿弟子，我生她什么气？"

话音刚落，他眼神一睨，下一秒，不远处足足有一人高的山石"砰"一声四分五裂。

还在扼腕叹息这留影像切得不是时候的修士们齐齐一愣，随后拔剑而起，茫然地大喊："怎么了？这是怎么了？"

完了。

小弟子一脸绝望的表情。

尊者要杀人了，乔道友你快回来啊！尊者哄不好了啊！

而在所有人目光所不能及之处，楚桐徵解裤腰的动作十分熟练，不到几秒钟的工夫，乔晚全身上下就只剩了条白色的中裤。

就差这临门一脚了，楚桐徵突然停了下来，抿唇露出个无辜的笑容。

都怪她，太激动，差点儿忘了自己这衣服还没脱呢。

楚桐徵摸了把乔晚的脸，低头开始解自己的衣裳。

她一垂眼，目光触及少年那茫然的目光，又忍不住笑了出来。

虽然这人脸好看，修为也不错，可还是嫩了点儿，一碰上媚宗的"天地至乐"功法，就晕得不知道谁是谁了。

乔晚捂住脑袋，头晕。

眼前也模模糊糊一片，她抬眼看了看天，只能看到朦胧的月光。

鼻间传来了一阵若有若无的甜香，她再一垂眼，映入眼帘的是个比月亮还好看的姑娘，肌肤细腻，触感又软又滑。

"陆道友，"楚桐徽笑得清甜可人，撒娇似的低声问道，"我好看吗？"

乔晚愣了一会儿，红着脸磕磕巴巴地应声："好看。"

她眼睛亮亮的，像只小狗。

"真乖。"

楚桐徽低头捏了一把乔晚的脸。

这人这么乖，她都舍不得下手了。可惜比起这个，她更想要眼前之人丹田里那灵气和修为。

听说这三教论法会各家各派可是下了血本的，不说她能不能拔得头筹，就算能杀入后面那几场比试，都有不少天材地宝等着她。

男人算什么，有天材地宝来得忠心实诚吗？

楚桐徽出身媚宗，虽然生了副天真无辜的圆脸，但头脑十分清醒。

不过，就在这关键时刻，头脑清醒的楚桐徽猝不及防地栽了。

就在这时不远处的树林里似乎传来了一阵浩然正气。

这正气……不好，来人了！

楚桐徽浑身一凛，翻身从乔晚身上滚了下来，抬眼看去，来的恐怕还是条大鱼！

楚桐徽自觉自己是个十分务实的姑娘，看了一眼密林中那道傲岸的身影，又回头看了一眼乔晚，果断地伸脚一蹬，把乔晚踹出几步，然后迅速往地上一倒，惊叫一声，嗓音里隐隐含着点儿泣意。

"陆……陆道友！你想干吗？！你别过来啊！"

这嗓音娇弱慌乱，但足够来人听得一清二楚。

不远处，如挺拔青松似的剑修愣了愣，皱起了眉。

玄铁剑更快一步。

"谁？！"

等谢行止赶到的时候，他看到的就是这么一幅画面。

少女倒在地上，香肩半露，眼里含着点儿泣意，吓得眼眶通红，战战兢兢地看着面前赤裸着上半身的乔晚。

男人漆黑的瞳孔骤缩！

谢行止！

楚桐徽心头一震，紧跟着大喜。

她一见谢行止就像见了救星，红着眼扑了上去，像只受惊的小鹿。

"这位道友！救救我！求你救救我！"

谢行止？

乔晚光着膀子，只感觉自己半边身子顿时麻了，根本没想到会在这儿撞见谢行止！

冷月如霜，落在男人身上。

男人眼里清辉微漾，远处波寒月白。

更令乔晚猝不及防的是，没想到谢行止竟然认得她，一见她赤裸的胸膛，周身气息顿时一凛，厉声道："陆辞仙？"

背后那把玄铁剑散发着一股凛冽的寒意。

乔晚心里"咯噔"一声。

完了，这画风怎么看上去这么诡异？

孤剑谢行止，平常最看不惯这种欺男霸女的恶事。

那本《诛邪录》，凡是被添在上面的名字，基本上都已经被玄铁剑一剑斩归西。

再一想到游仙镇上那一次的情形，饶是乔晚也不由得打了一个哆嗦。

她光着上半身，楚桐徽又伏在地上"嘤嘤"地哭，就现在这个场面也无怪乎谢行止会误会。乔晚刚伸出手，企图挣扎一下，楚桐徽就像是见着了什么黑恶势力，哆嗦了一下，往谢行止身后躲去。

男人往前迈出了半步，挡住了乔晚的视线，抬眼，眼神清湛，如同潜藏着滔天怒焰的海面。

他那个意思大概就是：你还敢看？

乔晚嘴角抽搐，将伸出去的手缩了回来："谢道友，你听我解释……"

谢行止皱眉，冷声说道："你最好给我一个解释。"

乔晚："这是个误会……"

乔晚问楚桐徽："楚道友，你是媚宗弟子吧？"

就算再傻，联想到这其中的古怪之处，乔晚也明白了。

楚桐徽心里一紧，赶紧低头继续哭，哭声细细的，哭得鼻尖泛红，嗓子都哑了。

"陆道友，你……我本以为你是个俊杰，才这般信任你，没想到你……你做出这种事不说，反而栽赃我是媚宗弟子！"

媚宗这地方，是正经女修该待的吗？

虽然身为媚宗弟子，但楚桐徽对自家门派的认知还是挺清晰的。

透过蒙眬的泪眼，楚桐徽一边哭，一边悄悄地瞥了一眼谢行止，心里喜不自胜。

这腰、这背，没想到这孤剑谢行止这么好说话，这么没心眼。

要是她能拿下这孤剑谢行止……

思及此，楚桐徽眼泪掉得更凶了，一边掉眼泪，一边小心翼翼地伸出手钩了一下谢行止的衣袖："道……道友，求你一定要帮帮我。"

"你别怕。"谢行止沉声说道，"若有什么冤屈，我自会为你撑腰。"

下山时间虽然不长，但这一路上，人情百态，人性之恶，他看了个十成十。

女修的修仙路本就比男人要艰难数倍，这世上却还是有不少男人仗着自己身强体壮，对女修百般刁难凌辱。

如果……如果是他妹子……

谢行止闭上眼。

虽然他记不清了，但这么多年来，印象中隐隐地总有个面无表情的黄毛丫头跟在自己屁股后面跑。

"哥，抱一个。"

然后黄毛丫头双脚一蹬，利索地跳到了他的背上。

那是他的小妹，是他在这世上唯一珍重爱护的小妹。

他们失散了这么多年，这世道又这么乱，就算是他也不能保证，小妹她一个人摸爬滚打地生活的时候，会不会碰上像今天这种事。

谢行止抬头，看了一眼光着膀子、腰腹肌紧实的乔晚，眼神骤然一冷。

他也不能保证，小妹会不会碰上这种人面兽心之辈。

这一路上他只恨这手中的玄铁剑诛不尽这世间恶事。

光着膀子、"人面兽心""色中饿鬼"的乔晚："……"

不知道是不是她的错觉，谢行止的眼神好像突然变冷了。

乔晚："我真没打算对这位道友做什么。"

谢行止冷冷地问："既然你没想做什么，为何衣冠不整？"

乔晚压力山大地指了指那条小河："我刚刚在清洗伤口。"

少年脊背上确实有一道深可见骨的刀伤。

谢行止蹙眉沉沉地继续问："这位道友刚刚的话，你又打算作何解释？"

他明显还是不肯相信乔晚的话，一个弱女子和一个光着膀子的汉子，怎么看都是楚桐徵的话更有说服力一点儿，哪有姑娘会拿自己的清白说事的？

楚桐徵哭得眼睛通红："陆道友，枉我这么信你，到了这个地步，你竟然还狡辩！"

深知现在这个情况是有嘴也说不清，乔晚脑子一热，脱口而出："谢道友你看看我，我根本都没反应，怎么作案？"

整个密林都安静了下来。

月光静静流淌，在这轻纱薄雾一般的月色下，传来了震惊的男声。

"陆小道友？"

脚蹬着草鞋的齐非道拨开草丛，一脸震惊表情地看着眼前这一幕，宛如听见了什么了不得的月夜秘闻。

谢行止愣了愣，玄铁剑立刻出鞘！

"谁？"

"被发现了！"

草丛晃了晃，又跳出个人高马大的男修，男人目光迅速在乔晚和谢行止脸上扫了一圈儿，尤其在乔晚脸上停留的时间更长。

谢行止："……"

男修："风紧扯呼，兄弟们跑！"

男人冷着脸，风姿凛然，拔剑出鞘！

另一个粗哑的暴躁男声跟着响起，跳出另一个刀疤脸的男修，男修恶狠狠地扛着刀吼道："跑啥！没见识的东西！你看现在还跑得掉吗？"

刚刚隐约看到这儿的人影，他们还以为是哪个拎不清的家伙在这地方抢女人，没想到是谢行止和陆辞仙？

刀疤脸男修眯起眼，心知这个时候想跑也跑不掉了，拼一把说不定还能混到两个人的分，于是挥刀怒吼："道友们！上！"

刀光一现，那人高马大的修士甩出个飞爪，直攻向谢行止的后脑勺。

剑一·速杀！

乔晚飞身上前，剑光一掠，一剑打偏了那飞爪，正中那人高马大的修士的胸口！

乔晚动的同一时间，那刀疤脸男修也动了。

他刚迈出一步，就被玄铁剑一剑抹了脖子。

少年白皙秀气的脸上沾了点儿血。

谢行止脸色冷得像冰。

剑从对方的身后同步归鞘。

谢行止乌黑的眼里，几乎是一模一样的锋锐光芒。

就这么一眨眼的工夫，两个人同时解决了对方背后的敌人！

这默契的配合动作，顿时看呆了齐非道和楚桐徵两个。

齐非道睁大了眼。

他怎么就没发现，陆辞仙和谢行止这么像？

楚桐徵的脸红了。

哎呀，陆辞仙和谢行止这两个人怎么都这么……爷们儿啊？

这扑面而来的真汉子的雄性气息，撩拨得楚桐徵春心荡漾，两眼水汪汪的。

她这么一看，好像还是赤裸着上半身、全身上下就穿了条裤子的陆辞仙更爷们点儿。

楚桐徵看了一眼少年那紧致的腹肌上溅上的鲜血，下意识地舔了舔嘴角。

过了一秒，她突然反应过来。

等等……刚刚陆辞仙说了什么来着？

没反应？

第四章 小方同学大作战

楚桐徵顿时瞪大了眼，大惊失色。

没反应？

是她媚宗的功法失效了？还是说她不够好看，这魅惑之术学得不够到家？

不对啊，之前陆辞仙不是还晕头转向的？

不可能啊！

河边又恢复了死一般的寂静气氛，安静得众人都能听见河面吹过的那一阵微风和细微的水流声。

楚桐徵的表情已经不是蒙了。

少女圆润可爱的小脸上，表情茫然中夹杂着一丝震惊，震惊中夹杂着一丝恨铁不成钢，恨铁不成钢中还夹杂着一丝凄凉和彷徨。

齐非道："……"

谢行止："……"

就连齐非道的笑容也有点儿挂不住了。

修真界知道得越多的人，死得越早。尤其是这种牵扯男人尊严的秘密，齐非道表示，他可一点儿都不想探听别人的什么秘密。

"误会。"青年扯出个和往常一样闲适的微笑，神情自若地走上前，手搭在乔晚的肩膀上，"陆道友的品行，我还是信得过的，看来这一切都是个误会，你说是不是？"

"谢道友，你说呢？"齐非道转身看向谢行止。

被这么一打岔，谢行止目光在乔晚身上一扫，也的确看出了点儿诡异之处。

他皱着眉，没答话。

眼看谢行止不答话，齐非道往后一瞥，换了个话题："谢道友，你的队友呢？"

谢行止反应冷淡，言简意赅道："死了。"

齐非道："……"

这位刚开场就提剑大开杀戒的孤剑，确实不需要和人组队。

虽然这事看起来有些蹊跷，但看了一眼冷风中小脸煞白的楚桐徵，谢行止顿了顿，还是有点儿不放心："你的同伴在哪儿？我送你回去。"

楚桐徵受宠若惊地抬眼："谢道友？"

这就没必要了吧。

万一让谢行止看出什么，楚桐徵打了一个哆嗦。

齐非道将手搭上乔晚的肩膀："陆道友不介意带上我一块儿回去吧？"

回想刚刚自己那番惊天动地的言论，饶是乔晚也不由得微微红了脸。

叫其他人看她有没有反应什么的，这太不知廉耻了！

出去的时候还只有乔晚一个，回来的时候，眼看着少年身后跟了个在这个区域可谓噩梦般的存在的面孔之后，营地里的众人安静了一秒，顿时人仰马翻！

"这是谢行止？"

众人顿时感觉脖子凉飕飕的。

方凌青拨开人群，见状也蒙了。

"齐师兄、谢道友？"

还有……目光扫了一眼打着赤膊的乔晚，以及跟在谢行止身后，泪光涟涟的楚桐徵，方凌青浑身一震！

这是什么情况？

和惊慌失措的一干人等不同，谢行止对他们脖子上那颗脑袋没什么兴趣。

将楚桐徵送到之后，他转身就走。

虽然心里憋着一肚子疑惑，看见衣衫不整的楚桐徵，方凌青还是解下了外衫给她披上，又从齐非道那儿探听到了事情的来龙去脉。

然后方凌青也惊了，回去后一看到乔晚，眼神就忍不住乱瞟。

乔晚能感受到方凌青落在自己身上的目光，那目光里夹杂着几分震惊和同情。

而楚桐徵原地踌躇了一会儿，目光落在了不远处的领队刘辛文身上。

刘辛文眼一瞥，楚桐徵立即换了副小鸟依人的娇俏模样走了过去："刘道友。"

没想到刘辛文往后退了半步，看都没多看她白花花的肌肤一眼。

向来无往不利，从来就没碰过壁的楚桐徵微微一愣。

不至于吧，谢行止和陆辞仙也就算了，怎么现在一个个男人都这么矜持？

难不成她媚宗功法真没学到家？

"楚姑娘，"刘辛文沉声问，"有事吗？"

箭在弦上，不得不发。

虽然刘辛文的态度让楚桐徵心中有点儿忐忑，但今天她已经得罪了陆辞仙，想要以后继续跟着刘辛文混，那还得先下手为强。

刘辛文："陆辞仙？"

男人低声重复了一遍刚刚楚桐微说的话："你要我请陆道友和方道友离开？"

"是。"楚桐微眨了眨眼，苍白的小脸上滚下了一串泪珠，"我……我也没想到陆道友是这种人。刘道友，你能不能……能不能帮帮我？"

少女默默垂泪，确实是一幅柔美的画面。

刘辛文打量了楚桐微一眼，低声说道："楚道友和我们同行也有一段时间了。姑娘还记得当初我们是怎么说的吗？"

楚桐微愣住。

刘辛文像是没看见她脸上的眼泪，继续说道："当初说是就同行这一截路。

"我们毕竟都是男人，带着楚道友你一个女修不方便，如果楚道友真不愿再和陆道友接触，那还请楚道友离开吧。"

不对啊！此话一出，楚桐微登时慌了神！他们不是在说让陆辞仙走吗？怎么现在让她走了？

"刘道友，你这话是什么意思？"

刘辛文又看了她一眼，摇了摇头："我话已至此，还请姑娘你自便。"说罢，他转身就走。

看着刘辛文离去的背影，楚桐微在原地站了一会儿，突然明白了。她当是为什么呢？少女咬了咬粉嫩的下唇，气得小脸通红。

刘辛文还不是权衡利弊，觉得陆辞仙和方凌青留下来，比她留下来划算吗！

楚桐微站在原地，被夜风一吹，略感茫然地想：怎么这些修士都和师姐说的不一样啊？

师姐不是说男人都是动动手指就能骗到的吗？尤其是那种没钱又正直的剑修，不更是她们媚宗小妖女的目标吗？

楚桐微捂住自己刚刚扯下来的单薄衣襟，委屈地睁大了那双下垂眼。这些臭男人，她要回媚宗修炼！

等到下半夜，方凌青和乔晚一块儿回来了。

刘辛文走过来，挨个儿招呼了一声："方道友、陆道友、齐道友。"

男人一坐下来，就是问要不要继续组队这件事。组队的时候他们就说了，先同行一段时间，具体的事晚上再说。

刘辛文不动声色地看了齐非道一眼。

如果他没记错，面前这男人就是崇德古苑数部的大弟子，齐非道。

方凌青、陆辞仙、齐非道都不是寻常修士。刘辛文盘算着，要是在这场幻境结束之前，能和这三个人一路同行，应该会轻松不少。

齐非道算比较倒霉，刚进幻境就和队友失散，那个倒霉催的孩子还没来得及赶去和他会合，就被孟沧浪给一剑送回了花座峰。

都是一所书院的人，齐非道就算想为自己这倒霉催的队友报仇，也没下手的理由，最重要的是打不过。

好在他本来就怕麻烦，刚巧不小心撞见了乔晚，就干脆留了下来。

面对刘辛文抛出的橄榄枝，齐非道懒懒地表示："我和小方一起。"

方凌青开口道："我没什么异议。"

他和谁组队都一样，只要过了这两天，这一场比试就算过了。

两个人都没什么意见，刘辛文转头问乔晚的意见："那陆道友呢？"

还没等乔晚开口，刘辛文好像想起了什么，皱眉低声问："陆道友可是因为楚姑娘的事生气了？"

"实不相瞒，我们几个与楚桐徽也不算熟，只是当初看她一个姑娘没了队友，一个人走着可怜，就捎上了她。"

"没想到，"刘辛文顿了顿，"她不太安分。"

刘辛文想得很明白。

楚桐徽那副皮囊生得虽然好看，人温柔可人也不添乱，看着的确治愈，但用她一个人换面前这三个战力，实在是不划算。

更何况，这才第一天她就招惹上了陆辞仙，难保她后面两天不会在队伍里继续招摇。队伍里都是血气方刚的年轻修士，要是因为楚桐徽动摇了军心，引发了内讧，那更不划算。

"楚姑娘刚刚已经走了，如果陆道友是担心这个，没必要。"

"走了？"齐非道惊讶。

乔晚也愣了愣。

乔晚看向刘辛文，心里能猜出楚桐徽离开可能和她脱不开关系。

说实话，她倒没有生气或者记恨这姑娘。

乔晚挠了挠头。

"陆道友？"刘辛文蹙眉问道，心里微感不安。

行不行，这人倒是给个准话啊。

乔晚摇了摇头，沉声回道："我没意见。"

刘辛文松了一口气，那张如山石一般坚硬的脸上露出了点儿笑容："那之后两天，合作愉快。"

"半个时辰之后，我们打算四处转转，"刘辛文笑道，"陆道友，你们要不要一道去？"

虽然入了夜，但修士基本上用不着睡觉。

半夜，整个幻境都安静了下来，夜雾浓重。

这个环境和这个时间点，特别适合蹲在草丛里，等着落单的"小白兔"路过，刘辛文自然不可能放过这个机会。

齐非道代表两个人欣然应允。

休息半个时辰后，众人整队出发，乔晚特地留意了一眼，果然没看到楚桐徽的身影。

幻境很大，乔晚和方凌青走开了一点儿，安安静静地蹲守在草丛里。

就这么孤独寂寞地瞪了一会儿，乔晚终于在夜雾中隐约看见了一道身影。

来者小心谨慎地握着剑，小心戒备着周围环境。

没办法，队友死得太早，他一时半会儿找不到新队友，只能一个人凑合着过。

少年一脸萧瑟表情地刚往前走了几步，没想到就在这时，剑光闪过。

剑一·速杀！

少年睁大了眼："谁？"

谁在这儿？话还没说出口，少年一个趔趄，扑街！

少年心中泪流满面，能在这幻境里混到最后的人果然都是心狠手辣的！

"陆辞仙击杀了×××！"

感受到丹田里的灵力再度上涨，乔晚收回了剑。但就在这时，一道破空声传来。

身后！

乔晚侧身一躲，一根棍子迎面袭来，敲了个空。

身前也有人！

来人一脚正中她的胸口！这一脚直接把乔晚踢飞了出去。乔晚赶紧调整身姿，就地滚了几圈。

"当当当！"

一阵令人牙酸的刀剑撞击声响起。乔晚脑袋上闪过一连串的刀光。

刀剑砍了个空，草屑飞溅。

差一秒，乔晚就血溅当场。虽然她反应快，避免了血溅当场的结局，但跑是跑不掉了。

看向面前不远处迎面走来的两道人影，乔晚心里一沉。

糟了，她中埋伏了，被围了。

那两道人影越走越近，渐渐在薄雾中露出了脸。圆脸、下垂眼、面若春桃一般的少女，傍着个青面皮的道修缓缓走来，不是楚桐徵还能是谁？

乔晚恍然："你暗算我？"

少女眨了眨眼，昂首挺胸，露着小虎牙，看着在地上滚了一圈儿，还没来得及爬起来的乔晚娇娆一笑："陆辞仙，你没想到吧？"

刘辛文这个混账，真当她找不着愿意替她卖命的男人了？

傍上身边的青面皮男人，楚桐徵心满意足地笑了笑，眨巴着无辜的大眼睛，指着乔晚冲那道修说道："就是他，就是他欺负我。"

青面皮的道修扫了地上的乔晚一眼。

这少年小身板儿单薄，修为看着也没多高："就是他欺负的你？"

楚桐徵："张道友，你别看他这样，实际上想拿下他还有点儿棘手。"

青面皮的道修闻言冷冷一笑，心里没太把楚桐徵的话当回事。他看看面前这小子这样，想着对方估计是蹭着队友活到了现在。

"棘手那也得上，"张道友笑道，"你都求到我面前了，我还能不帮你拿下他？"

楚桐徵脸上泛起了点儿红晕，她抱着张道友的胳膊看向乔晚："跑啊，你再跑啊！"

虽然出了点儿偏差，但……她的目光在少年的腹肌上走了一圈儿，这丹田里的灵气她还是拿到手了。

"去吧，"青面皮的道修笑道，"这都是你的。"

楚桐徵踮起脚在男人的脸上亲了一口，慢条斯理地拎着剑走了过去，随即一剑刺了下去，结果刺了个空。

乔晚滚了一圈。

楚桐徵早就料到乔晚会动了。

来得正好！楚桐徵抬眼笑了笑，一个折身，身形如同春风中狂摆的柳枝，灵活地一把抓住了乔晚的手腕，制住了她的动作。

两个人一拉一扯间，楚桐徵伸脚一踹，正好把乔晚一脚踹到了传送阵旁边。

这一踹，两个人都愣住了。

乔晚迅速抬眼：谢了！

楚桐徵愣了愣，娇俏的嫩脸立刻扭曲了。

就这么一眨眼的工夫，乔晚用无相诀格挡开楚桐徵的动作，干净利落地骨碌碌滚进了传送阵里。

传送阵白光一现，下一秒，只剩下了一片乳白色的月光。

楚桐徵睁大了眼。这人竟然跑了？

"跑了？"还在等着楚桐徵自己亲手解决乔晚的青面皮道修蒙了，走上前一步，看了一眼传送阵，错愕地问。

楚桐徵不大高兴地皱眉："你不是答应我帮我对付他的吗？现在陆辞仙跑了怎么办？"

青面皮道修搂过楚桐徵，笑道："跑了抓回来就是了，这次不过是出了点儿小纰漏，怎么？这就不高兴了？"

楚桐徵瞥了一眼那张道友，在心里撇了撇嘴。

这姓张的，容貌和陆辞仙比差远了去。要不是陆辞仙不能用，她也没必要求到张志义面前。

男人搭在她的胳膊上的手冰凉，像蛇一样黏腻，一张脸也白得像僵尸，实在不太符合她的审美。

而且，这张志义是太阴观的弟子，行事邪性得很，光看着楚桐徵心里就发凉。

这一晃神的工夫，张志义目光扫了一眼少女胸前露出的那半截白皙光滑的肌肤。

楚桐徵微不可察地往后退了半步，抿着唇露出微笑："张道友，当初明明说的是你帮我抓着人了，我再答应你的要求。这人还没抓着，道友怎么现在就要让我兑换承诺了呢？"

少女眨着大眼，长长的眼睫像一把小扇子，挠得人心里痒痒，眼里像是盛满了月光。

张志义乱了呼吸。

不过这欲擒故纵的手段，一开始还能算作情趣，玩多了，只能称得上是不识好歹了。

看得见吃不着，一来二去，张志义也有点儿恼了。

要不是观里管得严，他一直没机会亲近女人，何必在这儿跟个媚宗的人纠缠？

"装什么装？找你道爷办事，难道你还想什么都不出？你也不掂量掂量自己的斤两。"张志义冷笑，"你还真当自己是个良家子，在这儿讨价还价？

"要真把我惹恼了，你道爷我在这儿就把你给办了。"

话音刚落，剩下的那两三个修士一块儿围了上来。

楚桐徽脸色一变，心里也有点儿慌了，不自觉地往后退了一步，目光扫过面色不善地围着自己的男人。

完了。楚桐徽咬着唇，吓得手脚冰凉。这些男人，好的时候一口一个心肝儿宝贝儿，实际上还是嫌弃她们媚宗的弟子下贱。

陆辞仙那张白皙俊俏的脸冷不防地跳入脑海。

楚桐徽看了一眼那传送阵。

另一个男修更快一步，挡在了传送阵前面。

"怎么？"张志义抱着胸，冷冷地笑道，"想好了没？"

退路被堵，楚桐徽呼吸急促了点儿，脸上扯出了一丝不太自在的笑容："道友误会了，我不是那个意思。"

而另一厢，乔晚拍拍身上的灰，从传送阵里站了出来。

密林幽深，月光像是浮在雾气上，在树林间缓缓流动。回想刚刚那惊魂一刻，乔晚叹了一口气，没想到楚桐徽竟然真的记恨上自己了。现在最重要的是她要怎么和方凌青联系上。

然后……乔晚面无表情地握紧了剑。她要去找楚桐徽报仇。想到这儿，乔晚伸手往怀里摸去。

里面空空如也。

玉牌没了，估计是之前她打架的时候落下了。

传讯玉牌只能用于和队友交流，玉牌一丢，就表示自己和方凌青他们暂时失去了联系。

当务之急，她要弄明白这究竟是哪儿。

乔晚提着剑，小心翼翼地走了一圈。

树林里安安静静的，没一个人影，只剩一个泛着白光的传送法阵。

这幻境里的传送阵，传送地点毫无规律可言，人能被传送到哪儿完全看命。

往后看了一眼传送阵，乔晚略一思索，试探性地往前踩去，同时全身紧绷，握紧了剑，做好了戒备，就等待会儿情况不对能迅速反应！

传送阵亮了一下，没想到这回她被传送的地点也没个人影，一片空荡荡的。

不过这周围的树木好像有点儿眼熟？

不远处好像传来了点儿人说话的声音。

乔晚提着剑，往前走了几步。越走，她越觉得这里眼熟。一直走到前面，月亮照清了不远处那几道说话的人影之后，乔晚呼吸一紧，睁大了眼。不是这么巧吧？那不就是楚桐微他们几个吗？！

也就是说，这附近有两个传送阵，一个是她第一次踩到的那个，而这个传送阵在他们几个身后。

月光照在几个人的脸上，楚桐微的神情看上去有点儿古怪。刚刚搂着她的那青面道修领着一帮人，把楚桐微给围了起来。

楚桐微嗓音绵软，眼神却不自觉地乱瞟："都说是误会了，我哪里是这个意思呀？"她看着很紧张，也很焦急。

情况不明，乔晚往后退了半步，屏住呼吸跳上了树，蹲在树上谨慎围观。

楚桐微和对方的说话声音断断续续地传来。

青面皮的道修只是冷笑，也不说话。

"道爷息怒。"楚桐微一闭眼，一咬牙，像是豁出去了，上前一步，"道爷要是愿意，我哪里会不肯的？"

美人主动投怀送抱，青面道修却抱着胸，冷冷地盯着楚桐微看了一会儿，挑唇笑道："怎么？不当什么贞洁烈女子？我告诉你，你愿意了，也晚了。"

楚桐微脸色煞白，心里暗暗叫苦。

完了，她自食恶果了。楚桐微咬了咬唇，鼓起勇气攀上了男人的手臂："道爷别生气啊，刚刚的确是我不识相，道爷你别生气。"

"想让我原谅你？"

楚桐微连忙点头。

青面道修意味不明地轻笑一声，漫不经心地召来一道剑光，一剑割破了少女鹅黄色的裙摆，露出了少女一大截白花花的娇嫩肌肤，剑光在这洁白的肌肤上留下了一道红艳艳的血痕。

楚桐微脸色顿变，心里悔得肠子都青了。

她招惹上猥琐之人了。她千不该万不该，不应该为了报复陆辞仙，而跑来招惹张志义这太阴观的妖道。

看见少女显而易见的脸色变化，青面道修像是满意地笑了起来。

乔晚蹲在树上，没吭声，有点儿犹豫。看了这么长时间，楚桐微那边究竟是怎么回事，她大概也摸清楚了。

看来楚桐微是为了对付她，攀上了这青面道修，然后不小心自食恶果了。她本来是来报仇的。

看着脸色煞白的楚桐微，乔晚内心疯狂摇摆。

楚桐微自食恶果，和她无关，但要是她放着不管，转身就走的话……乔晚抿唇，认命地低头，拷问内心：不行，她做不到置之不理。她能一剑把面前这姑娘送回花座峰，但做不到看着一个姑娘被一帮男人凌辱。

就算要报仇，那她也不能用这么低劣的手段。这么想着，乔晚又往前看了一眼。

楚桐微和这青面皮的张道友估计是谈崩了。

一道剑光之后，紧跟着闪过六七道剑光，瞬间就把少女身上的衣裙给割掉了个七零八落。

血珠顺着伤口渗了出来，沿着皎洁如玉的肌肤往下滚。

张志义眼神一沉，呼吸跟着急促了起来。

楚桐徽咬紧了后槽牙，浑身发冷。她修为本来就不高，基本上是靠着媚宗功法一路走过来的，哪里和人真刀真枪地拼过？

楚桐徽浑身颤抖起来。

看着她颤抖，张志义笑容更深了点儿，慢条斯理地问："哭什么呀，这不是挺好看的吗？嗯？你不是说要我消消气吗？怎么，这就怕了？这就是你的诚意？"

楚桐徽不仅怕，还觉得委屈，心里顿时发酸。

都怪陆辞仙！要不是他，她至于被刘辛文给赶出来吗？！要是没被刘辛文赶出来，她这一路上肯定顺顺当当地就过去了，犯得着去攀张志义？

楚桐徽终于忍不住，"哇"地一声哭了出来。

一看楚桐徽哭，张志义舒服得浑身打了一个哆嗦，狞笑道："哭什么？我这不是来了？"

说着，他召来剑光，转眼之间将少女身上的布条给削了个一干二净。

乔晚心里"咯噔"一声，瞳孔骤缩。

剑一·速杀！

剑光犹如从天外飞落，锵！一剑劈散了那几道剑光。

"谁？！"男人脸色骤然一变，迅速扭头！

一手无相诀，一手剑三·守式，乔晚从树上一跃而下！

楚桐徽脸上挂着一串眼泪，愣在了原地，就这么看着少年突然从天而降，执剑挡在了自己面前。

剑光如明月普照，将她罩在了身后。

楚桐徽难以置信地睁大了眼，愣愣地开口道："陆……陆辞仙？"他……他不是刚刚被自己一脚给踹进传送阵里了吗？

他这是来救她了？努力压下心头的喜悦之情，楚桐徽结结巴巴地问道："你……你不计较？"

乔晚："计较，记仇。"

少年冷淡的脸上露出个笑容，脸上溅了一串血沫，乌黑的眼中映着红艳艳的血，那欺霜赛雪的脸上仿佛也添了一丝艳色。

"但在此之前，先对付他们。"

剑光所指之处，张志义脸色阴沉。

"待会儿再教训你。"少年嗓音清朗。

楚桐徽心脏突然漏跳了一拍，脸不自觉地红了，捂住"怦怦"直跳的心口，杏眼湿漉漉的。

她之前怎么没发现，陆辞仙……怎么……这么男人呢？

第五章 爱情骗子

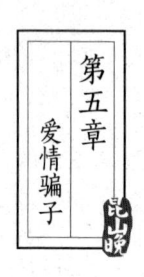

和面前这青面皮道修拉开半步距离后，乔晚眼神一掠，简单地评估了一下双方实力。

无怪乎楚桐徽会攀上那青面皮的道修，他修为估计比乔晚还高，至于后面那两三个修士，都没这道修来得棘手。

好在这儿就是场幻境，乔晚就算打不过，损失也算不上太大。

乔晚一跳下来，身后的楚桐徽突然没声音了，眨巴着大眼，痴迷地盯着乔晚看。

乔晚硬着头皮握紧了剑，心里突然冒出了不祥的预感。

张志义的目光在两个人身上扫过。

乔晚内心那股不祥的预感更深了。

果然，男人惊怒交加地冷笑道："行啊，楚道友，你不是说这姓陆的家伙欺负你吗？怎么现在他又眼巴巴地来救你了？还是说，这根本就是你们俩之间玩的什么情趣？你们俩要我玩儿呢？"

深感自己被耍了的男人勃然大怒。怪不得刚刚那媚宗的人不乐意呢，合着就是鸳鸯吵架，要他这个冤大头！

他在太阴观也算一把好手，没人敢招惹，竟然被这两个人联合起来耍得团团转。

而且……

张志义看着乔晚，眼神阴沉。也不知道刚刚那番话被这小子听去了几分，指不定这小子刚刚就蹲在树上笑他来着。

这样一脑补，张志义更怒了，袍袖一卷，"唰"地祭出了个五行罗盘。

乔晚绷紧了神经。

能来三教论法会的人，大多数有点儿真才实学，第一场开场到现在，能活下来的人，基本上也不好招惹。

修真界的法器千奇百怪，之前帮着马怀真下山跑腿的经验告诉乔晚，碰上多平平无奇的法器她都不能掉以轻心。

看着护在自己身前的少年，说实话，楚桐徽心里也有点儿不是滋味。

她出身不好，自小就是在窑子里长大的，娘靠出卖皮肉每天换点儿粮食吃。像这样的人某天夜里被喝醉了的无赖失手打死好像也没什么值得人惊讶的。

娘被那醉汉无赖掐死之后，第二天被草席一卷就丢到了乱坟堆里。

那无赖撞见她跪在草席前，还咧着嘴笑。

想杀了他，年仅五岁的楚桐徽想。

但她打不过他，也没人愿意多管闲事。

于是她一声不吭，拖着那瘪瘪的一卷草席走了。

娘死后，五岁的楚桐徽开始思考自己该何去何从。其实她想来想去，无非也就是一条路，重操她娘的旧业。

还没等楚桐徽思考出个所以然，也算她走运，正好赶上媚宗的弟子下山物色新的小师妹，她自己正好也有点儿修仙的资质。

于是，楚桐徽就干脆和招人的大师姐上了媚宗。

反正她在哪儿不是待着？就算她不去媚宗，肯定还得"女承母业"。虽然媚宗的名声不大好听，但好歹也是个修仙大派不是？

她不像那些哭哭啼啼的小姑娘，入了媚宗之后，她放得开，什么事都愿意做，师姐们也宠爱她，珠钗环佩、绫罗绸缎，她样样不缺，那些之前看不起她的人，见到她还得小意讨好，叫她仙子。

下山之后，她就一剑结果了当时那个咧嘴笑的无赖。

她娘皮相不错，她年纪虽然小，但也长出了点儿母亲的好风姿。

到了修真界，这么多年过去，她变得更好看了，也会那些法术了，唯一没变的就是那些男人看她的眼神。

那眼里，有垂涎的同时也有轻蔑之色。

楚桐徽对此嗤之以鼻，她还看不起他们呢。

但陆辞仙是第一个不同的人。

楚桐徽忐忑不安地攥紧了破破烂烂的裙摆。

她从小颠沛流离，自觉已经看遍了男人们的丑恶嘴脸，坑起男人来也毫不手软。

但陆辞仙是第一个被她坑了之后还能不计前嫌地站在她面前护着她的男人。

"陆辞仙……你……"楚桐徽惴惴不安地问，"你为什么来救我啊？"

乔晚低声回道："看不下去。"

楚桐徽眼神复杂地说："你不觉得我是心甘情愿，自讨苦吃？"

乔晚言简意赅道："那是你的身体，你怎么支配都是你的自由。"

"那你为什么又来拦他们？"

乔晚想了想，回答："因为你不愿意。"

那一瞬间，楚桐徽的心"扑通"直跳。

这边，乔晚和张志义僵持了一秒之后，开杀！

张志义和身后的三个跟班一同冲了上来！

乔晚一边运转无相诀，一边运动剑光，没莽撞地往上冲。

好在身后的楚桐徵也不是吃素的，虽然她一个人打不过面前这三个人，但老老实实地跟在乔晚背后甩甩媚宗的柔身功法，保护自己还是能做到的。

一时半会儿不好脱身，乔晚低声说道："营地在哪儿还记得吗？待会儿我一打手势，你就跑，跑回去找方凌青他们。"

楚桐徵眨巴着眼，依依不舍地问道："那……那你怎么办哪？"

乔晚面无表情地斜眼："我们俩脱身之后我才能教训你，懂？"

楚桐徵打了一个激灵。

这陆辞仙说话怎么怪没遮掩的？

少女红了脸，小鸡啄米似的直点头："懂，懂，懂，都听你的。"

三……

二……

一……

上！

乔晚脚下踏出妙微步法，使出了剑二·攻式。

在冲到张志义面前那一瞬间，乔晚凝聚神识，使劲儿往前一捅，化守为攻，替楚桐徵争取到了脱身时间。

幸好男人没修神识，让她轻轻松松地捅了进去。

张志义失神一瞬。

一剑挡住了冲上来的那三个跟班，乔晚低声吼道："跑！"

楚桐徵折身，腰肢一摆，拔腿就跑。

"想跑？"就在这时，张志义短暂失去焦距的目光陡然一凝。

这人醒了？乔晚一惊，但转瞬也明白过来，张志义能这么快醒，恐怕还是这幻境的原因。一进入幻境，连谢行止的修为都被清空到和他们这些小炮灰一个级别，这幻境对神识的压制恐怕比她想象中还要狠一点儿。

张志义冷笑一声，手里捧着那急速旋转的五行罗盘突然停下。

不好！乔晚心里"咯噔"一声，眼看着张志义顺手就把那五行罗盘朝着自己抛来。

那五行罗盘越来越大，一瞬间爆开了强烈的气流和吸劲，将乔晚整个给吸了进去。天地倒转的那一秒，乔晚隐约间似乎看到了一道鹅黄身影远远地朝着自己扑来。

楚桐徵神情惊慌地看着少年。

乔晚闻声抬头。

两个人四目相对间，楚桐徵泪光涟涟，怔怔地看着这清冷的少年。

世界也仿佛安静了下来。

楚桐徵微微一愣，显然也没想到自己竟然会冲回来。

没想到她这个两面三刀、无所不用其极的人竟然也会动心，竟然也愿意回来陪陆辞仙。这一瞬间，楚桐徵都被自己感动了，眼睫一眨，下垂眼里滑出了一滴晶莹的泪珠。

师姐曾经说过："总有一天你会碰上这么一个男人，他不嫌弃你的出身、你的容貌、你的过往经历，而你也会为他卸下一身锋芒和骄傲，心甘情愿地陪他赴汤蹈火，在踏遍千山之后，停下来，只为他一人洗手作羹汤，同他在暮雪孤灯中相拥而眠。"

楚桐徵晕乎乎地想：师姐，我可能找到这么一个男人了。

"陆辞仙！"楚桐徵低声惊呼。

眼看着鹅黄身影离自己越来越近，少年面无表情地抡起了剑。

下一秒——剑一·速杀！

耀眼的剑光当胸穿过，鲜血飞溅。

"陆辞仙击杀了楚桐徵！"

整个世界瞬间安静了。

等等？！楚桐徵难以置信地瞪大了眼，看了一眼面瘫的少年，又看了一眼稳准狠、半点儿没偏、干净利落地插入了自己的胸口的那把剑。

"计较，记仇。"四个字冷不防地撞入脑海，楚桐徵僵住了。她……她是被陆辞仙给一剑结果了？！

低头看了一眼自己正在逐渐变得透明的身躯，少女姣美的面容再度扭曲，她终于忍不住"哇"一声再次哭了出来。

陆辞仙你这个浑蛋！你没有心！你这个骗子！

感受到丹田里蹿出的一股热气，乔晚长舒了一口气，心满意足地收回了剑。

人头×1！情情爱爱只会影响我出剑的速度！

下一秒，乔晚眼前一黑，彻底坠入了罗盘里奇异的空间内。

再一睁眼的时候，乔晚发现自己在坠落，四周是一片虚空。

而在下面，是一片熊熊燃烧的地火，"呼啦"一声爆开一簇簇火星，将整个虚空给燎得通红。

景象宛如炼狱。

这一瞬间，乔晚头皮麻了。

五行罗盘，她几乎可以预见后面迎接她的都是什么玩意儿了！

救命！

可惜这空间里空无一人，没人能听见她凄凄惨惨的绝望呼唤。这一瞬间，乔晚深刻地觉得自己就像一块自由落体的烤肉。

"刺啦——"烤肉进锅。

火苗燎上来的瞬间，乔晚眼角的龙纹一亮，呼啸一声蹿出了一条熟悉的白色五爪巨龙。

乔晚眼睛一亮，犹如抓住了救命稻草一般，死死地往龙影里缩！

龙属水，水克火。她这条龙鳞之契的龙，好歹也是敖姓的王族龙，应该没问题吧？乔晚不太确定地想着。

火舌舔过来，包裹着自己的、身形矫健、指爪雄劲的白龙一个摆尾，在熊熊烈火中化为了一缕袅袅白烟。一脚踩空，直接落入烈火中的乔晚面无表情地咬牙。她就知道！

远处的青阳书院内，抱着书简的青年："啊……啊嚏！"

同行的儒修："甘师弟，你没事吧？"

"没……没……没事！"少年红着一张脸，摆了摆手，加快了脚步，"走吧，曹长老还等着呢。"

等同行的儒修抬脚继续往前走后，少年眨了眨晶莹的眼眸，若有所思地摸了摸眼角的一圈儿龙鳞，指腹下升腾起一股淡淡的烫意。

是……小妹又出事了吗？

甘南怔怔地想着，脸上跟着浮现一丝担忧之色。

自从当初在昆山和乔晚分别之后，这段时间里，龙鳞之契不知道亮过了多少次。

结了龙鳞之契，双方心意共鸣，所以，他隐约也能感觉到乔晚那边的情况。

龙鳞之契波动得那么频繁，甘南抱紧了书简，垂头丧气地心道：小妹下山之后，过得肯定不顺，可惜他还是太过废物了，这龙鳞之契一点儿用都没有！

他因为太弱想参加三教论法会都被段师兄给拎回去了，更别说几个月之后的昆山同修会了。

啊啊啊！

甘南越想越绝望，腾出一只手捂住脸，一颗男人的自尊心简直像被丢进了油锅里炸，分外煎熬。

虽然他废了点儿，但好歹还是有自己的脾气和男人的自尊的！可偏偏现在小妹在受苦，他竟然什么也做不到。

"甘师弟？"前面的儒修一脸蒙地停下脚步，看了一眼莫名其妙地变得垂头丧气的青年。

青年猛然回过神，抱着书简跌跌撞撞地跟了上来。

"来了！来了！"

他果然还是要好好修炼！

甘南抱紧了书简，默默握拳抵在胸口，再一次下定了决心。

就像乔晚说的那样，他要做个拳打孤剑谢行止，脚踢病剑陆辟寒的开挂的人！

陆辞仙失踪了。

方凌青面色沉重地摸出玉牌。

玉牌上象征着陆辞仙的那个红色小点虽然还亮着，但停在一个地方几个时辰都没挪窝。

他特地和齐非道去找了一圈儿，一无所获。

陆辞仙这么一个大活人，竟然就这么凭空消失了？！

"怎么样？"

方凌青一抬头，就看见齐非道老神在在地抱胸，挑眉问："有头绪了没？"

方凌青摇了摇头。

虽然陆辞仙失踪了，说实话，他倒不是特别担心。

一想到陆辞仙那张小白脸和那一连串让人出乎意料的操作，方凌青深刻地觉得，自己的担心完全是多余的。

更何况这儿就是个幻境，就算陆辞仙"死"了，那大不了就是被送回花座峰。

唯一比较令方凌青头疼的是，陆辞仙是他的队友，要是"死"了，留他一个人刷"人头"实在太难了。

陆辞仙这货虽然讨人厌了点儿，但和他一块儿刷"人头"这件事，方凌青勉为其难地承认，还是挺爽的。

花座峰上，幻境入口附近白光一闪，楚桐徽一脸蒙地踩了出来，愣了一秒之后，下意识地摸上了自己的胸口。

她不摸还好，这一摸，眼前又浮现陆辞仙那一剑穿胸的场景。

楚桐徽委委屈屈地松开手。

陆辞仙，你这个浑蛋！

亏她之前还想着要陪他一块儿赴汤蹈火，踏遍千山，为他一人洗手作羹汤，和他在暮雪孤灯中紧紧相拥！

守着幻境入口的光明殿弟子心里一惊。

他守着这幻境一天了，见到了不少被传送出来的修士。

有一脸蒙，还没发现自己已经归西的，还有气得牙痒痒，拔剑要冲回去一决胜负的，或者是一脸失魂落魄表情，头上冒着怨气的人。

本来女修就少，突然走出来一个肌肤胜雪、桃花脸，姣美无比的女修，已经挺引人注目了，没想到这位女道友出来之后，什么也没干，就这么一手摸上了自己的胸，眨着眼睫，咬着下唇，"呜呜"地哭了出来！

守门的光明殿弟子试探性地往前迈出了一步，问："这位道友？"

她哪里不好了，不就是之前坑了他吗？楚桐徽揪着裙摆，不甘心地直跺脚："陆辞仙，你这个负心汉！"

守门弟子何止是惊，听到这耳熟的三个字，简直是震撼！他再端详了一下面前的女修，更加惊悚。

面前这位女道友，看上去怎么和留影石上那人这么像呢？

这儿的动静终于引起了边上其他人的注意，不知道是谁瞪大了眼，喊了一嗓子："这不是留影石上那个吗？"

"哪个？留影石上哪个？"

"就那个！和陆辞仙滚一块儿的那个！"

一声高喊，幻境旁众人"哗啦"一声全看了过来，一见楚桐徽，纷纷一惊。

还真是！一想到那紧要关头被切出去的画面，花座峰上的众人就忍不住扼腕叹息。

但一看到楚桐徽，众人面面相觑，惊疑不定。幻境里他们不还是你侬我侬的吗？怎么这就哭了？

少女呜咽："陆辞仙，你这个负心汉！"

负心汉？

"这是怎么了？两个人分手了？"

"难道这位道友临门一脚不愿意，陆辞仙来强的了？"

就在这时，一阵车轮碾过地面的"吱呀"声和珠子相撞的"当啷"声同步响起。

众人只远远看见，一尊毁容黑面煞神跟着个倾国倾城的尊者一道走来。

留影石没什么好看的，看来看去都是一群年纪小的二愣子在一块儿杀得你死我活。

各种死法惨不忍睹，蠢得马怀真嗤之以鼻，看着看着，这位煞神又不知道想到什么，挑唇露出个微笑，看得一边推轮椅的人高马大的袁六也忍不住打了一个哆嗦。

可能是看得无聊了，马怀真懒懒地喊了一声，叫袁六推着轮椅，请妙法尊者一块儿转转。

然后，他们就这么猝不及防地撞见了这一幕，听到了这么一段对话。饶是马怀真，也忍不住留意了一下妙法的反应。

虽然和这鼎鼎大名的妙法尊者还是第一次接触，但这短短的工夫里，马怀真也已经差不多摸清楚了对方的脾性。

这位尊者，好像还挺关心那个陆辞仙的？

妙法果然很关心陆辞仙，脚步不自觉地顿了顿。

眼前掠过那留影石上的一幕，马怀真毁了容的那半张脸微妙地抽搐了一下。

和袁六一道跟在妙法身后的小弟子瞥了一眼尊者，又打了一个哆嗦，秉持着此门慈悲为怀的信念，沉痛地想：乔仙子，你还是别出来了。你这一出来，就算世尊再世可能也救不了你了。

在坠入这熊熊烈火中的瞬间，乔晚急忙运转灵力，护住了五脏六腑和筋脉骨骼。

她落地后，地火汹涌地沿着身子裹了上来。

痛痛痛！

火苗一蹿上肌肤，乔晚疼得顿时面色扭曲，火气熏得眼睛都睁不开。乔晚费了好大力气睁开眼，抬头往前看了一眼。她只能看见无尽的火，像一波一波的海浪。

张志义这个五行罗盘，应该是个独立存在的小空间，只要是小空间，就有被打破的可能。

那她现在就……找吧。

想要找到能打破这空间的"缝隙"就必须往前走，然而现在这情况，乔晚每迈出一步，这滋味儿都不好受。

脚底板被烧焦，皮肉粘在地上，她每一次抬脚，血肉都要被硬生生地扯下来，脚底还尤其敏感，撕心裂肺地疼。

她这样走下去始终不是事。疼过头了，乔晚脑中灵光一现。张志义这罗盘里的火和普通的火不太一样，火里含着点儿灵气，是专门用来对付修士的。

她之前修炼的时候，虽然是铁锅修炼，但最主要的还是往锅里加灵草灵药，吸收药汁里面的灵气。深吸了一口气，乔晚一屁股坐了下来，干脆先开始修炼。

她有了之前之前的经验，这一次火烤自己也不算太难熬。挨过这一阵之后，乔晚惊讶地发现自己非但不疼了，还微妙地生出了一种蒸桑拿的酣畅淋漓感。

　　这一身皮肉就像是被推进了窑里的瓷，烧得十分光洁细腻，汗水从皮肤里渗了出来，下一秒就被火舌给舔去。

　　但和易碎的瓶瓶罐罐不一样，被烧完之后这一身皮肉还特别坚韧有弹性。非但如此，她好像还感觉全身上下肌肉更加丰匀。

　　有了修炼加持，接下来的路她就好走多了。她再往前，火势转小，耳畔传来了一阵"哗啦啦"的水声。这接下来是金木水火土中的水！

　　"都已经第二天了。"

　　一场战斗刚结束，到手三个"人头"之后，方凌青摸出了怀里的玉牌，皱眉翻来覆去地看了一眼。

　　距离乔晚失踪已经过去一天了，那象征着乔晚的小红点十分坚挺，就这么窝在原地动都没动。

　　就算这人再有什么奇遇，这都第二天了，也该动弹一下了吧？

　　离论法会结束只剩下一天时间了，幻境里情况瞬息万变，一天时间下来，分数浮动也有了不少变化。

　　谢行止、孟沧浪和白珊湖三个人排名遥遥领先，和其他人拉开了一大截儿距离，再往后就是齐非道、方凌青之流。

　　至于陆辞仙，由于这一天就没挪过窝，分数基本上都是前期积累的，本来还算比较靠前的排名，经过一天激烈角逐，已经被人远远地甩在了身后。

　　就连齐非道也终于琢磨出了点儿不对劲儿："陆道友要是再不动起来，可就来不及了，这第一场就要被淘汰了啊。"

　　问题在于他们之前到那红点所在地找了几圈儿，就是没看见少年的身影。

　　眼看着结束时间步步逼近，方凌青再看了一眼玉牌上"陆辞仙"三个大字后面那点儿可怜巴巴的分数，脸色有点儿不好看。

　　水，乔晚目之所及是一望无际的水波。

　　这五行罗盘是张志义对敌的手段，有了前面那一关的经验，乔晚完全能想象出"水"这一关得有多么恐怖。

　　面前的水波，远看干净清澈，还有不知道从哪儿来的光线照射在水面上，清风徐来，宁静祥和。

　　但她往前看，水底横七竖八地躺着十多具白骨，身上的血肉被流水冲刷得干干净净，连点儿肉末都没留下，这估计都是之前被张志义给吸进罗盘里的倒霉蛋们。

　　往后是无边的地火，往前是能化蚀血肉的"水"，乔晚进退无路。

　　往后，她就只能被困死在这罗盘空间里，往前说不定还能找到点儿出路。

　　看着那宁静漂亮的水面，乔晚深吸了一口气，硬着头皮调动全身灵力，护住血肉，颤巍巍地一脚踩了进去。

她才踩进去这一下，简直比刚刚地火烧身还要痛苦百倍。

乔晚脚下一个趔趄，险些没站稳，栽进这水里。这感觉就像是有一把锋锐的钢钉制成的刷子在腿上用力地刷，里里外外，把每一层皮、每一块肉都给刷得干干净净。

站稳了之后，乔晚稳定心神，大跨步地提步向前走去。

余光落在那十多具白骨上，乔晚打了个寒战，如果不是之前炼过皮、锻过体，那她现在的下场肯定也没比这些兄弟好到哪儿去。

"怎么还没死？"

摸出罗盘摆弄了一下，看见罗盘上那象征生命的淡蓝色光线纵横交错，久久没熄灭，张志义不由得咋舌。

不应该啊。

他这五行罗盘里，按照金木水火土这五行设计了五种杀人方法，一般被他吸进去的人，最少半刻，最多半天，基本上就没了声息，灵气再被罗盘吸收，转化为罗盘所用。

在这一次次对敌中，他这法器也会越来越强悍。

这陆辞仙被吸进去都快一天了吧，怎么还没死？

离第一场比试结束还有五个时辰。

秘境里所有人的排名，都呈现在附近另一块留影石上。

除了方凌青，花座峰上也有不少人意识到了点儿不对劲儿。这陆辞仙的分数从昨天起就没动过了！不论其他人厮杀得多么激烈，陆辞仙的分数依旧稳定。

不进则退，"陆辞仙"这三个大字从一开始的排名略靠前，到现在被人远远地甩开一大截，吊在了屁股后面。

"山长这是怎么了？"绿腰瞪大了眼，急得团团转，"睡过头了吗？"

不平书院的一干"小白菜"，从昨天开始就没敢眨眼，屏声静气地盯着那块留影石看。

山长动一下啊！

他们不平书院好不容易有机会参加这次论法会，难不成在第一场比试完就要打道回府吗？

郑温良心里泪流满面。

要就这么打道回府，到时候他们不平书院就真的要被隔壁的传道书院吞并了啊！

有一点，是李判还没告诉乔晚的。

他们不平书院不仅穷，还岌岌可危，有随时被隔壁传道书院吞并的危险。隔壁传道书院最近这几十年来发展势头尤其迅猛，再加上山长野心强，又和昆山那位玉清真人交好，人脉广，实力强，底气硬，总想着提高传道书院在儒门的地位，或威逼或利诱，吞并了不少没靠山的小书院。

在临行前，他们可是和传道书院打过赌的，要在这一次的三教论法会中扬名。

郑温良他们几个人本来想着先请个元婴期的修士来镇镇场子，没想到李判硬是咬死了没同意。

不同意就不同意吧，指不定李师叔暗地里憋着什么大招呢。

结果大家没等到大招，等来了一个堪堪到筑基期的山长。

当然，也不是说山长不好，郑温良心里纠结。

只是让一个筑基期的修士做一个书院的山长，代表书院参加论法会未免有点儿不靠谱。

就比如，现在。

李判淡淡一瞥。

这些小崽子还太嫩，浮躁。

李判看着那块儿留影石，嗓音平静地说："别急，再等等看。"

他相信，那个人的崽子不至于连这论法会第一场比试也过不去。

事实上，乔晚非但没死，还升华了。

在灵力的作用下，被流水化蚀了的肌肉，不断剥落又新生。

到最后，乔晚表情淡定地看了一眼碧波中随水舒展的柔顺腿毛。

她这也算是……锻体进阶了吧？

乔晚闭上眼，努力回忆了一下之前看过的《炼体精要》。

大致分为5品，1是最低阶，5则是最高阶的那一品。

之前铁锅修炼，她大致是冲上了修炼第五品。

经过刚刚这么两轮折腾，乔晚隐约能感觉到自己好像又要突破了。

金木水火土，她蹚过这一汪碧波，接下来，映入眼帘的是密密麻麻的刀山。

眼看着那巍峨屹立、直插云霄的山峰，乔晚大脑"嗡"的一声，头皮再度发麻！

这怎么爬？

越往前走，乔晚看着这满目刀光，全身上下就越僵硬。

就算她之前吞过人面蝎尾蛛，玩命重新拼好了自己的骨头，下过铁锅，闯过火海，这巍峨险峻的高山，还是把乔晚镇在了当场。

山道上，从石峰里伸出来的刀尖上挂着几具衣衫破烂、飘飘摇摇的风干尸体。

乔晚抬头看了一眼刀山。

她拖得太久了。

过"水火"这两关就已经拖了一天多，她那点儿分数前期看着虽然多，但到后期绝对会被人远远地甩在身后，她要是再找不到出去的办法，那三教论法会她只能止步于此。

乔晚做足了心理准备，木着脸握紧了剑。

她从来就没想过她有一天能做到勇于攀登高山而面不改色的境界。

遥想当初她跑800米就能累瘫当场，现在想想，教学楼、寝室、食堂三点一线的生活，似乎已经离她越来越远了，只有在识海记忆中，才能勉强从当初大学的校园生活中找到点儿安慰。

那就这样！她像大学跑800米一样，一鼓作气地冲上去！

乔晚睁大了眼，默默地给自己打气，脚踩风火轮一般急急忙忙地冲上了山！

冲啊！

距离论法会第一场比试结束还有三个时辰。

留影石上，谢行止、白珊湖和孟沧浪依然高高位居排行榜前列，下面一排排姓名升升降降，厮杀得尤其激烈。

在这激烈的厮杀中，"陆辞仙"三个大字还是没有要动弹的迹象。

不平书院的"小白菜"们都快哭了。

山长啊！只有三个时辰了，求你快动一动行不行？！

"怎么？"齐非道好奇地问，"不看了？"

方凌青把玉牌往怀里一揣，有意压了压心里那股淡淡的复杂情绪，轻描淡写地表示："行了，没救了。"

还有三个时辰，都这个点儿了，幻境里的人数基本上已经固定下来了，哪些人能晋级，哪些人会被淘汰基本上也已经成了定局。

为求稳妥，这个时候幻境里大多数修士，达成了一种空前一致的默契——不杀人，只刷怪。

就比如，那个从第一天一直活到现在，没人敢动的"镇境"灵兽——山膏。

前两天，也不是没人打过这头"镇境"灵兽的主意，但自从团灭了好几拨人，就连谢行止也没拿下来，英勇负伤之后，再也没人敢动这心思了。

眼看着这一场比试快结束了，陆陆续续地，终于有人按捺不住了。

这头山膏值800分呢。

而且，这头山膏嘴巴里含着颗力珠，只要人将力珠含在嘴里，就有降龙伏虎的力气。这是三教论法会出现的第一样法宝，按理说谁拿到这颗力珠就算谁的了，谁不心动？

前两天大家推不下来，被摁在地上摩擦就算了，这都最后一天了，发育得也差不多了，怎么也能拿下来了吧？

说不定他们还能在这第一场比试结束后刷上最后一轮分呢。

不止其他人这么想，连刘辛文也动了点儿心思："怎么样？方道友、齐道友，你们要不要一块儿去看看？"

这诱惑，就算方凌青和齐非道也不能拒绝。

幽深的密林里很安静，安静得一行人仿佛能听见灵兽的鼻息声。

方凌青几个人对视了一眼，神情都很沉重。

"镇境"灵兽——山膏就在这密林中徘徊。山膏长得像猪，全身通红，不过这只灵兽长得更像豪猪。

刚踏入这附近，齐非道就眼神微微一变。

这附近安静得实在有点儿不正常。

齐非道轻笑一声，往雾气里瞥了一眼。

方凌青："怎么样？"

齐非道低声说道："一、二、三、四……几十个人，来得还真不少。"

一个个人都安安静静的，各展法门，借着浓雾和树林荫翳藏了起来。

这个时候没哪个小团体敢动。

枪打出头鸟，每个小团体都想做那幕后的渔翁和黄雀。

废话，这要谁一动，万一被别人给包了怎么办？

来这儿的人，可不止那些想推倒这头豪猪的，还有纯粹是想趁着别人推豪猪的时候，浑水摸鱼偷"人头"的。

谁要先上了，谁就会成为众矢之的。

所以，虽然这方圆几里内来了不少修士，但所有人都保持了一种微妙的平衡，一时半会儿没人敢打破这种平衡。

而就在方凌青他们还在屏声静气，等着那平衡点被打破的时候，乔晚还在和刀山死磕。

张志义这五行罗盘算是个独立于幻境之外的空间，乔晚猜，如果她死在这儿，那她这小号十有八九也会交待在这儿，所以一点儿没敢掉以轻心，脚下运转灵力，给自己弄了个简易版的"铁砂脚"之后，拼了命地往刀山上一路狂奔！

从一开始刀片割脚割得血肉模糊，到现在一路往上，脚步如风，如履平地，一口气飞快地爬上山顶之后，乔晚愣了一下。

再一回想当初那个跑完800米腰酸背痛好几天的自己，乔晚忍不住感叹，人果然是适应力极强的可怕生物。

站在刀山上极目远望，乔晚挠了挠头，深深地叹了一口气，就是不知道接下来，是"木土"之中的哪一关了，张志义又会在这两关里玩什么新花样。

片刻之后，伴随着一阵犹如雷鸣般的动静响起，地动山摇，雄伟的高山突然一寸一寸崩裂，滚滚山石裹着满目的刀片倾压了下来。

原本还在感悟人生，心情复杂且久久不能平静的乔晚抱着剑泪流满面地撒丫子狂奔，两条腿几乎甩成了风火轮。

啊啊啊！

这一关"土"是山体滑坡啊！

距离论法会结束还有两个半时辰。

"陆辞仙"三个大字依旧十分淡定，稳如磐石，死活没动一下的意思。

论法会上这么多弟子，花座峰上的人自然不可能只关注陆辞仙一个。

目光从留影石上收回，马怀真不动声色地看了一眼身边的尊者。

凭心而论，比起陆辞仙，他对面前这位妙法尊者更有兴趣一点儿。

他这回过来也不是闲着没事，坐这儿眼巴巴地看着这些小辈玩花样。

往轮椅里一缩,马怀真摸了摸微微凸起的指节,眉毛微挑。

都说这位妙法尊者心魔深重,基本上已经游走在入魔的边缘,但就他刚刚和这位尊者的接触来看,倒没察觉出多么明显的魔气。

这只有两种可能。

一种是误传,另一种就是这位妙法尊者把自己这一身魔气收敛得十分完美。

奈何这位尊者神情十分严肃,嘴也十分严实,一点儿没那所谓的出家人的出尘气质,一口官腔游刃有余,打得自认为心狠手辣的马怀真也甘拜下风。

对方段位挺高,他只能徐徐图之。

就比如……眼一斜,马怀真瞥了一眼那留影石上的三个大字。

他先从这能引动妙法尊者的神情变化的陆辞仙入手,徐徐图之。

怀揣着点儿套近乎的意图,马怀真低声问道:"尊者怎么看?"

"嗯?"妙法瞥了他一眼,神情冷冽地反问,"冯仙友此话何意?"

马怀真坦言:"我是指这位陆小仙友。"

面前的尊者倒出乎意料地十分克制冷淡,提起陆辞仙,嘴巴也一点儿没客气:"若无意外,三教论法会,陆辞仙今日恐将止步于此。"

"尊者不担心?"男人低声继续问。

"论法会旨在为各教派弟子提供公平比试、切磋技艺的机会,他技不如人,合该落于下风。"

他虽然这么说着,但那美目还是往留影石上多瞥了一眼,秀眉微蹙,颇有恨铁不成钢的意思。

在这紧要关头,那人还是毫无长进!当初他怎会觉得她沉静知礼!

抱着剑,一个鹞子翻身,在刀片和土堆、滚石即将落下来的那一秒,乔晚就地一滚,完美躲过了这场刀子雨山体塌方。

"金水火土"都熬过去了,只剩最后一关了!想到这儿,乔晚精神一振,熬过这最后一关,说不定她就能出去了。

接下来这一关应该是——木!

乔晚刚站稳,脚下又传来了点儿熟悉的晃动。随着晃动越来越剧烈,乔晚脸色一变。

最后一关不会来得这么巧吧?!

"轰——"

地面就像被什么东西给高高顶起,土地崩裂,沙砾飞溅,一条藤蔓如同土龙冲天而起。

伴随着"轰隆隆"的动静,一条、两条、三条……数不清多少条翠绿色藤蔓气势汹汹地破土而出,每一条尖端都泛着点儿冷光,一挥动,破空声"呜呜呜"响。乔晚抬眼看去,藤蔓几乎占据了整片天空,遮天蔽日。

乔晚默默往后退了一步。

"唰——"

其中几条藤蔓手疾眼快地兜头甩了过来！

乔晚脚步一转，另一个方向，又是几条藤蔓拦住了去路。

转眼之间，乔晚就被狂舞着的藤蔓给包围了。

未加思索，乔晚拔剑就砍，没想到一剑砍下去，藤蔓一分为二，落在地上的那一截气势汹汹地"跳"了起来，和本体一起对准了面前这不识相的修士。

这种一分为二的套路不算新奇，心知越砍越多，乔晚立刻收了剑，一边运转无相诀，一边运转妙微步法，踩着藤蔓上纵下跃，开始尝试给这些藤蔓打结！

既然硬啃啃不下来，那她就只能换个办法了。

张志义这五行罗盘本来也算不上多厉害的法器，她看这些藤蔓也不像开了灵智，除了能分裂之外，就一心追逐着她这个目标。

一手无相诀，一脚妙微步法，乔晚火烧屁股般跑得气喘吁吁、风风火火。

如果有人在，一定能看出来，随着在藤蔓间穿梭得越急，乔晚的动作也越灵敏。

换句话说就是，她刷满了无相诀的技能熟练度。

终于——乔晚停下脚步，扭头看了一眼身后打了无数个死结，左扭右扭，怎么也挣脱不开的藤蔓，深吸一口气，奋力往前跳去！

大功告成！

幻境里，所有人还在僵持。

距离论法会第一场比试结束还有一个时辰。

张志义趴在地上，一动也不动地紧紧盯着面前这头豪猪。

来参加论法会的所有青年才俊、天之骄子，眼里只剩下了这么一头猪。

"张道友，怎么办？难道就这么一直等着吗？"

开口说话的是张志义小队的一个年轻修士。

修士皱着眉，忧心忡忡。

"等着，"张志义沉声说道，"现在这个局面，就算谢行止在这儿，也不好出手。"

话音刚落，一团耀眼的火花突然在他手上那个五行罗盘上爆开。

"张道友！"修士惊呼。

有敌袭？！这一声动静，引得在场所有人纷纷侧目。

"这是怎么回事？"

"怎么了？"

"有人上了？"

罗盘！

他的罗盘！

眼看着手里的宝贝罗盘突然爆开一团火花，张志义目瞪口呆，下意识地捧着罗盘往后猛退了几步，只觉得眼前好像掠过一道白色的细小光影。

他再一回头时，突然察觉到了不对劲儿。

周围出奇地安静。

感觉头上突然罩下来一片阴影，张志义僵了。

那头徘徊在密林中央，一直没人敢招惹的豪猪眼睛一转，居高临下地看向了张志义。

张志义："……"

豪猪气势嚣张地蹬了蹬后腿。

好机会！

众人眼前一亮。

来了！机会来了！就是这个时候！道友们！上啊！

伴随着山膏一个猛冲的动作，无数法器也动了。

浓雾中，所有修士都逮着这个机会一跃而出，气势汹汹地朝着山膏发起了进攻！被夹在这两方中间的张志义还没来得及往回跑，一眨眼的工夫，就被山膏给拱上了天，紧跟着就被后发而至的各种法器给捅成了个筛子！

玉简和留影石上一亮，"嗡"的一声浮现一行字。

"猪击杀了张志义！"

目睹这一幕，所有还在冲杀的修士纷纷打了一个哆嗦。

这击杀喊话也太羞耻了，不能死！他们绝对不能死，至少不能被豪猪拱死！他们要是这么死回花座峰岂不是要被自家长辈们给扒一层皮？

缩骨成寸，从罗盘里一跃而出的乔晚刚一落地，立即察觉出不对劲儿。

她一回头，只见浓雾之中光芒大盛，法器"嗡嗡"地贴着头皮到处乱飞。

这是……大家已经开始推 BOSS（在网络游戏中，指难度较大、打败后奖励较高，且出现在最后或剧情关键时刻的角色）了！

误入推 BOSS 现场的乔晚还没回过神来，一个惊讶的男声突然在身后炸响。

"陆辞仙？"

方凌青一脸蒙地从树林里钻了出来，后面还跟着脚蹬草鞋的青年。

"方凌青？！"乔晚也愣了愣，"齐道友？"

方凌青一副"死人竟然推开棺材板诈尸了"的震惊表情："你……你跑哪儿去了？这都第几天了？"

他找了陆辞仙整整两天！这两天时间里，他没事就去红点所在地转一圈儿，结果现在看见少年好端端地站在自己面前，一脸蒙地盯着自己看，一副完全在状况之外的表情，方凌青有点儿冒火。

糟糕。

方凌青不提起时间还好，一提起时间，乔晚心里一突，才猛然想起来时间不多了。

"还有多少时间？"

生气归生气，方凌青看了一眼玉牌，还是十分老实地皱眉回答："一个时辰，只剩一个时辰了。"

乔晚抢过方凌青手里的玉简，伸手一滑，看了一眼自己的分数——六十多分。

乔晚："我还差多少分？"

"你若想留下怎么也得有100多分吧。"说话的是齐非道。

数部儒修，脑子灵光，从进入幻境到现在，齐非道就特地留意着这幻境里的人数和分值浮动情况。

这场秘境大混战，他们所在的区域初始人数是500，最后按分值和排名淘汰倒数300名的弟子。

目前前200个人里分数最低的也有100多分。

100多分，乔晚心里飞速计算了一下，如果换算成10分值一个的人，那她也得拿上五六个人头。

问题是到了现在这个时候，凡是能留下来的修士，都不太好对付。

还有一个时辰，她想在这么短的时间里拿到这五六个人头，无疑于痴人说梦。

就这三两句话的工夫，不远处的山膏怒吼声如雷，所过之处树木"哗啦啦"地应声倒了一大片，其中还夹杂着几声泪流满面的惨叫。

"猪击杀了×××。"

"猪击杀了×××。"

"猪击杀了×××。"

丢脸，太丢脸了，被猪拱死的三教修士们纷纷扑倒在地，泪流满面。他们做梦也没想到前两天都熬过去了，竟然在最后一天被猪给拱死了，这是人干的事吗？！

花座峰上的围观群众看着这留影石上的击杀喊话，更是丈二弟子摸不着头脑。这些三教弟子是在幻境里捅了猪窝吗？！

在这幻境里鸡飞狗跳之时，乔晚活动活动了筋骨，默不吭声地抡起了剑。

方凌青浑身一震："还有一个时辰了，你还能干吗？！"

乔晚乌黑的眼珠里剑光一荡，她昂首挺胸，雄赳赳，气昂昂，中气十足地回答道："走，推BOSS去！"

第六章 大混战，就那个乔晚！昆山乔晚！

两丈多高的豪猪，高高弓起了脊背，脊背上那一根根棘刺，在风中猎猎作响。

山膏一跺蹄子，刚猛霸道的箭光便如雨般扫射而出，瞬间扫倒一大片人。

冲在最前面的一帮修士率先阵亡。

随着第二轮无差别扫射，刘辛文抬手，哑声高呼："趴下！快趴下！"

乔晚和方凌青赶紧就地趴下。

这山膏身上的棘刺也不知道是怎么长的，像散落的流星，一根根直射过来，锋锐无比，凡是跑得慢点儿的人，无一例外被当场戳死，全部阵亡。

一群三教精英，被一只豪猪打得屁滚尿流，还真是种新奇的体验。

看见击杀喊话，某少年儒修默默流泪。

想他鹿门派的新秀，停舟功法的传人，执剑纵横整个儒门，北到北境，南到南霍洲，仗剑踏歌，今天在这幻境里却被一只豪猪给拱死了！

"自从在下始入儒门，就没受过这等奇耻大辱！"

在这惨烈的战况中，还是有个头铁的壮士不信邪，上前一步，英姿挺拔潇洒地抬手祭出一道飞剑，高喝："去！"

飞剑发出一声爆响，疾若流星一般朝着猪肚射去。

在众人期待的目光中，飞剑以大无畏的气势发出一声爆响，直朝豪猪射去！

"当啷——"

"中了？"方凌青小心翼翼地抬头看了一眼。

乔晚神情严肃地说："没。"

一挨上猪肚，飞剑就断成两截落在了地上。

刚刚还豪情万丈的剑修，难以置信地愣在原地，似乎没想到自己的飞剑竟然会这么脆！

这……这是他好不容易在秘境里炼化出来的飞剑啊，他炼了整整两天啊！

这还是豪猪吗？这是大光明殿养的拥有金刚不坏之身神猪吧？

少年面如死灰，摇摇欲坠，神情之凄惨，就连齐非道也不禁微微动容，看着少年剑修紧随各位前辈的步伐，英勇地化为了天际最灿烂的一道流星。

眼看着各色法器招呼上去，基本没打出多少伤害，众人都有点儿崩溃了。

"不行！拿不下来！撤！"

沾云峰的某领队嘶声喊道。

话音刚落，他就听见了自家队友惊慌失措的叫声："有偷袭！"

"太玄观的人！是太玄观的人！"

"撤不出去了！"

这已经是第三天了，在场修士基本上都自发地按门派抱团，划了阵营。

既然拿不下这头山膏，众修士心念一转，那就趁乱先偷"人头"再说！

于是，众人纷纷果断地把炮火对准了对家，就算自己拿不到这800分，也绝对不让对家拿到！

转眼之间，烟云雾气翻滚，五色剑芒上上下下飞腾交织，塑料同盟情谊瞬间破碎一地。

这场推 BOSS 之争，硬生生地演变成了一场不分你我的大混战。

不远处的雾气中，两男一女相携而行。

男修背负巨剑，气度沉稳，女修气质飘然。

听到耳畔传来的隐约惨叫声，孟沧浪脚步一缓，脸上微露惊愕之色："那里发生了何事？"

"山膏。"白珊湖波澜不惊地说，"离幻境关闭约有三刻钟的工夫，倘若有谁分数不够，定会去打这头灵兽的主意。"

那边明显是众人为了这头灵兽打得不可开交。

这么说着，白珊湖脸色却十分疏离冷淡，明显对山膏没多大兴趣。

孟沧浪微微颔首，收回了目光，也没表露出要上去凑热闹的兴致。

不过和白珊湖这浑不在意的高冷气质不同，温文儒雅的沧浪剑孟沧浪想得更多，也更体贴。

从进入幻境一直到现在，他们俩和谢行止排名就一直高居排行榜前列，还有三刻钟幻境就要关闭了，与其过去凑热闹，倒不如留给其他修士一线刷分晋级的机会。

不过，不是所有人都这么体贴的。

就比如他俩身边的那位傲骨青松般的男人。

"山膏"两个字进入耳中，谢行止脚步一停，嘴一抿，默不吭声地换了个方向，架起剑光转身就走，翻翻袍袖下隐约露出本黑色的小册子，被风一吹，依稀能看见"山膏"两个笔力遒劲的大字。

孟沧浪愣了半秒。

这好像是谢道友的《诛邪录》吧？

想到昨天谢行止单挑山膏不成负伤而归的消息，孟沧浪缓缓地露出个迟疑的表情。

谢道友这是在诛邪录上记上了一只猪的名字？

大名鼎鼎的孤剑谢行止，在自己的记仇小本本上，一笔一画、认真严肃地记上了一只猪的名字，这说出去谁会信啊！

"你不是要偷吗？"方凌青目瞪口呆地问乔晚，"现在这个情况怎么偷？"

就目前这情况，他们连活着都是个问题，谁来告诉他，这怎么偷？

刘辛文还算比较沉稳："陆道友有办法？"

乔晚语气平静地说："有办法倒是有办法，就是这儿人太多，必须先想办法把这只猪偷出来。"

就算这只山膏皮再厚，在场这么多修士一块儿去推，被推下来也是早晚的事。

她要想独占这800分的话，就必须去偷。

托之前在罗盘里锻体的福，乔晚粗略地比较了一下，论皮糙肉厚，她说不定不输这头猪，这个时候，就体现出一个肉盾的重要性了！

她去扛山膏的伤害，方凌青、齐非道他们趁乱输出。

方凌青一脸蒙："偷？"

乔晚："将猪拉到没人的地方，不然这么多人分这一个'人头'吗？"

这800分大家平均分，平摊到每个人身上就不剩多少了。

刘辛文做事一向果决，听了这话，迅速给出反应。

不能分，他们绝对不能分。不过在把这猪偷出来之前，还有件事他们必须问清楚。

"要是把这山膏偷出来了，"齐非道沉声问，"道友能保证将其拿下来吗？"

"我不能保证有十成把握，"乔晚看了一眼齐非道，"但是六七成总应该有的。"

齐非道抬眼，目光与刘辛文的短暂交会。

没等齐非道开口，刘辛文一锤定音："行，那就照陆道友所说的来。"

要是到时候真打不过，他们转身就跑总跑得脱吧？定了作战目标之后，众人合计了一会儿，商量了一下作战计划，率先推出了方凌青。

青年一身白衣，脑后束着的发带随风飘飞，远远看上去就像一株新生的青松，就是一想到刚刚定的作战计划，方凌青眼角略微抽搐。

这……能行吗？他怎么看都觉得很扯好吗？！他一转头，灌木丛里探出个乌黑的脑袋，少年顶着一头苍翠的绿叶，面瘫着一张脸，和胡子拉碴的齐非道一块儿可耻地歪头卖萌，比了个姿势。

"加油。"

方凌青眼角抽搐得更厉害了，硬着头皮张嘴开始念诗。他身为崇德古苑"礼"字辈弟子，临场作一句诗的本事还是有的。

这一次，方凌青口中的诗词意象主要是车驾凤辇。

诗词交感天地灵气，天上一团雾气祥云四散，一辆极尽华美的车驾从天而降，四周白鹤傍飞，铃音阵阵，宛如神仙凤辇。

还在奋力厮杀的修士们抬头一看,纷纷愣住。这是个什么东西?怎么还有车,谁把车拉过来了?!

"上。"

齐非道朝着乔晚无声地比了个口型,草鞋一蹬地面,紧跟其后。

男人目光瞬间变得锐利,神情肃穆。

奇门遁甲·开!

还没等在场修士们回过神来,一条土龙伴着车驾咆哮而出!鸾旗风动,尘烟滚滚,土龙绕着车驾盘旋咆哮,在所有人目瞪口呆之下,神仙凤辇缓缓降落,然后——果断抬起野猪,滚滚而去!

乔晚大喜过望,立即提剑跟上:"成了!"

众目睽睽之下,几个人抬着只猪撒丫子一路狂奔,原地徒留一缕袅袅尘烟和一阵铃音消散在半空中。

过了半秒,原地才响起一声恍然大悟的惊叫。

"猪!"

"猪被方凌青他们给抬走了!"

各门派的人一脸蒙地对视了一秒,立刻反应过来,提剑就追!

"把猪放下!"

"留命还是留猪?"

哀号声不绝于耳:"道友!车下留猪啊!"

方凌青回头看了一眼滚滚尘烟,脚下一个踉跄,一边顶风狂奔,一边果断抛弃了优雅的涵养和风度,疯狂吐槽:"我都说过了,谁会用凤辇接一只猪啊!"

齐非道一个急转弯,手上结印:奇门遁甲·木。

"啪啪啪"丢出几个木桩子拦着后面众人的去路后,男人搓了搓下巴:"你们不觉得这一幕很眼熟吗?"

方凌青暴躁地吐槽:"我想象不出来还有人用凤辇接一只猪的场景。"

齐非道蹙眉沉思:"就特别像……"

跟在车驾后面,两条腿甩得飞快的乔晚心里突然"咯噔"了一下。

"就特别像那个魔域帝姬!"男人右手握拳击掌,恍然大悟,"就那个乔晚!昆山乔晚!被梅康平接走的那个。"

说完,还没忘记征求身边的人的建议,齐非道笑容灿烂地问:"陆道友,你说像不像?"

飞速疾驰的乔晚脚下一滑。

"陆小道友?"这是齐非道。

"陆辞仙?"这是方凌青。

在两个人惊讶的目光之下,被凤辇接走的魔域帝姬·乔晚面不改色,违心地回答:"像,特别像。"

救命,她捂马甲好难!

车速一路飙上二百码，转眼车子就拉着猪冲到了目的地——附近的一个传送阵。

早就守在传送阵前的刘辛文喜形于色："偷回来了？"

"偷回来了，坐稳了！"齐非道挑唇一笑，"走！"

拖着车，所有人一齐往传送阵上跳去。

一，二，三！

传送！

传送阵一亮，方凌青、乔晚拉着猪，滚了两圈儿，抬头，只见雾气弥漫，眼前草叶上挂了串晶莹欲滴的水珠。

很好，这里没人！

"还愣着干什么？"刘辛文左右一看没人，赶紧挥手指挥，"还不快上？"

对，对，对！

众人如梦初醒。

这传送阵虽然传送地点随机，但这幻境统共就这么大，等后面杀猪大军赶到，但凡有一个人传送到这儿了，只要用玉牌联系上自家门派的人，他们这猪就杀不安生。

刘辛文看向乔晚："陆道友。"

乔晚会意，回头沉声嘱咐："我上了之后，你们再上，别离它太近。"

剑二·攻式。

眼看着乔晚抡起剑就这么冲了上去，方凌青和齐非道几个人眉心一跳，心里还是有点儿疑惑。

这……能行吗？

没有法袍加身，也没有法器庇护，乔晚就这么上了？

原本拱人拱得正欢乐，猝不及防地被车驾给抬走，山膏还在迷糊之中，眼前却突然多出了个少年修士。

这是谁？

山膏焦躁地蹬了蹬后蹄子。

不管了，它拱就是了！

山膏一弓身，背上的棘刺一根根爆射而出！

乔晚握紧了剑，也屏住了呼吸。

她在五行罗盘里遭的罪到底值不值得，就看现在了。

棘刺直奔乔晚，方凌青一颗心顿时提到了嗓子眼里。

但意料中少年被棘刺给戳成个刺猬的画面并未出现。

一根根棘刺一挨上少年的身体，竟然像是撞上了什么坚硬无比的铁板，被剑光一扫，纷纷扬扬地全都落了下来！

见状，乔晚屏住呼吸，神识迅速跟上，一凝，一扭，一戳。

在幻境里，神识被压制了不少，做不到像驾驭魔兽那样轻松自在，但乔晚想着，神识牵着BOSS，让BOSS陷入混乱状态总没问题。

伴随着山膏焦躁不安的怒吼声，一根一根棘刺往乔晚身上招呼着。

乔晚心神略微一松，事实证明，她赌对了。

锻体？

齐非道微微睁大眼。

这幻境里的修士又不是没体修，但像陆辞仙这样皮这么厚的还是第一个。

陆辞仙的锻体又精进了？这难道就是他这两天里的奇遇？

少年身姿矫健飘逸，但这一身皮简直比野猪还结实耐操。

想到这儿，齐非道咋舌的同时，眼前不由自主地浮现当初在大光明殿山门前的那一幕。

陆辞仙跪在地上，全身上下遍布骇人的血洞，鲜血汩汩而流，染红了身下的泥土。

当时，光明殿所有的弟子全都聚集在光明心殿里，要不是他舍不得陆辞仙脑袋里那稀奇古怪的符号，搭了把手，这少年估计也活不到现在。

这才几天的工夫，齐非道后脑勺微微一凛，不觉讶然。

先是在花座峰上赢了小方，这边锻体又精进了不少，虽然没见境界有提升，但面前这少年进步速度实在快得有点儿惊人了。

"傻了？"刘辛文怒吼，"上！"

乔晚开怪，神识凝成一股细线，拽着这股神识，负责把仇恨往自己身上引，后面，方凌青、齐非道几个人迅速输出。

有各门派修士消耗在前，在众人一鼓作气地输出之下，没过一会儿工夫，面前这头两丈多高的野猪终于露出了点儿疲态，身上见了红。

看见面前这头两丈高的野猪见了红，众人纷纷大喜。

快，快，快！后面杀猪大军马上就要追上来了，得赶紧推！

连同方凌青、齐非道等在内的三教精英弟子眼睛晶亮，对面前的野猪伸出了残忍无情的"狼爪"。

几个回合下来，山膏吃痛地摆身，炀着蹄子四处拱来拱去。

乔晚迈着腿，牵着山膏来来回回地跑，好给方凌青他们创造出一个最舒服的输出环境。

这么折腾下来，山膏终于撑不住了，猪蹄子都在打滑。

"大家加把劲！"刘辛文脸上一喜，立刻敏锐地抓住时机，指挥下令，"我数一、二、三，到时候我们一块儿下手！能不能成就看这最后一击了！"

吼完，他递给了乔晚一个眼神："陆辞仙！"

乔晚点头，脚步一转，陡然放缓动作，牵着神识把山膏往刘辛文的包围圈儿里引。

方凌青屏住了呼吸，觉得自己的手都有点儿发抖。

他们能不能拿下这800分就看这最后一击了。

就在所有人雄赳赳气昂昂地准备推倒山膏的时候，没想到突然出了岔子。

远处剑光一亮，一道沛然剑意如同惊涛骇浪一般从天边席卷而来。

剑势如倒悬着的九天之水，咆哮着奔腾而下，乔晚愣了愣，和齐非道、方凌青一齐抬头看去，转眼间就被这道浩荡的剑意给拍飞了出去。

方凌青惊恐地叫道："谢行止！"

谢行止？

刘辛文震惊地抬眼。

这道剑光是来自谢行止？

这场幻境里，能有这道剑光的除了一路大开杀戒的谢行止还有谁？

问题是，谢行止怎么好端端地出现在这儿？！

伴随着剑光落下的是个白衣如雪、清冷矜贵的男人，男人抬眼，目光在所有人脸上迅速扫视了一圈儿，手一扬，玄铁重剑一阵嗡鸣，剑尖在半空中一转，锁定了——山膏！

众人将这瞬息之间的变化尽收眼底，大惊失色。

谢行止也是冲着这头猪来的？！

眼见男人脚踏着浩瀚剑意从天而降，乔晚也是一脸蒙，等看到玄铁重剑直指山膏的时候，乔晚心里"咯噔"一下，赶紧飞身去救猪！

要是让谢行止偷了BOSS，那这场论法会她还玩啥？！

她绝对不能让谢行止偷了BOSS！

四周安静了一瞬之后，所有人都跟着冲了上去。

猪！

他们的猪啊啊啊！

乔晚心惊肉跳地大喊了一声："道友，剑下留猪！"

方凌青怒吼："谢道友！猪！"

男人的攻势微不可察地顿了一下。

乔晚也已经发足冲到了山膏面前，四目相对，眼里清晰地映出了乔晚的脸，谢行止像是想到了什么，果断地放出了飞剑。

气势磅礴、震荡四野的剑光划出一道刚猛的气流，四周一圈儿枯枝落叶纷纷悬停在半空中。

刚冲到谢行止面前，乔晚连同众人就一道被这气劲给抛上了天空，掀飞了出去。

"砰！"

背朝下砸在地上，乔晚爬起来再往前冲去，却被这剑光硬生生地拦在了原地，踏进去的半只脚，脚踝也被割出了一道细细的血线。

方凌青刚追上去，看见这一幕，心头一震，不自觉地就停下了脚步。

四周落叶被剑气引动，绕着男人一圈一圈地打转。

男人身姿挺拔，俊美儒雅，眼神很冷。

所有人心里"咯噔"一下，不约而同地落下一行大字。

孤剑谢行止，果真恐怖如斯！

从进场起他就一路飞速发育，到现在他们几个联合起来，竟然还不是谢行止的对手！这三天里谢行止这货剑下究竟宰了多少无辜亡魂啊！

花座峰上的无辜亡魂们齐齐打了个喷嚏,再对上自家长老的目光,又心虚地打了一个哆嗦。

不是弟子不争气,实在是谢行止发育速度太恐怖了啊!

乔晚半只脚停留在剑圈里,一动也不动,乌黑的眼里映出了谢行止的脸,整个人没有任何后退的意思。

她停留时间越长,脚踝上的血线就越艳丽,伤口也被勒得越深。

打吧,他们又打不过,放弃吧,又不甘心。

众人咬牙。

刘辛文握紧了刀,心气也有点儿不平。

好不容易打到现在,结果被谢行止给截和了,这谁能甘心?再说了,要不是之前他们推山膏的时候消耗了太多气力和修为,也不至于被谢行止给这么轻松地拦下来。

四周气氛顿时凝固,微妙中透着股复杂和山雨欲来风满楼的压抑感。

乔晚大气不敢出,紧紧留意着谢行止的动作,心跳飞快,口干舌燥,在心里一遍遍地告诉自己,越是这个时候越要冷静。

她之前在张志义的罗盘里刷满了技能点,谢行止的剑光虽然能伤到她,但还不至于能一剑砍掉她的半只脚。

谢行止的玄铁剑通体漆黑,形似一棵苍劲的古松,据说他的剑招也都是日日观摩朝天岭的满山青松悟出来的,所以孤剑谢行止和昆山玉清真人座下那位病剑陆辟寒,也有孤松和病梅之称。

在乔晚的注视下,谢行止终于抬起了手。

玄铁重剑在半空中划开一道疾风,剑光倒转,如同悬崖上凌云的古松。

剑招·孤松倒挂!

剑光朝着山膏削了过去!

乔晚呼吸一顿。

就是现在!

乔晚抓住机会,立刻飞身冲上前,手上"嚯"的一声细微轻响传来,淡蓝色的灵气如同火焰一样烧了上来。她手上覆着济慈当初教她的铁砂掌,运招却是从伽婴那儿悟出来的无相诀。

她就这么赤手空拳地伸手一抓,在剑光落在山膏身上之前,把谢行止的剑光给牢牢地抓在了手上!

剑光在乔晚的手上"嗡嗡"响个不停,看见乔晚手里那道剑光,众人齐齐怔住。

谢行止估计没料到还有这种操作,也愣了愣。

一抓住剑光,乔晚一个踉跄,差点儿扑倒在山膏面前。

眼见这惊世骇俗的一幕,方凌青惊得一颗心差点儿跳出了嗓子眼,还是齐非道反应最迅速,嗓音铿锵有力地喊道:"趁现在!上!"

刘辛文和身后一干人纷纷如梦初醒,赶紧抄家伙冲上前去!

其中要数齐非道冲在最前面,脚下踏出阵盘方位,手上结印,合成个天辅惊门,和其他人配合，编织成天罗地网之势，牢牢把面前这孤剑包了一圈儿。

齐非道他们跟着动的时候，乔晚也没闲着，剑光入手，透着股锋锐的寒气，虽然就这一道剑光，但抓在手里简直就像刀刀剑光齐发，压得乔晚胳膊一沉，差点儿没被压趴下去。剑光刚一入手，那层"铁砂掌"灵力保护膜就发出了"咯吱"一声脆响，承受不住，开始裂了。

乔晚抓住这道剑光后，没多停留，反手立刻把手里的剑光给掷了出去，目标正是谢行止！

男人见状，眉峰紧皱，挥剑一斩。

乔晚等的就是这个。

趁谢行止斩落剑光的那一秒，乔晚深吸一口气，一个箭步冲到了山膏面前，把手伸进猪嘴里掏了掏，指尖摸上了一个圆滚滚的光滑东西。

这就是三教弟子口口相传的力珠。

乔晚心神一定，赶紧把力珠掏了出来。

但就在这时候，谢行止也反应过来了，迅速杀到！

手心里龙眼大小的力珠沾满了湿漉漉的口水，那道凌厉剑意杀了过来，乔晚心跳如擂鼓，来不及去擦口水，赶紧把力珠往自己嘴里塞去。

谢行止剑势急转，当即伸出手去抢力珠！

男人的手戴着整洁的黑色手套，手指修长，指尖却堪堪擦过乔晚的嘴唇，力珠还是进了乔晚嘴里。

力珠一进嘴，乔晚被熏得眼睛里立刻含上了两汪热泪。

方凌青忍不住胃里一阵翻腾，陆辞仙果真也恐怖如斯。

力珠一入口，感觉瞬间不一样，乔晚几乎立即浑身一震，感觉自己浑身上下全是使不完的力气，就算这个时候让她背上山膏，她也能健步如飞。

这就是力珠的功效吗？

眼见没拦下，谢行止顿时变招，伸手去抓乔晚的肩膀。

乔晚扭身躲避。

几个过招的工夫，两个人在地上滚成了一团。

谢行止手疾眼快，更快一步，一把摁住了身下的人，伸手探入了乔晚嘴里，去抠那颗力珠，手指果断掰开乔晚的舌头，硬是把舌头底下那颗圆滚滚的珠子给抠了出来。

咯咯咯——

手指伸入口腔里抠弄的滋味儿特别不好受，乔晚呛得鼻涕眼泪差点儿流了一脸。

眼看着那颗力珠就要被谢行止给抠回去，乔晚心里"咯噔"一声，毫不犹豫地张口咬了下来。

谢行止脸色遽然一变，想往回收手，没收回来。

乔晚死死地咬着他的手指，没松嘴。

光滑的黑手套压着舌面，还带着股微苦的松香味儿，指尖被一片濡湿东西给包裹着，谢行止感受到手指上的口水，目光骤然一冷："松开。"

胃里一阵翻涌，乔晚还是死死地咬着嘴里的手指，一边咬着，一边舌尖往后推着那颗圆滚滚的珠子。

"咕噜"一声，心一横，乔晚将力珠吞了下去。

谢行止再想去捞力珠的时候，触手只摸到了微软的舌头。

男人眉心一跳。

力珠入肚，乔晚一个鲤鱼打挺跃起，竟然把谢行止给掀翻了出去。

可惜想象中孤剑谢行止摔个倒栽葱的画面没有出现，谢行止及时调整了身形站稳。

刚刚乔晚猝不及防地一跃，简直像头牛恶狠狠地撞了过来，饶是谢行止也不禁吃痛地皱紧了眉，一把攫住了乔晚的胳膊。乔晚顺势飞身一踹，一举跳上了男人的脊背，两条腿死死地缠住了谢行止的腰，胳膊绕过去勒住男人的脖颈，整个人都挂在了谢行止身上。

"松开！"谢行止僵住了，挣了一下，没挣开，脸色大变。

就在乔晚和谢行止纠缠间，突然传来了齐非道的声音。

"陆道友，坚持住！大家伙来救你了！"

伴随着这一阵动静，乔晚也不再逞强，从谢行止身上滑落下来，及时脱离了战圈。

齐非道带着一帮人火速杀到，在谢行止面前来了一个急刹车。

齐非道翘着嘴角，笑容懒懒的："谢道友，好久不见。"

如果不是在这种情况下相遇，齐非道倒是愿意和谢行止多聊聊，不过很可惜，这个情况下，他们也只能无奈地选择兵戎相见。

眼见谢行止被包围，乔晚松了口气的同时，回想刚刚那几个过招，冷汗都跟着流了下来。

之前还在昆山的时候，她做梦也想不到自己竟然还能有和谢行止交手的一天。

这是不是代表她也算成长了？

想到这儿，乔晚心神一振，眼神一掠，目光不经意间落在了那被人遗忘的山膏身上。

随即，一个大胆的念头缓缓浮上了心头。

乔晚握拳，手上好像有力拔山河的力气！

她眼睛一眨，拔腿狂奔，冲到山膏面前，将手一抄，一使劲把山膏高高地举了起来。

"谢道友的分值这么高，不如打个商量，把这山膏让给我们怎么样？"齐非道客客气气地抱拳行了个礼。

谢行止如寒星般的眼里波澜不惊："山膏，我志在必得。"

就在这时，一个清朗的嗓音陡然炸开！

"让！让！让！齐师兄躲开！"

这清朗的嗓音越来越近，齐非道赶紧拎着身边不明所以的修士往后退。

前方，乔晚扛着山膏，火烧屁股一般冲了过来！

一个急刹车，她把手里的山膏往谢行止站的地方抛了过去！

方凌青和刘辛文一干人呆滞地看着这半空中飞翔的山膏，还有那伸展开的四只猪蹄。

齐非道也蒙了，好在反应快，电光石火间，使出了奇门遁甲·开，赶紧砸出几个法诀牵制住谢行止的动作。

如长松擎月一般清冷的男人迅速抬头，只见一片黑影如泰山压顶般朝着自己的方向倒了下来。

伴随着一声惊天动地的巨响，所有人的玉牌齐齐振动了一声。

孟沧浪下意识地摸出了手里的玉牌。

花座峰留影石上，一行触目惊心的大字适时蹿了出来。

"猪击杀了谢行止！"

这还没完！

另一行大字紧随其后。

"陆辞仙击杀了猪！"

整个花座峰上的人整齐划一地呆了呆，随后再一次炸了。

孟沧浪："……"

谁？谁击杀了谢行止？！

一众曾经被谢行止一剑送回花座峰的三教弟子哗然一片，随即纷纷朝天哈哈大笑了三声，笑逐颜开，击掌相庆。

因果循环，报应不爽！不信抬头看！苍天饶！过！谁！

刚被山膏拱死的一众三教精英弟子都松了一口气。

看吧，看吧，不是弟子不争气，是那只猪太丧心病狂了啊！不信长老你看，连谢行止都被猪给拱死了，这能怪我们……等等！后面那击杀喊话是怎么回事？

猪击杀了谢行止？

陆辞仙击杀了猪？

谁来告诉他们，刚刚幻境里都发生了什么事？

偏偏就在这最激动人心、所有人都翘首等着的时候，留影石上却连半个影子都没投映出来，而附近那块留影石上，原本毫无动静的"陆辞仙"这三个字，不动则已，一动简直就像嗑了药一般"噌噌噌"地一路往上狂飙。

不平书院的"小白菜"们也呆了。

幸福来得太快，就像龙卷风。

郑温良震惊地问："我没看错吧？"

绿腰结结巴巴地说："山……山长疯了？"

李判微微翘起了嘴角。

花座峰上满含震惊的讨论声"嗡嗡"地响个不停。

"留影石坏了？"

"陆辞仙不是和妙法尊者关系好吗？难道说大光明殿给开后……"

"闭嘴！慎言！你想被尊者给光照无间吗？"

"你们不都看见了？就这一刻钟了，就凭陆辞仙之前那60分，杀得了拱死谢行止的猪？"

还有一刻钟，陆辞仙是从哪个旮旯里冒出来的？？

幻境里究竟发生了什么事？花座峰上的众人惊疑不定地想着。

不只花座峰上的人炸了，幻境里的人也炸了。

他们的猪！

方凌青睁着大眼，伸手却无法挽留，只能眼睁睁地看着那头被众人给予了希望和厚爱的猪，瞬间离他们远去。

800分全落到了乔晚一个人头上，那他们刚刚玩命输出为的是什么？替陆辞仙作嫁衣吗？

虽然没明显地表现出来，但在场的所有人都默默郁闷了，脸色也不大好看。

"明明说好的大家一块儿推了这只猪的啊。"有人小声抱怨。

紧跟着埋怨声此起彼伏。

"陆道友也太莽撞了吧。"

火力立刻全集中到了乔晚身上。

处在火力中心的乔晚默默挠头。

她本来只是想砸死谢行止来着，根本没想到猪也被砸死了！

刘辛文闻言，看了一眼乔晚。

虽然他心里也郁闷，差点儿没呕出一口老血，但这事的确不能怪陆辞仙。

眼看着少年转眼成为众矢之的，还是齐非道先走了出来，哥俩好地一把搂过了乔晚的脖子，眼含促狭之色地笑道："行啊，陆道友，竟然能想出这种办法砸死谢行止！"

说完，他翘着嘴角招呼了一声方凌青："小方，你说呢？"

方凌青愣了愣，目光在表情各异的众人脸上掠过，心情也有点儿微妙，面色一沉，皱紧了眉。

他也不是要为陆辞仙说话，不过从一开始就是陆辞仙在扛伤害，到最后也是陆辞仙解决了谢行止。

反正他的分值已经刷够了，这头猪，比起落在谢行止手上，他宁愿落在陆辞仙手上。

方凌青不自觉地看了乔晚一眼，不过被齐非道挡着，没看清乔晚脸上的表情。

想到这儿方凌青也走到了乔晚身边。

周围气氛一时间有些尴尬。

最后还是刘辛文出来打了圆场。

"不管怎么说，这猪还是落到了自己人手里不是？"

"要不是有陆道友刚刚正面掩护，"刘辛文沉声继续说，"这猪我们从一开始就拿不下来。"

气氛这么紧张，其他人也有点儿不好意思了。

他们也不是不知道陆辞仙扛了伤害，也不是想指责陆辞仙，就是……心里有点儿不平衡。

这800分的确全落到了她一个人身上，这事也有她做得不对的地方。

乔晚诚恳地反思了一下自己，也有点儿不好意思。

乔晚朝齐非道和方凌青递了个眼神，走到了刘辛文身边，看了一眼神色各异的众人，低声说道："我带你们去刷'人头'！"

"刷……刷'人头'？"有人愣了愣，迟疑地问，"怎么刷？"

乔晚扭头看向齐非道："齐道友，还有多少时间？"

齐非道："一刻钟。"

乔晚："够了。"

山膏击杀了谢行止，她击杀了山膏，这就意味着谢行止和山膏丹田里的灵气全都转移到了她的丹田里，她现在不仅力大无穷，修为还特别充沛，精神奕奕。

刘辛文明显也想明白了这一茬，露出了点儿感激之色："行，我们走。"

其他人短暂一愣之后，恍然大悟。

对啊！只要白珊湖和孟沧浪不出手，这幻境里基本上就没人打得过陆辞仙了！他们现在有陆辞仙这个大杀器，还愁刷不到"人头"吗？！

瞬间，埋怨声没有了，所有人无比期待地乐颠颠拎起了刀枪剑戟。

走，走，走！刷"人头"！

和杀人比起来，杀猪有什么意思？！

密林深处，一高一矮两个青年正并肩同行。

其中，高个儿青年突然停下了脚步。

矮个儿少年疑惑地问："怎么了？"

高个儿青年摇了摇头："不知道为什么，我总有种不祥的预感。"

他不说倒好，这么一说，矮个儿少年突然也觉得后脑勺凉凉的。

在这场幻境里，谁若是有这种预感，往往就代表着——

两个人默契地对视了一眼，迅速趴了下来！

有敌袭！

下一秒，一道剑光闪过，两个人就看见一个少年提着剑杀了过来。

这都什么时候了，还来这一套？！高个儿青年难以置信地瞪圆了眼，心随即一沉，凶狠地下定了决心。

既然对方跟他来这一套，就别怪他下手不客气了！

他扬手就祭出了一个龙纹幡，侧头对矮个儿少年说道："上！"

一高一矮两个人眨眼间杀到，左右夹击。

乔晚毫无畏惧之色，坦然迎上。

过了几招的工夫，高个儿青年就察觉出了不对劲儿，变了脸色。

完了！他们啃上硬骨头了！

但面前这少年是谁?

他也没听说过秘境里有这么一号人物啊!

见势不妙,两个人转身就跑,谁料刚跑出半步,斜刺里杀出一阵刀光剑影。

一高一矮两个人齐刷刷一跪,纷纷扑街。

临死前,两个人都是蒙的。

究竟发生了什么?!这少年是谁?!

前面不远处,一个青年修士喜悦地惊呼:"欸!这'人头'是我拿的!"

离论法会结束还有半刻钟。

旁边那块留影石上的排名按常理来说是不会再变动了。

但万万没想到的是,留影石上的排名突然又变了,还变得特别快,只见刘辛文、方凌青、齐非道等名字,分数也开始"噌噌噌"地一路飞涨。

花座峰上的众人抓心挠肺,捶胸顿足。

这幻境里究竟发生了什么事?倒是让他们看一看哪!

就在这时,留影石似乎终于听见了群众深情的呼唤,勉为其难地切了镜头。

光滑的石壁上映出了几张眼熟的脸,分别是陆辞仙、开场前和陆辞仙死磕了一场的方凌青、崇德古苑数部大弟子齐非道、碎星谷的刘辛文,以及若干各教派弟子。

所有人目光炯炯,一脸难以抑制的激动表情。

原来刷"人头"竟然能这么爽!众人打了一个激灵,简直是从脚一直爽到了尾巴骨。

以那陆辞仙为首,这一干人等开始到处游走清场,逮一个杀一个,逮两个杀一双,风风火火,轰轰烈烈,风卷残云般一路碾压了过去!所过之处一片鸡飞狗跳。

不知道为什么,善道书院好像尤其得这一干人的青睐。

尤其是陆辞仙,一见善道书院的弟子,立刻提剑上去,心狠手辣,绝无二话,一众善道书院弟子还在发蒙,就这么被送回了花座峰。

陆辞仙!

看见这一幕,卢德昌差点儿没被气得吐出一口血。

楚桐徵含着眼泪,抽着鼻子,睁大了美目:陆辞仙什么时候变得这么强了?

眼看着自家弟子一个个倒在了这一干人的剑下,卢德昌暴躁地看了一眼峰顶的漏壶。

这都几点了?怎么还没结束?

终于,乔晚收回剑的那一瞬,只感觉眼前一花,脚下一个趔趄,眼前的景致发生了变化。

等她再回过神来的时候,就已经和方凌青等人被传送回了花座峰上。

幻境关闭了。

"结束了?"

身后的其他人如梦初醒,看了一眼面前这标志性的莲花山峰,这才恋恋不舍地收回了目光,咂了咂嘴。

怎么这么快？他们还没刷够呢。

乔晚握着剑，慢慢地恢复了神志。

这个时候，刘辛文突然走到了她面前，朝她拱手行了一礼，脸上带笑："陆道友，多谢！这几日合作愉快，希望第二场比试我们还有合作的机会。"

乔晚眨了眨眼，没等她回复，紧跟在刘辛文身后，又有不少或青年或少年的修士，或羞涩或爽朗地上前拍了拍她的肩膀。

"道友，谢了！"

"之前是我们小心眼，你别往心里去啊。"

转眼之间，乔晚就被一众热情的修士给包围了起来。

"欸，陆道友，你那招怎么做到的？要是不介意，不如你也教教我呗？"

被热情地包围在人群中，乔晚脸烧得有点儿红，大脑也有点儿晕乎乎的。

天高云淡，花座峰上山花烂漫，四周嬉笑声一片，时不时还有人捶捶她的胸口，拍拍她的肩膀。

最后还是齐非道把乔晚给解救了出来，他抄着手笑道："差不多行了啊。"

三教论法会第一场比试结束，按规则，排名靠前的几个弟子都能得到大光明殿的奖励。

他们这个片区，和其他5个片区加起来，统共选出了十个表现最优秀的弟子，其中也包括了乔晚。

在刘辛文和其他人热情的簇拥下，乔晚不好意思地被推上了台。

"去，去，去！"

眼看着少年走上峰顶，花座峰上的议论声更大了点儿。

这十个人里面，就只有陆辞仙是在最后几个时辰突然杀出重围，一路反超，最后堪堪挂在了谢行止后面。这陆辞仙究竟是从哪儿冒出来的？！在三教论法会之前大家也没听说过有这么一号人物啊？

按站位，乔晚要站在谢行止旁边。

至于授予奖励的人，当然是大光明殿的门面，素有大光明殿一枝花之称的妙法尊者。

乔晚刚踩上台阶，目光和谢行止相撞上，余光又瞥见了那道朝这儿走来的威严尊贵的身影。

完了。

她乐极生悲了。

乔晚脸上的笑容顿时凝固在了嘴角。

少年弯腰行礼，动作一气呵成，果断转身就走。

乔晚：对不起，打扰了。

"往哪儿跑？"呵斥声陡然在她的后脑勺处炸响。

乔晚悲痛地转过身，一眼就看见尊者站在面前正冷冷地看着自己。

该来的始终是躲不掉的。

怀揣着英勇就义的心情，在妙法尊者不善的视线下，乔晚沉痛地走到了谢行止旁边，顿时就感觉到一阵冷气飘了过来。

但妙法尊者没再看她了，目不斜视地一路走到了峰顶高台上，连半个眼神也没施舍给乔晚。

乔晚绷紧了脊背，有些不安。

这次颁发的奖励是论法会各与会教派荣誉出品的三转菩提丹，由妙法尊者一瓶一瓶地一一递到这些优秀弟子手里。

三转菩提丹用一个朴实无华的白瓷瓶装着，但一看到这白瓷瓶，台上的十人呼吸都忍不住加快了。就这个小白瓶里装的东西，能促进修士交感天地灵气，更好地将天地灵气化为自己所用，内聚精神，合于先天，说白了就是吃下去不仅能长修为，还能增加自己和天地灵气的亲近程度。

就算在见惯了灵丹妙药的大派弟子眼里，这也是妥妥的灵丹妙药。

这回论法会与会的各教派果然下了血本。

有三转菩提丹已经足够让人精神振奋，更别提还是由妙法尊者来颁发奖品，十个表现优秀的弟子乖乖排排站着，个个翘首以盼地等着妙法来颁奖。

乔晚眼观鼻，鼻观心，站得笔直笔直的，目不斜视。

鼻间传来了一阵微不可察的莲花香与檀香，妙法站在了谢行止面前。

碰上这位尊者，谢行止表现得算是十分恭敬有礼，垂眸道："多谢尊者。"

莲花香与檀香在乔晚面前停了下来。

乔晚的心跳漏了一拍，喉咙有点儿发干。

头顶传来了威严清朗的男声："手。"

乔晚紧张地伸出了手，也不敢抬头看人，垂着眼死死地盯着尊者手里的小白瓷瓶。

妙法把小白瓷瓶放在了她的手心里。

微凉的青色修士服落在了手腕上，指尖相触的刹那，可能是落在自己头顶的目光太锋锐，也可能是这光太耀眼，乔晚浑身打了一个激灵，手臂不受控制地往边上一歪，指尖堪堪擦过男人的指腹，小白瓷瓶落了个空。

气氛好像突然凝固了。

尊者手疾眼快，一把摁住了她的手，可能是含了点儿怒气，力道很大，攥得紧紧的，肌肤相触，乔晚全身上下汗毛倒竖，汗湿了的手指往回一抽，擦过了妙法的手心，却没抽回来。

乔晚心尖一颤，像被细线高高吊起，后背也跟着烧了起来，压力山大地忍不住抬头往前看了一眼。

她一抬眼，目光就撞上了妙法那张严厉却妖冶的脸和幽深的眼。

一对上那幽深的眼，乔晚感觉整个后脑勺都麻了，结结巴巴地憋出了一句话：

"前……前……前辈？"

并且她试图往回抽了抽手指，这一次抽了回来。

妙法淡淡地移开视线，脸上表情也看不出喜怒，只冷声留下了一句嘱咐："拿好了。"

瓷瓶一入手，乔晚立刻握得紧紧的，表示了自己的决心。

尊者目光从她的脸上掠过，走到了下一个人面前。

乔晚忐忑地握着瓷瓶，还有点儿困惑。

她总觉得前辈看自己的眼神有点不对劲儿，但她除了入魔那会儿做了点儿丧心病狂的事，好像也没做什么出格的事吧？

不过乔晚现在也无暇想这么多，一连三天没休息，一出秘境，高度紧绷的神经刚松懈下来没多久，一阵强烈的倦意顿时袭来。

等到颁奖结束，乔晚这才如释负重地走下了高台。

不平书院的众人立即兴奋地迎了上来。

"山长回来了！"

"山长你回来啦！"

"山长累不累？要不要喝口水，休息休息？"

"那个'击杀了猪'是怎么回事？"

刚刚谁说山长不行的？！站出来！

"山长。"一个低沉的男声响起。

一众"小白菜"纷纷打了一个哆嗦，自觉地让开了一条路。

李判背着黑白双剑，缓缓走到了乔晚面前，打量了一下她的脸色。

"走吧。"男人率先转身，抬脚就走，"在这幻境里待了三天，你也该休息休息了。"

论法会第一场比试结束，不只不平书院，其他各教派也都在收拾，准备拎着自家弟子回去休息。

峰顶上，尊者如同高山般巍然屹立，神情沉静地应付着四面八方的人。

以沾云峰、崇德古苑等一干门派为首的教派领队长老，略一拱手，互相寒暄了几句，便踩上法器，衣袂当风，飘飘欲仙地带着一干弟子飘走了。

乔晚一抬头就看见了崇德古苑那霸气冲天、金碧辉煌的天宫，齐非道站在栏杆后面，翘着嘴角招了招手。

方凌青挣扎了一秒，不大情愿地也勉强挥了挥爪子。

不平书院的弟子们纷纷咽了口口水，可怜巴巴地艳羡道："什么时候我们也能有这排面啊？"

还没等乔晚开口，轻蔑的男声突然插了进来，声音不大，但足够在场不平书院的弟子们听个一清二楚。

男声嗤笑道："没见过世面。"

另一个声音跟着低笑："山长就是个筑基期的修士，师兄，你能指望他们见过什么世面？"

乔晚和李判抬眼看去。

面前不知道什么时候站了一排儒生，袖子上都绣了个金灿灿的"善"字，刚刚说话的男声就是其中一个青年。为首的卢德昌站在不远处，往这儿瞥了一眼，看看自己门下的弟子出言挑衅也不发话，明显是默许的。

不平书院的弟子们愣了愣。

就在这当口，那个出言不逊的青年又笑了："怎么？诸位道友看我做什么？"

不平书院的弟子明显也认出了面前这一大帮趾高气扬的修士是善道书院的，虽然心里微怒，但一个个咬紧了牙，默契地都没发作。

像今天这种情况，没碰上一千，他们也碰上过八百回。

这也没办法，谁叫他们书院修为最高的人也不过是李师叔，修真界的小门小派，要不是依附着大门派、大宗族，就不得不夹着尾巴做人，就算碰上像今天这种事也得打落牙齿和血吞。

不过明哲保身，也不意味着他们书院山长是能任人贬低欺负的。

郑温良上前一步，风度翩翩地行礼："敢问道友刚刚这话是什么意思？"

"什么意思？"青年虽然笑，目光却落在了乔晚身上，"阁下想的是什么意思，我这话就是什么意思呗。"

听了这话，就连温和没脾气如郑温良也忍不住变了脸色。

袖子里的菩提冰凉如水，乔晚却没看出言挑衅的那两个青年，目光隔着人群落到了卢德昌身上。

卢德昌察觉到了她的视线，也可能是从刚刚起就一直在留意乔晚，淡淡地瞥了她一眼。

乔晚抿紧了唇，不自觉地摸上了剑。

不平书院其他弟子也都怒目而视，一个个差点儿气红了眼眶。

就在气氛剑拔弩张的一瞬间，李判不疾不徐的声音突然传来："走了。"

不平书院的弟子纷纷傻眼："师叔？"

李判不为所动，低声说道："走了。"

郑温良急了。

他们怎么能就这么算了！

之前这些人羞辱他们，他们忍气吞声也就罢了，但这都折辱到山长头上了！山长不是他们书院的排面吗？

李判的嗓音还是很沉稳："狗咬人，你难道还要与狗置气吗？"

"大胆！"善道青年变了脸色，"你这话是什么意思？"

李判脸色平淡地看了过去："阁下想的是什么意思，我这话就是什么意思。"

男人两眼狭长，眼尾微挑，眼神幽深，看得善道弟子心里莫名其妙地有些心虚。

这……这不就是个他们听都没听过的无名小门派，怎么这眼神……这眼神倒不像是什么小门小派的人有的，倒更像……

青年猛然惊醒。

这眼神更像是从战场中杀出来的人有的!

想到这儿,善道弟子额头上几乎不受控制地冒出了点儿冷汗。

李判表情毫无变化,善道弟子透过面前的男人的眼神,好像能看见炽热的风夹着有血气的硝烟,呼啸着吹过了尸横遍野的古战场。

但等那善道弟子打了一个激灵,想看个清楚的时候,刚刚那感觉已经消失得无影无踪,面前站着的还是那个青袍白履、平平无奇的中年修士。

可能是他看错了。

一个小门派的长老,怎么可能有这种经历过战火的眼神?

善道弟子回头看了一眼卢德昌,眼见卢德昌还是没发话,定了定心神。

"贵派这意思是不满我们善道书院?"善道弟子目光掠过乔晚手里的剑,冷笑道,"贵派还想在这儿和我们动手不成?"

李判看了一眼面前这善道弟子,低声说道:"不是我们想和贵派动手,我相信贵派应该也不想和我们动手。"

"你哪里来的自信觉得我们不敢动手的?"

李判沉声说道:"最后那一刻钟的场景贵派的人看在眼里,心里定不好受。"

"贵派要是在这儿和我们动起手来,我们不平书院落败事小,但这要是落在别人眼里,说不定就成了贵派输不起,毫无儒门名教之风范可言。"

李判不说话就算,一开口,一句话快准狠地戳中了善道书院的痛脚。

于是,一干善道弟子勃然变色。

毕竟最后那一刻钟,善道弟子被乔晚、方凌青几个人打得有多惨,花座峰上所有教派的人可都是明明白白地看见的。

善道弟子顿时气得面色铁青,拔剑怒道:"你!"

"行之。"不远处的卢德昌终于发话了,阴郁的眼神从李判的脸上掠过。

"长老。"善道弟子急切地回头。

卢德昌收回视线:"走吧,免得给小人可乘之机。"

善道弟子虽然犹不甘心,不过长老既然开口了,当着外人的面,他们也不能不听话,一个个脸色不善地冷哼了一声,拂袖离去。

"走吧。"李判也转过身,挑眉看了一眼面前一干呆滞的不平书院弟子,"还愣着干什么?"

"没什么,没什么。"郑温良猛摇头,忍不住和绿腰交换了一个眼神,暗暗咋舌。

他们就是第一次发现原来李师叔竟然这么猛。

一般来说,修士基本上是用不着睡觉的,但在幻境里折腾了三天,一沾床,乔晚立刻睡了个不省人事。

她再醒来的时候,屋里已经点上了灯。

一盏小而破的油灯,光线昏暗。

桌前一个黑影正襟危坐,在斑驳的墙面上投下了一大团黑乎乎的影子。

乔晚刚从床上坐起来，就听见了熟悉的低沉男声："醒了？"

"李前辈。"

乔晚下了床，走到李判旁边，才发现男人手边摊着一卷汗青卷。李判正坐在桌子前，用灯照着看汗青卷。

竹简上映出个正在伏案忙碌的中年修士，窗外斜探入一枝桃花。

正值春景，枝头桃花重，池边草根软。

中年修士一身青衣，披了件鹤氅，修眉长目，身姿挺拔，看上去皎洁如高天明月，却又温和可亲。背后的墙上，挂着的正是之前乔晚看到过的"闻斯行诸"。

乔晚一眼就看出来，这是不平书院编年史里的上一任山长。不知道为什么，看见这汗青卷，乔晚心里忽然有点儿情绪复杂，具体是什么感觉说不上来。

乔晚低头沉思。

她只是感觉很亲近。

不过，她很明确自己之前没见过这位前辈，也没听说过有关这位前辈的任何消息。

"怎么？"可能是察觉出了乔晚在沉思，李判问道。

"没什么。"乔晚摇头，收回了视线。

要是说她觉得这位前辈亲近，难免有点儿套近乎的嫌疑。虽然这么想着，不过她没忍住又多看了一眼。

"李前辈……"整理了一下情绪，乔晚问，"敢问上一任山长，名讳是什么？"

李判："广泽，孟广泽。怎么？你听说过？"

"孟广泽"三个字在大脑里转了几圈，乔晚摇头："没，没听说过。"

李判不疾不徐地合上了汗青卷。

乔晚暂时将注意力从汗青卷上移开，脑海中紧跟着跳出另一张美艳绝伦的脸。

前辈肯定生气了。

乔晚心神一凛，目光缓缓地落到了那张破旧的小床上，不大确定地想：要不要……入梦看看？

第七章 妙法的心魔

可能是看出了点儿乔晚的神情变化，李判问："在想什么？"

乔晚没有隐瞒，斟酌着问出了口："我总觉得……妙法前辈好像对我有什么意见。"

灯光下的男人，白天看起来有些严厉的眉眼被昏黄的灯光一照，莫名其妙地柔和了许多。

既然已经决定加入不平书院，当了不平书院的山长，当然也要交付给对方同等的信任，不说把自己的秘密抖个一干二净，至少也要做到明明白白地敞开胸怀交流，乔晚想。

她承认，她入魔后做的事情的确失礼了点儿，但仔细一想又觉得好像哪里有点不对劲儿，前辈看上去并不是因为这件事生气。

至于其他原因，乔晚想了半天也没想出个所以然来。

李判的脸色却突然变了，男人深深地看了她一眼，眼神有点儿古怪："我认为，这种事你还是亲口去问那位尊者较好。"

说完，他把汗青卷往怀里一揣，飘然远去。

出门前像是想到了什么，他停下脚步，又回头嘱咐了一句："好好休息，明日卯时我有事找你相商。"

乔晚赶紧站起身，点了点头，把李判送出门，自己回到了屋里，重新盘腿坐到了床板上。

既然这样，她还是入梦试试吧。

入梦这事毕竟就是在窥探别人的隐私，所以乔晚基本上会避免，或者说尽量减少入梦的频率。不知道是不是神识突破了元婴的缘故，这一次入梦，乔晚明显能感觉出来神识波动比之前更稳定了一点儿。

如果她猜得没错的话，妙法前辈这一次应该是强行出关，好堵住悠悠众口，给大光明殿撑场子。眼下论法会第一场比试刚结束，他十有八九会重新入定，继续和心魔死磕。

事实证明,她的猜测是对的。

她一入梦,目之所及是熟悉的一望无际的平原,一轮火红的落日正缓缓地从菩提树顶降下。

踩在地上,乔晚低头看了一眼,手上伤痕斑驳,生了不少厚茧。

这是她的大号的手。

她的神识毕竟是女性,梦里以神识现身,她自然而然也就恢复了之前的容貌。

树下没有那道熟悉的藏蓝色身影,乔晚熟门熟路地赶往海边,在快接近海滩的时候,反倒犹豫了。

她不敢再上前了。

远远地她就看见了血红色的海面,血水一波一波地拍打着海岸,偶尔冲上来一只断胳膊、断腿。尊者盘腿坐在海滩上,似乎是在疗伤,青色的修士服染了血。垂落的修士服袖口还不断有鲜血流出来,蜿蜒地渗进了他身下柔软的沙子里。

还没等乔晚酝酿好开场白,海滩上的尊者已经察觉到了戳在那儿的人影。

或者说,从乔晚悄悄溜进识梦境的时候,他就已经注意到了。

妙法冷声说道:"来了就来了,在那儿戳着做什么?!"

被逮了个正常,乔晚微微红了脸,不好意思地走上前,毕恭毕敬地行了一礼:"前辈。"

同时她暗暗留意了一眼妙法的表情变化,尊者还是皱着好看的秀眉,但脸色已经没之前在花座峰上那么难看了。

虽然如此,他的态度还是算不上多友善:"你来这儿做什么?"

乔晚站直了,尽量让自己的表情看起来诚恳一点儿:"我有点儿不放心,想来看看前辈。"

说完,她悄悄抬起眼睑,忐忑不安地等着妙法的反应。

她一抬眼,正好和那双幽深的眼撞了个正着。被抓个现行,乔晚瞬间绷紧了肌肉。

出人意料的是,妙法只看了她一眼就收回了视线,闭上了眼。

乔晚愣了愣,目光突然留意到了青色修士服下蜿蜒流出的血水。妙法坐着的那一块儿地方基本上都被血给染红了。

"前辈你受伤了?"

"小伤。"尊者一脸别扭地冷冷开口。

乔晚眼神循着血水一路往回移动,最终锁定在了尊者的脚踝上,眉心一跳,忍不住吐槽道:"这怎么看都不像小伤吧。"

妙法的脚踝上不知道被什么东西抽出了一道深深的口子,她一眼看去,能看见深深的白骨,尤其恐怖。

海风里送来一阵接一阵的浓厚血腥气,不断有尸骸被海浪拍上岸。

怪不得没在菩提树下看见他,乔晚想,看起来他是不能走了。

偏偏在这个时候,远处海面上又隐隐有雷鸣之声,另一拨心魔大军踩在浪尖上杀了

119

回来。

尊者瞬间睁眼,眼里射出一道冷光,眼看着就要站起身甩膀子上去干。

乔晚嘴角一抽,头疼地一把摁住了面前这和马怀真一样,怎么都不让人省心的长辈。估计是因为受伤,她这么一摁,妙法竟然猝不及防地就被她一把给摁了下去。

尊者立刻抬眉厉喝:"你在做什么?"

乔晚认命地拔出剑:"前辈伤成这样,还是让晚辈来吧。"

说着,她迅速扭身蹚过血海,迎面对上了那一干克苏鲁大军。

顾及妙法还看着,乔晚一脚踹开面前一只八爪章鱼怪,运气于掌上。

"光照无间!"

乔晚一掌把面前的章鱼怪给拍了个粉碎,表示自己确实是在好好学习,一心向善的!

等差不多把面前这一拨怪清理干净了,乔晚这才收回剑,甩了甩身上的碎肉,走到了妙法面前。

他光在这儿坐着始终不是个事,看了一眼不远处的菩提树,乔晚说道:"前辈,我扶你去那边歇歇吧。"

没想到她被面前的尊者毫不留情地冷冷拒绝了:"不必!"

拒绝不说,尊者还顶着深可见骨的伤口就要自己站起来。

心魔由本体所生,造成的伤口也不像现实里那么容易痊愈,尊者的脚一踩在地上,乔晚就看见尊者微不可察地皱了皱眉。饶是如此,他还是勉力迈步向前走去。

乔晚伸出手,犹豫了一下,结果就看见妙法脚下突然踉跄了一下。

在尊者跌倒的前一秒,乔晚一个箭步冲了上去,手疾眼快地伸着两只胳膊一抄,正好把尊者给抱了个满怀。

檀香和莲花香气一起落入怀里,乔晚下意识地低头看了一眼,一眼就看见了尊者因为战斗散乱的衣襟和那宽阔的胸膛。

有前车之鉴,乔晚打了一个激灵,不敢多看,迅速移开目光。

结果还不如不挪开,她一挪开目光,就对上了妙法那张黑如锅底的脸。

尊者正以一个十分少女的姿势,被她抱在怀里。

公主抱……意识到这一点,乔晚整个人默默地僵住了。

气氛突然凝固。

乔晚的本体毕竟是个姑娘,还是个看上去比较纤细、绑了粉红色发带的姑娘。被不知道小自己多少岁的年轻后辈给抱了个满怀,感受到肌肤相贴的触感,还有抱着自己的有些粗糙的手心,淡淡的温热感隔着修士服传来,妙法也僵住了。

一不做二不休,乔晚干脆抱紧了妙法,一路健步如飞地走到了菩提树下,然后把尊者搁在了菩提树下。

在妙法那锐利得能杀人的目光之下,乔晚故作镇静地说道:"前辈,坐吧。"

沐浴在尊者的目光之下,乔晚神情正直。

可能是被一个小辈公主抱这件事实在太过奇葩,妙法沉默了一会儿,闭上了眼。

自知理亏，乔晚默默地转移了话题，关切地问："前辈的心魔……"

"这心魔对我而言，并无大碍。"想了想，乔晚一脸纠结地跟着坐了下来，"之前在定忍峰下的事，我很抱歉。"

乔晚说到这儿，脸也忍不住红了，不能回想，一回想就恨不得羞得钻入地缝。

"你的事还不值得我动怒。"妙法淡淡地说道。

夹杂着一股血腥气的海风迎面吹来，乔晚抬头。这一抬眼，她突然愣住，不是错觉。乔晚的全身倏地变得僵硬冰冷，透过这深沉的眼，她好像看到了另一个妙法。

说是妙法也不准确，她看到的只是一个隐隐约约的身影。

那人皮肤青黑，青面獠牙，额生三眼，身具六臂，那多出的四只手里各捧着人脑、人心、人舌、人眼。虽然容貌还是一样美艳妖冶，但藏蓝色的发丝都被一颗颗沾着血的头骨发冠束起，一个个带血的头骨面目狰狞。

就这一瞬间的工夫，面前的尊者有些僵硬地缓缓闭上了眼。他再睁开眼时，眼底干干净净的，宝相庄严，好像之前那个模糊的身影只是她的错觉。

"前辈……"乔晚犹豫了一会儿，虽然疑惑，却还是没问出口。

每个人都有自己不愿宣之于口的秘密，她刚刚看到的那个形象，应该就是妙法日日夜夜压制的心魔，但什么样的心魔会具有这么残暴的形象？

有这么残暴的心魔，她这几件小事的确不值得妙法放在心里，不过这或许也代表他强行出关，心魔对尊者的反噬作用可能更严重了。

但就在这思绪转了几转的刹那，乔晚立刻感觉到四周气氛突然变了！

不好！

乔晚大脑中警铃"嗡"地一响，全身上下迅速调整到战备状态，在那一阵腥风袭来的瞬间往地上一滚，但还是猝不及防地被人摁倒在了菩提树下。

一阵血腥气迎面扑来，藏蓝色的发丝垂落在脸上，有些痒。

乔晚眼里清晰地映出了青面獠牙的妙法，皮肤青黑，额上倒竖着第三只眼，怒目圆睁。

沾血的头骨瞬间跳入眼帘，一个个像是在古怪地狞笑。

呼吸吞吐间，浓烈的血腥味儿几乎充斥了整个鼻腔，乔晚僵在原地。

尊者离得很近，她甚至能感觉到这吐息声缓慢有力，像是死神从云端俯首注视。

一阵无法言说的恐惧感，不受控制地在心底升腾而起，头一次，在和对方接触的那一瞬间，乔晚恐惧得牙关忍不住开始"咯咯"打战，想反抗，却发现自己反抗不了，恐惧感几乎把她整个人都牢牢地包围了起来。

面前的尊者，或者说邪神，简直就是残酷暴虐的代名词。

一只手抚上了她的眼皮，滑落在唇上，顿了顿，缓慢而有力地探入了她的口腔，钳制住了那条柔软的舌头；另一只手则覆上了她的心口。

他手下，少女起伏的胸脯柔软而温暖，隔着胸口，他好像能感觉到一颗红通通的心脏在"扑通扑通"直跳。

面目青黑、额生三眼的"尊者"缓缓垂下眼，手落在她的心口的动作重了点儿，像是想要探入衣襟，把这颗鲜红滚烫，还在跳动的人心给挖出来。

手指指腹摁在舌面上，一路往喉口深入，他似要挖心、拔舌。

她会死！

乔晚睁大了眼，目光落在了妙法身后平举的四臂上，脸色遽然大变！

四只手上捧着的血淋淋的脏器，像是在提醒她，这个时候要是不跑会有怎么一个凄惨的下场。

就在刚才乔晚坐下来的时候，手里的剑被她放了下来。

按理说修士通常剑不离身，但眼前这毕竟是一直以来对自己多有指点和教导的长辈，秉持着对妙法的信任，乔晚顺手就把剑给放了下来。

眼里映出那把寒光熠熠的长剑，乔晚心里一沉。

她大意了。

她再抬头看了一眼面前这残暴到极致的"尊者"，这一瞥，正好和那青黑色的手掌上捧着的一条鲜红的舌头撞了个正着。

与此同时，探入口腔钳制住乔晚的舌头的那两根手指也加重了动作，他屈指擦过舌面，一用力，像是要把这条柔软的舌头给狠狠地拔出——

乔晚心里一凛，求生的欲望战胜了恐惧，她用尽了全身力气，使劲儿往前挣！

可能是因为突然入魔，还没显出真正的心魔愤怒相，妙法竟然真的被她给一下推了出去。

刚夺得了一刻自由，乔晚脚下一个趔趄，因为恐惧腿还有点儿发软，她连嘴巴上的口水也没来得及擦，一路直奔那把闪烁着寒光的长剑！

快一点儿，再快一点儿，她就够到了。

她的指尖挨上剑柄的刹那，一阵腥风从身后卷了过来！

手里的剑"当啷"一声脱手，掉落在地。

乔晚胸口一阵气血翻涌，眼冒金星地被掀翻在地，身后的"尊者"一手拎起了她的头，或者说攫住了她的脑袋。

乔晚疼得打了一个激灵，迅速调动灵气护住了自己的脖子。

有那么一瞬间，乔晚差点儿以为自己的脊椎会和头一起被拔起来。

这一扯没把她的脊椎拔出来，乔晚吐出一口血，剧烈疼痛中，似乎落入了一个冰冷的怀抱中，隐约看见了青面獠牙的妙法越凑越近。

四只手臂，牢牢地捧着四个血淋淋的脏器。

余下的两只手，攀上了乔晚的脊背。

乔晚眼冒金星，一头撞上了结实的胸肌。

脊背被剩下来的那两只手牢牢地禁锢住，整个人被迫坐在了妙法身上，脊背被按住，仰起头来，胸口贴近了对方赤裸的胸膛。

妙法低下了头，沾血的头骨发冠也跟着低了下来，狞笑着凝视着乔晚。

虽然显露了愤怒相，全身青黑，但妙法的目光还是一样清正威严。尊者的唇瓣贴上来，舌头长驱直入，探入口腔。

乔晚整个人都僵硬了，大脑也好像跟着爆开，但随即另一阵更深的恐惧感吞没了她。

妙法要吃了她！

两颗獠牙刺穿了舌面，鲜血顺着舌面渗了出来，立刻被吮吸了个干净。

在这种情况下，没有人还能心大到冒出点儿旖旎的心思，乔晚浑身一震，立刻调整思绪，疯狂调动丹田里的灵力，灵力一路往上走，在妙法吞吃下去的前一秒，覆上了舌面，成功避免了舌头被人吃掉的凄惨下场。

做完这一切，乔晚冷汗差点儿都跟着落下来了，赶紧往后仰了仰头，但舌尖刚往后拉开一点儿，立刻又叼了回去。

乔晚一抬眼，就能看到那威严的双眼，尊者秀眉倒竖，额头上怒目圆睁，身后四臂平举，那双眼睛里没带任何情欲，就是重复着一个吞吃的动作。

乔晚被迫仰着头，坐在尊者身上，口水流个不停，脑中也"嗡嗡"作响。

她得想个办法。

她记得，妙法说过她的神识很强。

因为恐惧和焦急，乔晚哆哆嗦嗦地聚拢了神识，刚准备往妙法的识海里戳，舌尖又被叼住。

她打了一个激灵，神识戳歪了。

她要冷静。

乔晚闭上眼，有意忽视了舌尖被吞吃的动作，眼神坚定清明，神识深深往识海里戳去！

这片识海对她几乎不设防。

撞入妙法的识海后，乔晚气喘吁吁，定睛一看，和想象中入魔时混乱的识海不一样，这识海光耀眼，处处琉璃光，纯金为地，金多罗树上生着白银、琉璃、颇梨众宝。

乔晚站在识海中央，心一点点地沉了下去。

这识海，她根本无从下手。

外面那个根本不是魔，视杀戮、人祀为平常的佛，嗜杀和残暴，是矛盾的两面。

怪不得整个大光明殿的人对尊者的心魔都讳莫如深，因为这根本无解。

乔晚从妙法的识海中退出，感觉到身后脊背被两只手攀着，禁锢在对方怀里，整个身体动弹不得。

一个舌头往里卷，一个抵死抗争，努力往外推。

被灵力强化过的舌，没这么容易被吃了，尊者卷着舌尖，目光平静威严，吞吃得更加有力，像是要咬过每一寸肌肉，舔舐每一滴鲜血。

乔晚大汗淋漓，脸上泛红，手脚因为恐惧而发麻。

一定还有办法，乔晚稳定了纷乱的心神，余光一瞥，落在了妙法捧着的那条人舌上，突发奇想。

不知道她能不能把这条舌头拿下来往妙法嘴里塞。

乔晚一边周旋着，一边悄悄伸手，往手上捧着的那条舌头上探，就在乔晚已经做好把这鸭舌头一鼓作气地塞进妙法嘴里的时候，下一秒，妙法突然皱紧了眉。

皱眉？

眼前的尊者好像剧烈地挣扎了起来，一面呈愤怒相，一面呈慈悲相，来回摇摆。

乔晚愣了愣，随即精神一振！

尊者在找回意识。

这就表明尊者还有救。

想到这儿，乔晚深吸一口气，将心一横，镇静地一口口渡化灵气。

过了一会儿，那双幽深的眼好像终于慢慢地找回了熟悉的清明。

妙法皱眉垂眼，目光落在了乔晚的脸上。

乔晚维持着坐在尊者身上的姿势，胸膛与他紧贴，下颌也紧密地贴在一起，她的身体僵了。

嘴巴里的异物感如此鲜明，妙法的舌头，甚至还停留在这个自己多有指点的小辈的嘴里。

乔晚如遭雷击。

"前……前……前辈！你听我解释！"

乔晚一蹦三尺高，如梦初醒地从妙法身上蹦了下来！

脱离了生命危险，羞耻心归位，乔晚趴在地上，绝望地用沙子把自己埋了起来。

说实话，她除了刚开始感受到了点儿震惊和不好意思，随后这股淡淡的羞涩感就立刻被无处不在的恐惧感给吞没了。

不过现在，羞耻心气势汹汹地终于杀了回来。

她若不反抗，就会顺着舌头被吃下肚，这是生与死的博弈，就像打架一样，她刚刚是和前辈打了一架。

这么安慰着自己，乔晚终于找到点儿理智，深吸了一口气，手指也有点儿颤巍巍的，恭恭敬敬地行了一礼。

表情虽然足够冷静，但话出口，舌尖还残留着一股檀香味道，她差点儿咬到舌头："前……前辈，你听晚辈解释！"

她接下来要说点儿什么？

乔晚大脑超负荷疯狂运转。

但没等乔晚继续往下说，妙法先开了口，声如雷鸣，尊贵威严，还自带混响效果："你无须解释。"

妙法合眸，一幕一幕，不断在脑海中重现。

"刚刚是我逼迫你，此事错不在你，罪业皆系于我一人，果报也由我一人承担，与你无关，你无须向我道歉。"

乔晚霍然抬眼，对上妙法的目光之后，又赶紧低下了头，结结巴巴地说道："话……话不能这么说，晚辈也绝没有责怪前辈的意思。之前晚辈在定忍峰下，摸……摸了前辈，现在，一来一往，很公平了。"

妙法怒喝:"这如何能按'一来一往,公平计较'!"

可能是察觉自己的态度问题,尊者别扭地冷冷闭上了眼,默不吭声了。

除了这样还能按什么计较啊?乔晚绝望痛苦地在心里吐槽。

"你在何处?"过了一瞬,妙法突然问。

乔晚:"前辈?"

"你在何处?"

乔晚下意识地回答:"在……在不平书院。"

妙法皱眉,果决地回答:"就在此地等候,我这就去找你。"

不牵扯上现实,她还能按一个春梦处理,一牵扯到现实,乔晚惊得差点儿跳起来,脸色瞬间涨红,全身上下不断冒着热气,说话都不太利索了:"这……这就不用了吧。"

"此事没有商量的余地。"妙法深深皱眉,沉声说道,"你在这儿等着,至多一刻,我就去找你,向你赔罪。"

说完,妙法似乎也不太自在地调整了一下姿势,但这一动,原本就松松垮垮的修士服彻底散落,裸露的胸肌上有什么东西轻轻擦过,落了下来。

那是条粉红色的发带,还绑了个不太起眼的小蝴蝶。

乔晚这才意识到自己的头发已经全散开了,脸不自觉地涨得更红,完全无法再面对妙法。

"这……这是晚辈的东西……"

趁妙法没什么反应,她赶紧小心翼翼地凑上前,伸手将发带拿了回来。

指尖相触的刹那,乔晚全身都麻了。

妙法也僵住了。

两个人瞬间僵硬成菩提树下相顾无言的两根柱子。

乔晚口干舌燥,心"扑通扑通"直跳,缓缓地攥紧了粉色发带,手心和鬓边的发丝已经被汗水浸透了。

少女脸色通红,并不算多柔顺乌黑的发丝散落在肩头,衬得眼睛更加黝黑明亮。

妙法端坐在菩提树下,僵硬地等着面前的乔晚重新把头发绑好。

微湿的发丝穿过粗糙的指尖,四周安静得只能听见"哗啦啦"的海浪声。

乔晚颤巍巍地重新绑上了发带,一张脸红得像个番茄。

气氛实在太过沉默尴尬,乔晚咽了一口唾沫,磕磕巴巴地主动开口,企图冲淡点儿这尴尬的气氛:"前……前辈,我好了。"

乔晚说完忐忑不安地等着妙法反应。

妙法闻声抬起头,看了一眼乔晚,不知道为什么又闭上了眼:"走吧。"

说完,他干净利落地抬手切断了神识。

平原、海面和菩提树急速退去,乔晚眼前一花,再睁开眼,眼前还是那间昏黄破旧的小黑屋。

完了。

嘴巴里仿佛还残留着那股檀香味道和血腥气，乔晚呆了一会儿，默默抱头撞墙。

"砰砰砰——"

她感觉好羞耻。

一想到识海里的画面，乔晚脸涨得通红。虽然和妙法前辈认识了很久，当初还是他耐心安慰哭得一把鼻涕一把泪的她，但她从来没有往男女关系那方面想过。

想到尊者那宝相庄严的样子和结实的胸肌，乔晚嘴角抽搐。

主要还是尊者太神圣庄严了！谁会对他动情哪？！

乔晚痛苦地闭眼，继续抱着脑袋往墙上砸。

"砰砰砰——"

反正她锻过体，头铁，撞一撞也没多大问题。

一边撞头，乔晚一边继续纠结。

说实话，她倒不是很在意初吻没了这种事，与其说介意初吻这种事，倒不如说因为不知道以后要怎么面对妙法而尴尬。妙法的本意也不是要吻她，只是识海心魔愤怒嗜杀的冲动作祟，想把面前这新鲜的血肉给吃了。

乔晚这么一想，一股愧疚之情反倒油然而生，默默抱头。

她不在意这个，不代表妙法不在意。

可能因为妙法的光太耀眼，气质也太正经，乔晚打了一个哆嗦，倍感内疚和压力。

撞完墙，乔晚躺在床上，默默仰望星空。

除了压力大和内疚，她一想起识海里的一幕幕，还有另一种奇怪的感觉自体内缓缓升腾。

乔晚真正的恋爱经验只有裴春争一个。裴春争唯一一次亲她，还是在泥岩秘境的幻境里，盖住了她的眼睛，在唇上落下了蜻蜓点水般的一吻。

原来性欲就像食欲，男人和女人剧烈纠缠时，会情不自禁地想要吞吃了对方。

原来男女之间，会有这么浓烈的感情。

而这些亲密和暧昧滋味，她从来没体会过。

想到这儿，乔晚眼神一黯，突然有点儿茫然，沉默地抿紧了唇，心口涌上了点儿不易察觉的涩然情绪，既是因为裴春争，也不是因为裴春争。

她主要是觉得，之前自己果然是个傻子。

想到这儿，乔晚赶紧摇摇头，抛开了这些乱七八糟的念头，沉下心，又仔细捋了捋这件事。

尊者对她没有男女之情，既然无关乎男女之情，她就没什么好尴尬的。

情情爱爱只会影响她出剑的速度！

想通了之后，乔晚抬起手擦了擦额头上撞出的血，重新闭上眼，盘腿入定，第二天一早就整理妥当，赶去找了李判。

这回她用的是大号。

小号忙着论法会的事时，乔晚分出了点儿神识把大号带回了不平书院。

在书院里，用不着再躲躲闪闪，乔晚难得翻出了点儿自己喜欢的粉玉蝴蝶，往脑袋上一别,踏着晨光走进了藏书楼。

男人早就坐在桌前等着了,手边倒了杯茶,桌子上摊着本书。

乔晚十分有礼貌地上前行礼:"前辈。"

李判抬眼:"坐吧。"

眼看着李判的杯子里的茶基本已经见底,乔晚拎起茶壶重新将其倒满了,这才坐了下来,问:"前辈找我来是有什么事?"

李判抬起眼看了乔晚一眼:"三转菩提丹还在吗?"

李判是来找她进阶的。

既然她拿到了大光明殿特地颁发的三转菩提丹,还是赶紧吃了,抓紧修炼的好。

提起正事,乔晚也迅速点头回应,从怀里把那小白瓶摸了出来。

李判没看那小白瓶:"你想把这瓶药给谁?陆辞仙还是乔晚?"

乔晚纠结了一会儿,想了想说道:"陆辞仙吧。"

小号最后还是要回归本体,她想在论法会上继续走下去,就要舍得投资。

李判显然也认同她的这个选择:"既然如此,那开始吧,待会儿由我在一旁照看。"

吞完三转菩提丹,乔晚麻溜地盘腿坐了下来开始消化。

丹药入肚,乔晚没什么不良反应,丹田里好像有一股热流流淌开,一直向四肢百骸流去,暖烘烘的很是舒服。

就是这股热流,在"改造"修士们的身体。

吸纳灵气,去芜存菁,对修士来说也是个技术活。一般人口中的天才,大多数是那种天生就亲近灵气,吸收好,消化好的人。

而三转菩提丹,能后天促进人交感天地灵气。

乔晚稳定了心神,引导着热流在全身各处经络里走了一圈儿,每过一处,全身上下的疲惫感都好像被一只手给轻轻抚去了。她对四周灵力的感知好像更敏感了点儿,空气中那点儿稀薄的灵气在她有意识地引导下,亲近地往肌肤里钻着。

就在这时,乔晚隐隐约约有了点儿预感。

她可能要进阶了。

乔晚打坐入静的同时,李判平静地看着面前的少女。她刚进来的时候看起来还有点不对劲儿,现在身上那股气再一次沉了下来。少女不疾不徐,脚踏实地,一步步修炼,在这个年纪的修士中还算比较难得的。

很像……李判一边看,一边想。

少女像极了他记忆中那个气度沉静,不急不躁,偏偏打起架来又十分凶残的男人。

筑基一层,突破。

乔晚欣喜地睁开眼:"前辈!我进阶了!"

在岑家一日筑基之后,她身上就没露出任何进阶的迹象,如今终于再往上爬了个小境界,乔晚激动得忍不住笑开了。

她这一次进阶,自然而然,如水到渠成,不费吹灰之力。

李判扬起嘴角笑了笑,嗓音低沉且动听:"恭喜。"

眼见乔晚成功进阶，李判站起身，也没打算继续待着，特地给乔晚留了自己消化的时间："我去看看绿腰他们。"

李判一走，乔晚就闭上眼，精神百倍地继续消化体内那股热流，眼前却忽然再度升腾起了一片白雾。

乔晚愣了一下。

入梦？

愣了一秒之后，乔晚立即找到了原因。

看来是刚进阶，不论肉体还是精神正好都处在亢奋期，她不知不觉中和谁的梦境对上了。

乔晚抬起脚步，循着这片白雾一路往前走着。

白雾渐渐散开，隐约露出了点儿梦境的主人的背影。

一看见这背影，乔晚瞬间愣在了原地。

那是周衍。

这道背影，她绝对不会认错。

这是周衍的梦。

这梦里，不是玉清峰，不是昆山，是个看着有点儿眼熟的小山村，村子坐落在山脚，村里人家不算太多，但由于在东尚国永泽府境内，而东尚国这个王朝还算昌盛，村里人过得还算富足。

男人白发披散，沉默地对着这一块田间地头。而在周衍的目光下，有个瘦瘦的黄毛丫头正挥舞着钉耙翻山芋，动作十分干净利落，一钉耙下去，带出来几个大个头、圆滚滚的山芋。

黄毛乔晚蹲在地上，捡起山芋抱在怀里，走到了周衍面前，仰头看了一眼面前这如雪白衣不染尘的剑仙。

这不是她小时候的情景吗？

乔晚瞠目结舌。

神识突破元婴之后，她对这段记忆还有点儿印象。当时周衍决心收她为徒，为了表示自己对这位神仙师父的尊敬，黄毛乔晚特地从自家地里扒拉了几个山芋带回去煮，以孝敬师父。

黄毛乔晚怀里抱着几个山芋，和周衍一块儿走在田埂上。

周衍毕竟是化神期的神识。

乔晚看得微愣，没想到田埂上的男人猛然回头，厉喝道："谁？！"

坏了。

乔晚心里一突，迅速后退，却还是晚了一步，和周衍的视线撞了个正着。

紧跟着，她就清楚地看见周衍眼里的震惊和难以置信之色，就这一瞬间的工夫，男人的神情变了几变，突然又变成了有些倦的表情。

乔晚来不及多想，一秒也不敢耽搁，心跳如擂鼓地赶紧退了出去。

乔晚睁开眼，心乱如麻。

自从那次在行刑台的事后,她就没见过周衍了,为什么会误入周衍的梦境?

她更没想到的是,周衍的梦里竟然还有个她,梦里的她顶着一头黄毛,挥舞着钉耙刨山芋。

再见到周衍,见到这熟悉的清冷身姿,乔晚几乎不受控制地鼻子一酸,赶紧眨眨眼,收敛了心神,继续沉下心,盘腿打坐,尽量不多想。

不过接下来打坐她却怎么也静不下心来了,太久没用大号,乔晚干脆让小号继续在屋里消化打坐,切回大号,走出了藏书楼。

李判这个时候应该在给绿腰他们几个讲课,门口几亩地最近没人打理,长出了不少杂草。

想到识海里的画面,乔晚果断地转身走进了另一间茅屋,拿了把镰刀出来。

胡思乱想的时候,她还不如给自己找点儿事情干。

在没被周衍带上昆山前,她是一个人过的,种田挑粪这种事,她可以自豪地挺胸说,自己绝对是一把好手!那个时候她的梦想就是做个勤俭持家的好女人,嫁给村里的鲁铁牛。

乔晚挽起袖子,拎着镰刀,"咔嚓咔嚓"割了过去,割完杂草,又喂鸡喂鸭,忙活得风风火火,不亦乐乎。

不远处,一个不平书院的弟子的惊呼声乍响:"尊……尊……尊者?"

乔晚抬眼,一眼就看见身穿玉色修士服的尊者正缓缓走了过来,尊者眉眼冷厉,如同刀丛里盛开的青莲。

乔晚:"……"

玉清峰上,白发如雪的剑仙缓缓睁开了眼。

梦里那是乔晚。

周衍端坐在玉清宫里,闭上眼沉默了良久,一言未发。

一阵轻盈的脚步声突然响起,一道清而甜的女声传来:"师父。"

周衍睁开眼,眼里映出面前软糯可人的小徒弟:"笑笑。"

穆笑笑眨着眼关切地看着周衍,犹豫地问:"师父又做噩梦啦?"

自从乔晚师妹叛出师门后,因为愧疚,师父打坐常常会陷入心魔幻境。

周衍明显不愿多谈这事,微微颔首,略过了话题。穆笑笑小心翼翼地走上前,轻轻跪坐了下来,头靠在周衍的膝盖上。

周衍微微一僵,唇间溢出一声叹息,还是抬起手摸了摸少女的发顶。

而在另一边,玉清宫前,裴春争嗓音清冷地问:"玉清真人可在?"

守门的小松早就知道面前这位裴师兄和穆师姐关系非同一般,笑嘻嘻地说道:"真人和穆师姐如今正在偏殿里呢,师兄有事要找真人吗?"

裴春争:"有些同修会的事。"

和小松道过谢之后,少年抬起脚步,往偏殿的方向走去。

裴春争走到长廊下,脚步一顿,愣在了原地。

偏殿门没关，透过半掩着的门，他能清楚地看见里面的景象。

少女的头枕在周衍的膝上。

两个人衣摆交缠，亲密无间得过了头。

可能是因为身处玉清宫，周衍没放出神识戒备。

意识到这一点后，裴春争抿着唇抱紧了惊雪剑，走出了偏殿。

穆笑笑和周衍之间的暗流涌动、微不可察的男女情意，他其实隐隐约约感觉出了一点儿，但看着眼前这一幕，没有想象中的不甘和妒忌情绪，裴春争不知道为什么，突然想到了乔晚。

他和乔晚相处的时候，看到的最多的就是少女顶着一张面瘫脸，擦干净了鼻血继续上。

乔晚很少撒娇，抛开不怕死这点来看，乔晚其实很普通，和这世上无数普普通通的姑娘没什么两样，肤浅地喜欢好看的皮囊，喜欢那些绫罗绸缎、珠钗环佩，普通到他在和她相处的时候甚至没动过任何其他心思。

和人接触，她算不上精明，但真诚。

他经常看见她因为和他走得近了点儿，不好意思地低下头，却偷偷眼睛晶亮地咧嘴一笑。

每当这个时候，裴春争就会走上前，抿紧唇，沉默地牵起她的手，耳畔好像能听见少女激烈的心跳声，却还是要维持着一副淡定的表情。

想到这儿，裴春争闭上眼，心神定了定。

笑笑是他唯一的光，他发过誓。

至于乔晚……

他后悔吗？

短短这几年的相处时间，他没给乔晚任何男女之间应有的亲密举动，每当她试探性地想要踏出这一步，想和他再亲近亲近的时候，都会被他冷淡地拒绝。

少年喉口干涩。

他或许……有些后悔了。

乔晚没想到妙法会来得这么快。

而且不平书院在芥子空间竟然也能被他找到！

虽说之前还安慰自己没什么好尴尬的，但是一直面妙法，乔晚就全身紧绷，紧张无措得手也不知道该往哪儿放。

修炼到了妙法这个地步的人，身上自然而然会流出点儿威压，清正的光笼罩全身，几乎无处不在。

乔晚鼓起勇气抬眼，两个人四目相接间，她清楚地看见了那双幽深的眼，和识海里的"尊者"的眼如出一辙。

乔晚目光一闪，心跳漏了一拍，赶紧又低下了头，目光也不知道该往哪儿放了。

这些念头其实不过就是一眨眼的事，过了一秒，乔晚口干舌燥地像往常那样行了一礼,老老实实地喊了声:"前辈。"

不平书院的弟子们都蒙了,没弄明白,好端端的,妙法尊者怎么来了?他们这书院也请不动妙法这尊大佛啊。

弟子太呆萌,李判不高兴地皱眉,朝着边上低声训斥了一句:"还不快去倒茶?"

被点名的青年正好就是孟温良,李判低声一喝,孟温良如梦初醒,再一看面前的尊者,脸有点儿红,赶紧转身去倒茶。

李判请妙法坐了下来:"尊者,请。"

妙法也依言坐下。

鉴于自己头上毕竟还顶着个山长的名号,乔晚也留了下来。

不过她比较特殊,是山长的同时也是书院弟子,应酬打官腔这件事,还是交由李判来做。

乔晚握紧了手里的镰刀,平放在膝盖上,也跟着坐了下来。

李判不动声色地打量着面前的尊者,缓缓低声说道:"尊者今日光临鄙派,不知是有何要事?"

感觉有点儿热,汗水不知不觉间浸湿了脊背,后背的布料紧紧贴着脊背,乔晚握紧镰刀,低头四下看了一圈儿,听着上面两位前辈打官腔。

虽然紧张得一颗心马上就能跳出嗓子眼,乔晚还是忍不住抬头看了一眼。

这一看,她正好和上面妙法的目光撞个正着。

乔晚呼吸一顿,将镰刀握得更紧了点儿,惊愕地想,在这之前,她怎么就没意识到,前……前辈的目光这么有侵略性呢?

妙法的脸色一直以来都算不上太友善,目光也极威严,向来都含了点儿侵略之色。不过乔晚还记得之前探入他的识海的时候,威严深处藏着温柔、悲悯和耐性。她一直都知道前辈是个温柔的好人,所以也下意识地忽略尊者身上的攻击性。

乔晚哆嗦了一下,感觉压力突然更大了。

那厢,妙法和李判简单寒暄之后,话题终于带到了乔晚身上。

"还有一事,"妙法淡淡地说道,"我有一事想同乔晚相商。"

李判沉吟:"山长?"

来了!

李判扭头看了乔晚一眼。

乔晚打了一个激灵,挺直了腰,如同上课被老师点到名一般,惶惶不安地站了起来。

"前辈。"

好烫……对方的目光落在脸上,乔晚忍不住哆嗦,但还是挺直了点儿脊背,尽量不露出异样。

李判目光在乔晚和妙法身上走了一圈儿,转向妙法,颔首示意,目光再转向门口,就见一干少男少女扒着门框,小心翼翼地探着脑袋,推挤着。见他望过来,众人瞬间僵硬,纷纷抬头仰望天空。

他们怎么就没发现今天这太阳这么亮呢？

李判恍若没看见，神色如常地又把目光转了回来，对面前这位大佛行了一礼："请。"

妙法沉声回礼："请。"

抬腿经过门口的时候，李判这才一睒眼，把僵硬的不平书院弟子的身影尽收眼底："走了。"

走！走！走！

孟温良打了个寒战，忙不迭地抬脚跟上，又忍不住回头看了一眼屋里。

他总觉得山长和这位光明殿尊者之间的气氛不大对啊，这是错觉吗？

屋里只剩下了两个人。

乔晚突然觉得嘴里好像更干了，眼一瞥，瞥见茶壶里的茶基本已经见底了，赶紧走上前拎起茶壶去泡茶。

走到一半，乔晚默默想起了好像有哪里不大对劲。

她是不是把前辈忘记了来着？

身后的光威压不自觉好像更浓重了点儿，乔晚转身指着茶壶，结结巴巴地说道："前……前……前辈，茶壶里没水了，我去倒点儿。"

说完，她加快了脚步。

眼看门口已经近在咫尺，乔晚面色一喜，刚跨过门槛。

"砰——"

她一头撞上了什么硬硬的东西！

乔晚被撞得一个后仰，手一松，茶壶"当啷啷"往下滑去。

千钧一发之际，乔晚手疾眼快地伸手想捞茶壶，但一道身影更快一步，稳稳地把茶壶接到了手上。

不平书院的茶壶看上去也十分寒酸，粗瓷质的，不过这还是专门用来待客的一套茶具，虽然寒酸了点儿，至少擦得干干净净。

看了一眼手上这茶壶，妙法顺手将其搁在了旁边的高凳上。

乔晚抬头，看向刚刚撞上她的东西。

门口泛过一阵金色的微光，在阳光照射下流光溢彩。

乔晚愣愣地伸出手摸去，好烫。

这是结界！

她再转头看向面前的妙法。

没有退路，她出不去了。

屋里十分安静。

背后抵着滚烫的结界，乔晚咽了一口唾沫，硬着头皮指了指被尊者放在一边的茶壶，问："前……前辈……真不喝茶吗？"

算算她和妙法认识的时间估计也有十几年了吧，乔晚思绪乱飞。

没想到前辈竟然有这么高，她这么一看他估计都快1米9了。

越紧张乔晚的思绪就越如同脱缰的野马，一去不复返。

就在这时，尊者沉默了一瞬，终于开口了，嗓音还是一样提神醒脑，仿佛自带混响效果。

"我说过，"妙法深深蹙眉，"会过来向你赔罪。"

乔晚挣扎着回答："前……前……前辈……无须向我道歉。"

她好像更热了。乔晚往后退了一步，鼻尖也跟着渗出了点儿汗。少女咽了一口唾沫，挠了挠头，说道："晚辈其实不是很在意这个。"

妙法敏锐地捕捉到了其中的关键，沉声问道："不在意？"

"是。"乔晚硬着头皮点头，"前辈也知道的，毕竟大家都是修士，对男女这方面的事看得不是太重。"

修真界就是个把女人当男人使，把男人当骡子使的地方，大家每天忙着打打杀杀还来不及。

就算是人界的王朝，那也相当于"礼乐崩坏"的时代，毕竟到处都有乱飞的剑光，在走路都担心会不会天降正义的情况下，这社会还能稳定到哪里去啊？！

不是说"仓廪实而知礼节"吗？能不能顺顺利利地活下去都是个问题了，谁会把心思放在这些烦琐而没多大用处的封建规矩上？

乔晚："我和前辈，一来一往，也算扯平。"

妙法尊者低喝："你当真这么想？！"

乔晚："是，晚辈并不介意，之前在识海里……"

在尊者冷厉的目光之下，乔晚心里"突突"直跳，越说声音越小，舔了一下嘴角，指了指不远处的高凳："前辈能把那个拿给我吗？"

妙法尊者顺着乔晚的目光看去，她指的正是刚刚乔晚差点儿摔了的茶壶。

尊者皱眉，不言不语地运起一道光，将茶壶递给了乔晚。

抱着茶壶，手里有个东西，乔晚安心了一点儿，稳定了心神，看了一眼妙法，心知避无可避，还是打算好好和尊者说个明白。

虽然不是修士，但大弟子们都爱折腾自己这一点几乎是世人皆知，没忍住多看了女人一眼，就要折腾自己，不小心喝了口酒，也要折腾自己。

总不能真让妙法这么折腾自己吧，乔晚纠结地想，这事本来就是个乌龙，她心里也过意不去。

躲是躲不掉了，乔晚深吸一口气，说道："心魔本来就是修士修行过程中必经的障碍，识海中的事，并非出自前辈本意。"

总之什么锅她都往心魔上甩就对了！

妙法厉声说道："你既然不介意，当初为何还因男女之情落泪？"

他明显是不太相信。

当初哭得一把鼻涕一把泪的黑历史被重提，乔晚羞愧地低下头，把怀里的茶壶搂得更紧点儿："前辈……不一样。"

尊者沉默了一瞬，可能是意识到自己把面前这后辈逼得有点儿紧了。

这事本来错皆在他，与乔晚并无任何关系。

妙法冷冷地开口，嗓音有点儿僵硬："口是心非，我与他同为男人，并无分别。"

乔晚抬起头，终于明白过来。

妙法尊者大概是真的误会她了，以为她这是在故作无所谓，但她是真不介意啊！

如果想尽早解决这件事的话，她最好还是表示一下，稍微责罚一下妙法什么的。可……可她到底能罚妙法什么啊？！想到这儿，乔晚窘了。

她想了半天也没想到自己能对面前这位前辈做点儿什么。

乔晚局促地低头思索了一会儿，想着想着，突然灵光一现："我知道了，前辈！"

"那不如，前辈你来教我修炼吧！"乔晚兴致勃勃地举手。

虽然这么说确实有点儿乘人之危的嫌疑，乔晚不大好意思地想，但是距离第二场论法会开始还有十天时间，不赶在之前修炼就来不及了！

想到这儿，乔晚躬身行礼，以表诚意："请前辈教晚辈修炼。"

这个答案虽然有些超出妙法的意料，但不失为一个好的解决办法。

妙法看了乔晚一眼，沉声问："这就是你想要的补偿？"

乔晚点头："是。"

想了想她又补充了一句："前辈也不用介意男女之别，该怎么修炼就怎么修炼。"

"好。"妙法答应道，"我答应你。"

于是，在妙法答应下此事之后，乔晚再度投入了热火朝天的修炼之中。

在怎么指点乔晚训练方面，李判和妙法几乎达成了共识，两个人都不是怜香惜玉那一类，尤其是乔晚修炼用的还是小号，两个人更是完美贯彻了什么叫把男人当骡子使。

李判替乔晚分析："你已经扬名，却不像谢行止、白珊湖一行人背靠大门大派，在没有后台的情况下，大家首先会针对的就是你。"

绿腰举手发问："山长怎么没有靠山了？我们书院不是山长的靠山吗？"

李判不喜不怒地睨了绿腰一眼："你当真这么认为？"

好吧。

绿腰羞愧地低下了头。

他们不平书院确实没什么用。

李判继续看向乔晚："如果有机会，你不妨多留意修补'闻斯行诸'的材料。我也会多打探打探。"

乔晚点头："我会努力的。"

等绿腰带着一干弟子退出去之后，李判又看了乔晚一眼："他们都是普通弟子，绝大部分终其一生说不定都无法结丹。"

"他们中的大多数人是被父母送过来的，"李判淡淡地说道，"家里养不了这么多张嘴，他们到这儿念书，好歹还能混口饭吃。"

乔晚："前辈……"

"书院之前只有我一人。"李判继续说道，"我时常带着这芥子空间到处走走，偶尔会在哪个村里歇脚，挑几个有灵气的人收归书院。"

不过，这世上有天赋的人毕竟还是少数，大部分如谢行止之流，早就被各门派给提前定了。

他走遍天下了多年，也没找着个天纵奇才的好苗子，大多数人是资质驽钝没什么灵气的。

不过李判倒也不在意。

他带着他们一步一步往成仙的大道上爬，给他们一个改变自己人生和命运的机会，至于修不修得成另说。

普通人弟子没什么灵性，就算李判耐心去教了，也教不出个所以然来。

乔晚愣了愣，可以想象出青衣布履的法修，背着双剑一寸寸踏过广阔的土地，偶尔在炊烟袅袅处停下来，歇歇脚，碰上愿意来书院学习的人就收归书院的场景。

这也是不平书院花名册上，放眼望去全是练气期弟子，无比凄惨的原因。

这个世上，不是谁都能修炼成仙的，大多数人于仙途无望之后，会选择收拾包袱，回人界随便找条出路谋生，也比在修真界整天打打杀杀，一不小心丢了命强。

按理说，修士们随便找个出路，都不至于缺钱，奈何什么法器啊，丹药啊，打完架之后的维修费啊，都贵！更何况，不平书院的弟子大多数资质平平，资质越差，就越要丹药喂着。

没办法，李判只好削减了书院其他日常开支，能省则省，在生活水准上稍微委屈一点儿，压缩压缩生活质量，紧巴巴地先过着。

听着听着，乔晚终于听出了点儿不对劲儿的地方。

说起这段往事，男人表情十分沉静，语气也十分淡定。

乔晚迟疑地问："前辈的意思是……"

"妙法尊者。"李判丝毫没遮掩的意思，开门见山地坦荡回答。

乔晚嘴角抽搐。

说白了李判还是要她挖墙脚啊！

不过李判的这个提议，乔晚不是没考虑过。

整个书院实际上就李判这么一个"人民教师"在授课，每天累死累活，这是何等呕心沥血，蜡炬成灰的高尚情操？！

但只有李判，毕竟分身乏术，只是这有能力、修为高的修者，又不是地里的大萝卜，一拔一个准。

要是他们能先请几个客座教授教教书，必要时还能撑撑场子……

乔晚心里默默盘算，什么时候把这个想法给提上日程。

此门派也重体修和战技。

和前几次在识海里不一样，这一次乔晚站到了妙法面前，这也意味着受伤是真受伤。

看了一眼面前的尊者，乔晚也有点儿紧张了，开打前上前行礼："前辈开始吧。"

妙法看了一眼面前恭敬有礼的乔晚，颔首冷声说道："说好，只要你打破了我身上的护体金刚罩，这一场就算你过关。"

战局一拉开，尊者目光转厉，第一招就冲到了乔晚面前。

现实里过招和识海里过招，带给人的体验完全不一样。

乔晚留意着妙法的动作，鼻尖立刻冒出了点儿冷汗。

前几次过招，正好是她入魔丧失神志的时候，这回灵台清明，刚一交手乔晚就能感觉到这扑面而来的威压。

修为越高的修士，威压就越强。

威压这玩意儿，说白了就是震慑敌人的一种手段。

在认识伽婴之后，乔晚就已经很少体会这种威压了。

或者说，不打架的时候，伽婴有意收敛了自己身上的威压。

就算是个奔波在打架路上的战斗狂，也不会整天闲着没事释放自己的威压四处转悠。

但现在不一样，乔晚咽了一口唾沫，才发现喉咙又干又涩，呼吸间都是沙砾的味道。

面前的妙法有意地释放出了自己的威压，而且没有收敛的意思，蕴含了沛然光的威压越来越强，带给人的压迫感也越来越重！

汗水顺着额头滑落，在眼前晕开，乔晚喘了一口粗气，当初被伽婴打碎全身骨骼的惨痛回忆突然喷涌而出，还有她去救岑清獣时，山道上落下的冷雨的感觉。

一阵隐隐的恐惧感油然而生。

好强。

乔晚冷汗涔涔，拄着剑，擦了把鼻血，咬紧了牙。

她想出手，却发现胳膊抖得厉害，就像有人一直在心底说：你打不过。以你的资质你本来就打不过，能做到这个地步完全是误打误撞得来的。你看看谢行止，看看白珊湖、孟沧浪，这才是真正的天之骄子，这才是真正的天才。这世上天赋决定一切，根本就没有所谓的勤能补拙的道理，尤其是在修炼这一条路上，仙缘浅薄、资质平庸的人，终其一生，也不会有多大出息。连善道书院的叶锡元你都打不过。

不对！

乔晚心神一凛，喘了一口粗气，迅速把这念头抛在了脑后。

她本来就不是为了成仙而修炼。

她只是想变强，变强一直就不是一个结果，只是一个过程，只要她弱，她就能变强，她越弱，就意味着进步空间越大。

她不畏惧这个后果，因为只追求这个过程。

想到这儿，乔晚立刻感到一阵后怕。

是个人都会趋利避害，人懦弱只是因为恐惧，她害怕的是她和妙法之间这仿若天堑的差距。不过既然她决定走上这条道路，这也是她往后必须对上的人。

因为越往后，她碰上的敌手就越强，她就要真正直面谢行止、孟沧浪和白珊湖之流。

这也是妙法要释放出这么凶悍的威压的原因。

乔晚闭上眼，深吸了一口气，握紧了袖子里冰冰凉凉的菩提子。

岑清猷也是一样。

他看见了趴在地上像条狗一样垂死挣扎的她，乔晚能看出来，他不想成为她，所以才会选择成为碧眼邪佛，是她直接导致了岑清猷成为碧眼邪佛。

这个世界上，每个人都在挣扎着想要变强，就算是妙法也不例外。

"不是要我教你修炼吗？！"

"不是说不介意男女之别吗？"

"你在害怕什么？！"妙法神色冷厉地怒喝。

乔晚急退了几步，一跃而起——

剑一·速杀！

剑光刚至，立刻被妙法给一掌轰碎。

掌力余波掀起的罡风吹来，乔晚勉强站稳了，一道金色的光直冲自己心口而来，一掌打在她的心口上，乔晚气血翻涌，肋骨一痛，感觉胸都要被踹瘪了！

还没来得及哀悼自己的胸，乔晚赶紧调整身形，半空中一个后空翻，刚一落地，另一道劲风横扫下盘！

迅疾刚猛的气流中，妙法神色冷厉，一招一式毫不留情地直往乔晚身上轰！

前辈是真没打算留情。

虽说锻过体，但境界毕竟摆在这儿，在这绵密而不留情的攻势之下，乔晚被打得几乎吐血，仰躺在地上，胸腔几乎爆炸一样疼，胸口剧烈起伏，每一次呼吸都沉重得像要窒息。

疼疼疼。

乔晚大脑"嗡嗡"作响间，另一道金光后至。

乔晚翻身奋力抬剑抵挡。

"当当当！"

光落在剑刃上，荡开一阵激烈的火花。

乔晚趁机爬起，横剑再冲，朝着妙法身边的护体金刚罩砍了下去。

砍不破！

乔晚愕然，眼前顿时浮现当初还在昆山脚下的时候，那个莽修济慈……之前她经常跟甘南还有济慈一起自习来着。

拉开一步距离后，乔晚一边周旋，一边问："前辈……济慈是你的弟子？"

"嗯？"妙法反问，手下的动作却一点儿没放水，沉声问道，"你认识他？"

乔晚被一拳打得侧过头去，半张脸顿时高高地肿了起来，咳出一口血，才勉强把话说利索："之前交过手。"

乔晚擦了把血，紧紧盯着妙法身前的淡金色金刚罩，内心默默泪流满面。

虽说之前交过手，但妙法前辈比济慈凶残多了啊！

忍住不断往喉咙口翻涌的血气，乔晚眼睛一眨不眨地搜寻着妙法身上的破绽之处。

没有。

尊者不怒自威，衣摆迎风而动，脸长得多华丽美艳，下手就有多狠，就像她在识海里看到的那样，额生三眼，身具六臂，没一处破绽。

乔晚脚尖一转，虚晃一招，冲了上去。

只要继续打，她就一定能找到破绽！

想象很美好，乔晚却还在半空中就被逮了个正着。

妙法手上一用力，快准狠地一把攥住了乔晚的脚踝，将人往身前一拉，乔晚扭身立刻踢去，被妙法顺势接住，反手一并扣住了少女的脚，往前送去。

感觉到脚踝处传来异样，乔晚打了一个哆嗦，再次飞了出去。

就这么看着乔晚落在地上，砸出个人形大坑，妙法非但丝毫没怜香惜玉的意思，还皱眉怒喝："这就是你学到的战技？"

"喀喀喀——"

眼前沙砾飞溅，乔晚咳嗽了几声，血腥味夹杂着沙砾味一并涌了出来。

两个人每一次过招，几乎都拳拳到肉，滚烫的光落在身上，呼吸越来越重，目光交错间，乔晚就是死磕，结果最终还是没打过妙法。

她认命地呈"大"字形往地上一躺，原本梳得整整齐齐的马尾这一番下来全散开了。

乔晚叹了一口气，还不够。

如果说打破了妙法尊者的护体金刚罩算第一阶段的话，那她什么时候破了妙法这金刚罩，什么时候特训才能迈向下一阶段。

于是，这几天时间里，抛开了之前那点儿尴尬和不好意思的情绪，乔晚天天都在琢磨着怎么破妙法这金刚罩。

她吃饭的时候，端着个碗琢磨，洗澡的时候琢磨，躺在床上休息的时候，往枕头上一倒，还在琢磨。

妙法这张美艳到锋锐的脸，在她眼前日日夜夜挥之不去，她的耳朵边上似乎还在回响着尊者的怒喝。

琢磨了半天，乔晚终于恍然大悟。

说白了这还是实力问题。

她像之前对战济慈那样肯定不行，前辈没给她这个时间。

只要她变得更快更强，一击必中，就肯定能砸破金刚罩。

她不能急。

乔晚迅速爬起，盘腿打坐，让自己冷静。她之前吞了力珠，得好好利用这个资源。

她还要更快，让身体在一瞬间调动到最佳状态，锻炼自己的爆发力。

想到这儿，乔晚睁开眼，继续趴在床上记笔记。她锻过体，身体能可劲儿造，一般修士承受不了的压强，她都承受得了。

窗外月上中天，洒下了一窗银辉。

乔晚对着小册子，咬着笔头使劲儿琢磨。其疾如风，其徐如林，侵掠如火，不动如山，难知如阴，动如雷震。

要是她能做到这个地步就能顺利升华了。乔晚握紧了笔，在纸上画了个圈儿，决定用这二十几个字作为自己训练的指导方针。

说干就干，第二天一早，乔晚立刻往身体各部位绑上负重，绕着芥子空间跑步去了。刚起来的一干不平书院弟子捧着个碗，才走出"宿舍"，只见眼前"呼啦"一声，刮过了一道迅猛的粉色旋风。

"欸！欸！欸！我的碗！"

被风刮得在原地转了一圈儿，郑温良瞪大了眼，慌里慌张地接住了碗。这碗可是有定额的，要是打碎了绿腰就不发了。到时候他想要新碗，还得去绿腰那儿登记，一手交钱一手交货。

"刚刚那是山长？"郑温良抱紧了碗，惊魂未定地问。

绿腰眨了眨眼："好像是吧……"

"山长这是干吗呢？"

"修炼。"另一道男声突然响起。

郑温良循声看去，瞬间头皮发麻："李……李师叔。"

李判丝毫没受影响，缓缓走近，盯着那道粉色旋风看了一眼，随即收回了视线，把目光落到了郑温良等一干不平书院弟子身上，"吃完饭，就赶快去修炼。"

男人锐利的目光一冷："山长日日夜夜如此勤勉，你们就在这儿吃吃睡睡的！"

这话说得面前的少男少女纷纷低下了惭愧的头，众人把碗搁下，立正站好。

不吃了！李师叔说得有道理！山长都这么努力了，他们这些做弟子的也不能干看着！修炼，去修炼！

一干不平书院弟子咬牙切齿，握紧了拳，激动地跑去修炼了。

冲啊！他们要跟着山长去跑步！

李判站在原地，挑了挑眉心想，这带头作用好像还真不错。

于是，第二天乔晚再跑步的时候，身后还跟了一串不平书院弟子陪跑。

就这样，不平书院日后优良的跑操传统开启了。

每天早上，由山长带着大家一块儿跑操呐喊。

"不平书院！非同一般！拳打善道！脚踢昆山！"

"不平不平！我是不平！再说一遍！我是不平！"

远远看过去，众人宛如一道青春靓丽的风景线。

活了这么多年，遍历世事沧桑的某中年法修：失策了。

这一次，再站在妙法面前的时候，乔晚精神奕奕，黝黑的眼里清晰地映出了妙法的身影："前辈，再来！"

妙法不言不语地注视着面前的后辈。

这人简直像只小狗崽，就算被打飞出去，也能立马擦干净鼻子下面的血，一甩尾巴，一个鲤鱼打挺又冲上来。

虽说如此，妙法却没因此而手软半分，微蹙着眉，立刻挥出一掌！

她肯定能打破金刚罩的！不动如山，动如雷震！

收了剑，乔晚发力冲上！

尊者一早就察觉出了乔晚的意图，抬手抵挡。

刚跑完操，坐在地上围观的不平书院弟子们惊疑不定地问："山长这次能行吗？"

快一点儿，再快一点儿，乔晚将灵力灌注在脚下，妙微步法与无相诀合二为一。

妙法面色沉静，不疾不徐地抬手结印，指尖爆发一团耀眼的光，巨大的金色莲花印立刻从指尖升腾而起！

错身之际，乔晚已经跃上半空，调动全身的灵力往脚底板上涌，一脚蹬上那朵金色莲花，像支箭一样呼啸着冲了过来，冲到金刚罩前时速度不减，随即出拳。

这一拳和之前都有点儿不一样。

妙法皱眉，略感愕然。

拳面燃烧着耀眼的熊熊蓝色电光。

一拳砸在了金刚罩上，"咔啦"一声细微的轻响传来，从紧握的拳到微微凸起的指节，再到胳膊，蓝色电光激荡，穿过金刚罩的光，金色的光和电光交织，沿着手臂一寸寸爆开，随后破裂。

乔晚侧身躲过了妙法抬手的一记攻击，接着抬脚，一脚蹬在妙法的小腹上，顺势翻身跨坐了上去。

察觉出不对劲儿，妙法立刻上手去捉人，手卡上了乔晚的脖子。

剑一·速杀！

剑光飞旋，剑刃停留在男人的脖颈前。

剑光来不及往回收，往前多移了半寸，在尊者白皙的脖颈上割开了一条红艳艳的血线。

乔晚跨坐在妙法尊者的腰间，握紧了手上的剑，看着被骑在身下的端庄威严的尊者。

藏蓝色的发丝铺散在地上，一滴血珠顺着喉结缓缓流下。

乔晚发梢扬起，不顾脖子还被人卡着，眼睛晶亮地咧嘴笑道："前辈，你看这一剑怎么样？"

乔晚身体经过锻化，结实耐造，一般修士承受不了的压力她都承受得了。

于是，咬着笔尖冥思苦想了良久，前几天晚上乔晚终于研发出了新招式。

和之前用手搓电球不大一样，这一次她直接将灵力通过经络运输，借由拳头出招，补过脉、炼过皮、炼过骨，再加上有天雷锻体和力珠加成，乔晚的身体承受得了这瞬间贯穿全身的电流，还能将其转化为迅猛的力量。

身如迅雷，动如雷震。

乔晚整个人一路火花带闪电，气势汹汹地砸了过去！

跨坐在妙法身上后，乔晚精神奕奕。

成了！

成功的喜悦激荡着内心，过了一秒之后，她才隐隐察觉出来有点不对劲儿。

何止不对劲儿，不远处的绿腰和郑温良等不平书院的弟子，脸色都"唰"的一下变了，惊恐地看着乔晚跨坐在妙法身上。

身下是隔着修士服都能感觉出来的紧实腹肌，乔晚如梦初醒，打了一个激灵，火烧屁股一般连滚带爬地滚了下来，中间一个趔趄，一头磕上了妙法的胸口。

这一瞬间，乔晚心神微妙地一阵恍惚，眼前仿佛映出了连绵起伏的山峦，眼神都呆滞了：果……果然十分结实。

过了半秒，意识骤然回笼，乔晚心口一紧，顺着脊椎骨到头皮，一路仿佛都麻了："前……前……前辈？你没事吧？"

但对上妙法的视线后，乔晚愣了一下。

和想象中尊者黑脸的情况不一样，妙法微微一怔，像是有点儿失神，眼里映着的只剩下了这道漂亮卓绝的剑光。

这的确是一把好剑。

妙法抬眼看了看乔晚，神情突然变得有点儿复杂，过了一会儿才缓和了面色，收敛了神情，淡淡地回复了一声："我没事。"

乔晚一爬下来笔直站好，妙法也随之站起身，脖子上那滴血珠顺着脖颈一直滑进了修士服里。

"既然你已经打破我身上的护体金刚罩，这一场算你过关。"妙法尊者说道，再一看乔晚有些发愣，立即没好气地皱眉轻喝，"发什么呆？与人切磋喂招本就互有胜负，你难道还怕我因此责怪你不成？"

乔晚猛然回神，红着脸摆了摆手："晚辈不是这个意思。"

就是有点儿羞耻，不过一想到自己这时候顶着的是小号马甲，乔晚很快就把这些念头抛到了脑后。

前辈太过正直，自己不能多想。

乔晚捡起剑，上前道谢："多谢前辈指点。"

过了一会儿，她一直都没听见妙法的动静。

尊者沉默地看着面前的"少女"和她手里的剑。

这的确是一把好剑，出剑时快而坚定，漂亮清冽，这是他一直以来都在找的一把剑，必要时也会成为他唯一的退路。

想到这儿，妙法默默合上眼，掩去了眼里那点儿幽深复杂的心思。

乔晚惊讶："前辈。"

妙法回道："我没事。"

等妙法再一睁开眼，眼睛一如既往地明亮，就是看着她的眼神让乔晚有点儿说不出道不明的感觉，心莫名其妙地跳得飞快。

"这一场比试你已经过关，接下来还有第二场比试等着你，望你往后这几天勤勉修炼，莫要懈怠。"

妙法口中的第二场比试，是乔晚要在他手下撑过十招。

不知道是不是因为被骑在了身下，太过羞耻，这一次妙法出手那叫一个凶狠霸道，招招打得乔晚泪流满面。

晚上回屋后，乔晚一个人默默地对着镜子疗伤。

镜子里的少年眼神坚定，就是脸有点儿凄惨，青一块紫一块的，头发毛毛躁躁地披散在肩膀上。

乔晚皱眉抿唇，把袖子里的菩提子往怀里一塞，握紧了拳！

第二场比试，她也一定要赢！

等到第二天，众人跑操的口号变成了："不平书院，法力无边，福如东海，寿比南山。"

李判眼看着一帮不平书院弟子个个打了鸡血一般振臂高呼，内心无语。

时间在特训中走得飞快。

拼死训练了四五天，到了第八天，乔晚终于能在妙法手下撑过十招了。

与此同时，三教论法会第二场比试也要开场了。

当天一大早，李判、乔晚领着一干不平书院弟子准备出发。

这一回，到场的人基本上已经都是熟面孔。

不过乔晚和李判一干人登上花座峰时还是吸引了不少目光，放眼看去，不平书院的弟子都身穿一袭说好听点儿是朴素，说难听点儿是穷酸的青布衫，脚下蹬着粗布履，一路走上了花座峰。

像是没看见峰顶那些或好奇或轻蔑或不在乎的目光，李判脸色不变，沉稳地指挥着这一干少年少女在观礼台上坐下。

刚一坐下，一众不平书院弟子立刻感觉到了一阵若有若无的敌意。

众人循着这视线看去，就看到了一排善道弟子端坐在观礼台上，白衫迎风而动，看上去个个英俊潇洒，风度翩翩。

不平书院弟子横眉怒视，还没发作立刻就被李判给摁了下去。

"师……师叔？"被摁下去的小弟子一脸蒙。

李判不动声色："勿要多生事端。"说完，他看向了乔晚。

第二场论法会比试还有两刻钟开始。

李判说道："去吧。"

乔晚按了按腰侧的剑，点了点头。

"山长。"就在这时候，一个不平书院弟子探出头，神情如同对接头暗号一般郑重，"不平书院，非同一般，拳打善道，脚踢昆山！"

不就是善道书院吗！干他们！

看着乔晚远去的背影，听到这最后一句话，李判心里一沉。

他们真想脚踢昆山，谈何容易？

乔晚现在缺一把本命灵剑，而修补"闻斯行诸"，还缺不少材料，其中有一样赤火金胎。

赤火金胎太稀有，他跑遍整个修真界都没见多少。

乔晚特训的那十天时间里，他趁着论法会上各教派群英云集的机会四处寻访留意，终于打探到了点儿和赤火金胎有关的消息。

据说，有一批赤火金胎现在在昆山玉清真人手上，他正准备为自己门下的小徒弟锻造一把新剑。

乔晚要想锻造出自己的本命灵剑，到时候就不得不往昆山跑一趟。就是不知道等这场三教论法会结束，她愿不愿意再回昆山了。

第二场论法会比试和第一场不太一样，这一场不设在花座峰上。

乔晚往高台上看了一眼，也没看见妙法尊者的身影。

有了在识海里的经验，乔晚大概能猜出可能还是因为心魔，难怪从当初认识起一直到现在，尊者就一直处于闭关再闭关的状态。

按下心头浮起的一阵古怪感，乔晚定了定心神，看向负责这场论法会比试的光明殿弟子。

将各教派弟子召集到场之后，由大光明殿弟子挨个儿分发了玉牌。

分发玉牌的大光明殿弟子笑道："这第二场比试的相关信息，都已经明明白白地写在这玉牌上了，大家就按照玉牌上的指示行事。

"没有队友，不过诸位道友要是想自己组队，那也请便，不过玉牌不会提供任何便利。"

乔晚看了一眼手里的玉牌，没有地图，没有小红点，也没有队友。

这一次光滑的玉面上浮现着光秃秃的大字。

"东，舟浮镇。"

旁边还画了个一炷香的图案。

这就是让他们往东舟浮镇走的意思？一炷香的时间？

乔晚抬头一看，所有人捧着玉牌，也都是一脸蒙的样子。

"如果大家都没有异议的话，那这次论法会比试就开始了。"

光明殿弟子行了一礼，转身敲了一下身边的小钟。

"铛——"

钟声宣示着第二场论法会比试正式开始，玉牌上的那一炷香，头顶立刻蹿起了一点儿微亮的红光。

乔晚揣着玉牌，扫了一下四周，只见周围所有人严阵以待，一声令下之后，一个个都放出了飞行法器。

法器"哗啦啦"都对准了一个方向——东！

看来大家的玉牌上的提示都是一样的，乔晚不再犹豫，赶紧架起一道剑光，冲进了拥挤的人流中。

眨眼之间，花座峰上万剑齐发，如同晴空下无数道耀眼的流星。

这万剑齐发的架势虽然帅，造成的后果却是十分严重的。

半空中，堵车了！

鸠月山地势比较复杂，高山此起彼伏，有的飞行法器比较贵，架上剑光之后，一骑绝尘，能一举冲上万里高空，俯瞰整个鸠月山的山势，还有的飞行法器走的是比较大众化的路线，就比如乔晚目前正驾驶的这款。

在下山之前，乔晚一直用的秋水含光剑，早就被戒律堂给拿了下来，现在乔晚手上用的是一把普普通通的旧剑，没什么独特之处，好在还算称手，但和这半空中各色的宝剑一比，顿时暗淡无光，相形见绌。

才往前飞了一段路，乔晚后脑勺一凉，立刻察觉出了不对！

后面有人！

乔晚脚蹬长剑，在半空中来了个急转弯。

一道饱含杀气的剑光贴身擦了过去。

乔晚迅速抬眼看去，只看见了片绣着金色"善"字的衣袖。

那刚刚踩着剑光飞过去的善道弟子郁行之高高地飘在半空中，扯着嘴角冷笑，往乔晚背后看了一眼。

乔晚后心一凉，心头顿时浮现一丝不祥的预感。无数道剑光从四面八方呼啸而来。从下面冲上来的一道炫目剑光顿时把乔晚掀翻在了半空中！

糟糕！

极速坠落的失重感猛然袭来，乔晚伸手一把扣住了还在飞行中的旧剑，剑刃深入掌心，割开了一条薄红口子。这还没完，她刚把自己成功挂在剑上，身侧又传来了点儿呼啸的剑鸣声。

右边！

一个少年儒修脸色惨白，惊恐地看着被"挂"在剑上的乔晚，刹车不及，脚下踩着的飞剑风驰电掣一般冲了过来。

"道……道……道友……让让啊啊啊！"

眼看着就要发生空中交通事故，千钧一发之际，乔晚手上用力，剑刃又深入了掌心几寸，她硬生生地挂在剑上荡了一下。

"呼啦——"

少年儒修踩着剑，风一般刮了过去。但乔晚这么做，造成了连锁反应。瞬间，半空之中追尾撞车情况频发，乱成了一团。

"让让！让让啊！"

"你怎么御剑的？！没长眼睛吗？！"

"这位道友，你捅到在下的腰子了！"

与此同时，又有几道杀意凛然的剑光直射了过来！乔晚挂在剑上，上下左右地躲闪间，还是冷不防中了招。

一道剑光入体，抠着剑刃的左手被戳出了个血洞，好在有锻体加持，伤口不算太深。乔晚沉下一口气，用力腾跃，摇摇晃晃地好不容易翻上了剑。

下一秒，察觉头顶的危险，乔晚平仰身体，虽说躲过了这道夺命剑光，半个身子却探到了剑外，下面是绵延不绝的鸠月山，她稍不注意，就有掉下去摔得粉身碎骨的危险！

善道书院的人见状，面色一喜。

好机会，妙法尊者不在这儿，陆辞仙现在形单影只，没有靠山，他们就趁着这个时候下手！

郁行之微微一笑："陆道友，一个人御剑的时候要小心哪。"

几道剑光不约而同，各分方向朝着乔晚削了过去。

眼看避无可避，乔晚只能调转全身灵力，护住全身各处经络，选择咬牙用身子扛这一道道凌厉的剑光，转眼之间，她薄薄的青布衫子上洇出了点儿薄薄的红色印记。

这些人想把她踹下去，没那么容易！

善道弟子齐齐愣了愣，完全没想到面前这不平书院的人这么硬气，竟然选用身体来扛剑光，硬生生地在半空中和他们纠缠了这么长时间。

郁行之脸色一变，不能再拖了，现在不逮住机会把这陆辞仙给摁下去，等落了地，他们就找不到这么好的机会了。就算这人是个体修又怎么样？

他就不信他们这么多同门一块儿出剑，还摁不下去一个陆辞仙！

剑意如虹。

就在各色剑光大盛之际，乔晚感觉头顶飙过了一道迅猛的剑光，一只宽大的手伸了过来，乔晚不假思索，当机立断地握住了这只手，紧跟着身子一轻，已经落到了另一柄飞剑上。

另外几道剑光，同时逼退了郁行之一行人。

猝不及防地被一剑削去了半截头发，郁行之愣了愣："谁？"

眼前一晃，乔晚终于看清了来人的脸。

刘辛文站在剑上，朝着她露出微笑："陆道友。"

乔晚一转头，就看见了之前搭伙过，一块儿推过BOSS、刷过"人头"，结下了深厚情谊的一帮三教弟子。

少年们脚下踩着的飞剑结成了一个剑阵，稳稳地护卫在周围，一边御剑，一边热情且友好地挥手。

"陆道友！"

"陆道友，好久不见！"

这是怎么回事？

郁行之和附近的善道弟子面色各异。

怎么会多出这么多人？这些人还全都围到了陆辞仙身边？

碧空下，剑光"呼啦啦"飞掠而过。

少年们凑到乔晚身边，开朗地招了招手，在明晃晃的太阳光下咧嘴一笑："陆道友，上回谢了，这一次也一起组队呗。"

这一阶段论法会，难度显而易见，设定把人都带入幻境。

第八章 "鬼市"

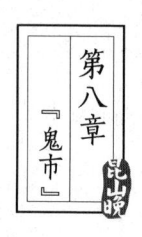

乔晚有点儿受宠若惊，也有点儿不好意思，抿着唇笑了一下，真情实感地说了声谢谢。

"笑了，笑了！陆辞仙笑了！"

几个少年互相推挤了一下，啧啧称奇。

虽说陆辞仙五官坚硬立体，总是一副面瘫表情，看上去像个小酷哥，但笑起来的时候，还的确怪好看的。

接下来的这一段路，郁行之跟在后面憋了半天，但碍于乔晚身边有队友，硬是按下了其他善道弟子，始终没敢再动。

"莫要轻举妄动。"

青年脸色阴郁，专注地盯着前面这一帮踩着飞剑，御空而行的少年："长老吩咐了，叫我们见机行事。"

这帮少年围着陆辞仙和刘辛文说说笑笑的，虽然看起来全无防备，但实际上一个个余光都提防着呢。

郁行之慢条斯理地冷笑道："等到了舟浮镇，难道还怕这陆辞仙不落单吗？"

"咦——"有个少年好奇地探过头问，"陆道友，你真是不平书院的？我怎么之前从没听说过呢？还是说，道友你后来才拜进去的？"

乔晚："我确实是后来才拜入不平书院的。"

"这就对了。"另一个少年击掌，"我看着陆道友你这一身功法，不太像是小门小派能教……"

话还没说完，他立刻被旁边的同伴用胳膊肘捅了一下。

同伴瞪眼：会不会说话啊？

少年自知嘴快了，赶紧改口，不好意思地挠了挠头："在下没有说不平书院不好的意思……我就是觉得，道友你这一身功法看上去倒有点儿昆山的影子。"

能走到这儿的少年都不傻，虽然乔晚一直尽量避免在众人面前用上昆山的功法，但还是被看出了点儿门道。

少年看着乔晚一双黝黑的眼，心里突然有点儿不安。

他说错话了？

但他之前去过一次昆山，那时候有幸得见了玉清真人的风姿，玉清真人门下只有三个弟子，大徒弟陆辟寒和二徒弟穆笑笑这个时候都在昆山，最小的徒弟乔晚，不知所终。

但不知道为什么，他看着陆辞仙总有点儿熟悉之感，虽然招式不大一样，但这出招间的细微之处，和玉清真人周衍有几分相似。

"没想到这也被道友看出来了。"乔晚想了想，面色不改地一通瞎扯，"其实在学剑的时候，我曾经买过玉清真人的留影球来揣摩。"

所谓玉清真人的留影球，这就相当于修真界的教学录像。虽然秘籍招式不外传，但只要不闭几百年的死关，还在这修真界活动的人，总要打个架，或者在别人面前露两手什么的吧？有修士一打架，就会有人赶紧拿着留影球录下来，无缘受名师指点的散修们，经常会买几颗私下里研究。

周衍的留影球在多宝阁一直卖得红红火火，十分受广大剑修好评。

少年恍然大悟，再一想到自己出身大派，一向不缺长老们的指点，看着乔晚的眼神里不禁带了几分同情。

飞剑一路行进，众人总算在一炷香烧完之前，及时赶到了舟浮镇。

一落地，众人纷纷收起飞剑，低头去看玉牌上的新的指示。

玉牌上也适时刷新了新的"任务指引"，还是只有几个字——渡生花。

"渡生花？"刘辛文皱眉问，"陆道友你听说过吗？"

渡生花？

乔晚偏头想了一下，一无所获。

"渡生花？"突然，一个儒修小声说道，"这不是'鬼市'的东西吗？"

刘辛文和乔晚一干人等对视了一眼，默契地远离了人群，走到了没人的地方聚头小声讨论。

听到了一个陌生的名词，乔晚反问："'鬼市'？"

"道友有所不知，'鬼市'就是专门给亡人开的集市，据说每隔三十年开一次，"头戴纶巾的少年儒修看了一眼乔晚，解释道，"那些……或者说驭鬼的修士，都会在这个时候，找个地方开上为期三天的'鬼市'。"

想到刚刚出现在玉牌上的内容，乔晚思索，这就是说，今年的"鬼市"是在舟浮镇办的？

但这舟浮镇看上去也不像啊，乔晚往前看了一眼，舟浮镇不大，傍水而建，看上去就像个再普通不过的人界小镇，不过既然夜半要开死人会，鬼修们选个隐蔽点儿的小镇子似乎也解释得通。

刘辛文："既然如此，你知不知道要怎么去？有什么门路没？"

少年笑道:"这倒没什么门路。一般而言,那些玩意儿都喜欢半夜出门,半夜凉快,没太阳照着。听说半夜去找那些专门做死人生意的修士,到时候老板会指条明路。不过要去'鬼市',就不能一块儿去了。"

另一个人追问:"有什么忌讳?"

儒修抢答:"怕你们道修、修士来端场子呗。"

没事就喜欢超度他人,躺着也中枪的道修、修士们:"……"

儒修少年露齿一笑:"其实具体的,在下也不太清楚,不过之前在书上看到过,说是要进'鬼市',三人同行,不如一人独行。

"毕竟谁都不知道,到时候你左右两边,会不会混进点儿其他东西。"

一听这话,在场所有人瞬间都沉默了。

"其……其他东西?"有人结结巴巴地问。

这"鬼市",怎么听上去这么玄乎呢?

古往今来,怕鬼几乎就是人类的本能。听到这儿,众人心里也有点儿发慌。

阴阳分两界,"鬼市"不像之前大光明殿的幻境,这是个完全陌生的世界,大家踏入另一个世界,就要遵循另一个世界的规矩。

不过这"鬼市"他们不能不去,渡生花也不能不拿。

最后,还是刘辛文一锤定音:"既然这样,我们就分头行动,等进了'鬼市'再联络。大家好歹都是修士,怕鬼像什么话?"

其中一个少年泪流满面:问题是他不怕妖魔,就怕鬼啊!

大光明殿这帮弟子的用心实在忒险恶了!

不去也得去,离夜半还早,被赶鸭子上架,一行人干脆先找了个客栈坐下来休整。

鬼修人少,虽说之前帮马怀真跑过不少趟腿,但乔晚还没接触过真正的鬼修。

一想到"鬼市"的事,乔晚盘着腿坐在床上努力了好一会儿,也没静下心来。

阴阳有别,大抵上人对鬼都有点儿兴趣,就算乔晚也不能免俗,既然静不下心来,干脆睁开眼看着窗外的夜色。

夜色转浓。

快了。

众人就这么继续等了一会儿,等到了半夜,这座小镇终于慢慢地活了过来。

从四面八方赶来开会的人多了起来。

镇上能做死人生意的无非是卖花圈、做棺材的。

乔晚找到一家棺材店,一踏入店门,一口笨重的棺材冷不防地撞入了眼底,就摆在堂屋里,正对着门口。

乔晚绕过棺材,就看见老板坐在桌子上在做什么东西。

那是个薄薄的纸人,老板捏在手心里,做得很细致,纸人的眉眼渐渐成型,脚下落了一地纸屑。

乔晚迟疑了一下,走上前,还没开口,晚风顺着敞开的大门灌入店里,吹得老板手里的纸人"扑簌簌"地响,纸剪出来的脑袋左右歪斜,一晃悠,对准了乔晚。

老板抬头，目光落在了乔晚的腰间的剑上，问都没问，了然地笑道："去'鬼市'的？"

乔晚略一点头，也不惊讶："老板，我想问一下怎么走？"既然他们能猜出来渡生花在"鬼市"里，没道理别的队伍的人猜不出来。看老板神情从容，乔晚猜测，这个时候估计已经有人提前出发了。

"坐吧。"老板放下手里的纸人，笑了一下，起身倒了杯茶，推到了乔晚面前，顺便摆上了另一个空茶盏，压在了纸人身上，免得纸人被风给吹跑了。

乔晚眼一瞥，目光落在被茶杯死死地压在了桌子上的纸人身上。

老板伸手指了指被茶杯压着的纸人："想去那儿，得让它们带路。"

乔晚愣了愣："这些纸人？"

"就这个纸人。"可能看出了乔晚的神情变化，老板笑道，"道友你别小瞧它们。你真想去哪里，就照着自己的样子剪个纸人，再抱着它，闭上眼钻进棺材里睡一觉，让它们给你带路，等醒来的时候，也就到了。

"不过，要叫它们帮你带路，你得付出点儿报酬。"

乔晚追问："什么报酬？"

"就是到时候你进去了，它要借你的样子用一下。"老板指着自己的脸，笑道，"'鬼市'热闹，它们喜欢……"

"怎么样？道友？"

饶是见过无数死人大场面的乔晚，听到这儿心里也忍不住"突突"直跳，总有一股淡淡的不祥预感。

不过这"鬼市"她不能不去。乔晚鼓起勇气说："剪。"

老板说道："一颗中品灵石，放那边的桌子上就行。"

老板坐回椅子上剪纸人的时候，乔晚就默默地等着，耳畔只能听见剪刀起起落落，剪开纸张的动静。

气氛有点儿诡异，乔晚握紧了剑："老板，要进那里还有什么忌讳没？"

"忌讳？"拿着剪刀的手顿了顿，老板抬头嘱咐道，"它们任性，到时候你进了'鬼市'，记得别惹它们生气。其他倒没什么了。"老板手脚麻利，说完，就把手里的纸人递给了她。

这纸人比桌上的那个要大上一号，有半人这么高，被剪得活灵活现，黑的眼睛，红的唇。乔晚一看肩膀，明显能看出纸张特有的僵硬不自然感，死气中透着股生人般的活灵活现气息。

纸上两个涂得黑黑的眼珠子像是在盯着人看。

老板在这儿剪纸人，提供灵车棺材接送服务。他打开了一口棺材，伸出手说道："道友，请。"

乔晚抱着纸人肩并肩地躺进了棺材，闭上了眼。

狭窄的空间内，她只能听见自己"扑通扑通"的心跳和急促的呼吸声，隐隐间好像有一缕细微的风擦着脸吹了过去。

瞬间，乔晚整个人都发毛了。

棺材盖得严严实实的，哪里来的风？还是说……乔晚脸色遽变。她抱着的纸人？

纸人安安静静地躺在她的肩侧，没任何动静。乔晚稳定了心神，紧紧地闭上了眼，尽量不去多想。

不知道过了多久，身边那层薄薄的触感突然消失了，乔晚睁开眼，伸手一摸，身边空空如也。

纸人不见了？

乔晚愣了愣，下意识地找了一圈儿，也没找着纸人，正准备推开棺材盖仔细看看的时候，手顿住。

原本躺在自己旁边的纸人，这个时候正扁平地贴在棺材盖上，那死气沉沉又活灵活现的一张脸，就在她面前，纸人正贴在棺材盖上看着她。

乔晚心里猛地一抽，差点儿一头磕上棺材板。

那纸人就这么扁平地贴在棺材盖上，静静地注视着她的一举一动。

不能惹纸人生气，不能惹纸人生气，心里默念了几遍棺材店老板的叮嘱，乔晚迅速推开棺材盖起身。

纸人轻轻地从棺材盖上落下来，也跟着她的动作站了起来，被剪出来的身躯虽然僵硬，动作却很流畅，举手投足间完美地复制了乔晚刚刚的一举一动，两只手撑在棺材沿上，开始往外爬。

刚爬出棺材，不知道从哪儿突然蹿出一股火苗，火苗沿着纸人的下半身烧起，整个纸人开始抖动，在火苗中一点点地变得卷曲。

"呼啦——"

纸人最后被烧了个一干二净，徒留乔晚愣在了原地。

"'鬼市'热闹，它们喜欢……玩玩。"想到这儿，乔晚收回视线，往前看了一眼。

这就是"鬼市"？她眼前的集市看上去和平常的灯会没多大区别。花灯如星辰一般，遥遥看上去，金光灿灿。

不远处还有三个高梳着云鬓、娇靥动人的姑娘，手挽着手结伴而行。

乔晚咽了一口唾沫，按着剑往前走出一步，正好和面前这三个人擦肩而过，鼻间涌入一阵淡淡的香风。

女人的身体冰冷僵硬，泛着股瓷器般光滑冰冷的感觉。

乔晚突然记起来，她之前进屋的时候，好像在柜台上看见了三个瓷妇人，高梳着云鬓，莞尔并排站着揽客。

乔晚再一次发毛了。

这到底是什么鬼地方？

秉持着不乱看也不乱说的信念，心跳虽然已经飙上了二百码的高速，乔晚却顶着张面瘫脸，目不斜视地按着剑一路往前深入。

鬼也要有夜生活的嘛，这没什么好怕的。

当务之急她要先搞清楚渡生花到底在哪儿。

这一路上，"亡人"和活人擦肩而过，比肩而行。有面色惨白，手里捧着个头盖骨，披着斗篷，打扮十分朋克的无骨观弟子；有提着个东西，笑容阴恻恻的邪祟教弟子，还有一干像之前那三个瓷妇人一样，不知道是人还是鬼的东西。

乔晚刚往前走出没多远，脚步一顿，敏锐地察觉有些不对劲儿。

有人在看自己。她往前看去，灯影幢幢中，有几个皮肤白皙的小姑娘，手里提着个灯笼，一蹦一跳地走着。

抬头看灯的女人似乎察觉了乔晚的目光，转过头，露出一张白皙的脸，肌肤细腻，眉眼细长，像是一笔一画勾出来的。

女人看着乔晚，礼貌地莞尔，嘴角笑意轻轻柔柔的。

等乔晚再一眨眼，人不见了。

与此同时，乔晚的右手手腕像是被什么东西给紧紧扣住了！

灯影一晃，乔晚迅速转身，出剑的那一刹那，心念一转，硬生生地改成了出手，右手瞬间劈了下去："谁？！"

下一秒，她眼前闪过一片白花花的衣角，来人稳稳地架住了乔晚的右手，抬眼："陆道友，好久不见。"

眼前的人衣角上绣了个金色的"善"字，是善道书院的郁行之。

青年露出个有点儿古怪的笑容："没想到陆道友这么快就能找上来了。"

"怎么？"郁行之说着，往乔晚身后看了一眼，"那些朋友没陪着道友？"

乔晚面无表情地开口："放开。"

郁行之置若罔闻："道友有所不知，这地方不受修真界世俗规矩管制。"也就是说，他在这儿杀了陆辞仙，没人知道更没人会管！

说着，郁行之眼神骤冷。他来之前，卢长老就特地吩咐过了，要是碰上了陆辞仙，记得找机会杀了此人，绝不能手软。卢长老一向体恤弟子，整个善道书院就没有不听长老的话的修士，就连郁行之也不例外。

可惜，他和叶锡元同年进门，卢德昌最宠爱的徒弟却是叶锡元这浑蛋，这回押送碧眼邪佛回书院，也是让叶锡元领队。

郁行之闭了闭眼。心里虽然不甘心，但既然这是卢德昌的命令，他就一定会照办，不仅要做，还要做得比叶锡元好，好十倍、百倍。凭什么叶锡元能是书院的大师兄，他就得屈居老二？

因此，面前这陆辞仙就显得尤其重要了，能不能干净利落地解决他，这是郁行之目前考虑的最重要的问题。

"鬼市"有"鬼市"的规矩，乔晚初来乍到，思索了一会儿，觉得还是不能在这儿闹事。

郁行之扣住她的胳膊的同时，已经有不少善道书院的弟子默契地聚拢了过来。怎么低调地摆脱善道书院众人的包围而不引人注目，乔晚面色不改，大脑疯狂运转。

就在这危急关头，不远处似乎闪过了一道熟悉的白色人影。

乔晚心跳漏了一拍，紧跟着又疯狂地跳动起来。

那白色人影，云鬟雾鬓，身上披着条仙气飘飘的披帛，身后背着把纤细的长剑，容色清冷。

如果她没看错的话，这是白珊湖！

乔晚脚尖一动，慢慢地往白珊湖的方向靠近。

"想跑？"郁行之立刻察觉不对，挑眉笑道，"道友在这里人生地不熟的，就不愿和我们多聊聊？在这个鬼地方，多个人多个伴总归是好的，你说对不对？"

她对白珊湖的印象基本来自那次利生峰顶的见面。

乔晚也没十足把握白珊湖会帮自己，不过对方若不愿意那也没问题，她只借白珊湖的身份用一下，就用这一秒。

"不是我不愿和道友多聊聊，"乔晚客客气气地回答，"只是我刚刚好像看见个熟人，想先过去打个招呼。"

郁行之愣了愣。

熟人？他循着乔晚的目光的方向看去。这不是崇德古苑的白珊湖吗？郁行之心头一震，手上不自觉地松了力道。

乔晚逮住机会，瞬间用无相诀挣脱了郁行之的束缚，扭身就跑！

郁行之脸色遽变，眼看着少年一路冲到了女人面前："白道友。"

女人闻言抬眼，眉眼秀丽，就算被灯光照着也泛着股冷意。看了一眼灯影尽头站着的这漱冰濯雪般的少年，白珊湖嗓音也冷："是你，陆辞仙？"

白珊湖还记得自己？乔晚讶然，默默地感受到了点儿受宠若惊的意味。

不远处，少年已经和女人谈上了。

郁行之伸出来的那只手僵硬地停留在半空中。身后，一个善道弟子走上前，一脸犹疑的表情："郁师兄，接下来怎么办？"

郁行之默默咬牙。

接下来怎么办他怎么知道？谁知道这陆辞仙什么时候认识了这么多人！连这一向不近人情、高贵冷艳的白珊湖，他都能攀上交情。

"算了。"郁行之冷声说道，"先留意着，到时候再找机会下手。"

乔晚："白道友是在这儿逛灯市？"

虽然脸上看不出来，但说实话，乔晚内心也有点儿紧张。

千穿万穿，马屁不穿。

女人今天穿了件淡蓝色的裙子，广袖翩然，行走间像涛涛海浪，乌发间点缀着几颗洁白的珍珠，素雅动人。

乔晚一阵口干舌燥，干巴巴地表示："道友今日……打扮得很好看。"

此言一出，乔晚就看见白珊湖也愣了愣。

如果这话由齐非道之流说出来，难免有点儿油嘴滑舌的嫌疑，但由陆辞仙说出来，这感觉就完全不一样了。少年眉眼冷峻，神情正直，站在灯光下，灯光柔和了他的眉眼，他整个人依稀透露了点儿紧张的意味。

听惯了马屁，白珊湖还是头一次有些不自在地移开了目光。

主要是少年的眼神太过真挚，干干净净的。

女人眼睫一扬，抿紧了唇，心里突然也有点儿迟疑。

陆辞仙他……这是……

昆山玉清宫，偏殿里安安安静的。

"赤火金胎前几日已经被送上山了。"手轻轻落在少女乌黑的发顶，周衍轻轻叹了一口气，看了一眼膝上自己这最宠爱的小徒弟，沉声说道，"笑笑，你想要什么样的剑，告诉我，我亲自为你开炉铸剑。"

虽说这段时间他频频梦到乔晚，但乔晚已死，人死不能复生，好在他还有笑笑。

笑笑是他最重视的徒弟，当初的确是他让笑笑受了委屈，没多想就把秋水含光剑交给了乔晚用，如今也是时候替笑笑打造一把新剑了。

少女闻言抬起头，偏着脑袋想了一下，又摇摇头，乌黑的眼里露出了点儿担忧之色。

"师父，本命灵剑的事，笑笑不急。这赤火金胎毕竟珍贵。"少女露出个乖巧的笑容，"不如先去问问大师兄的意思。"

师父不知道晚儿师妹没死。

想到这儿，穆笑笑心里就有点儿忐忑，笑意也有点儿僵硬，脸上露出了点儿微不可察的惶惶不安之色。

她和小凤凰从岑家回来的时候，周衍还在闭关，乔晚没死这件事，她一直没敢告诉周衍，怕的就是师父失望。

整个昆山上上下下的人，也都默契地把这件事给瞒了下来。

不过众人瞒得了一时，始终瞒不了一世。

穆笑笑垂下眼睫，一想到岑府里的男人那傲岸冷漠的神情，和那不加掩饰的雄浑霸道的威压，就忍不住哆嗦。

谁能想到乔晚没死？她非但没死，还和妖皇伽婴混到了一块儿。

如果师父知道晚儿师妹没死，肯定要下山去找她，莫名地，穆笑笑不太想让师父去找师妹。

这样就好了，既然乔晚不愿回来，那维持现状就好了。

少女乌黑纤长的眼睫颤了颤，她小心翼翼地想，维持现状，对师妹、师父，对他们都好。

想着想着，穆笑笑忍不住抬头看了一眼周衍。

男人下颌线条十分漂亮，五官俊美不失硬朗，就像是一把鞘中的宝剑，寒气逼人。

这是她的师父。

穆笑笑伸出手，揪紧了周衍的袖摆，长长地舒了一口气，这一瞬间耳畔又响起了乔晚说过的话，少女语气十分平静。

"等你真正做你自己的时候，会有人讨厌你，也会有人喜欢你，但至少这爱和恨都是真的。"

而在此之前，是周衍亲手把乔晚送进了戒律堂地牢。

穆笑笑迟疑了一瞬，还是缓缓地将头重新放回了男人的膝盖上。

自从师父牵着她的手领她入门开始，她就知道师父喜欢这样的她。师父喜欢什么样，她就是什么样，只要维持现状不去干涉，不让师父生气失望，师父就会永远庇护着她。

等穆笑笑一走，这边陆辟寒后脚跟着就上了昆山。

男人好像更瘦了点儿，瘦骨嶙峋的身体被厚厚的大氅紧紧包裹着，脸上泛着一股死气，但眼神亮而幽深，像寒冰下的火焰，隔着层冰面也能让人感觉到这里面炙热的温度。

"我想去找妖皇伽婴。"一进玉清宫，男人开门见山地说道。

穆笑笑走之后，周衍正靠窗独坐下棋。

一听这话，周衍愣了愣，缓缓地皱起了眉："妖皇？你找他做什么？还是说这段时间妖族那边又有异动了？"

陆辟寒沉声说道："有些私人恩怨。"

男人说话的时候，眼里的神情没撼动半分，一字一顿，字字有力，就像在陈述一件普普通通的小事，而不是说去找当今妖界的万妖共主。

陆辟寒神情有点儿冷。

这段时间，他一直在等乔晚的消息。

但没有。

这么长时间，乔晚音信全无。

如果笑笑带回来的消息没错，乔晚真和妖皇混到一块儿去了的话，他直接去问伽婴乔晚的去向，无疑是最直截了当，也最方便省事的一种办法。

虽然他没和妖皇伽婴接触过，但也听说过这位万妖共主除了爱打架一点儿，倒是个会约束子民的好君主。

他这三个徒弟里，周衍一直不大干涉他这个大徒弟的事，有时候陆辟寒这个做徒弟的反倒比他更加干脆利落，雷厉风行。

"你想好了？"周衍皱眉，"妖皇伽婴毕竟是妖，你当真要去找他？"

"师尊你在害怕。"陆辟寒咳嗽了两声，手抵着泛白的下唇，淡淡地问，"你在怕什么？"

周衍身子一僵，目光落在陆辟寒身上。

这是他和陆辟寒之间的心结。

外界虽传他这个玉清真人风姿高洁，与世脱俗，不染尘埃，但只有他自己心里，或者说他这个大徒弟心里最清楚。

昆山高高在上的剑仙，玉清真人周衍，实际上是最重视别人的目光、好面子的伪君子。

这也是当初他会亲手把乔晚送进地牢的最重要的原因之一。

就像这次陆辟寒要去找妖皇伽婴一样，正邪之分，人妖殊途，昆山玉清真人的大弟子去找妖皇伽婴，这事传出去容易出岔子，也不好听。

陆辟寒目光沉沉，避也不避地看着周衍，淡淡地挑破了这层窗户纸。

"师尊，你在害怕别人的闲话。"

女人垂下眼睫，礼貌疏远地说了声："多谢。"然后就没有然后了。

白珊湖容色清艳，气质也十分清冷出尘，一副拒人于千里之外的姿态。

气氛瞬间变得尴尬。

乔晚有点儿歉疚和不好意思，毕竟这算是她利用了白珊湖来摆脱郁行之等一干善道书院弟子。在这诡异的气氛之中，乔晚倍感压力大地低声发出了邀约："能在这儿见面也是缘分，道友要一块儿同行吗？"

以她目前这修为，主动发出同行的邀请，难免有点儿抱大腿的嫌疑，乔晚也没真认为白珊湖会同意。

事实果然如她所料。

白珊湖抬头平静地看了她一眼，一言未发。

乔晚看得心里不自觉一跳，白珊湖却已经收回了视线，转身就走。

乔晚愣了一下，正想开口，擦肩而过的瞬间，指尖正好掠过了那条白色的披帛。

"白……"

道友——后面两个字卡在了嗓子眼里。

指腹上传来的触感……像纸，乔晚呼吸猛地变得急促了，她再抬眼看去时，隔着灯光，似乎看到了一个扁平的身影，像是被什么东西给压扁了。

女人背后的披帛僵硬地挂在身上，她听见乔晚的动静，头像是被风吹得剧烈地晃悠了一下，以一个不自然的角度折了过来，紧紧地盯着乔晚看，清艳的脸上慢慢地映出了一张僵硬的纸脸，眼睛漆黑得不正常。

"白珊湖"没有动，在原地站了一会儿，像是在问她还有什么事。

这是个纸人！乔晚脚步一顿，条件反射地先按住了剑！

纸人的黝黑眼珠转瞬之间以一种快到诡异的速度转了转，目光落到了乔晚按着的剑上！

乔晚瞬间僵住。

附近已经没有了郁行之的动静，四周的喧闹声好像一点点地安静了下来，乔晚甚至能听见自己不太自在的吐息声。

但面前这纸人好像没有动手的意思，四肢一动，转眼之间又消失在了拥挤的人潮中。

乔晚微不可察地松了一口气，等回过神来的时候，才发现后背的衣服几乎已经湿透了。

纸人白珊湖一走，乔晚便收回视线，目光又落到了面前这熙熙攘攘的灯市上，按着剑往前继续深入。

她越往前，人就越多。

瓷新妇子修眉细眼，身上穿红着绿，微笑着往乔晚的方向看，擦肩而过时，肌肤上透着彻骨的凉意。

但乔晚刚走到一半，就走不动了。

有人拦在了她面前。

这是个中年修士，长得白白胖胖的，男人回头看了一眼不远处的瓷新妇子，笑眯眯地看向了乔晚，低声问道："这位道友是剑修吧？来这儿办事的？住店吗？"

有白珊湖的前车之鉴，乔晚迟疑了一瞬，不动声色地打量了一眼面前这中年修士。

察觉乔晚的目光，中年修士立刻摆手："道友误会了，我不是鬼修，就是个做小本生意的人。"

"话说回来，"中年修士转过身，伸手指向身后，这才直奔正题，"道友，住店吗？"

男人身后是间客栈，算不上多豪华，但看起来还算整洁，挂着几盏通红的灯笼。

见乔晚没吭声，中年修士毫不在乎地笑了笑："有戒备心不错，至少这在这个鬼地方是好事。不过我拦你住店也是为了你好，道友你这是第一次来吧？"

中年修士说得没错，在这个地方，大家保持点儿警惕性总归不错。

对方在打量自己的时候，乔晚也探出了点儿神识暗暗打量他。

这人有识海，身上也有股生气，这总不至于是张纸人了。

确定面前的男人的确没敌意之后，乔晚礼貌地躬身，行了一个十分标准的礼："晚辈确实是初到此地，这里面有什么门道，还请先生赐教。"

中年修士笑道："我姓阎，叫阎世缘，你可以叫我一句阎道友。"

乔晚："阎先生。"

阎世缘看了乔晚一眼，笑了一下："时间快到了，你先跟我进去再说。"

时间？

什么时间快到了？

男人已经抬脚主动走进了店里。

乔晚微微一愣，略一思忖，也迈步跟了上去。

店里人不多，还有伙计拿着块儿抹布正在擦桌子，一见着阎世缘立刻笑道："阎管事回来了？"伙计往后看了一眼，"有客？人修？"

阎世缘："时间不早了，得赶快回来了。"

男人转身看向乔晚："道友，坐吧。"

说着，他就在乔晚面前坐了下来。

乔晚跟着坐下，把目光从店里收了回来，问出了一个一直萦绕在心间的问题："先生刚刚说的时间快到了是什么意思？"

阎世缘倒了杯茶，将其推到了乔晚面前："时间快到了就是指丑时快到了。你进'鬼市'进得晚吧？你什么时候进来的？"

乔晚保守地说道："刚不久。"

阎世缘浑不在意地说道："你进'鬼市'进得晚。要知道每到丑时，大街上的鬼修就少了。"

"丑时，夜最深，就这个时辰。"阎世缘喝了口茶，抬起眼皮，意有所指道，"大街上基本就没人了。"

"人"这个字，被男人咬字咬得尤为清楚，他特地拎出来强调了一下。

乔晚心里"咯噔"一声，她几乎立刻体会到了阎世缘这话是什么意思，脸色顿时变了！

这就是说，刚刚大街上和她擦肩而过的全都不是人？！

眼见乔晚脸色遽变，阎世缘问道："明白了？"

乔晚握紧了茶杯，后知后觉地惊出了一身冷汗。

阎世缘心里也有点儿感慨。

要不是他刚刚出门有点儿事要干，也不会撞见面前这傻乎乎的剑修。要是他没撞见面前这傻乎乎的剑修，估计这剑修再往下走，就有点儿悬了。

也不知道这人好端端的，跑来"鬼市"干什么？

阎世缘自认为自己算不上什么好人，否则也不至于沦落进"鬼市"，不过他好歹是个人，既然是个"人"，就看不惯同族昂首阔步地走在送死的道路上。

想到这儿，阎世缘伸出一根手指，蘸了点儿茶水，在桌板上画起来。

"在'鬼市'走跳，没多少规矩，但你要记着丑时是它们的时辰，别外出。要真出去了，你记得找个地方藏起来。"

乔晚："找个地方藏起来？"

"什么地方都行。"阎世缘低声说道，"只要别让它们发现你就行。"

"待会儿你就在这客栈里住下，不过这客栈也不安全。但你只要乖乖听我的话，睡一觉，什么也不去想，听到什么动静、碰到了什么东西，也别去管，等丑时过了，到了寅时，就没什么大问题了。"

男人说完，就不肯再透露更多消息了，只吩咐擦桌子的伙计给乔晚安排了一间空房。

"进去吧。"阎世缘站在楼下，看着跟着伙计走上楼的乔晚，"记住了，待会儿听到什么动静都别出声，尽管闭眼睡觉。"

伙计走在前面，乔晚跟在后面。

客栈不大，没走几步他们就到了最边上那间房间门前。

伙计："进去吧。"

乔晚走进屋，心里一直飘着淡淡的疑虑。

她还没问出口，小伙计却苦笑了一声："别问了，马上就到点儿了，我和阎管事也马上要去歇着了。"

伙计替乔晚关上门之后，脚下急匆匆地走了。

乔晚收回视线，四下打量了一番。

屋里虽然小，但收拾得很干净，就一张床、一张桌，和一个柜子。

床靠着墙。

这"鬼市"太古怪，就算是对阎世缘和这小伙计，乔晚也没完全放下戒心。不过多年以来帮马怀真跑腿的经验告诉乔晚，宁可信其有，不可信其无，初来乍到，乔晚默默地想，还是谨慎一点儿才能保命。就她进入"鬼市"的这段时间的所见所闻来看，如果说鸠月山上第一场比赛姑且只能看作热身的话，那现在应该才算是真刀真枪地上阵。

丑时将近，乔晚抱着剑爬上了床，没盖被子，和衣而卧。

闭眼睡觉别出声是一回事，她能真正睡着又是一回事了。

初来这陌生的环境，乔晚一闭眼，满脑子就都是纸人扁平地贴在棺材上，死气沉沉又活灵活现地看着她的情形。

她抱着剑，怎么也睡不着。

但丑时快到了，她脑子里的纸人，眼珠子转动了一下。

丑时到了，她还没睡着。

乔晚紧紧地闭上了眼，心一点点地沉了下来，全神贯注，屏气凝神地留意着四周的动静。

窗外还很热闹，熙熙攘攘的，屋里却十分安静，安静得她只能听见点儿夜半的风声。

但过了一会儿，屋里终于有了动静，窸窸窣窣的，像是纸摩挲着地面的细微动静。有股油墨味道停在了她的鼻尖上方，好像有什么东西从房檐上低下了头俯视着她，对方贴得很近，也很紧，没有呼吸，就这么静静地看着她。

乔晚头皮立刻就麻了，瞬间绷紧了身子！

"听到什么动静、碰到了什么东西，也别去管"，阎世缘的嗓音似乎还在耳畔回响。

乔晚沉下呼吸，保持着一个姿势，岿然不动。

过了一会儿，窸窸窣窣的纸页摩挲的动静又响了起来，像是什么东西从上而下地团了起来，折成了一卷儿。紧跟着，这动静渐渐远去。

对方走了？

乔晚心里微不可察地松了一口气，她闭着眼又静静地等了一会儿。

等到丑时一点点地过去，她这才重新睁开了眼。

乔晚一睁开眼，就见靠床的那面墙壁上映了张闭着眼的微笑女人脸，女人脸正亲密地贴在乔晚的脸颊边上，和她同床共枕。

就在这时，女人眼皮底下的东西"咕噜"一转，那双闭着的眼突然睁开了，对方将目光落在乔晚身上，微微一笑。

随即墙壁里伸出了一只手，雪白雪白的，薄薄的，纸裁出来的手。

完了。

乔晚心神一震，离寅时还差半秒。

女人的手转眼之间已经落到了乔晚身上！

乔晚抬手一扭，一个鲤鱼打挺，一跃而起。

剑一·速杀！

158

剑光朝着那张女人脸直削了过去!

女人保持着有点儿柔和慈祥的微笑表情,单薄而雪白的手在剑风中剧烈地抖动,五根手指被吹得"簌簌"作响。

这一剑砍在女人的手上,就像是砍在了什么至柔至韧又至坚的东西上。

女人五根手指一阵狂风般哆嗦,顶着剑光慢慢地往乔晚身上贴去。

冰冷的纸页一贴上肌肤,乔晚呼吸一滞,手上的剑也"当啷"一声落在了地上,从心底不由自主地涌出了一阵由衷的恐惧感,不只恐惧,还有莫名其妙的乱七八糟的情绪。

无数情绪堆积在一起,不断在心头被放大。

那薄薄的纸手突然又像是被吹上了墙面的纸,"呼啦"一声猛地竖平了,牢牢地贴在了乔晚手上。

也就在同一时间,乔晚感觉到身上的肌肤突然"嗡"的一声,传来一阵烫意。

刚覆盖上她的手背的那只纸手,触电般往回一缩,再次抖了起来,抖得比之前更加剧烈,连带着那张微笑的女人脸也像是被风给吹皱了,"呼啦啦"抖个不停,一边抖着一边急退,瞬间退回了墙壁里。

这是……

乔晚愣愣地伸出手一看,从指尖到手腕,再到袖口,那繁复的×字纹泛着耀眼的金光,将她整个人给牢牢地包裹在了里面。

这是当初妙法亲手替她戳下的妙法印。

看着手上这妙法印,乔晚一时间有种说不出来的复杂情绪。她握紧了手,沉默地抿紧了唇,一时间有点儿发怔。

这次有惊无险,回头她还得先去谢谢前辈。还是她太大意了,紧张之下估错了半秒,就这半秒之差,差点儿就出了岔子。

收回视线,乔晚看向了面前这一堵墙,墙洁白如雪,墙面平整,也没裂缝,也没剥落,伸手一抹,光滑严实,一股寒意顺着墙面直往手心里钻。

这里面怎么会藏了个纸人?乔晚有点儿纳闷,思索了一秒之后,果断地捡起了地上的剑,剑柄朝着墙面轻轻敲去。

"咚咚——"

这声音……墙是空心的!

乔晚皱眉,心瞬间跳到了喉咙口!她不再犹豫,手腕一转,控制了点儿力气往墙上敲去!

墙面立刻裂开了一条缝,一些黑乎乎的东西顺着裂缝滑了出来。

乔晚定睛一看,握着剑的手顿时僵住。

这是头发,一团一团的全都是头发,顺着墙缝垂落了下来。

她手上再一用力,整面墙跟着塌了下来,砖块"哗啦啦"地落了一床,尘灰缭绕间,有个红色的什么东西僵硬地从墙壁里面掉了出来,"砰"地一声砸在了床上。

这是个已经死了不知道有多长时间的女人，穿着身红嫁衣，尸身都已经干瘪了，就剩下一层皱巴巴的皮包裹着骨骼，眼睛处深深地凹了下去，鲜红的嫁衣散落在床上。

就这玩意儿，刚刚和自己睡了一个时辰。

虽然在进"鬼市"之前乔晚就已经做足了心理准备，但脑补归脑补，亲眼看到一具"女尸"从墙缝里摔下来，落到了自己的床上，并且自己还脸贴脸地和对方睡了两个小时，乔晚面无表情地想，这体验未免也太刺激了。

乔晚没时间恐惧，心念一转，脑海中立刻浮现阎世缘那张脸。

当务之急她要先弄明白，阎世缘知不知道这堵墙里塞了具"女尸"这件事。想到这儿，乔晚抬脚就走。

她刚走出半步，脚下一个趔趄，有什么冰冷光滑的东西缠上了自己的脚踝。乔晚呼吸跟着慢了一拍——是头发。

墙缝里的头发如有生命一般开始蠕动，顺着床板滑下，一路缠上了乔晚的脚踝。

外面的喧闹声还没停，面前这鬼新娘，还有那张领路的纸人……"鬼市"里面神神道道的东西太多，虽说是修士，但乔晚就是个剑修加体修，专业不对口，也不敢轻举妄动，只紧紧地握住了剑。这一握，她能明显感觉到手心里滑腻腻的全是汗。

与此同时，那些乱七八糟的情绪翻江倒海一般再次冲上了心头——悸动、绝望、疯狂和恐惧。

乔晚身形一晃，差点儿迷失在这纷乱绝望的情绪里面。

这不是她的情绪！

乔晚眨了眨眼，迅速稳住了心神，将目光放在了面前这具干瘪的嫁衣"女尸"身上。

"女人"摇摇晃晃地站了起来，莞尔微笑，一颗头被头发扯得往边上歪，但这满地的头发还在疯狂生长，像是下一秒就能把"女人"的头从脖子上给扯下来，身首分离。

而乔晚身上的妙法印的金光慢慢暗淡了下来。

印作用毕竟有限，能救她一次，救不了她第二次，不过这一次也够了。

乔晚呼吸一沉，运动剑光，第一剑果断地斩断了脚踝上的发丝，第二剑朝着面前这具干尸砍了下去！

但地上的头发似乎不高兴，"哗"一声，竟然如瀑布倒悬一般一根根地立了起来，组成了一张人发编制而成的细网，兜头朝着乔晚罩了下来，将乔晚整个人吞裹在了这一颗大茧里。

她的视线陡然一黑。乔晚：这是在头发里？就在这时，漆黑的空间里冒出了点儿亮光，照亮了乔晚脚下的地方。

这与其说是在头发里面，倒不如说她陷入了一片纯黑的空间里。

乔晚刚往前走了几步，那点儿亮光隐约照亮了前方一道熟悉的身影。

这是被深埋在记忆中，久违的一道身影了。

那是个打着赤膊的少年，黑不溜秋，浓眉大眼，一笑亮出一口白牙。少年驾着牛车慢悠悠地行走在泥泞的乡间小道上。

乔晚盯着这道背影看了半秒，内心突然剧烈地跳动了一下。

这是……鲁铁牛！她还没上昆山前暗恋的对象，也是她没恢复记忆之前，一直想嫁的人来着。

被深埋在识海中的记忆骤然回笼，乔晚嘴角抽搐。

那个时候，她的梦想就是嫁给同村力气大、能做农活儿的鲁铁牛，可惜对方没看上她，看上了同村的小寡妇。

再往前，是一道劲瘦挺拔的背影，少年梳着大马尾，眉眼清冷地转过身来。

"乔晚。"

乔晚想，她可能明白这套路了。

按一般套路来说，刚刚和她同床共枕的这位姐姐可能是被什么心上人抛弃的新娘，因为不甘心，所以要弄点儿什么幺蛾子，就比如说，把什么倒霉蛋拉进幻境里面过个情关什么的。

心里翻涌着的情绪熟悉而又陌生，这感觉像是谁把她心底那些细微的悸动情绪掏出来放大了一百倍。

目光落在裴春争身上，乔晚不自觉地脚步一顿，继续往前，眉头忍不住皱起。

怎么还有？

她活了这么多年，满打满算也就是和鲁铁牛、裴春争有点儿感情纠葛，按理说到裴春争这儿就该没路了。

但目光触及前面的身影之后，乔晚彻底停下了脚步。

不远处，另一道熟悉的身影正慢慢走来。

尊者缓缓走到了自己面前，妙法身躯高大挺拔，沉声问道："你怎么在这儿？"

乔晚惊愕，这是妙法。

她眼前有鲁铁牛，有裴春争，这都是她惨痛而无果的恋爱经历，但怎么会有妙法？

而比看见妙法的幻象更让乔晚难以启齿的是，她一看见妙法——

乔晚闭了闭眼，一颗心几乎不受控制地疯狂跳动了起来。

这不对劲儿。

她这情绪不对劲儿。乔晚立刻意识到有些古怪，外面那具干瘪的"女尸"估计在影响她的情绪。

乔晚心里一乱，眼前画面顿时倒转。

这是她这段时间以来一直有意逃避的画面。

面目青黑、额上三眼的尊者，低头叼住了口中的舌尖，用力吞吃着。

再次置身于这场幻境之中，乔晚能鲜明地感受到胸前紧贴着的结实胸肌，浑身都忍不住开始哆嗦。

识海里有意被忽视的细节，这一次逮住了机会，一个劲儿地喷涌而出。

脑海里映出尊者冷峻威严的眉眼，就像有小刀戳在了心上，这感觉乔晚并不陌生，有点儿疼，有点儿痒。一颗心像是被一根细线给高高吊了起来，又像冒着点儿微酸气泡，肌肤上滚过一阵令人战栗的烫意，乔晚感觉膝盖有点儿发软，脑袋里"嗡嗡"作响。

虽然知道面前这情况实在有点不对劲儿，乔晚眼里还是露出了茫然之色。

这是她初识性欲，而带给她这种体验的，竟然是大光明殿修为高深、地位崇高、万人之上的尊者。

如果她猜得没错的话，她好像犯了一个错误。

乔晚垂下眼，脸上不自觉地升腾起一股火辣辣的感觉，心里一阵翻江倒海，悸动和羞愧几乎立马将乔晚给吞没。

虽然嘴上说着不在意，但在内心深处，她好像暗暗对前辈生出了点儿不明不白的情绪。

也就在这个时候，她面前这一片黑暗世界从中间一分为二。

那刚刚和她同床共枕过的鬼新娘突然凑到了乔晚面前，瞪着干瘪的眼球，低声问："这是你的心上人？"

冷不防地对上这张皱巴巴的鬼脸，乔晚下意识地拔剑砍了上去！差点忘记了自己还在比赛幻境中呢！

这一剑正中对方的脑门儿，"她"往后一倒，被乔晚顺着眉心开了瓢。

不过就算被开了瓢，面前这玩意儿还是没死，顶着个开花的脑袋，瞪着干瘪的眼球，继续低声重复："这是你的心上人？"

乔晚猛然回神："你有神志？"

这次轮到乔晚蒙了。

面前这玩意儿看上去虽然干瘪皱巴有碍观瞻了点儿，但依稀还能看出点儿风姿。"她"生前肯定是爱打扮的姑娘，死的时候年纪不大，十六岁左右，身上穿着的红嫁衣上金线勾出了繁复的纹路，窗外的灯光一照，点点昏黄的光晕浮动在金色凤纹上，筛出细碎的光晕。

"她"的头发铺满了一地，在这一团一团的头发里还塞了根金步摇，不过和这开瓢的脑袋一样，金步摇碎成了两半，"当啷"一声掉在了地上。

第九章 这心上人,怎么看上去比我还恐怖呀

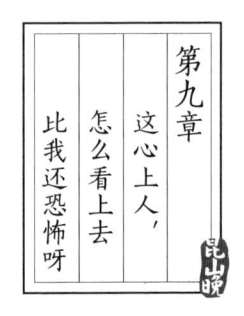

这世上最恐怖的就是未知事物,面前这玩意儿突然开口说话了,屋里这诡异的气氛顿时一扫而空。

透过鬼新娘瞪着的干瘪眼球,不知道是不是错觉,乔晚好像还从这里面看到了点儿震惊和复杂之色,对方似乎在说:这竟然是你的心上人?

"这是你的心上人?"鬼新娘眼神复杂地打量了一眼乔晚,"我看你长得还挺人模人样的,怎么比我还不靠谱?"

乔晚:她是被一只幻境中的所谓鬼玩意儿给吐槽了吗?

"你有龙阳之癖?"鬼新娘动了动皱巴巴的眼皮,露出个姑且算"卖萌"的表情,大惊失色道,"你这心上人是弟子啊。"

"这弟子怎么长得怪奇怪的?"鬼新娘目光一转,落在尊者四臂平举的脏器上,踮着脚倒退了一步,缩了缩脖子,"你这心上人怎么看上去比我还恐怖呀?你这眼光也太与众不同了。说实话,我有点儿怕。"

乔晚面无表情地抡起了剑:"刚刚就是你干的?"

锋锐的剑锋上流泻出淡淡的银光。

鬼新娘心里猛蹿出一股不祥的预感,"她"又倒退了两步,转身就跑,但还没跑出门就被乔晚摁在了地上。

见势不妙,鬼新娘立刻摆头,蠕动着的黑发缠上了乔晚的手腕,顺着手腕一路往上,企图再一次把乔晚给裹起来。

不过这一次鬼新娘没成功。

乔晚脚下一蹬,拖着手腕上的黑发,手疾眼快地直接蹬上了房梁。

"女人"也跟着被提起,高高地吊在了房梁上。

鬼新娘惊恐地看着乔晚,磕磕巴巴地说道:"不就是个幻境吗?怎么了?男子汉大丈夫,你敢做就不敢认?被幻象戳破了心思就恼羞成怒了?"

"前辈不是我的心上人。"乔晚一边沉声矢口否认，一边解下手腕上缠着的头发，往横梁上一圈一圈地系。饭可以乱吃，但话不能乱说。

"你在害怕？"眼看乔晚抿紧了唇，鬼新娘好奇地问，"看起来，你这心上人地位还挺高的吧？你这是担心影响到他的名声才不肯承认的？"

就算她不是怕牵连妙法，这也不能承认好吗？！乔晚刚打完一个蝴蝶结，后脑勺瞬间一凉！她完全想象不出来，这事要是被前辈知道了，会是什么修罗场景。她竟然……竟然对前辈生出了点儿不明不白的情绪。

想到这儿，乔晚心里忍不住默默捂脸。

她不傻。

活了这么多年，她不可能认识不到自己的心意，只不过这幻境把她心里的伪装给撕碎了，真相赤裸裸地摆在了她面前。

究竟她是什么时候冒出这种心思的，已经不可知。

不过前辈长得的确好看，人也很好。

如果是前辈的话……乔晚完全能想象出来，自己会被冷酷地发张好人卡，说不定还要被教育。刚意识到心动，她就注定要失恋。虽说和妙法接触得不算多，但乔晚心里很清楚，像这种此门修为高的人绝不会轻易动情。

乔晚抿紧了唇，认命地低下了头。

她也绝对不可能做出耽误人修行这种事。

幸好这感觉刚萌芽。

乔晚面瘫着脸，冷酷地下了个决定。

在这感觉还没成长为参天大树之前，最明智的选择就是，让它还在摇篮里的时候，她果断地将其掐死。

乔晚从来就不相信有什么情爱是过不去的，当初她和裴春争那场恋爱虽说凄惨了点儿，丢脸了点儿，但总归是过去了。

她收敛起心神，继续专心致志地和面前这团头发做斗争。头发被乔晚打了个蝴蝶结，绑在了房梁上，鬼新娘蹬着腿扑腾了两下。

晃动间，眼一瞥，目光落在了地上，鬼新娘突然瞪大了眼，尖叫了一声："我的步摇！"

乔晚顺着她的视线看去，地上躺着碎成了两半的金步摇。

"这位道友，我们打个商量，今天这事我绝不到处乱说，你把这步摇拿给我行不行？"

乔晚收回打蝴蝶结的手，心里默默盘算。

不知道这鬼新娘在"鬼市"里待了多长时间，自己问她说不定有渡生花的消息。于是，乔晚从房梁上跳了下去，把碎成两半的牡丹金步摇捡起来递给了"她"。

鬼新娘拿起金步摇拼了拼，别到自己的脑袋上："好看吗？"

乔晚凝神，尽量把自己的注意力全部转移到正事上，问："你在这里待了很久了？"

提到这个，鬼新娘眼神忽地一黯："有上百年了吧？要不是当初阁老板愿意收留我，我也待不了这么长时间。"

"不瞒你说，我要报仇。"鬼新娘抬眼。

乔晚问："既然这儿是'鬼市'，你怎么不修鬼道？"

"我没这资质。"想到往事，鬼新娘摸了摸脑袋上的金步摇，黯然道，"我要是有这本事，能不去修鬼道吗？"

乔晚愣了愣。

人死了还有资质这一套？

想到过往，女人目光微动，眼里闪动着点儿恨意。

鬼新娘自称她姓王，叫王如意。

乔晚犹豫了一秒，唤道："如意。"

王如意摸着金步摇，叹了一口气。

"她"生前怎么也算个貌美如花的姑娘吧，长得好，家境好，有个当官的爹，虽然比不上那些"仙人"，但她也没那么大野心，只要能嫁给一个和自己心意契合的男人也就满足了。

可惜这世上好男人不常有，而渣男遍地走。

她这十几年来第一次看走眼，看上了一个一无所有的渣男。

她爹极力反对这段门不当户不对的感情，但被爱情冲昏了头脑的王如意一门心思扑在了渣男身上，在某天夜里，揣上自己的嫁妆和嫁衣和渣男私奔了。

按照约定，她在这客栈里等着他来接她，结果她穿着嫁衣等啊等，最终等到了一个惨死在心上人手上、嫁妆被夺、自己也被砌进了墙里的悲惨结局。

幸好阁世缘看她可怜收留了她，就让她一直在这墙缝里住着。

王如意也想过要报仇，奈何生前没修仙的资质，死后也不是修真的这块儿料，既不能修成鬼道，也没鬼修愿意收服她当个法器用。

没办法，报仇的事就只好这么拖着，直到乔晚住了进来。

听完鬼新娘这悲惨的一生，乔晚跳上房梁，和王如意一个坐着，一个吊着。

乔晚："姑娘既然在这里待了上百年，不知道有没有听说过渡生花？"

"渡生花？"女人干瘪枯瘦的手指摩挲着脑袋上的金步摇，陷入了沉思之中。

"你一个人修找这花做什么？这花'鬼市'里就有，不过不在这儿。"鬼新娘顺着窗户的方向，往楼下指去，"渡生花在灯火乡。"

乔晚："灯火乡？"

王如意："'鬼市'深处。灯火乡是魂灯的归处，寻常是进不去的。而且，渡生花要在子时到丑时这段时间才开。"

乔晚心里"咯噔"了一声。

这也就意味着，她要想拿到渡生花，就必须在"它们"出没的时间段里活动。

王如意又说道："丑时都已经过了，你想去摘渡生花，那得等到明天了。"

"时间还早，"王如意使劲儿晃悠了一下，抬起眼，惊悚地眨巴了一下眼皮，"你要不要和我一块儿出去逛逛？"

"我这金步摇被你打碎了,我还没找你赔呢。"被吊在房梁上的干瘪"女尸"晃了晃身体,企图靠转动干瘪的眼球来"卖萌"。

目睹这么一幅惊悚的画面,乔晚嘴角猛地抽搐。

姑娘,你的眼球都要掉下来了!乔晚一个跨步,手疾眼快地把王如意险些掉下来的眼球塞回眼眶,认命地叹了一口气:"好,我这就和你一块儿出去逛逛。"

"鬼市"里不分昼夜,这三天里全是黑夜。

乔晚从窗户上跳下,行走在"鬼市"中,放眼望去,街上的"人"有缺胳膊断腿的,有手里捧着个头的,有全身烧焦、一路走来掉下若干漆黑不明物质的。

虽说女人被塞在墙缝里已经成功进化成了一具干尸,但这依然没能阻挡女人汹涌的爱美的天性。

"这个好看吗?"女人笑了笑,露出一排发黄的牙齿,脸上裹着的一层皮堆积到了一块儿,看起来着实有点儿惊悚。

在这情况下,王如意毫无所觉,开开心心地把海棠步摇别到脑袋上。

乔晚眼睛眨也没眨,毫不犹豫地回答:"好看。"

爱美是人之天性,谁都有爱美的权利。

看着女人的脑袋上的镂金镶红宝石海棠步摇,乔晚感觉自己也疯狂心动了。

好看!花瓣栩栩如生,簇拥着一颗华光熠熠的红宝石。乔晚眼睛一亮。摊子上摆着的这一排首饰,在灯光的映照下都流转着莹莹的光芒。

海棠步摇好看,繁复纹的白玉镯好看,白玉珠的耳珰好看,还有粉玉蝴蝶结也好看!

"这个好看。"乔晚拿起面前的粉玉蝴蝶结,镇定地往王如意的脑门上别去。

"是吗?"王如意摸了摸脑袋上的蝴蝶结,"我看不见,你帮我看看。"

王如意转向摊子的老板:"老板,你这儿有镜子吗?"

于是,在众人的注目之下,一个抱剑的冷清小酷哥和一个穿着件红嫁衣的"女尸",这诡异的二人组愉快地挑起了面前闪闪发光的首饰,并时不时出现诸如"你这个戴起来好看……""我感觉这个更适合你……"等对话。

一个迟疑的男声打破了面前这和谐又相亲相爱的画面:"陆道友?"

顶着一头粉玉蝴蝶结的少年一脸雀跃地转过了头。

在"鬼市"里看见了熟悉的背影,心里有点儿迟疑,挣扎了一番还是问出口,没想到会看见这么一幅画面的孟沧浪:"……"

在答应王如意一块儿逛街的邀请之后,不平书院内,乔晚睁开眼,神识切回了大号。

一想到"鬼市"种种场景,乔晚内心还有点儿恍惚,回过神来之后,默默唾弃自己。她对一个此门大能有这种情绪什么的,实在是太不知廉耻了。

不过,眼前还有一件事亟待她解决。

妙法尊者答应过要指导她修炼，而这修炼是大号、小号一起抓，小号已经进了"鬼市"，现在是大号的主场。

乔晚从床上爬起来，看了一眼镜子里的自己，眼神有点儿复杂。

镜子里的少女脑袋上顶着个蝴蝶结，抿紧了唇。她还是要果断地掐死这幼苗。乔晚没有感情地握拳，睁大了眼，深吸了一口气。

情情爱爱只会影响我修炼的速度！两次单恋都惨淡收尾，乔晚不觉得自己还有勇气开始第三段注定要成悲剧的单恋。

乔晚默默地把蝴蝶结戴正了，悲愤地想着。

就在这时，门外传来了"咚咚咚"的敲门声。一个不平书院弟子低声禀道："山长，尊者来了。"

饶是做好了准备，乔晚还是有点儿猝不及防地哆嗦了一下，又硬着头皮看了一眼镜子。

她完全做不到就这么一脸淡定地走出去。

乔晚惭愧地抿紧唇，心里剧烈挣扎了一会儿，默默抱头："告诉尊者，我……我有点儿不舒服。今天这修炼就算了，等明天我感觉好点儿了，再去找尊者赔礼道歉。"

虽然这么说确实有点儿没礼貌，但现在也只能这么做了，乔晚认命叹了一口气。

左右没事儿干，她干脆捡起桌上之前没看完的魔书继续研究。

大号的魔气基本上已经得到了控制，现在问题就在于她怎么化魔气为自己所用。这魔书相当于魔域出版的小学教材，由她的便宜叔父梅康平亲自主持修订。

再穷也不能穷教育，再苦也不能苦孩子，魔域如今真正的话事人梅康平如此认为，并且在百忙之中亲自抽出空暇来狠抓教育。考虑到各种新生魔的智商问题，这本魔书用词用句也十分平实易懂，确保每只魔都能看懂。

乔晚刚看完前两行，门外突然又传来了点儿敲门声。

乔晚从魔书里抬起头："谁？"

门外男声自带混响效果，宛如雄浑钟声，畅美尊贵："是我。"

乔晚愣了愣，头皮顿时就麻了。

"前……前辈？"

妙法眉头微蹙，嗓音低沉："你身体无恙？"

按理说乔晚一个小辈身体不舒服，话说到这个份上，也犯不着大光明殿的尊者亲自过问。不过考虑到乔晚大号上这汹涌澎湃的魔气，听完不平书院弟子这么交代之后，妙法眉头一皱，还是起身走到了这间破破烂烂的小木屋前，问了一声。

乔晚瞬间肌肉紧绷，捏紧了手里的魔书，局促道："多谢前辈关心，晚辈已无大碍。"

门外的人安静了一会儿。

乔晚看着门板，顿感压力山大。

虽说她和妙法尊者认识也有二十多年了，但对她和妙法尊者之间的关系，乔晚还是有十分鲜明的认知的。

对方是个大能，还是地位特别崇高、脑袋上顶着个尊者称号的修为高的人，而她辈分上算晚辈，身份上算不平书院的山长，妙法愿意过来"探病"，自己于情于理都应该开门，请前辈进来喝杯茶。

不过她这么想是一回事，做又是一回事了啊！

乔晚将头抱得更紧了。

毕竟她这是在装病，装病这件事要是被发现了，她绝对会被"光照无间"吧！

乔晚瞬间体会到了什么叫骑虎难下，硬着头皮，磕磕巴巴地继续瞎扯："晚辈已无大碍，前辈不用这么麻烦。"

妙法："是魔气？"

乔晚含蓄道："倒也不是。"

不知道尊者是因为好心关心人，对方却不知道感谢而微怒脸黑，还是说因为屋里少女显而易见的逃避行为而脸黑。

妙法行事霸道惯了，如果说这屋里的人是大光明殿座下弟子，莫名其妙地闭门不见，他大可直接一掌轰碎门，阔步走进去就是。

但这屋里的人偏偏是乔晚，不是座下的弟子，只是一个他虽有接触，但还算不上多熟稔的异性后辈。

就算在他眼里并无男女之分，那他也得顾着点儿"男女有别"。

虽说在这二十多年里，他和乔晚也接触了不下数十次，但对这位后辈脑子里在想什么，凭心而论，妙法还是有点儿猜不透。

他梦里的那姑娘，虽然脸上没什么多余的表情变化，但处事还算得当有礼，像今天这样把别人拒之门外的情况，还是破天荒第一次出现。

但妙法神情再怎么僵硬，也不可能和一个后辈小姑娘置气，更何况还有心魔幻境之事在前。

这事归根究底是他禅心不稳，让心魔乘虚而入。

他一念之差，造作诸业。

目睹过少女哭得一把鼻涕一把泪、上气不接下气的模样，妙法知道乔晚其实和寻常姑娘也没多大不同，不过就是比其他人更耐造了点儿。

没办法，考虑到面前这后辈，妙法尊者只好闭了闭眼，耐下性子继续开口，话到喉口却顿了顿，沉着声音再次问了出来："可是因为心魔幻境？"

妙法不提这件事还好，一提这事，乔晚浑身一震。

虽然隔着门板，她看不见门外的尊者，耳畔还是"轰隆"一声，整张脸都涨红了。乔晚结结巴巴，忙不迭地回答："前……前辈多虑了，也不是因为心魔幻境。"

也不是这个答案？

出乎意料的回答，让妙法顿时皱眉："那你为什么避而不见？"

既然不是因为魔气，又不是心魔幻境的事，妙法皱眉沉思，一时也想不明白乔晚究竟是为了什么避而不见，这也不合她的性子。

察觉门外突然没了声音，乔晚心里打起了小鼓，忐忑不安地问："前……前辈生气了？"

妙法冷声说道："是你身体微恙，又非我身体微恙，我为何要因你而动怒？"

她就算在这屋里病死那也与他无关。

下一秒，眼见门里还是没动静，妙法脸色一僵，厉声道："还不快开门？"

乔晚沉默了一秒。

和马怀真、大师兄相处的经验告诉她，门外的这位前辈绝对是生气了啊！

话说到这个地步，她再不开门，无论如何都说不过去，也太过失礼。

没办法，乔晚只能硬着头皮走上前，给妙法开了门。

门"吱呀"一声被打开，乔晚下意识地抬头看了一眼，又赶紧收回了目光。

门一开，少女乖乖地站在门前，低着个头，额发挡住了脸上的表情，粉红色的蝴蝶发带有气无力地耷拉着。

妙法一看乔晚这样，脸又黑了，厉声……没严厉起来。

毕竟乔晚这失魂落魄到仿佛嘴里飘出一缕幽魂的画面，太过引人注目。

妙法微微一顿，面色冷厉地改了口："看你这样，叫你开门看病反倒是委屈你了？"

乔晚打了一个哆嗦，赶紧收敛神情，摇了摇头："晚……晚辈并非此意。"

乔晚在心里默默捂脸。

她不愿意开门的真相怎么可能说得出口啊？

她竟然在不知不觉间，色胆包天地偷偷对妙法冒出了点儿奇奇怪怪的心思，这实在太让她羞愧了。

不过门都开了，沐浴在这威压的目光之下，乔晚微微一僵，鼓起勇气抬起眼来。

总之，她先顺其自然吧。

不过尊者逆光站着，身后好像散发着一圈儿淡淡的光，当真是光普照，凛然而不可侵犯。

这看得乔晚嘴角抽搐，心里那点儿不自在的感觉微妙地散去了几分，她上前行礼奉茶："前辈，请。"

等妙法坐下，乔晚这才在下首坐好。

妙法："刚刚那不平书院弟子说你身体不适，究竟哪里不适？"

这根本就是她之前用来应付妙法的托词，被妙法这么问出口，乔晚内心警铃作响。

自己随便胡诌一个？乔晚迟疑地想。

这念头刚冒出来，立刻被乔晚给掐灭了。

修士学"五明"，其一就是"医方明"，修真界但凡称得上尊者的修士，都是修为高深、断尽烦恼、智慧广博的存在。

在装病这一方面，乔晚不相信她瞒得过妙法。

犹豫了一秒，乔晚愁眉苦脸，模棱两可地说道："可能是旧疾复发了，有点儿不舒服。"

修士嘛，总有些大大小小的旧伤，这话说出去倒没什么值得怀疑的。

妙法瞥了一眼面前的少女："你当真以为我会有闲暇与你计较这些琐事？"

毕竟，大光明殿的尊者也真不可能心胸狭隘到和一个后辈计较。

那是因为他没想到面前这后辈满脑子都是"下克上"的想法啊！乔晚默默吐槽。

而且既然他没时间计较这些琐事，为什么非要她开门啊！

乔晚这么一想，嘴巴先脑子一步，竟然脱口而出："晚辈身上真的没什么大问题，前辈诸事缠身，晚辈也不好叨扰前辈。"

说完，乔晚没忘悄悄打量妙法。

这细微的小动作，压根瞒不过尊者的目光。

少女悄悄抬起眼睑，试探性地低声说出的话，立刻把妙法给气笑了。

尊者脸色青黑，和心魔愤怒相有了点儿异曲同工之妙。

"既然知晓我俗务缠身，那你还不快说明情况？也免得我这时间尽数花在你一人身上。"

乔晚挠了挠头，撸起袖子，随便露出了点儿伤疤，低声回道："这儿。"

妙法："单单这一处？"

乔晚一口咬定："就这一处。"

乔晚局促地试探着伸出手，想要顺毛捋一下："前辈，刚刚的确是我失礼，未能体谅前辈，让前辈担心了。"

妙法冷冷地瞥了她一眼，未置一词，上手开始疗伤，但周身这冷厉的气息显而易见地散了些。

目光落在乔晚的胳膊上的时候，尊者略微一怔，随即又移开了眼神。

这胳膊算不上多白皙细腻，小臂肌肉微微鼓起，线条流畅，胳膊上刀伤、剑伤、烫伤，一层叠着一层，旧伤愈合的速度远远赶不上新伤诞生的速度。

其实乔晚不是没挣扎过，之前买过不少多宝阁重磅推出的美容养颜护肤仙丹，裴春争、大师兄和马怀真也送过她伤膏。

爱美是人之天性，尤其对一个姑娘而言，胳膊上白白净净的，皮肤细腻，什么都没有无疑是最理想的状态。

奈何修真界的法器与时俱进，她身上的旧伤太顽固，就连多宝阁赫赫有名的凝肌丹也没办法消除痕迹，毕竟她也不能一门心思地扑在美容养颜上，眼看护肤没什么成效，乔晚便果断拉下了袖子，眼不见心不烦。

而现在这一胳膊的伤暴露在妙法面前，这让乔晚不自觉微微红了脸，有点儿难为情。

她的确心性坚韧。

妙法移开目光，垂眸：或许她真可成一把好剑。

这念头一闪而过，随即妙法就定下心来，心无旁骛地运功帮乔晚疗伤。

温暖的光渗入肌肤，耐心地寻找着症结所在，乔晚眼神有点儿复杂。

在不知道梦里这位被困于克苏鲁的前辈就是大名鼎鼎的妙法尊者之前，她其实也听说过不少妙法尊者的传闻。

这些传闻大多数是围着点儿带颜色的故事展开的，下山跑任务，闲着无聊的时候，乔晚还特地坐下来听了一段儿，顺便丢了几颗下品灵石当赏钱。

当然除了这人民群众喜闻乐见的桥段之外，也有妙法尊者面向普通百姓开坛讲经说法，或妙法尊者每年每月都要大开大光明殿，替普通凡人看病，诸如此类的传言。

在乔晚的印象里，这位妙法尊者就是个因为容貌太过美艳，又自带禁欲气质，实则威武慈悲，老被意淫的悲催的人。

虽说长得美，但和那些妖修不同，妙法尊者一门心思都在正道上。

众生皆苦，虽然个人得了解脱，但妙法尊者依然甘心跋涉尘世，饱经尘世风霜，以身作舟，度众生得脱苦海。

也正因为如此，所以乔晚心动这微妙的悸动情绪，在这大爱之前才显得更加青涩狭隘，难以开口。

不论怎么看，她这点儿微妙的少女心思，横竖都是"死"，乔晚抿紧了唇。

可能是因为心态发生了点儿微妙的变化，妙法的指尖碰上她裸露的肌肤之后，乔晚打了一个哆嗦，脸上温度再一次往上攀了一截儿，一是因为不好意思，二是因为羞愧。

对方是个此门修为高的人，还对自己颇为照拂，结果她这是什么恋爱脑？

这微妙的变化，立刻就被身前的尊者给捕捉到了。

妙法睨了她一眼："你在怕什么？"

乔晚微窘："还好，没什么，只是有点儿不习惯。"

少女低垂着头，露出一截白皙的脖颈，粉色的发带搭在乌黑的发丝间，一副镇定有礼的模样，不过这脸看上去实在有点儿红。

妙法合上眼，手指一动，突然也觉得有点儿不自在，脸色不禁黑了。

从刚才拦着不让他进门，再到现在……这孽障，莫名其妙。

这厢，乔晚收回思绪，摸上袖中的菩提子，微不可察地吐出一口气，定定地想：现在还不是想这么多的时候。

更何况她这微妙的少女心思还没长成，更算不上情爱。

岑清猷还在等她。

现在，她要做的最重要的事还是变强，然后干翻善道书院。

在确认过面前这少女确实没事，非但没事还活蹦乱跳之后，妙法也没多待。

妙法一走，乔晚便闭上眼，任凭神识侵入小号的识海，继续办正事。

而在"鬼市"，跟在孟沧浪身边的方凌青整个都吓坏了，结结巴巴地唤道："陆……陆……陆辞仙？"

说实在的，孟沧浪和这位陆辞仙并不熟，对这位陆道友的印象也基本来自那寥寥几面，还有玉牌上几乎震惊整个花座峰的、石破天惊的喊话。

在孟沧浪的印象里，这位陆道友虽然才到筑基修为但心性坚韧，也不失为一个可结交的对象。

正直到以至被崇德古苑悄悄吐槽为"呆萌"的孟沧浪迟疑了一秒，目光掠过少年脑袋上的粉玉蝴蝶结，还是决定尊重前这位陆道友的癖好，镇定有礼地打招呼道："陆道友。"

和一脸惊悚的方凌青看了个对眼的乔晚：完了。

太得意忘形了，乔晚面无表情地想，人设崩了。

孟沧浪的目光里含着点儿困惑之意，还带着一丝不小心撞破了别人的秘密的歉疚感，过了一会儿，眼神又变成了"就算陆道友品位与众不同，那也得尊重陆道友的个人喜好"。

乔晚飞快地伸出手，"呼啦"一声把头发上的小蝴蝶给撸了个一干二净。

少年神情那叫一个淡定从容："孟道友、方道友，好久不见！"

王如意好奇地摘下了脑袋上的发簪，攥在手里，看向了孟沧浪和方凌青："这是你认识的人？"

这么一张惊悚的脸，冷不防地跳入眼底，孟沧浪愣了愣，轻轻颔首："这位……"他犹豫了一秒，"姑娘好。"

王如意笑道："不用这么客气，你叫我如意就好啦。"

孟沧浪神色如常："在下姓孟。"

王如意："孟道友也在逛街？"

孟沧浪一本正经地颔首："在找魂香。"

这陌生的名词冷不防地跳入耳朵里，乔晚问道："魂香？"

乔晚主动开口问，可能是上一场论法会她和方凌青组了队的缘故，孟沧浪也没隐瞒的意思："陆道友想必也知道渡生花的消息。渡生花每天只在子时到丑时这段时间开放，我和小方打听到有一种'魂香'，如果人将其佩戴在身上的话，就能够在这段时间出行。这才和小方出来找找看。"

孟沧浪沉声继续说道："这里……太过蹊跷，陆道友不如和我们一块儿同行，我们三教弟子结伴或许能少些伤亡。"

乔晚抬眼看向了孟沧浪。

男人风姿俊秀，沉着有礼，最引人注目的，还是青年背上背着的那一把巨剑，剑身犹如流动的海浪，剑纹泛着淡淡的蓝色水光，好像还能让人听见海浪的声音。

面前这位修士是这届三教论法会夺冠的大热门，只要面前的男人不是什么其他东西。

俗话说，多个朋友多条路，乔晚自然求之不得。

王如意好奇地问："你们怎么个个都要找渡生花？"

想到旁边还有这位鬼新娘，乔晚问："如意，你听说过魂香吗？"

王如意使劲儿想了一下："这我没听说过。"

乔晚："你说是阎世缘好心收留了你？"

王如意："阎老板看我可怜。"

王如意已经死了上百年，这也就意味着阎世缘在这"鬼市"里也待了有上百年。

留意到乔晚的神情变化，孟沧浪问："道友有头绪了？"

乔晚斟酌着回答："我想先回我住的那间客栈，说不定这间客栈的老板知道点儿什

172

么消息。"

拍板决定之后，乔晚指着摊子上那几根簪子说："老板，麻烦把这个、这个还有这个包起来！"

付过钱后，把打包好的簪子往王如意怀里一塞，乔晚领着王如意，和孟沧浪一道风风火火地赶回了客栈。

一行人一踏进客栈，正好撞上店里那伙计。

和王如意撞了个对眼，伙计打了一个哆嗦，惊恐地倒抽了一口凉气："如……如意姑娘？"

王如意友好地挥手："小十。"

这张脸不管是现在看还是半夜看，都实在有点儿惊悚。尤其是对方还穿着件红嫁衣，脚下踩着双精致小巧的绣花鞋，怎么看怎么像从话本里专门跑出来吓人的女鬼。

伙计被吓得不轻，回过神来之后，愁眉苦脸地说："如意姑娘，老板不是说了没事别随便出来吓人吗？"

王如意不满地揪了揪自己皱巴巴的脸皮："我哪儿随便出来吓人了？我还有正事呢。阎老板在吗？"

说到这儿，伙计似乎才留意到王如意身后的乔晚和孟沧浪："陆……道友？这位是……"

孟沧浪礼貌地颔首："在下姓孟。"

至于名字，在这么诡异的地方，大家不主动暴露自己的信息，是最基本的保命操作。

伙计了然地点头。

乔晚问："阎老板在吗？"

伙计回道："在后厨呢。我这就帮你们叫去。"

伙计说完这话就往后厨去了，乔晚找了张桌子，和孟沧浪坐下。

过了一会儿，他们就看见阎世缘一边伸着手往衣服上擦水，一边走过来。

"陆道友？如意？"阎世缘关切地问，"陆道友昨天睡得怎么样？"

乔晚面瘫着脸："和她一块儿睡的，挺好的。"

阎世缘转头看向了伙计。

伙计一拍大腿说道："我忘了！嗐！我忘了那儿是如意姑娘的屋了。"

"当时这情况，老板你又不是不知道，马上就丑时了，我这不是心里慌吗？我就随便找了个屋子把陆道友塞了进去。没想到那屋子是如意姑娘的。"伙计神情十分诚恳："陆道友，对不住啊。"

乔晚摇头，看向阎世缘，沉声问道："阎先生，听说你在这'鬼市'里待了有上百年了，不知道有没有听说过魂香？"

"魂香？"阎世缘愣了一下，抬头打量了一眼乔晚、孟沧浪和方凌青这几个"异乡人"。

到"鬼市"的修士不多，但也不少。修士在修真界走，不随随便便打探别人的消息是最基本的保命准则之一。

"这魂香，我的确听说过。"阎世缘也没问乔晚为什么要问这个，只问道，"你们要找魂香？"

孟沧浪放了几块中品灵石在桌子上，彬彬有礼道："请先生赐教。"

这就得了。

阎世缘一点儿也没含糊，大大方方地收了灵石，攥在手里，用袖子边细心地擦了擦，转头交给了身后守着的伙计，叮嘱道："收好了。"

伙计笑道："好嘞！孟道友出手阔绰，回头咱们店又能翻新了。"

乔晚和孟沧浪对视了一眼。

这种光明正大爱灵石，一手交钱一手交货的生意人，舒服。

收好了灵石，阎世缘这才开口，没吝啬，该说的基本全交代了。

"子时到丑时，是'它们'的点儿，这个陆道友想必深有体会。"

乔晚："请先生赐教。"

"这魂香其实就是专门给你们这些想在这个点儿走动的修士准备的。只要你们把这香佩戴在身上，香气能暂时盖住你们身上这'生人'气味儿。"

方凌青打听道："那先生知不知道这香到哪儿能弄到？"

"就在南边不远的殿里。"阎世缘伸手一指，沉声说道，"殿里供了像，你们进了殿宇，请一炷香戴在身上，这就是魂香。

"但你们得记住，这香必须随时佩戴，不能放在储物袋里，也不能灭。"

"还有最重要的一点，"阎世缘抬头，定定地说，"切记，不能贪。"

"我看你们都是什么宗门大派的弟子吧。"白白胖胖的中年修士严肃了神情，"这地方邪气，我就算在这儿待了上百年，也没全摸清楚。你们这些小辈，年纪轻，修为高，难免性子傲。但你们得记住，就算你们的师长到了这个地方，一不小心说不定也会交待在这儿。"

乔晚躬身行礼："晚辈谨记先生教诲。"

得到想要的信息之后，乔晚看向孟沧浪和方凌青，一本正经道："小方、孟道友。"

"你们这就要去？"阎世缘愣了愣，像是没想到自己前脚刚叮嘱完，后脚这几个小辈就迫不及待地去找死了。

"时间还早，我这后面刚炖了一锅热粥，你们要不盛一碗喝了再去？"

孟沧浪摇头，又放下了一颗灵石："时间紧迫，我们就不叨扰先生了。不过先生若是不嫌弃，不妨为我们先热着，等我与陆道友回来之后，再尝尝先生的手艺。"

阎世缘顿时眉开眼笑："不麻烦，不麻烦。"

目睹这一幕，乔晚内心突然涌出了一股悲伤情绪。

这该死的"钞能力"。

收起袖口，孟沧浪浑然未觉地冲乔晚微微颔首："陆道友走吧。"

乔晚刚走出两步，身后突然传来了王如意的声音。

"等等！"

王如意扯着嫁衣，期期艾艾地问："我……我也想去，你们能带我一个吗？"

乔晚将目光落在"少女"身上，少女干瘪的眼球转了转，透出了点儿小心翼翼的期待之色。

方凌青和孟沧浪都愣了愣。

乔晚抿了抿唇，上前一步，伸出手："来。"

那殿宇在南边一里之外的地方。

这一路上，乔晚还陆陆续续地碰上了不少三教弟子，甚至碰见刘辛文带着两个组过队的少年。

刘辛文见到乔晚和方凌青也怔了怔："陆道友、方道友？"

旁边那几个三教弟子在看见乔晚和王如意时还一脸警惕之色，等看见孟沧浪，立刻就松了一口气，几乎不假思索地就同意了结伴去殿里请魂香。

沧浪剑孟沧浪，这是著名的君子剑，和谢行止几乎就是两块闪闪发亮的行走的活招牌，绝不坑队友，入队邀请接到手软。

这几个三教弟子当中，两个是沾云峰的，一个是梵心寺的，都是男人。两个沾云峰的人一高一矮，高个儿的道修看上去斯文点儿，叫郑长鸣，矮个儿的叫郑长清。至于那梵心寺的人叫智信。

这一路众人结伴而行，没一会儿就到了阎世缘口中的殿里。

方凌青一脚跨过门槛，抬头看了一圈儿："这殿宇还挺大的。"

乔晚抬头看去，两根红漆柱上描绘着些淡蓝色的云纹，上面的漆斑驳脱落，殿里灯火摇动，香炉里的香插得满满当当的，香灰堆了厚厚一层。

最中间供着一尊金碧辉煌的像，高约一丈，浑身贴了金漆，眉眼修长，半合着眼，身后三十条胳膊圆润如藕臂，纤长光洁，乍一看上去，肌骨丰润，嘴角含着点儿笑意，身上的衣裳也好像随风而动。

这像简直就像是……活的。

乔晚收回视线，目光落在了这香炉里的香上。

孟沧浪低声说道："这应该就是阎先生所说的魂香了。"

矮个儿的郑长清脸色异样，催促道："还等什么？赶快拿了就走。这殿宇……有点不对劲儿。"

尤其是这像，郑长清抬头看了一眼，心里微沉，默默摸上了背后的剑。

这像看着太邪性了，还有这女……郑长清看了一眼身边的王如意。

察觉身边投来的目光，王如意不明所以地眨了眨眼。

郑长清："……"

乔晚心里紧张，嗓子眼里也有点儿发干。

有这种想法的明显不止郑长清一个，孟沧浪也说道："好，拿上魂香，我们就走。"

想到阎世缘说过的话，乔晚迟疑道："阎先生说过不能贪。"

刘辛文低声说："那就一个个去拿，每个人只拿一根。"

为防止发生意外，一个人去拿香的时候，其他人在一边守着。

不过在谁去做第一个吃螃蟹的人的问题上，众人产生了点儿分歧，没人想做这第一个打头阵的人，最终还是方凌青上前一步："我来。"

虽说是自己主动请缨，但走到案前的时候，青年还是忍不住有点儿慌，口干舌燥地舔了舔嘴角，心里"扑通扑通"直跳。

一走近这像，感觉就更明显了，方凌青呼吸一顿，面色沉重。

这像是活的。

方凌青感觉面前像站了个活人，不过这人没有呼吸，或者说屏住了呼吸。

稳了稳心神，正准备伸手拔香的那一瞬间，方凌青余光不经意间一瞥，嗓音顿时都变了："这是什么？"

乔晚："什么？"

众人顺着方凌青的目光看去。

案上竖着两根红蜡烛，蜡烛后摆着几碟供果，各种各样的都有，当中有个小鼎，鼎里面也堆了不少红通通的果子，但最引人注目的还是一盘肉，被小鼎挡在了后面，所以进殿宇后，乔晚和孟沧浪几个人都没看见。

这一盘肉被切得整整齐齐，厚薄适中，码在盘子里，肉上还带着点儿血纹。

目光落在这一盘肉上，智信脸色遽然一变："殿里怎么会供肉？"

乔晚心里一突，结合他们所处的地点是"鬼市"，心里顿时冒出了点儿不太妙的联想。

显然方凌青也有这种想法，看着面前这盘肉，一张脸立刻就绿了。

不过主动请缨的是他，到了这个地步，也只能硬着头皮上，正准备拔香的时候，方凌青又顿了一下，皱眉问："要拜吗？"

在场所有人齐齐愣了愣。

这像这么邪，还有这盘不明的肉片儿，怎么看怎么诡异啊！

郑长鸣皱眉："这殿宇……有点儿古怪，还是别拜了。"

梵心寺的人犹豫了一秒："此地无正道，贸然下跪，恐怕会惹祸上身。"

方凌青："我要是不拜，万一这像怪罪下来怎么办？"

不过看着这垂眼微笑，宛如活人的像，方凌青还是没勇气磕下这个头。

梵心寺的人说得对。

方凌青深吸了一口气。

这地方没正道，他们还是别贸贸然下跪给自己认个什么邪神。

王如意扯着乔晚的袖子，小声吐槽道："这怎么长得有点儿像你的心上人哪？"

方凌青伸手去拿香的同时，在场所有人心里一紧，乔晚眼睛一眨也不眨，屏住了呼吸。

不过，什么事都没发生。

一阵夜风吹过，殿里烛光摇曳，在墙上投下了扭曲昏暗的黑影，半空中飘浮着点儿淡淡的香油味儿。

像还保持着这么一个姿势,半合着眼,嘴角牵着一丝笑容,目光平静地俯视着。

手里的香微热,握在手里也没什么异样,紧绷的神经陡然一松,方凌青微不可察地松了一口气,走到乔晚身边的时候才发现自己的整个后背都湿透了。

"成了,我拿完了,你们上吧。"

在场众人你看看我,我看看你。

郑长清率先走出,把手里的拂尘往肩膀上一搭,紧跟着方凌青的步子上前拿了一炷香。

烛火轻轻一晃,拉开一道橘红色的火光。

乔晚心里无端地"咯噔"了一声,脱口而出:"等等。"

郑长清转头:"怎么?"

乔晚扫了一圈儿殿里的情况,郑重地说道:"我觉得有点不对劲儿。"

听乔晚这么说,郑长清立刻绷紧了脸:"哪里不对劲儿?"

方凌青看了过来:"怎么了?"

乔晚摇头:"具体的情况我说不上来。"

这感觉很不对劲儿。乔晚皱紧了眉,目光在殿里一寸一寸地掠过,最后落在这尊金碧辉煌的千手像的眼睛上。

像半合着眼,她能看见点儿像的瞳仁,这眼睛就像是活的,目光静静地注视着高高的门槛。

乔晚说不上来究竟是怎么回事,就是心里有种不祥的预感,好像有什么东西和他们刚进殿宇时不一样了。

郑长清有点儿烦躁:"这殿里太古怪,还是别想这么多,我们拿了香就走吧。"

说完,他抬手就取下了一炷香。

眼看着这一炷香被拔出来,乔晚浑身一凛,眼神一冷。

这不是错觉,一定有哪里不太对劲儿。

面前这像半合着眼,目光落在门上的雕花窗子上,嘴角还挂着一丝笑容,看上去和他们刚进殿宇时没有什么不同之处。

究竟是哪儿出了问题?

乔晚心跳加快,目光在像身上走了一圈儿,飞快搜寻着。

那厢,梵心寺的人拿完香,已经轮到郑长鸣去拿香了。

乔晚目光一转,就在此时,面前半垂着眼的像眼里映着一丝烛火,目光定定地落在了乔晚的脸上。

乔晚瞳孔骤然收缩!

"眼睛!"不对劲儿的地方是眼睛!

"眼!是眼睛动了!"乔晚哆嗦了一下,当机立断地扯上身边最近的王如意,往殿宇门外发足狂奔,同时怒吼道:"跑!快跑!"

方凌青和王如意齐齐愣了愣:"什么?"

话音刚落,像那三十条圆润光洁的胳膊上指尖一动,一个个结了印,像转轮一样转动起来，一只一只往下压。

还在拿香的郑长鸣也是愣了愣，然而下一秒，还没反应过来，就被这像给扯了起来。

孟沧浪脸色顿变，沧浪剑顷刻出鞘。

蓝色的剑光如咆哮着的巨浪朝着那像卷了过去。

那像嘴角含着一丝诡异的笑容，那几十条胳膊分开浪潮，一块儿用力，立刻就把手里的男人剖成了两半……

就在这时，案上的供果也突然变了。

亲眼看到这一幕，方凌青整个人都麻了，郑长鸣的血溅到了他的脸上，方凌青如梦初醒，心头狂跳，悲愤地怒吼了一声。

方凌青哑声色道："这是……'卯'！"

乔晚刚扯着王如意往门口扑去——突然，门口笼上了一层金光，乔晚刹车不及，带着王如意"咕噜"一声，两个人一块儿撞上了这层金光闪闪的结界。

王如意："陆……陆……陆道友，我晕！"

乔晚沉声说道："忍着。"

她抄起王如意，气沉丹田，灵力化作电流一路蹿上了拳头，一路火花带闪电地往这结界上砸了过去。

"嗡"的一声，结界纹丝不动。

乔晚迅速回头，而在身后的那东西像放下了郑长鸣，直奔剩下来的乔晚这几个人，身后那三十条胳膊越拉越长，就像某种诡异古怪的节肢动物。

一晃神的工夫，孟沧浪已经运动了沧浪剑，挡在了众人面前。

"怒波撼城"卷起滔滔白浪，汹涌的浪头朝着那像拍了过去。

这一招……乔晚微微一愣，在这紧要关头，还是忍不住多看了孟沧浪一眼。

孟沧浪低喝道："跑！"

话音刚落，汹涌的波涛之中，几十条胳膊疯狂转动，硬生生地破开了海浪，搅动了漫天细碎的银波，点点水花如同星河一样落了下来。

在这银河之中，其中一条胳膊突破重围，挥开了浪花，不死心地伸了过来，拽起了殿里一个被震惊到失语的少年。

刘辛文心口一跳，立刻抡刀挡住这条纤长到诡异的胳膊，护住了身后一脸蒙的少年，扭头去问乔晚："陆道友，这结界能……"

话还没说完，就在男人身后，第二条胳膊也挥开了海浪，高高地、缓缓地举起了长剑。

眼看长剑就要当头劈下——

"小心！"

方凌青猛然回神，立刻出剑去挡。

刘辛文惊魂未定，还来不及谢谢这救命之恩，突然觉得身后一空，回头一看，身后一个沾云峰的弟子，不知道什么时候已经被那东西给高高地提起。少年面色惨白，惨叫着立刻放出飞剑去砍胳膊，飞剑落在那像的胳膊上，"当当"地激起一阵火星。

"他"嘴角牵着一丝笑容，其中一条胳膊飞快转动，手里的宝剑一扬，一落。

"咚——"

一颗死不瞑目的头从半空中掉了下来，"咕噜咕噜"滚落在蒲团上，鲜血瞬间飞溅上了殿宇墙壁上的彩绘，三教之中的精英弟子，连反抗的机会都没有，几乎都没来得及出声，就被当众斩首了。

"他"腾出一只手，捡起了蒲团上目眦欲裂的脑袋，提在手上，嘴角的笑容在摇动的灯光中越发显得诡异。

一行人远远看过去，这还是一尊塑像，行走的姿势僵硬，速度却极快，快到让人来不及眨眼。

"不能贪，不能贪……"刘辛文咬牙说道，"我们这不是一个个去拿了吗？！这究竟是怎么回事？！"

方凌青立刻咬牙扭头去看乔晚："陆辞仙，能出去吗？"

作为在场唯一一个体修的乔晚回道："我试试。"她深吸一口气，再次抡起了拳头。

"砰砰砰！"拳头如雨点一般落在了这道结界上，门口这结界还是纹丝不动。

就在这时，那像眼一转，紧跟着在所有人的目光之下趴了下来！

几十条胳膊犹如蜈蚣一样撑在地上，一颗脸颊丰盈、笑容温和的脑袋往前倾，迅疾若电地蹿了出去！

不能贪，不能贪……乔晚一边砸，一边默念着阎世缘之前说过的话，心头狂跳。这香他们是一个一个拿的，每人就拿了一根，到底是哪里出了岔子？！

她要去案前看看！打定主意后，乔晚立刻收回拳头，直奔向案。等她扑到案前时，香炉前那两根红蜡烛也发生了变化，一股刺鼻的味道钻进鼻腔，蜡烛芯是一撮缠得紧紧的头发。

乔晚心一沉！

当下她也没再多看，迅速收回视线，凑近香炉。

香灰上有十多个空荡荡的圆印子。

她明白了。

乔晚猛然惊醒。

在他们之前，已经有人拿过了魂香！还拿了不止一根！

蜈蚣一样的像跃上墙壁，再次俯冲了下来——

乔晚心念一转，心里浮现一个不大确定的猜测，立刻把香炉往案上一推，折身回到了门口结界处，再次抡起了拳头。

这一次拳头砸在结界上，结界似乎出现了点儿微小的变动。

乔晚：果然。

察觉乔晚这边的动静，方凌青大喜道："怎么样？"

乔晚面沉如水，低声说道："我可能知道这结界是怎么回事了。"

香炉里的香人不能多拿，超过一定数目，就要付出相应的代价，在这之后，一炷香死一个人为代价。每死一个人，这结界就弱上一分……结界也会不攻自破。

乔晚："而我们就属于刚好赶上这一轮的倒霉蛋。"

听完乔晚说的话，方凌青睁大了眼，喉口一阵哽塞："这怎么……"

梵心寺的人立刻变了脸色："这要怎么出去？！"

难道他们还真要？

他们进到里面的，算上乔晚、王如意、方凌青、孟沧浪、刘辛文、智信，还有几个三教子弟，总共就十多个人，还不知道王如意算不算人，刚刚已经死了两个，要是真照乔晚说的这样，那他们基本都得交待在这儿。

"别急。"孟沧浪沉声说，"我们几个合力，不一定出不去。"

听到孟沧浪这么说，智信的脸色才稍微缓和了点儿。

这是沧浪剑孟沧浪，他们还有沧浪剑在，说不定真能出去。

"我来对付它。"巨剑划开一条浩荡银波，孟沧浪沉声吩咐道，"麻烦诸位道友配合陆道友，突破门口这道结界。"

刘辛文反转大刀，走到孟沧浪身边，沉声说道："我来帮你。"

就这样，殿里的人自发地划分成了两拨，一拨跟着孟沧浪，去拦那诡异的像，另一拨跟着乔晚，负责研究怎么攻破门前这道结界。

入殿宇的还有几个太玄观和沾云峰弟子，此时都站在乔晚身边，心急如焚地一个个阵法去试。

"怎么样？"乔晚问，"有头绪没？"

太玄观的人摇了摇头，面色惨白，冷汗顺着额头一滴滴地往下掉："都没用。"

那边，孟沧浪还在跟那蜈蚣像纠缠。

转眼之间，蜈蚣像再次冲了上来。

孟沧浪目视前方，眼神微微冷凝，巨剑飞旋而出，这一剑如同江海倾覆，掀起万丈波涛，拦在了众人面前。

在场众人心里都略微一定。

对，孟沧浪！他们还有孟沧浪在前面顶着呢！

在众人悲喜交加、泪流满面的时候，方凌青仰头看着这金光大盛的塑像，内心却并不轻松。

面前这东西估计有元婴后期的修为，孟沧浪修为就算再高，那也不过是金丹期！金丹期的修士对上元婴后期的邪物，而且鬼知道这玩意儿之前害了多少人。

太玄观和沾云峰这边的人找不出破除结界的办法，乔晚撸起袖子，继续硬砸，拳面上的电光"刺啦"作响。

乔晚一边"哐哐哐"地砸"墙"，一边沉声问方凌青："你刚刚说的'卯'是什么意思？"

方凌青一边拔剑一块儿帮乔晚砍结界，一边咬牙解释，和那些黑市里贩卖的不一样，这是真正的供品，要祭祀给鬼神的。

祭祀的方式那也是花样百出，被祭祀者各有各的死法。

"所谓的'卯'就是剖成两半。"都到这个份上了，方凌青涩声继续解释，"不过是这些祭祀中的一种。"话还没说完，两个人又听见一阵惨叫声。

"啊啊啊！"

乔晚迅速扭头，只看见这几十条手转轮一样，硬生生地劈碎了其中一个弟子，肉块"哗啦啦"地掉到了地上。

那像面带微笑，彩绘的丰盈面容上沾了点儿碎肉和血沫，几十条胳膊往地上一撑，再度发起了迅捷的攻势！

第三个——"剐"。

刘辛文脸色大变，怆然地大喊了一声："长东！"

一看这画面，殿里的人都静默了一瞬，铁青着脸色默契地加快了动作。

化为地上这堆尸块儿的，是姚长东，刘辛文的师弟。

眼见师弟惨死，刘辛文眼睛微红，抡起大刀冲了上去！

"他"保持着诡异的微笑，半合着眼，高高地举起了另一只手上的金刚杵。孟沧浪脸色遽然一变，立刻分开剑光去拦，这一剑如怒涛摧折，卷起千堆雪。

"他"身后空出了几只手，架住了这道蓝色的剑光。

剑光在手中攻势不减，不断往前压，直到终于削飞了"他"的其中一只手。结着个印的藕节般的手，"咕咚"一声掉进了案上的小鼎里。

那像嘴角笑意却没变，身后的胳膊再一次疯狂转动了起来，另一只手上的斧头直直地朝着刘辛文再度劈了下去！

刘辛文格刀去挡那只手。但这一斧头如同破开了一张单薄的纸，从上而下劈开了刀锋，一路往下剖去。

斧头边缘闪着冷冷的银光。就在这时，孟沧浪手疾眼快，使用穿林步闪身到了刘辛文面前，眼看着斧头即将劈下，不假思索地反手把刘辛文给丢了出去。

身前，一柄水势凝结的巨剑缓缓腾空而起。"砰"一声，脊背重重撞在了墙面上，刘辛文痛苦地咳嗽了两声，抬头一看，顿时魂飞魄散。

送走了刘辛文，孟沧浪自己想再躲已经来不及了。

青年拦在他前面，背影坚定，神情沉稳，运动水剑继续对敌，但这一斧头直接劈开了孟沧浪身前的水剑，顺着他的肩胛骨一斧头砍了下去。

孟沧浪身形一晃，一只修长的胳膊"啪嗒"一声掉在了地上。

这还没完，另一根金刚杵朝着青年的后脑挥去。千钧一发之际，一道青色的身影如狂风般刮了过来，一脚蹬歪了像手中的金刚杵。方凌青目眦欲裂地赶到了孟沧浪面前："师兄！"

孟沧浪猛然抬头，目光落在方凌青背后。那根金刚杵慢慢地再次升起。

孟沧浪再度变了脸色："小方！"

方凌青愣了愣，膝盖处传来一阵碎骨般的剧痛，转眼间被孟沧浪扑倒在了地上。

虽然方凌青死里逃生，但是他的腿断了。

方凌青愣愣地摸上了自己的膝盖，突然反应过来孟沧浪还在自己身边。

"师兄，你没事吧？"

孟沧浪捂着齐根断掉的胳膊，抿唇站了起来，不断有血顺着指缝流出。

"我没事。"喘了一口气，他轻喝了一声，"来！"

地上斜插着的沧浪剑立刻破空飞来，稳稳地落回了主人的掌心里。

拿不下方凌青和孟沧浪，蜈蚣像立刻换了方向，随便挑了其中一个人，金刚杵一振，将那人从头到脚贯穿在了地上，那人像只被铁棍开膛破腹穿起来的牛羊。

第四个——姐。

乔晚咬紧了唇，尽量不往其他地方看去，眼里只剩下了这层金色的结界，出拳越发迅疾如风，暴怒如雷。

虽然不愿承认，但死了四个人之后，这结界确实比之前脆弱了不少，可她还是砸不开！

乔晚一边抡起拳头砸结界，嘴里一边疯狂念叨：快点儿快点儿快点儿。

趴在地上的那东西一扭头，几十条手往地上划了划，借力腾空而起。

片刻工夫死了四个人，惊骇之色瞬间爬满了在场所有人的脸。

这可是孟沧浪啊……沧浪剑孟沧浪啊！连孟沧浪都打不过面前这东西，他们怎么打得过？

在场众人喉口发干，怔怔地想着。

"出不去了。"梵心寺的人失魂般愣愣注视着面前这一尊嗜血的蜈蚣像。

这是圣像……在"他"以手撑地，冲到面前的时候，梵心寺的人双膝一弯，合掌，"扑通"一声跪了下来。

这是圣像啊！

弟子怔怔地看着那像，虔诚叩拜起来。

灯火摇晃中，那像嘴角含笑，半垂着眼，目光落在了自己这信徒身上，而后，一剑剖开了面前的信徒。

第五个——它支。

殿里彻底安静了下来。

弟子这一死，像是"啪嗒"一声打开了一个什么开关。

……他们都会死。

但凭什么……凭什么是他们啊？！他们不想死啊！

就在这个时候，郑长清怒吼了一声，手上拂尘一扬，抽出了一把剑，朝着乔晚刺了过去！

他要先杀人，先下手为强。

都已经死了五个人了，他只要再杀几个就能出去了。

余光瞥见了郑长清手里的长剑，乔晚扭身刚躲过去，立刻就被拂尘打中了胸口。

胸口一痛，乔晚咬紧了牙，嘴里血气喷涌而出。她深吸了一口气，抬头看去，郑长清已经直奔其他人而去。郑长清一动，殿里其他还在犹豫的人也动了。

一时间狭小的殿里彩光交织，众人自相残杀成了一团。

而那蜈蚣像就撑着地，伸着脖子，摆着头看着众人厮杀。

鲜血几乎把灯火染成了红色，殿里绽开一片迷离的光。

疯了。

大家全疯了。

王如意目瞪口呆地看着面前这一幕。

不论是像郑长清一样彻底疯了的人，还是保留了一丝神志的人，都被卷入了这场自相残杀当中。

立刻就有个三教弟子殒命于同伴刀下，这是场真正的杀"宴"。看到这一幕，方凌青胃里翻涌，差点儿没吐出来。

同一时间，门口的结界好像跟着又弱了一层。

郑长清手里的拂尘染了血。他将其往肩膀上一搭，哑着声音朝乔晚怒吼道："结界！能打开了没？！"

他这是要用同伴的性命，为自己铺出一条生路！

作为殿里唯一一只女鬼，王如意幸免于难，赶紧提着嫁衣上前来扶乔晚，担忧地问："你没事吧……"但话还没说完，身后传来一阵破空之声，不知道从哪儿飞来一把乱剑。

王如意心头一跳，差点儿冒出一句脏话，赶紧甩了甩头发，抄起乔晚将其裹成了一个茧往边上拖。

头发一散，乔晚"咕噜噜"地滚了出来，手撑着地面，哑声回答："我没事。"

人被逼到这个地步，是会发疯的，尤其是在这么一个狭小的空间内，看着同伴一个接一个地死去，更是受不了。

他们必须得想办法出去，问题是现在他们还有什么办法？！乔晚怔怔地低头看了一眼自己的手。

她现在能依靠的好像只有自己的拳头了。她吞过力珠，也砸碎过妙法尊者的护体金刚罩。

乔晚不甘心地想，难道自己就砸不碎门前这道结界吗？！

就在这时候，异变再生！

头顶一阵金光流泻，乔晚反应很快，立刻就地一滚，企图滚出这道金光笼罩的范围。

没想到她还是慢了一步，一根金刚杵从天而降，"扑哧"一声，贯穿了她的整只手掌。

乔晚好像清楚地听见了自己的肌骨粉碎的声音，一只手掌软绵绵地搭了下来。

得！

乔晚面无表情地想，现在她连拳头都没有了。

蜈蚣像含笑垂眼，眼里清晰地映出了被钉在地上的乔晚的身影。

她能用神识吗？在这一瞬间，乔晚脑子里突然浮现这么一个念头。在这个念头浮出脑海的同时，乔晚也立刻付诸了行动，凝聚神识往面前这尊像里狠狠戳去！

半秒之后，乔晚喷出了一口血，神识被弹回了识海，耳朵里"嗡嗡"作响。

没用。

影影绰绰的灯火光芒落在像含笑的眉眼上，就在它手上的斧头即将落下之际，乔晚喘了一口粗气，眼睛眨也不眨地拔出了深陷入掌心的金刚杵，朝着"他"猛掷了过去。

"他"反应极快，一摆头，金刚杵擦着耳畔，"当"一声没入了后面彩绘的墙壁。

也就在同一时间，一道银波乍泄。

逮住这玩意儿扭头的机会，孟沧浪手中的沧浪剑再度出招。

蜈蚣像身形显而易见地一垮，第二条圆润的胳膊被孟沧浪砍了下来，骨碌碌掉在了地上。

"他"抬眼，乔晚也同时抬眼。

孟沧浪那边的情况比她这边更危急。

他一边要应付情绪崩溃的郑长清一干人等，另一边还要扛下"他"的正面攻击。

青年浑身染血，用仅剩的一条胳膊拦在了那像的面前，神情沉稳，风度不改。

剑气磅礴的沧浪剑卷起了一丈高的水幕，一个金丹期修士，硬是以一夫当关万夫莫开之势，拦在了所有人面前，顶住了绝大多数攻击。

"陆道友，"孟沧浪背对着乔晚，嗓音穿过水波声，依然清晰，"别急，我这儿还扛得住。"

"诸位道友都是我找来的。"孟沧浪低声说道，"孟某就算赔上一条性命，也一定要把大家安全无虞地送出去。"

话音刚落，孟沧浪又去和面前的邪物死磕了。

青年也确实做到了自己所说的，用那仅剩的一条胳膊，硬是扛住了邪物的大部分攻击。

他稳稳站住，硬是一步也没退，身上很快就见了红，血几乎把面前的水浪染成了血色海波。

乔晚收回视线，低头看了一眼已经碎成了渣的掌骨。

她化骨为盾，费尽力气重新补好了掌骨，一口气也不敢多喘，立刻又奔回了结界前，抡起拳头继续砸！

死了这么多人，结界已经松动了。

不动如山，动如雷霆，她要快点儿。

只要她再快一点儿，再重一点儿，就肯定能砸开结界。

乔晚深吸一口气，睁大了眼。

这一拳，她用尽了全身的力气，狠狠地砸在了结界上！

拳头接触结界的同时，从指骨开始，一直到腕骨，骨骼寸寸碎裂。

乔晚深吸了一口气，继续化骨为盾，把碎成了渣渣的拳头补了补，补完之后，扭了扭手腕接着砸。

亲眼看见这一幕，方凌青眉心一跳，感觉连呼吸都顿住了。

陆辞仙这是用自己的身体在和这结界死磕，他这是疯了吗？！

方凌青往前看，孟沧浪稳稳地挡在像面前，往后看，陆辞仙咬着牙，拼了命地在用拳头砸结界。两个之前还素不相识，只有几面之缘的人，在这种情况下硬是眼睛眨也不眨地给了对方绝对的信任。

两个疯子。

方凌青苦笑一声，重新绑紧了脑后的发带，扶着墙摇摇晃晃地站了起来。

谁想死呢？

王如意看傻眼了："我们……你们……会死吗？"

刘辛文捂着胸口，靠着墙根，也被面前这疯狂扭曲的灯影镇住了。

像刘辛文和方凌青这种受过伤，没能力再反抗的人，活脱脱就是其他人的首要攻击目标。

其中一个少年喘了一口粗气，一转头，眼睛泛红，目光瞬间就落在了刘辛文的脸上。

刘辛文捂着胸口，难以置信地看着少年。

少年眼里蓄满了一汪泪，高高地举起了手里的剑，嘶声说道："刘……刘道友，我……我也不想的。"

可他也想出去。

余光瞥见了案上那一盘东西，少年顿时就崩溃了，泪流满面。

他……他不想沦为这……

只要再杀几个人，他们就能出去了。或者用不了这么多，既然每死一个人，这结界就会弱上一分，说不定他再多杀一个人，陆辞仙就能砸碎这结界了。

少年一边哭，一边朝着刘辛文举起了剑。

就在剑光朝着刘辛文兜头落下之际，方凌青拖着条断腿，硬生生地抢在这道剑光之前，把刘辛文给拖了出来。

刘辛文："方道友？"

方凌青只想苦笑。

这腿断了倒没什么大不了的，反正到时候还能再接回去，就目前而言，最棘手的问题是他们怎么在这殿里活下去！

抬头看了一眼用仅剩的一条胳膊浴血奋战的孟沧浪，方凌青一咬牙，趁乱捡起了地上孟沧浪的胳膊抄在怀里。

这只胳膊苍白修长，手骨节有力，是一只为握剑而生的胳膊。

他得保护好孟师兄的这条胳膊，青年儒生咬牙想着，回头孟师兄还得将胳膊接上去呢。

胳膊上流出的血浸湿了方凌青的胸口衣襟，方凌青抬头看了一眼怔怔出神的刘辛文，一把拽起男人往案底下一塞，自己跟着一骨碌钻了进去。

"等着吧。"方凌青沉下眉眼。他和刘辛文要是这时候出去，那就是两个移动的香饽饽。

这个时候他们必须躲起来，也只能躲起来。

乔晚还在埋头砸结界。终于，门口的结界被她砸开了一条细缝。

乔晚心神一振，不敢耽搁，继续出拳，一拳更比一拳重！

"砰砰砰！砰砰砰！"最后这一拳，像是裹着无尽的怒气，荡开激烈的电光！

终于，乔晚一拳把门口的结界轰出了一个大洞！夜风"呼啦"一声，顺着洞口灌了进来。

"破了……"

埋头厮杀红了眼的众人纷纷停下了手里的动作，惊喜地喊道："结界破了！"

虽然被砸出了一个破洞，但结界上荡过一层金光，金光扭曲间，结界又迅速开始自我修补，一点点地往破碎之处合拢。

"一个一个！"乔晚低吼道，"一个一个出去！"

孟沧浪看也没看殿宇门："你们先走，我殿后。"

乔晚深深地看了孟沧浪一眼，一言不发地守在殿宇门前，把殿里的人一个个丢了出去，首先被丢出去的是离她最近的王如意。

一个。

两个。

三个。

活这么大，乔晚从来没这么紧张过，口干舌燥，心跳如擂鼓，目光落在这道结界上。

不到片刻工夫，门口的破洞已经合拢到只有半个人大小。

"快出去！"

方凌青拖着刘辛文刚钻出洞口，身后的裂洞立刻缩小了两寸。

孟沧浪且战且退，一路退到了门口，低声说道："陆道友，你先走。"

乔晚抿紧了唇，也没犹豫，迅速钻出了破洞，方凌青和其他人赶紧伸出手来拉她。

破洞即将合上，隔着一层泛着金光的结界，众人只能看见孟沧浪提着剑的背影。

方凌青惊声叫道："孟师兄！"

一钻出破洞，乔晚立刻朝殿宇门伸出了手，低吼道："孟道友！"

手心被一只温暖宽厚的手掌牢牢握住，隔着结界，乔晚和孟沧浪对视了一眼，随后一个默契地往破洞里钻，一个咬紧了牙努力将人往外面拉！

与此同时，结界合拢得越来越快，越来越快。

乔晚以手肘死死撑着裂缝，甚至能听见什么东西陷入肌肉中的声音，迅速合拢的结界被乔晚的胳膊抵着，不死心地一路往前挤，破开了她的血肉，露出了森森白骨，在一小截臂骨上磨出了令人牙酸的声响。

乔晚冷汗涔涔，唇瓣发抖，一声不吭地继续往回拉着孟沧浪。

在结界合上的那一瞬间,她硬生生把孟沧浪给拽了出来!

惯性带着乔晚和孟沧浪在地上滚了一圈儿,两个人一块儿摔倒在地。身后,殿宇门金光微漾,结界完好无损地重新合上了,隔绝了一室的血腥场面。

顾不得自己这血淋淋的胳膊,乔晚立刻去看孟沧浪的情况。青年的墨发全被汗水给浸透了,狼狈地贴在脸上,半截胳膊还在往下滴血。

察觉乔晚的视线,孟沧浪抬起了头。目光相撞的刹那,乔晚身形一僵,呼吸瞬间顿了顿。

不对。

有哪里不对。

这双眼睛……似乎为了印证她的猜测,身后的结界上突然传来"砰"的一声巨响!

乔晚迅速扭头看去,结界里面还有个人!青年脊背重重地磕在结界上,转头往外看了一眼,露出一张和孟沧浪一模一样的脸。

乔晚惊恐地睁大了眼。

孟沧浪好像看见了殿宇门外面的人,又好像没有。

结界已经合上了,他的生路全被堵死了。

乔晚似有所觉地回头一看,瞬间就对上了一张死气沉沉的脸,对方用黑乎乎的死板眼珠静静地凝视着她。

她费尽力气拖出来的孟沧浪,是个纸人!

第十章 渡生花

乔晚心里一怔，内心"噌"地燃起一股怒火，立刻就把面前的纸人给扑倒在地！她正要出剑的时候，对上这张死气沉沉的脸，又硬生生地刹住了动作。

棺材店老板说过，不能惹"它们"生气。

乔晚沉默不言地站起身，把地上的"孟沧浪"给提了起来，顺便拍了拍它身上的灰。她不奢望巴结这些纸人叫它们帮什么忙，只希望它别再多添乱。

殿宇门外陷入了一片死寂气氛中。

所有人都愣住了，下意识地看向了结界里的人。

他出不去了。

孟沧浪背靠着结界，抬头看了一眼灯火深处的塑像，抿紧了唇，说不上来自己心里是什么感受。

有恐惧。

人在这种情况下都会恐惧，就连孟沧浪也不例外。

不过除了恐惧，他还感到安心。

至少他做到了自己所说的，把其他人都送了出去。

虽说有沧浪剑之称，不过孟沧浪一直不认为自己是个天才。

有儒门君子剑之称的孟沧浪，小时候也是个赤脚踩在沙滩上，生活在小渔村里的平凡少年，机缘巧合之下，才进了崇德古苑，从一个平平无奇、皮肤还有点儿黝黑，说话带点儿口音的普通人，成长到了温良恭俭、谨慎知礼，拎出去能欺骗无数女修的少女心的崇德古苑大师兄。

孟沧浪付出的东西比常人要多得多。

崇德古苑作为修真界儒门高等学府，对门下弟子采取的基本上是放养策略，让弟子们自个儿去琢磨自己喜欢做啥。

一下课，其他同门都去玩的时候，孟沧浪就端坐在讲堂里看书。

每天天不亮他就起来练剑。

在不爱睡觉这一点上，他和乔晚基本上保持一致。

天赋不够，他就用努力来凑。

不过和乔晚不太一样的是，孟沧浪有天赋，不仅有天赋，还努力。经年累月之下，他终于把自己修炼成了一个学霸级别的凶残人物。

从引气入体到现在，这一路上他也遇到过不少凶险情况，也曾性命垂危。

每当这种时候，他都会告诉自己：再坚持一下。

青年嗓音清冽低沉："来！"

蓝色巨剑再次入手，剑光一荡，对准了这灯火深处的蜈蚣像。

接下来，是他一人的战斗！

灯火摇动中，那像牵出一丝笑容，再次转动胳膊，直冲了上去。

一片血花顿时飞溅开来！

方凌青惊叫道："孟师兄！"

他刚迈出一步，就被门口的结界给拦了下来，只能睁大眼看着青年挺直背义无反顾地冲向殿宇内最深处！

乔晚摸上了这一面已经恢复如初的结界。

理智告诉乔晚，她砸不开结界，但一定还有别的办法。

乔晚抿紧了唇。

三教论法会是三教弟子比试的一种途径，来的大多数是各教派中的精英弟子，修真界人命不值钱归不值钱，但也不可能这么残酷，或者说，以妙法前辈的性格，他不可能安排这么凶残的比试。

这中间肯定出了什么差错。

她要去联系前辈。

孟沧浪还被关在这里面，乔晚不敢浪费时间，立刻聚拢了神识，试图切回大号，结果刚一尝试，脑仁就"突突"直跳，宛如炸开了一般，疼得乔晚又吐出了一口血。

乔晚喘了一口粗气，立刻明白是怎么回事了。她在企图让神识入侵殿里那玩意儿的时候，受到了反噬。

她联系不上大光明殿的人，接下来还能怎么办？乔晚闭上眼，心乱如麻。

死里逃生，所有人都用尽了力气，靠在结界外喘着粗气。

回想起刚刚那血色相杀的场景，众人更是连连哆嗦。太可怕了，他们……他们不想再进去了，更不想再去直面那玩意儿。

方凌青失魂落魄地问："陆辞仙，你还能砸开结界吗？"

乔晚沉默地抿紧了唇，摇了摇头。她对自己的能力有数，这个时候再砸结界，无疑是浪费时间的。除了用神识，她还能有什么办法联系到大光明殿的人？

"渡生花，"刘辛文咳出几口血沫，虚弱地说，"渡生花。既然这场论法会的通关条件是渡生花，我们拿到渡生花，大光明殿那边的人肯定会和我们联系。"

既然他们联系不上大光明殿的人，那就让大光明殿的人主动和他们联系。

刘辛文眼神复杂："我相信，孟道友一定能撑到大光明殿来援。"

话是这么说，不过孟沧浪究竟能不能撑到那时候，刘辛文心里其实也没底。

看了一眼天色，刘辛文又咳出了一口血沫，继续说道："快了，渡生花估计就要开了。"

"那就兵分两路。"乔晚安排道，"一队人去找渡生花，一队人沿着'鬼市'原路返回，看能不能联系上大光明殿的人。"

正好经历了殿里那惊魂一刻，有不少人也不愿继续前进了。不过，在准备出发的那一刻，乔晚几个人又猛然发现了个问题。

他们的魂香不够！

之前在殿里光顾着怎么逃生，谁还有闲心在意什么魂香，什么论法会？

众人将身上的魂香凑齐了一数，除了丢在殿里的、被踩成两段的，统共只有三根。

不知道是谁咬着牙低骂了一声。众人看着面前残破的魂香，内心油然而生一股悲凉和荒谬的感觉。他们拼死拼活，就是为了这玩意儿，结果这玩意儿还只剩下了三根！这根本支撑不了他们这几个人去灯火乡。尤其乔晚还没来得及拿魂香，殿里那玩意儿就开始转动胳膊，宰杀人牲。她身上一根魂香都没有。

方凌青脸色微变。就这几根香，他也不相信在场的谁会心甘情愿地让出来。

"掰开吧。"人群中突然冒出一个沙哑的男声。

乔晚抬眼看去，开口说话的是个陌生的少年，少年脸上沾满了血。

他低头看着面前这三根沾了血的魂香，低声说道："掰开，一人一段，说不定我们还有机会。大家好不容易才逃出来的，这魂香理应由大家伙一块儿共享。"

"孟道友还等着我们，不能拖了。"

众人沉默了一瞬，过了半秒，陆陆续续有其他附和声响起。

"掰开吧。"

"对，孟道友还等着我们。"

乔晚抬头环顾了一圈儿面前神色各异的众人，每个人都脸色疲惫，身上鲜血淋漓。顿了顿，她果断把面前的香掰成了八份。

这样就够了。

王如意摆手道："我用不着这个。"她早死了，这魂香是给活人用的，她用不着。除了阎管事，这还是她第一次和这些修士凑这么近呢。

王如意新奇地看着面前这一切。她生前没灵力，全家人都没灵力，她每天就活在漂漂亮亮的后院里，早起给她娘请安，和她娘一块儿唾弃她爹新纳的姨娘，然后就弹弹琴、绣绣花什么的。后院虽然漂亮，假山假湖一概不缺，不过她看多了也寂寞。

她经常会登上后院池塘里的那艘石船，看着池塘里的水波想象着自己有一天真能乘船出海。她听说在很远很远的地方，还有修士的宝船能在天上飞。

要是不出意外的话，她这一辈子就是从她家后院那艘石头船换乘到她夫婿家后院的那艘石头船上了。不过她猜中了开头，却没猜中结尾，她这一辈子，其实是从她家后院那艘石头船上，换乘到了墙缝里。

一直以来都对修士抱着些说不清道不明的想象，如今一看，王如意心道：原来这就是修士啊，也会怕死。

就在这时，人群中突然传来一阵惊叫："陆道友，你的手腕……"

乔晚立刻低头看去，手腕上不知道什么时候多出了一只小手的图案，像婴儿的手那么大，小手如藕般圆润纤长。

方凌青一言不发地卷起袖子，看了一眼自己的手腕，也有这样的图案。

刘辛文也有。

在场所有人，除了王如意，手腕上都多了一只纤细、小巧、诡异的小手的图案。

一股死一般寂静的气氛，再一次蔓延开来。

"这……这是区分人牲和人类的标志吗？"一个少年血红着眼，"我们还没跑掉是不是？"

他们一个都没逃掉。众人眼前顿时浮现那趴在地上、嘴角含笑的诡异像。

"他"还会再来。

乔晚面无表情地撸下了袖子："走吧，去灯火乡，找到渡生花，向大光明殿的人求援。"

一炷香是两刻钟，香被掰成两半之后，意味着时间也被砍半，他们只剩下了一刻钟的时间。

不过在场所有人都默契地没提这件事，把魂香往身前一别，立刻出发前往灯火乡。

别好了魂香，乔晚抬头问王如意："如意，灯火乡怎么走？"

王如意拍胸："这儿我熟，我带你们去。"

丑时的"鬼市"比之前更加热闹。

灯火把长街照得通明，宝马香车，衣香鬓影，结伴而行的瓷妇子笑意盈盈，簪旁落了盈盈的灯光，还有骑着高大惨白的纸马游街的身影。

一行人刚往前走了没几步，一张笑容可掬的纸脸就突然凑到了面前。精神极度紧绷的众三教弟子往后退了一步。

"怎么了？"

"怎么回事？！"

这纸人做工精致，脸上的颧骨、眼皮甚至也被做了出来，颧骨上涂了浓重的腮红，眉毛的位置贴了两条黑黝黝的纸片。

纸人几乎把整张脸伸到了乔晚面前。

有过之前的经验，乔晚稳住了呼吸，面无表情地看着面前的纸人，和它对视。

过了一秒，也可能是两秒，纸人收回了身子，骑着白马又"嗒嗒嗒"地离开了，徒留众人愣愣地站在原地，后背冷汗直冒，再也不敢耽搁，麻利地继续往前赶去。

这还是乔晚第一次行走在一群鬼中间，环顾四周，那些鬼和人没什么不同，说说笑笑的。

人群熙熙攘攘，只有在擦肩而过时，她才能察觉细微的不同之处。

据王如意所说，灯火乡就在"鬼市"深处的悬崖上，渡生花就长在棺材里，登上山道，乔晚仰头就能看见山上几片浓重的黑影。

悬崖峭壁间，或吊着，或嵌着几口棺材，山道两边还有一座座荒坟。

方凌青愣了愣："棺材里？"

王如意指着面前的坟堆："准确地说，是长在死人身上。你们挖不挖？"

一想到要挖坟，在场所有人的脸色都有点儿僵硬，不过救人要紧，他们只能开始动手。

众人刨去上面的土，露出了下面湿软的泥，越往下刨，泥的颜色也就越深。

乔晚低头看了一眼自己的五根手指，不知道什么时候已经被血给浸透了。

刘辛文沉声说道："这是血。"

乔晚微微皱眉："继续。"

没一会儿工夫，他们就刨出了一口宽大厚重的棺材。棺材静静地躺在山道上，众人竟然还拖不动。用手拨掉棺材上的浮土后，刘辛文深吸一口气，脸色也有点儿发青。

他活这么大，就没干过这种挖人坟头的事！

伴随着"吱呀"一声令人牙酸的动静，棺材板终于被推开，露出了棺材里面装着的东西。

"怎么样？有吗？"

有殿里这前车之鉴，开棺的那一刹那，凡是在场的人，浑身都打了一个激灵，做好了和什么东西相杀的准备。

黑漆漆的夜里传来了刘辛文错愕的声音："没有。"

"怎么会没有？"

乔晚立刻凑过去看，棺材里空荡荡的。

这是具空棺！

"等等。"郑长清俯下身，伸手在棺材里面抹了一把，指腹上血红一片。

"这是血。"

棺材底下正有血缓缓地流出来。

郑长清喃喃道："既然这是具空棺，怎么会有血？"话还没说完，被推开一半的棺材板突然剧烈地震动起来。

乔晚大喊："不好！"

剑一·速杀！

剑光慢了一步。

棺材板宛如被什么东西给推了一把，"哐啷"一声，重新合了上去！弯着腰，半个身子探进棺材里的男人立即被棺材板腰斩当场。

"咚——"一声闷响，山道上的山风卷着一阵浓厚的血腥气吹过。

乔晚感觉耳畔仿佛掠过了一阵微风。

"后面有东西！"她大吼了一声，放出剑光！剑光瞬间照出了一双血淋淋的眼睛，那眼睛正直勾勾地盯着她。

"它"不知道在黑暗中潜伏多久了，就这么无声无息地看着乔晚和其他人。

乔晚压根没多想，反手一剑捅了过去。

"扑哧——"一声，一阵血腥气迎面扑来。

眼见同伴一个接一个地殒命，黑暗中，沾云峰弟子红着眼，崩溃地低泣出声。

"诸位道友，在下受不了了。这……这究竟是个什么鬼地方啊？！"

但这还没完。魂香在夜风中苟延残喘了两秒，那点儿深红色的微光突然相继灭了。

死寂的黑暗里，人的呼吸声瞬间被风拉得长而粗重。乔晚、方凌青、刘辛文众人默契地都没吭声。过了一两秒，一阵绝望的低泣声再次响起。

"在下……在下受不了了！"

话音刚落，乍亮的剑光照破了黑夜！剑光照出了一具血肉模糊、身穿铠甲的血尸，黑洞洞的眼眶立刻锁定了在场众人！

方凌青暗叫了一声不好，立刻出招把那道剑光给打偏了，剑光射入了一旁的山壁中。

"当啷"，像是有什么东西落在了地上。

"别动。"刘辛文低声怒喝道，"尽量都别用法术。"

这周围的"东西"比他们想象中的还多，不知道怎么回事，这些东西似乎只能感知到人的动作和强光。

魂香已经灭了，他们若用法术一照，不是明摆着放出信号叫"它们"过来开餐吗？

刘辛文："能找到渡生花吗？"

乔晚蹲下身，心脏狂跳，伸出手在地上摩挲，指腹滑过粗砺的石块儿，摸到了一个冰凉光滑的东西，方方正正，像是个玉牌，玉牌上还有字。

虞……宝成……玄雾宗……二十四年……

默不作声地记下了玉牌上的内容后，乔晚摸上了棺材。

呼吸一下一下被拉得很长，也很重，她的一颗心几乎快从嗓子眼里掉出来了，被夜风撩起的头发落在脖子上，微痒。

这周围不知道有多少东西在看着他们。摸着摸着，乔晚突然心念一转，尝试着铺开了神识，代替眼睛去"看"，在神识的帮助之下，终于在棺材壁上摸到了小小的一朵花。

渡生花是一朵火苗一样的橘黄色小花。

"找到了。"

乔晚把渡生花攥在手心里，靠着棺材壁费力地喘了一口气，这后果就是识海里像快要炸开一样疼，神识暂时也用不了了。

虽然疼，她也不敢耽搁，赶紧伸出哆哆嗦嗦的手指去摸怀里的玉牌。

方凌青摸上了怀里的断臂，哑声问："能联系上吗？"

玉牌上没任何动静。

乔晚耐心地等了一会儿，手上的玉牌还是没给出任何反应。

她的一颗心渐渐沉入了谷底。

"不行。"

方凌青怔怔地眨了眨眼，低下了头，舌根一阵发苦。

"如果顺利的话，窦道友他们这个时候估计已经出了'鬼市'。"刘辛文拍了拍方凌青的肩表示安慰。

窦道友，就是之前兵分两路，分出去的那一路之中的一人。

方凌青苦笑了一声，没说话。

"先回去。"乔晚抿了抿唇，"回去看看孟道友的情况。"

谁也不能确保黑暗里到底有什么东西，保险起见，他们只能摸索着慢慢往中间聚拢，再一块儿下山。在这黑暗环境里，一点儿细微的动静都被放大到了无限大。众人小心翼翼地摸索着慢慢靠近了彼此。

"人都齐了吗？"

"乔道友？"

"在。"

"方道友？"

"在。"

"王道友？"

王如意小声应道："在。"

"韦道友？"

"……"

刘辛文又重复了一遍："韦道友？"

"……"

周围一片死寂，没有人回答。

乔晚舔了舔发干的唇，握紧了剑。

过了一会儿，黑暗中传来了一个带着点儿哭腔的男声，像是从喉咙里扯出来的一条线。

"在。"

黑暗里众人微不可察地松了一口气。

刘辛文低声说道："跟紧了，不要掉队，大家一块儿下山。"

但越往前走，乔晚越觉得好像有点不对劲儿。

黑暗中映出了前方模模糊糊的轮廓。

刘辛文的背影好像比之前消瘦了不少，一身长袍空荡荡地套在身上，被风一吹，在风中猎猎作响。

乔晚屏住了呼吸，咬紧了牙，下意识地去找王如意。

随着风灌入山道，布料被风吹得紧紧贴着肌肤，凉意顺着肌肤一直渗入了骨缝。

乔晚低声唤道："如意。"

王如意反应很快，嗓音里还含着点儿安抚的意思："我在这儿呢，别怕。"

乔晚一转头，就见干尸睁着干瘪的眼球，关切地看着自己。

心脏体验了一把什么叫云霄飞车之后，乔晚面无表情地说道："叫上其他人，跟紧我。"

"刘辛文"还在前面领路。

虽然不懂乔晚是什么意思，但王如意顺着乔晚的视线往前一看，目光落在这空荡荡的袍子上，方凌青也顿时反应过来，白了一张脸。

刘辛文呢？

这要不是刘辛文，那从刚才开始，就走在他们前面的究竟是什么玩意儿？！

方凌青将目光投在乔晚身上。

乔晚无声地朝方凌青伸出手，比了个手势。

这是"三"。

方凌青咽了一口唾沫，也咬紧了牙。

乔晚伸出两根手指。

"二。"

一根。

"一。"

收起手，乔晚和方凌青一左一右一块儿冲了上去！

乔晚一脚蹬在男人的后背上，跃身骑上对方的脖子，双手捂住下颌使劲儿往旁边一扭。

"咯嘣！"一颗惨白如雪、眼眶黑洞洞的颅骨顿时转了过来，牙齿整齐，像是在笑……

这是一具骷髅，身上的肉都像是被什么利器给一片一片地刮干净了，只剩下了骨缝里细微的一点儿血红的肉。

方凌青胃里一阵翻涌。

乔晚倒吸了一口凉气，瞥了一眼"刘辛文"。

这的确是刘辛文没错，身上穿着的衣服、腰上的佩剑、头上的头发，每一处都和刘辛文一模一样。

"这……这……这是什么？"

此起彼伏的惊叫声响起。

"刘道友？"

坐在骷髅上的乔晚更觉得头皮发麻，余光一瞥，身后的草丛就像是被什么东西给压倒了，纷纷倒伏了下来。

草丛里有东西！有什么玩意儿追上来了！这东西速度极快，路边的杂草犹如多米诺骨牌争相恐后地奔向了几人所在的方向。

乔晚迅速从骷髅身上跳了下来，一把扣住王如意的手腕，再次怒吼出声："跑！"

一行人靠近山下时，远方"鬼市"的灯光隐约照亮了山路。

下山的路就在前方！

众人愣了一下之后，也都反应了过来，拔腿飞奔！

乔晚拽着王如意，一马当先地冲在最前面，耳边夜风"呼呼"掠过，跑得像是肺快要爆炸了一样，"呼哧呼哧"直响。丑时还没过，前面只有通往"鬼市"这一条路，但山上他们绝对不能再回去！

方凌青一手抄进怀里，捂住了孟沧浪的那条断臂，玩命狂奔！

山道两侧的棺材和树影飞速掠去。

一行人转过一条小路，路上不知道什么时候突然多出了一条送葬的队伍，人人头上戴着高高的白色纸帽，一队的马车，都载着一口厚厚的漆黑棺材，敲锣打鼓地在山道上走着。

乔晚当机立断，扯上王如意，跳上了其中一驾灵车，用力握住缰绳。

骏马焦躁地嘶声惊叫，乔晚用力拉过缰绳，掉转马头，落下了长鞭！身后那东西追得越来越快，越来越快，像匍匐在山道上的蜈蚣。

乔晚喊道："上来！"

方凌青一手搭上车辕，翻身上了灵车，怀里的断臂差点儿从衣襟里滑出来，吓得方凌青伸手捞住。

其他人也有样学样，抢了一驾灵车，翻身跳了上去。灵车左冲右突，冲破了送葬队伍，冲了出去！夜风像刀子一样割在脸上，方凌青趴在车上，惊魂未定地喘了一声，再次摸上了怀里那条断臂。

还好，孟师兄的胳膊还在。

王如意捂住被风吹得狂放不羁的头发，战战兢兢地问："我——们——要——去——哪儿？！"

乔晚目不斜视地直视前方，紧紧地握住了缰绳，身上被风吹得僵硬如冰，脸颊肉被风吹得抖个不停。

"下——山——"

灵车横冲直撞，义无反顾地朝着山下冲去。

方凌青被颠得七荤八素，扶着棺材板，眼往前瞥去。

车轮一半悬在山道上。

方凌青差点儿又被吓得打一个哆嗦："看路！看路！看路！"

身后，那东西追得越来越快，草丛中传来一阵"沙沙"轻响，方凌青头发顿时炸开了，有好几次，他甚至能感觉到后背微凉的触感。不仅如此，后面不知道什么时候还多出了一辆空荡荡的灵车，正朝着他们的方向飞速驶来。

方凌青微微咬紧了牙，坐直了点儿，喘了一口气，哆哆嗦嗦地念起诗来。

青年嗓音清润。书声琅琅，一束耀眼的光柱冲破了长夜。这光柱打在后面却不痛不痒的，方凌青偷偷地往后看了一眼，愣住。

草丛中的那玩意儿消失了？但后面那空无一人的灵车突然朝着他们这边撞了过来！骏马嘶鸣，车轮高高扬起，半个车身都被顶飞上了天，只剩下半边轮子还在运作。

方凌青被颠得怀里那半截胳膊也顺势飞上了天。

方凌青："师兄！"他不管不顾地扑了上去，虽然抓住了这半截胳膊，人也从灵车上滚落，重重地摔在了路面上。

脊背传来一阵火辣辣的疼意，他来不及察看伤势，身后"嗒嗒嗒"的马蹄声传来。

方凌青猛然回看过去。

那辆诡异的空无一人的灵车毫无缓冲之势，朝着自己压了过来！就在青年即将被碾成肉泥的那一瞬间，王如意手疾眼快地一甩长发，抄起方凌青往车上丢去。

"少女"脆生生地喊道："坐稳了！"

抱着孟沧浪的胳膊的方凌青："……"

灵车过了前面一个坎儿，又颠簸了一下，怀里的断臂飞起了小半截距离。

方凌青赶紧手忙脚乱地去接断臂。

孟师兄这断臂回头是要接上的，他绝不能让孟沧浪的胳膊交待在这儿！

乔晚勒紧了缰绳，把控住方向。

身后那辆灵车拖着副棺材，车上明明空无一人，却好像有人在驾驶一般，挤入了左边的山道。

山道下面就是悬崖峭壁，狭窄的山道上挤入了两辆灵车，顿时拥挤不堪。

乔晚抽空往左边看了一眼，扬鞭拍马，车尾一个倒转，朝左边猛甩了过去！

车身剧烈相撞，左边灵车避让不及，车身悬空，一头栽下了悬崖。

惯性导致身下的灵车也险些跟着一块儿"殉情"。

乔晚用尽力气往回拉，灵车一个惊险飘移，车轮"刺啦——"摩擦着陡峭的山路，轮下几乎擦出了点儿红色的火花。

王如意把自己拴在马车上，还特地绑了个乖巧精致的蝴蝶结，坐得稳稳当当的，独留方凌青扒着棺材，泪流满面。

崇德古苑"礼"字辈的弟子，方家嫡子，头一次体验到了某个遥远时空中"灵车飘移"这种惊险刺激的极限运动。

乔晚掉转车头，朝着"鬼市"的方向不要命地继续深入。

一到"鬼市"入口，方凌青、乔晚和王如意果断弃车而逃。

没了束缚，灵车一头冲向繁华的长街，一连撞到了十多个花灯架子，灯火拥挤地倒了一地，车驾四分五裂。四散的车轮突然变成了两三个正在戏火的小孩儿，"嘻嘻"地笑着跑了。

乔晚屏声静气，大气也不敢喘，顺手抄起地上散落的油布撕成两半，给方凌青和自己一人一半罩住，慢慢往后退。

退到一半，脚后跟好像撞到了什么硬邦邦的东西，乔晚喉口一涩，飞快地转过头看了一眼，是个凳子。

不知不觉间，他们几个人已经退到了一间小吃摊上。

就在这时，正在料理吃食的摊主似乎察觉到了这边的动静，抬起头朝这儿看了过来。

方凌青下意识地捂紧了怀里的孟沧浪的胳膊。

摊主是个笑意盈盈的女人，女人走上前笑道："几位客官也是来吃饭的？"

"怎么不坐？"

女人轻声说着，然后就袅袅婷婷地转过身，走回了那口大锅前。

大锅正"咕咕嘟嘟"冒着热气，女人娴熟地拿起漏勺……

经验告诉乔晚，这里面可能不太正常，但刚一转脚尖，身后大快朵颐、吃得酣畅淋漓的"食客"们似有所觉般纷纷扭头，眼睛静静地对准了这边的方向。

乔晚暗暗咬牙。

这时候女人已经端着个瓷白大碗走了过来，柔柔笑道："吃吧。这天太冷，吃点儿东西暖暖身子。"

这碗里的东西明摆着就不对劲儿。乔晚和方凌青坐在桌上，谁都没动。

女人目光紧紧地落在两个人身上："客人怎么不动筷子？是店里的菜不合胃口吗？"

在女人的注视下，乔晚摸上了筷子。

女人死一般的眼神，这才有了点儿细微闪动。

突然间，乔晚目光一凝，心脏好像瞬间停止了跳动。这里面有一片指甲盖大小的淡蓝色衣角，她依稀还能辨认出衣角上的水波纹样。

这一瞬间，乔晚也不知道自己是什么感受，喉口仿佛被什么东西给堵住了，胃里一阵翻涌。

女人催促道："客官？"

乔晚搁下筷子，一个暴起，掀翻了面前的桌子！

方凌青惊道："陆道友？！"

乔晚只给了个简略的回答："跑！"

虽然和这位"沧浪剑"接触不多，乔晚却莫名其妙地相信，这著名的"君子剑"下场绝对不会是这样。

女人惨叫着，迅猛地追了上去。

乔晚纵高跃低地跳上了屋顶，刚往前跑出一段路，一个急刹车，迅速趴在了瓦面上。

方凌青："怎么了？"

乔晚目光示意前面。

屋檐下面站着几个染血的修士。

那是善道书院的人！

乔晚果断把王如意的头摁在瓦片上，和方凌青悄悄躲了起来。

这是以郁行之为首的一行善道书院弟子，一个个脸色都不大好看，被一帮纸人团团围住，处境堪忧。

郁行之横剑挡在前面，脸色惨白，一只手捂住断了半截的胳膊，喘着粗气，冷冷地看着面前这些不能称之为人的"人"。

乔晚几乎一眼就看见郁行之身前的魂香已经灭了。

青年右半张俊美姣好的脸上，露出了点儿不要命的阴狠之色，粗声粗气地厉喝道：

"往回跑，回去找长老求援，别管我。"

站他身后的几个善道弟子闻言立刻哭了出来。

"郁师兄！"

"师兄！我们不走！"

"师兄！"

"还不快走？！"郁行之霍然扭头怒喝道，"难不成你们想全陪我折在这儿？！"

其中一个善道弟子擦泪："都到这个地步了，我们怎么好撇下师兄不管？"

"反正叶师兄他们都已经回去了。大不了我们就在这儿陪师兄一块儿死。"

几个善道弟子咬牙，亮出法器，走到了郁行之面前。

"我们善道弟子绝不会抛下任何一个同门。"

"卢山长也是，师兄你也是。"

目睹这一幕，乔晚抿紧了唇，一动没动。

但身边的王如意似乎僵住了，顿了一秒之后，惊讶地开口："他……他怎么长得这么像岳永呀。"

方凌青："岳永？"

王如意目不转睛地盯着浑身是血的郁行之："就是把我砌墙里的那个。"

"怎么会这么像？"王如意喃喃道，面前这修士不该是岳永。她记得，岳永也没灵力，要是他有灵力，也不至于当初贪图她那一份嫁妆。

就这一会儿工夫，那边的战斗也见了分晓。

善道书院的人几乎团灭，弟子的尸块散落了一地，郁行之修为更高，还能喘气儿，不过看着这一地的尸……不由得红了眼。

在这之前，这地上的东西都是他的师弟师妹。

郁行之咬紧了牙，阴郁俊美的一张脸扭曲至极，脸侧露出了点儿森白的颊骨。

死到临头，就算他不愿承认也不得不承认，他确实不如叶锡元，非但解决不了陆辞仙，他……他甚至保护不了同门！

就在这时，乔晚突然感到身后有一道利风袭来，忙拽起王如意滚出了攻击范围，回头看去。

那女人已经追了上来，女人牵着裙子，跑得极快，四肢扭曲得几乎不正常。

乔晚拽着王如意拔腿就跑。咦？没拽动？

王如意一动不动，目光落在郁行之的方向，突然甩动长发，在青年即将被吃掉的瞬间，把郁行之给卷了过来。

本已经做好赴死的准备，郁行之不言不语地闭上了眼，忽然间身子一空。

他再睁开眼时，却已经脱离了险境。郁行之愣了愣：有人救了他？他正准备开口道谢，眼里猝不及防地映入了一张干瘪的脸。

褐色的肌肤包裹着一颗姑且还算精致小巧的头颅，眼球深陷，颊边的皮松松垮垮的，偏偏身上穿了件红通通的嫁衣，脑袋上还斜插了一支金步摇。

这一幕实在太过惊悚。郁行之眉心一跳，立刻递出了手中的长剑。不过剑还没接触到""女尸""的胸口,就被另一道明亮的剑光打落。

郁行之惊愕:"陆……陆辞仙?"

还有……崇德古苑那个人?少年看都没看他一眼,拖着"女尸"的头发就跑!

"疼疼疼!"王如意嗲声嗲气地喊道,"陆道友我疼!"

郁行之的眼神有一瞬间的茫然。陆辞仙怎么会救他?他还没来得及多想,立刻察觉身后似乎有点不对劲儿。

一个人形的东西四肢扭曲,匍匐在地,狂奔而来。

郁行之未加思索,当即跟上了乔晚一行人的脚步。

周围都不是活人,而在不远处,有一座座洁白的高塔。

眼看跑是跑不出去了,乔晚和方凌青没多想,几乎同步冲进了塔里,一冲进这塔里,乔晚、方凌青、郁行之齐齐僵在门口,猛然发现这是尊塔。

塔里是四尊高大的塑像,分列左右各两侧,头几乎顶到了天花板,怒目圆睁。

这是此门殿宇内极度常见的"四大护世天王"。

白色的东方持国天王,手持琵琶;青色的南方增长天王,手持宝剑;红色的西方广目天王,手缠赤龙;绿色的北方多闻天王,手持宝伞。

察觉到来人,四尊天王像转动了一下眼珠,缓缓低下了头。

这一刹那间,漫天神佛皆化鬼。

他们是该往前还是往后?

天王像低眉俯瞰着塔中的"入侵者"。

方凌青口舌发干:"这……这都是什么玩意儿?"

四大护世天王从沉睡中苏醒,开始活动四肢。青色的南方增长天王抬起手臂,手中的宝剑朝着乔晚等人所在的地方压了下来。

泛着冷光的巨剑当头罩下!

乔晚跃身冲向了不远处的楼梯口,吼道:"往上!"

巨剑砍中地面,地砖绽开了道道裂缝,犹如莲花之上另一朵破碎的莲花,随着莲花一朵接一朵地绽放,整座塔也好像摇晃了起来。

乔晚一行人顺着楼梯玩命般往楼上狂奔!

楼梯层层向上铺展,合成九层宝塔,乔晚跑得胸肺俱裂也不敢停下,往上说不定还有一线生机。

郁行之受伤在前,大腿伤势深可见骨,拖着一条腿狼狈地往楼上跑着。

被陆辞仙这一伙救了这事,他就已经觉得足够丢脸了,而且看陆辞仙的样子,救他这事似乎还不是出自对方本意。

郁行之咬紧了牙,一声不吭,硬是拖着半截大腿跟在了乔晚等人背后。谁不想活命?就算再丢脸,这个时候他也得抱紧陆辞仙他们的大腿,苟且偷生。

"砰!砰!砰!"

楼梯下面传来一阵接一阵"轰隆隆"的脚步声,"四大金刚"迈动脚步,一步一深坑地追了上去。

在这危急时刻，乔晚反倒控制不住自己的吐槽欲了：这都是什么特摄片画面？

身后的四大金刚每走一步，楼梯就跟着震一下，楼梯上的乔晚、方凌青也跟着震一下，脚步齐齐一滑，差点儿抱团骨碌碌滚下去。

乔晚一脚踩上了第二层。

第二层中央背靠背端坐着的三尊塑像垂眸结印，面前香雾缭绕。

三尊塑像似有所觉地转过头，也动了起来。

乔晚刚冲入第二层，心里暗叫了一声不妙，跃过这三尊塑像，一鼓作气地往三楼爬去！

"别停！往上跑！"

方凌青紧随其后，一眼就看见了这三尊活动的像，心差点儿没从嗓子眼里蹦出来，只好咬紧了牙，埋头继续往上冲，心里也忍不住怀疑。

这到底是个什么鬼地方？！

郁行之眉头紧锁，一路目不斜视，扶着栏杆继续往上爬，拖在地上的大腿绵延出一条通红的血痕。

继灵车飘移之后，众人又在乔晚的带领下，玩起了后世一种名为"跑酷"的运动。

众人往上走，楼梯转角处的墙壁也被掏出一个一个龛，龛中安置着神态各异，或坐或卧的像。诸天"像"纷纷走下了，墙上的浮雕线条蠕动，也宛如活了过来。

第三层，第四层……

众人冲上第五层撞角，一把锋锐的巨斧从半空中劈落。

千钧一发之际，乔晚就地一滚，斧面擦着脊背劈过，尾椎骨掠过一阵刺骨的凉意，她偶一抬头，手执巨斧的"像"怒目圆睁，身后披帛随风而动。

楼梯不堪承受斧头落下的重量，"咔啦啦"寸寸崩裂。

跟在后面的方凌青和王如意瞪大了眼，看着面前这坍塌的楼梯，内心震撼不已。

乔晚抬脚用力一蹬，翻身跳上了像的肩膀，顺着后背滑下，朝着方凌青的方向冷声喊道："上来！"

拼了！方凌青咬牙闭眼，气沉丹田，一跃而上。

王如意比较容易，头发一甩缠上了乔晚的胳膊，越过还在坍塌的楼梯，"飞"了过来。

这时候，郁行之才刚刚转过楼梯拐角。

楼梯坍塌时飞溅的木渣和浓烟遮蔽了青年的身形。

被坍塌的楼梯挡住前路，郁行之脚步一顿。

他上不去了。

身后脚步声震天响，"诸天塑像"正朝着这边赶来。

乔晚眼睫一眨，虽然隔着缭绕的尘烟，视线还是和郁行之撞了个正着。

虽然她也敬佩郁行之愿意保护同门，不过立场不同，不趁机把郁行之给推下楼，就已经是她对这位善道书院师兄的尊重。

上册

至于救他，她还没这么好心，人毕竟总是护短自私的，既然她决定干翻善道书院，最好就别和敌人发展出点儿别的什么同生共死的"战友情"。

乔晚收回目光，转身提起脚步继续往楼上爬。

陆辞仙不愿意救他他毫不意外。

郁行之抿紧了唇，朝着楼下的方向转过身，拔出了剑，做好了和这塔里诡异的玩意儿决一死战的准备。

反倒是王如意往郁行之的方向看了一眼，甩出了头发。

"上来！"

青年愣了愣。

王如意催促道："看我干吗呀？你上来啊！"

谁都不愿意找死，既然这干尸愿意救他，郁行之也不啰唆，伸出手牢牢地扣住了面前这一把乌黑的头发。

王如意往前冲了两步，加速，硬是把这个大男人给拽了上来。

"疼，疼，疼。""女尸"揉了揉自己的脑袋，嗲声说道。

目睹"女尸"撒娇这么一幅惊悚画面，郁行之余光扫了王如意一眼，一言未发。

王如意双手扶膝，蹲在郁行之面前，歪着干巴巴的脑袋打量着他："永郎？"

这称呼在这种时候显得尤其亲昵，更何况还是由面前尊容惊悚的干尸喊出来的。虽然不知道面前这小干尸喊的是谁，但面对这么丑的干尸，郁行之也没任何攀谈的心思。

这小干尸或许是认错了人，才三番五次地救他，郁行之虽然冷淡，却也没否认，言简意赅道："多谢你的救命之恩。"

王如意不傻，立刻就捕捉到了青年眼里微不可察的嫌弃之色。少女若有所思地扯了扯脸皮："你这是嫌我丑吗？"

看着郁行之的脸，王如意坦言道："你比我还丑呢。"

话音刚落，面前的青年就僵住了。

这小干尸说谁丑？！

虽说他修为比不上叶锡元，但这张脸比叶锡元俊美了不止一倍。

说者无意，听者有心。

要说之前他还称得上俊美，经此一役，断了一臂，大腿缺了半截儿，引以为傲的脸也被吃了一半，露出狰狞血红的肌肉组织，他确实和"俊美"已经沾不上边。

郁行之狭长的眼里顿时戾气横生。

谁丑呢？！这干尸长这么丑，好意思说他丑？！

飞奔在一层一层的楼梯上，乔晚攥紧了手，心里默数：第六层、第七层、第八层……在冲到第九层时，乔晚一个急刹车，朝身后的方凌青比了个手势。

一头撞上少年宽厚结实的脊背，方凌青鼻子一酸，眼泪差点儿没飙出来。

陆辞仙这一身腱子肉，都怎么长的？然而接下来乔晚说出口的话，让方凌青抱紧了怀里的胳膊，如临大敌。

少年面沉如水："上面有人。"

听闻乔晚的话，方凌青和郁行之齐齐沉下心来，仔细辨认了一下。

第九层的确有一阵隐约的动静传来。

而这个时候，下面八层的动静，几乎已经淡到让人听不见了。

乔晚回头继续打了个手势，贴着墙壁一点点地往上挪了过去，然后靠在墙上等了一会儿，这才探出头，用余光往中央看。

中间也有一张案，不过足足有一丈长、半宽，案上躺着一个姑且算得上"人形"的东西。

在这后面站着个彩瓷妇人，手上拿着一把尖锐的刀，桌上搁着锤子、剪刀。

彩瓷妇人用手上的尖刀娴熟地……

"它"做得十分细致，做这件事的时候，动作活灵活现得就像个真正的"屠夫"。

乔晚脚尖一动，正准备回头去找方凌青，突然间，头皮上像落了什么东西。

风一吹，那东西在头顶轻轻荡过。

她抬眼一看，对象究竟是谁，几乎不言而喻。

快点儿——再跑快点儿——气喘吁吁地奔跑在往鸠月山的方向，青年神色几乎崩溃，泪流满面地哀鸣。

郑道友死了。

姚道友死了。

孟道友被困在殿里。

和他一块儿出来求援的窦道友也死了！

大家都死了！

青年一闭眼，脑海里全是那灯火深处，嘴角含笑的像。

"鬼市"，这根本不是论法会，这简直是场屠杀！他们……他们简直就是被圈养的猪狗！

"这不是道心宗的……赵道友？"

"这个时间，他不该在'鬼市'里吗？怎么出来了？"

远远看见来人，守门的光明殿弟子不明所以，惊讶地对视了一眼。

终于看见了大光明殿的山门，遥望不远处那一座座光雄浑耀眼的宝殿，赵霆双膝一软，脚下一个趔趄，一头栽倒在了山门前！

"快去……"赵霆抬眼，涩声说道，"快去找尊者！"

青年全身上下都是血，哆嗦着嘴唇，泪水夺眶而出。

"道友？！怎么了？道友莫急！"

赵霆低头喘息了一声，怒吼道："快……快去找妙法尊者！"话音刚落，一阵车轮碾压过地面的动静响起。

男人嗓音低沉而磁性："妙法尊者如今正在定忍峰下修行。"

赵霆愣了愣，男人端坐在轮椅上，身后站着个高大威猛、腰侧佩刀的汉子。

汉子抬眼，露出一张被毁容的脸，眼里泛着点儿令人胆战心惊的冷光，沉声说道："有什么事，不妨先讲给我一听？"

也就在这一瞬，身后楼梯上突然传来了一阵纷乱的脚步声，还伴随着几句零碎的人声。

"到了。"

"这就是顶层？"

原本在此处的彩瓷女人听到动静直直地抬起了头。

糟糕！

不好！

乔晚和方凌青心里一突，脑海中不约而同地浮现一个念头。

想跑已经来不及，两个人齐齐拔剑，一面注意前方的彩瓷女人，一面余光一起望向了背后的楼梯。

乔晚惊愕：这塔里难不成还有其他人吗？

与此同时，背后楼梯口突然转出了几道熟悉的背影。

方凌青目光一定："师姐……"

"谢道友！"

为首的两个人一男一女，都长得清俊美貌，赫然是谢行止和白珊湖，不过两个人看起来也都有点儿狼狈，身上都带了伤，衣服上血迹东一块西一块的。

而在两个人身后，还跟着几个明显被摧残到崩溃的三教弟子。

乍一碰面，两方人马都蒙了。

白珊湖脸色微变："小方？"

郁行之顿时一喜：谢行止和白珊湖！他们怎么会在这儿？有白珊湖和谢行止坐镇，这就意味着，他们说不定能逃出去！

但双方还来不及多交流，不远处的彩瓷女人却搁下刀，脸上挤出了个柔和的微笑，红艳艳的唇瓣一动，开了口。

乔晚和方凌青心里齐齐一惊：彩瓷人说话了！

"诸位道友，是第一次来'鬼市'吧？"

王如意眼一瞥，身边的郁行之肌肉也骤然紧绷！

女人眉眼可亲地笑了一下，像是没看见乔晚等人的紧张样子："跑了这么长时间，你们肯定也累了。"

女人轻声细语地指了指不远处的另一张小桌："不如坐下来喝杯茶，休息休息怎么样？"

在场众人包括乔晚和谢行止两方在内，谁都没动。

"不喝茶也没关系，"彩瓷女人冰冰凉凉地微笑，"这样吧，诸位道友，要和我打个赌吗？"

谢行止冷声问："赌什么？"

彩瓷女人笑容憨态可掬："就赌道友能不能救下我身后这批人，能不能出这座塔。"

随着彩瓷女人手轻轻一扬，身后浮雕像的墙壁突然开始"轰隆隆"转动，露出了几个血淋淋的铁笼，里面像关着几个人，铁笼上也刻着诡异的浮雕纹路。

方凌青瞳孔骤缩："师兄！"

铁笼里被关着的，赫然就有孟沧浪！

不过青年状态很不好，全身上下都是血，低垂着头盘坐在笼子里，众人看不清他的脸。

铁笼前点着一炷大概七寸高的香。

似乎听到了这边的动静，铁笼里的孟沧浪眼睫微动，微微抬起了眼，看见方凌青和乔晚身后的白珊湖、谢行止一干人等，微微一怔。

小方？

看见铁笼里的孟沧浪，乔晚的震惊程度不亚于方凌青。

孟沧浪的右腿好像也断了，一截白花花的骨头戳破血肉，直愣愣地"支"了出来。青年面如金纸，完全没了之前儒门沧浪剑的风姿，坐姿却还是一样端正有礼。

方凌青嘴唇一抖，惨白着脸，喉口滚了滚。

"赌局的规则很简单。"彩瓷女人笑着伸手指了指小桌桌面。

桌面上嵌着个轮盘，这有点儿像乔晚之前看到过的赌场轮盘，不过没有数字只有图案，图案大多数是长短不一的香，分了黑、白两色，当中还夹杂着几格形态各异的塑像。

女人拿起轮盘附近一颗圆滚滚的水晶球，说道："道友负责丢这颗水晶球，水晶球落到哪儿就算哪儿。"

女人挽起袖子，拨弄了一下轮盘，指着其中一格说道："如果水晶球落到了这一格，我就放一个人牲。"

这一格是个小小的坐着姿势的像图案，"他"什么也没拿，笑容温和。

乔晚目光微凝。

彩瓷女人："如果水晶球落在了这一格……"

"相应地，那我会按照图案指示惩罚。"彩瓷女人说道，"当然，道友要是想代替自己的同伴受难，我也并无异议。"

"看见他们身前的香了吗？"彩瓷女人说道，"那炷香有七寸。"

女人继续拨弄面前的轮盘："倘若水晶球滚落在这炷长一寸的白色香上，那我会为他们加上一寸香，这炷香就是你为你的同伴争取的时间。倘若水晶球滚落在这炷长一寸的黑色香上，那我就会为他们剪去一寸的香。"

"如果道友运气足够好，凑齐了十二时辰，我就会放了他们。"

"道友如果运道不利，导致你的同伴面前的香被剪完了，"女人看向不远处那张血迹斑驳的长桌，"那我就杀了他们。"

"生死如何，但凭轮盘做主。"彩瓷女人莞尔笑道，"诸位道友要和我赌一场吗？"

"这儿有两颗色子，你们当中谁投出了最大点数，谁就上来和我赌一场。"

"怎么样，诸位道友，是赌还是不赌？"

郁行之冷声说："我们凭什么要跟你们赌？"

就在这时，乔晚突然开口："我和你赌。"

郁行之难以置信地瞪眼："你当真要和她赌？"

这赌局明摆着就对他们不利！

乔晚没吭声。

被不加掩饰地忽视，郁行之脸上有点儿挂不住，冷笑道："你们愿意找死那是你们的事，恕我不奉陪。"

乔晚看了郁行之一眼，心里也明白他的担忧。

在这人生地不熟的地方，他们若贸然入局，遵循别人的游戏规则确实作死，但这未尝不是他们的机会。

乔晚抿唇，心里特别清楚：他们已经没机会了。她一人答应了不算数，乔晚转头征询方凌青和王如意的意见："小方、如意？"

方凌青目光几乎快粘在孟沧浪身上，过了好一会儿，才点了点头。

"诸位道友想好了没？"女人笑容可掬地伸出手，指了指孟沧浪身前那一炷香，"这时辰可不等人。"

乔晚顺着方凌青的目光看去，和孟沧浪的视线正好撞了个正着。一片静默中，青年目光清澈坚定，缓缓地无声朝着他们这边点了点头。

乔晚几乎瞬间就明白了孟沧浪的意思。他这是选择将生死托付在他们手中。耳畔同时传来了方凌青和王如意的声音。

"赌。"

"我赌。"

白珊湖攥紧了手，也上前一步，眉眼冷肃地说："我们也赌。"

郁行之立刻就变了脸色。

一群疯子！

奈何人在屋檐下不得不低头，少数服从多数，就算他心里千百个不乐意，被绑上了同一条贼船，这也是铁板钉钉的事实。

女人嘴角立刻绽出了一丝笑意："那开始吧。"

色子一阵闷响，落在桌面上。

方凌青：五点。

王如意：八点。

郁行之：六点。

谢行止：六点。

白珊湖：九点。

…………

乔晚上前一步，握紧了手心里的两个色子，感觉微凉，不知道用什么做的，还有点儿硌手。

乔晚：十二点。

两个色子，两个刺目的六点瞬间跳入眼帘。

乔晚愣了愣。

不……不是吧？

彩瓷女人笑容憨态可掬："恭喜这位道友，开始吧？就先从那断臂的儒修开始怎么样？"

乔晚将目光落在转盘的这一排排数字上，心跳如擂鼓，手心也忍不住冒出了点儿薄汗。

自己的脸到底有多黑，乔晚心里十分清楚，前世还是个死宅大学生的时候，抽卡永远都是R（R卡，比较稀有的卡片），十连抽下去毫无反应。

乔晚刚往前走了一步，身后的方凌青突然出声。

"陆……陆辞仙？"

乔晚回头。

方凌青微微咬牙："别怕，你尽管上。"

郁行之冷笑。

方凌青深吸了一口气，继续说道："不论结果如何，我们都不会怪你。还有孟师兄……"他扭头看了一眼孟沧浪，"孟师兄也不会怪你。"

王如意也赶紧眨了眨眼："陆辞仙你别怕，要是他们死了，我大不了再求求阎老板嘛，反正阎老板那儿埋了一堆死人，也不缺这几个。"

一堆死人？

敏锐地捕捉到了王如意话里的不对劲儿之处，然而现在不是刨根问底的时候，乔晚只能按下心头的疑惑，朝方凌青和王如意道了声谢，目光忍不住又落到了孟沧浪一干人身上。

这一干被绑得东倒西歪的三教弟子个个脸色惨白，还是抖着嘴唇，哆哆嗦嗦地朝乔晚点了点头。

孟沧浪眼里隐约有鼓励之色。

不论是谁，背上十多条人命心里都不好受，这份信任对乔晚而言太沉重，但投出十二点的，的的确确就是她。

乔晚闭上眼，心里没底。

人心里没底的时候基本上都会求助于神佛，就算乔晚也不例外，不过考虑到这一塔的邪神，乔晚想了想，眼前立刻浮现妙法尊者那张庄严的脸。

乔晚："……"

那她就只能请前辈保佑了。

默默向远在大光明殿的妙法鞠了一躬，乔晚定了定心神，睁开眼拿起了旁边的水晶球。

彩瓷女人微笑："请道友打珠。"

水晶球在轮盘上骨碌碌滚动，快得犹如一道残影。

方凌青忍不住"咕咚"一声咽了一口口水。虽说前脚还在心里破口大骂，但赌局一开，郁行之也忍不住往这轮盘上瞥。

谢行止皱眉，对陆辞仙能不能赌赢，心里也没多少把握。

水晶球一路滚过。

白色二寸线香。

手指。

黑色三寸线香。

坐着姿势的像。

黑色五寸线香。

…………

"咚——"

水晶球稳稳地落在了其中一个格子内。

这是……

王如意忍不住睁大了眼。

黑色三寸线香。

女人笑容不变："黑色，三寸。"

说完，她拿起了剪刀。

孟沧浪面前的七寸香立刻被剪去了一半。

青年一身血污，正襟危坐，脸色不变。

乔晚面色不改："继续。"

"咚——"

彩瓷女人拿起刀，走到了孟沧浪面前。

"伸手吧。"

孟沧浪脸色还是没什么变化，坦然地伸出了剩下来的那条完好无损的胳膊。

乔晚和白珊湖异口同声地喊道："等等。"

白珊湖冷眼看向彩瓷女人："你刚刚不是说能代为受过吗？"

孟沧浪终于略微局促地开了口："赌局有输有赢，有得有失，师姐不必顾及我。"

白珊湖清艳的脸上露出了点儿倨傲之色，眉眼沉郁："你是剑修，我是法修。剑修的手伤不得，不过一根手指，我还赔得起。"话还没说完，她耳畔突然传来"哐啷"一声巨响！

王如意惊叫："陆辞仙！"

离王如意最近的郁行之愣了愣，循声看去，只看到陆辞仙面无表情地站在长桌前，右手提着刀，少年的左手有血顺着切口流了下来，滴滴答答地落在了地砖上。

乔晚恍若未觉，也没看其他人震惊的目光，抬头哑声说道："继续。"反正她这是小号，报废了这一个，大不了换回大号继续走跳。

王如意晃了晃身体，突然往郁行之旁边倒去。

这张能让小朋友做噩梦的脸冷不防地撞入眼底，郁行之心口一滞，立刻拧眉怒道："姑娘自重！"

王如意一把扶住郁行之的胳膊，结结巴巴地说道："扶我一把，我……我有点儿腿软，我怕。"

方凌青一时失语，脑子里转了几转，最后对上少年那张冷冷清清的脸，只化为了一句话：陆辞仙可真是个铁血真汉子。

彩瓷女人莞尔："赌局，继续。"

乔晚看也没看左手，继续打珠。

水晶球滚落，彩瓷女人莞尔："黑色，一寸。"

孟沧浪微微颔首，目睹自己面前的线香又被剪去了半截，只剩下可怜巴巴的小半段。

彩瓷女人淡淡地说道："黑色，二寸。"

随着剪刀起落的声音响起，至此，孟沧浪面前的线香只剩下了约莫一寸长短。

乔晚眼睫微颤，内心深吸了一口气，只有一次机会了，要这一次还这么运气差，那孟沧浪估计就是第一个被她脸黑拖累死的倒霉蛋。

虽然说了不怪乔晚，但是眼看着这线香被剪短，方凌青心里也忍不住打起了小鼓，惊愕地想着：陆辞仙这是什么狗屁运气？

乔晚握紧了水晶球，不由得看了孟沧浪一眼。

四目相接，孟沧浪披散着一头血染的长发，端坐在笼子里，目光依然含着点儿淡淡的鼓励之色。

他当然也是怕死的，孟沧浪沉默不语地看着铁笼，但他要是死在这儿，是天意，是他孟沧浪今日合该殒命于此，这与陆辞仙无关。人命的担子太重，不该由陆辞仙背起。

所以就算怕死，他也想尽量让陆辞仙放心。陆辞仙和小方一样年轻，容易剑走偏锋。

崇德古苑的诸位长老就说过他性格太过平和，少了点儿年轻人的锋芒。不过孟沧浪自己觉得这没什么不好，少年爱冲动行事，钻牛角尖。他看得开，心里坦荡无挂碍。

目光相接的刹那，乔晚从孟沧浪的眼里看到的是：陆道友尽管放心一搏，就算今天殒命于此，我也绝无怨怼之心。

乔晚抿唇，目光炯炯有神：我不会让你死的。

少年的眼神太过坚定明亮，仿佛一往无前、破开血色迷雾的明锐刀锋。坐在铁笼里的青年浑身一震，心突然漏跳了一拍，随即涌上了点儿莫名其妙的暖意和信任感。

乔晚将目光转回轮盘，心里开始琢磨现在就掀了这轮盘的可行性。

水晶球落入轮盘中，谢行止不动声色地立刻按上了剑。

如果有意外，他就掀了这赌局，把孟沧浪等人给抢出来！

水晶球在轮盘上飞速前进！

王如意忍不住掐紧了郁行之的胳膊，五指深深陷入了青年的胳膊里郁行之也没察觉,他紧皱着眉注视着轮盘的方向,虽然不乐意承认,但还是忍不住关注。

方凌青默默捂紧了点儿怀里的胳膊:尊者在上,一定要保住孟师兄啊!

伴随着水晶球一路行进,落入格内,彩瓷女人低头看了一眼,抬头莞尔一笑:"白色,三寸。恭喜这位道友。"

谢行止按剑的手松了一些。

方凌青长舒了一口气,差点儿蹦出嗓子眼里的一颗心重重回落。硬生生按下当场给乔晚下跪的冲动,方凌青忍不住多看了乔晚一眼。

乔晚心里也骤然一松,成了!活了这么多年,她从来就没这么紧张过。

彩瓷女人:"赌局继续。"

接下来的这几局赌局,乔晚简直犹如一路开挂。

"咚——"

"白色,二寸。"

"咚——"

"白色,五寸。"

…………

不过好运气终究有结束的时候。

"咚——"

彩瓷女人抬眼,意味不明地微微一笑……

谢行止沉声开口:"我来。"

乔晚摇摇头,自顾自地拿起了桌上的刀,突然,一只纤细修长的手快她一步,拦在了她面前。

白珊湖微微偏头,乌黑的眼里透着股摄人心魄的冷静气息:"让我来。"

乔晚抿了抿唇:"还是让我来。"

白珊湖乌发如云,虽然沾了一身血,但依然没掩盖其眉眼的清艳气质。她冷声质问:"为何要拦我?"

没等乔晚回答,白珊湖冷声反问:"就因为你是男人,我是女人?"

白珊湖冷笑:"女人不需要你们保护,你们能做的事,我也能,我甚至能比你们做得更好。"说完,她抢在乔晚和谢行止之前,毫不犹豫地拿起刀。

白珊湖紧握着手里流血的小指,冷冷抬眼环顾了一圈儿四周,怒喝:"如今你我都被困在了这鬼地方,这时候还要计较男女之别吗?"

女人乌发及腰,白纱紧裹着窈窕身姿,披帛无风自动,目光傲岸,一身傲气,瞬间碾压四周一干性别为男的修士。

"我是法修,你们剑修的手远比我这手用处大。"

塔里的人安静了一瞬。

方凌青哑口无言,忍不住苦笑。

他这个表姐从小就好强,所以才能以一个姑娘的身份跻身于孟沧浪、谢行止之列,硬是能和谢行止打个平手,偶尔还能略胜他半招。

赌局继续。

彩瓷女人拨弄了一下轮盘，接下来又得牺牲……

被白珊湖这么一震，话音刚落，立刻就有几个修士相继站了出来。

少年鼓起勇气，结结巴巴地说道："这次就让我来吧。"

"我是兽修，脚这玩意儿，就算少一只也没事。要是运气好，我出去之后也能重新将脚接上。"

"让我来。"一道低沉的男声突然插入。

乔晚扭头。

郁行之目光沉郁地说："让我来。"

乔晚："你？"

郁行之扭曲的脸上笑容凉薄讥讽，眼睛眨也没眨，他拿起了桌上的刀！

"砰！"

郁行之丢了手里的刀，脸色扭曲，连连粗喘着气，冷笑道："怎么？你们能动手，我就不能动手？"

反正就算他能出去，他这条腿也废了，倒不如趁这机会做个人情。

郁行之退回了人群中，一屁股瘫倒在地，闭上眼半天没吭声。

在这之前，曾经与他并肩作战的同门，他一个都没救回来，也一个都没护住。

郁行之的喉咙干涩得几乎冒血：那……那都是他朝夕相处的师弟师妹们哪……

他知道陆辞仙不待见他，正好他也不待见陆辞仙，他真是鬼迷心窍了才会主动一次。或许是他们争相牺牲的样子让他想到了他的师弟师妹，其中原因，谁说得清呢？

乔晚张了张嘴，低声回道："多谢。"

郁行之冷汗涔涔地捂着血流不止的脚踝，移开了视线，喉结滚了滚："你尽管去做。"

一道女声在头顶响起："你没事吧？"

郁行之冷冷地抬起眼皮。

王如意蹲在他面前，眼神复杂，伸着手小心翼翼地问："要不，我帮你包一下？"

也不等郁行之反应，她动作利落地扯下一块儿布，匆匆替他把脚包上了，还顺便打了个蝴蝶结。

看着脚上这迎风招展、清丽脱俗、丝毫不妖艳做作的蝴蝶结，郁行之沉默了片刻：这小干尸的审美怎么和那传说中的昆山乔晚一个德行？

王如意："喏，好了。"

虽然他也不待见这小干尸，但这小干尸毕竟帮了他好几次，郁行之抿紧了唇，过了好半天憋出了一句话："多谢。"

该做的事他都已经做了，摸上脚踝上这只蝴蝶结，郁行之深沉地想，接下来就看陆辞仙还能转出个什么东西了。

"白色，三寸。"

"黑色，二寸。"

"白色，四寸。"

"……"

这次站出来的是白珊湖身后的另一个少年。

松开刀，少年疼得话都说不利索，饶是如此还是看向了乔晚："陆道友，尽管放心继续，天塌下来还有我们撑着呢。"

乔晚垂下眼，说不上心里是什么感受。

"……"

方凌青上前一步："这次换我来。"

"……"

王如意眨了眨眼："我……我也来。"

"白色，五寸。"

"白色，六寸。"

"白色，三寸。"

"白色，八寸。"

…………

她虽然运气挺差的，但还有许多人不计较、不埋怨，站在她背后无条件地支持她，硬生生地扭转了赌局。

人命的担子太沉重，所以他们选择和她一起扛。

彩瓷女人脸色不变地笑着从袖中摸出了一把精巧的黄铜钥匙，打开了铁笼前的黄铜大锁："恭喜这位道友，你能回去了。"

乔晚在看清女人手里拿着的钥匙之时，呼吸几乎停滞。

笼门被打开，孟沧浪却还是端正地坐在笼子里，没出来的意思。

方凌青唤道："孟师兄？"

孟沧浪沉着地问："我这机会，能否与他人交换？"

彩瓷女人："道友想与谁交换？"

孟沧浪将目光落在身后一间铁笼上，笼子里的男人几乎已经不成人形。

"我想与刘辛文道友交换。"

刘辛文！那是刘辛文？！他没死？！

笼子里那几乎就是个血人，让人看不清眉目，但众人依稀能看清他目前的惨状！

孟沧浪合眼：他还撑得住，但他后面的道友不一定撑得住。

保护弱小，这是他的道。

彩瓷女人闻言看向乔晚："道友想要换，还得先征求这位道友的同意。"

乔晚突然出声："孟道友，我不换。"

乔晚目光灼灼，一字一顿地说："我不换。"

孟沧浪愣了愣，过了好一会儿，微怔的神情终于有了点儿松动，青年缓缓点了点头，也没勉强。

这本来就是陆辞仙赢得的机会，他的确没有资格逼迫陆辞仙同意自己与刘辛文交换。

孟沧浪扶着铁笼，摇摇晃晃地站了起来："抱歉，让陆道友为难了。"

方凌青立刻上前去扶："师兄，你没事吧？"

孟沧浪拨开方凌青的手，脊背挺立地站直了："小方，我没事，劳你多加担心了。"

郁行之抬起眼皮。

这位崇德古苑的君子剑就算身处险境，狼狈不堪，到了这个地步还要保持自己的风度吗？

站稳之后，孟沧浪不由得将目光再度投注到了乔晚身上，心里有点儿疑惑，不由得沉思。

虽然和陆辞仙接触不算深，但他也算有了点儿了解对方，陆辞仙这么做肯定有其道理。陆辞仙他到底想干什么？

战力。

谢行止目光定定地落在前方，几乎不用想，瞬间就明白过来乔晚到底想干什么。陆辞仙在最大限度地争取用得上的战力，自始至终，她只想看清彩瓷女人的钥匙在哪儿，争取放出孟沧浪，然后掀了这赌桌！

孟沧浪浑身一震，心念一转间，眼神清明，瞬间了悟。

他明白了！他明白了陆辞仙究竟想干什么！

赌局再一次开启。

"黑色，三寸。"

"白色，一寸。"

"黑色，四寸。"

"黑色，两寸。"

剪去了刘辛文面前的最后一截香后，女人柔柔地微笑道："道友，这一局你输了。"

"道友如果不介意，"彩瓷女人走到铁笼前，像拎一只待宰的羊羔一样将刘辛文从笼中提起。

被"拍"在长桌上，半张脸贴在案板上，刘辛文费力地睁开了眼。他还有意识，还能听见刚刚发生的对话，听见了陆辞仙那声斩钉截铁的"不换"。

他已经说不出话来了，刘辛文喉口"嘀嘀"作响，血腥味儿翻涌。刘辛文眼睫一动，"呼哧呼哧"地喘了一口气。

虽然陆辞仙驳回了孟沧浪的要求，但他没怪陆辞仙的意思，他甚至庆幸，庆幸陆辞仙驳回了孟沧浪的要求。如果不是之前在殿里他太冲动，孟沧浪也不至于为了救他断了一臂。他自负自己好歹也算得上是一条汉子，比起欠人人情，苟且偷生还不如光明磊落、畅畅快快地死。

刘辛文抬起光秃秃的眼皮，望向乔晚的眼里也有鼓励之意，甚至含着一丝淡淡的谢意：陆道友，多谢。后面的赌局你尽管放手一搏。

彩瓷女人拿起了尖刀，朝众人笑了一下，就在这刀起刀落的一瞬间，一道黑，一道蓝，两道剑光如镖般回旋而出！

玄铁重剑和沧浪剑几乎同时出鞘！

两条如海波般熠熠生辉的披帛抽出，一条卷走了女人袖中的钥匙，一条卷走了刘辛文，抱着刘辛文往后连退了几步。白珊湖冷喝道："接着！"

方凌青稳稳地接住刘辛文，麻溜地退出了战圈，将手里的钥匙丢出："接着！"

王如意提起嫁衣裙摆，腾空而上，一口咬住了钥匙，直奔铁笼！

白珊湖的"照海带"消耗为主，孟沧浪的沧浪剑合成海波之势，困杀为主，一来一往间，"照海带"如同一条白浪穿梭海面，忽上忽下，忽左忽右，配合涛涛海波，把彩瓷女人给咬死在了十步之内。

孤剑出鞘，一剑当空刺入。

谢行止眉目冷厉肃然至极。

这一剑犹如穿越乱波，翻涌百里巨浪，掀起千丈浪涛。

三人合招，这是何等惊艳的剑招，看得在场所有人都忍不住发愣。

不问鬼神，问苍生。

彩瓷女人眼珠转了转："你……你们……"

乔晚也动了，飞身上前一把抄起面前的女人，沉声说道："虽然这世上装神弄鬼的多，但你别看轻了人。普通人的力量远比你想象的强大。"说着，她将手里的彩瓷女人朝着地面抡了下去！

"砰！"

一声脆响后，彩瓷女人落在地上，眉目五官、四肢躯干瞬间四分五裂，散落了一地。

乔晚率先看了一眼顶楼外的栏杆，怒喝道："走！"

"走？"

郁行之百忙之中赶紧咬牙问："去哪儿？！"问完，郁行之自己也蒙了半秒。什么时候开始他竟然听起陆辞仙的命令了？

虽说这边刚解决了彩瓷女人，但下面那么多鬼怪，他们能往哪儿躲？

乔晚马不停蹄地往楼下冲去："去楼下！"

"陆辞仙，你疯了！"郁行之怒喝，"下面这么多……"

这话还没说出口，郁行之突然福至心灵，心里"咯噔"一声！

不对！他是丑时二刻进的"鬼市"，丑时三刻灭了魂香，四刻碰上的陆辞仙，到现在一场赌局下来，看外面的天色，已经是寅时了。

丑时已过。

没等乔晚开口，孟沧浪沉声说道："有这一场赌局拖时间，如果在下没算错，这个时辰楼下的东西早该散了。"

原来是这样……

王如意目瞪口呆，当下拽起郁行之转身紧跟乔晚的脚步！

冷不防被人拽上手，郁行之眉心一跳，怒道："放我下来！小干尸！听见没！放我下来！"

听完这话，所有人也不再耽搁，缺胳膊断腿的人你扶我一把，我背你一截，顺着楼梯狂奔。

回大光明殿！他们要回大光明殿求援！

丑时已过，漫天"塑像"皆归位。

塔中一片安静，只剩下一堆散落的石块和剥落的彩漆。

六层、五层、四层……

三层、二层……

层层楼梯从眼角掠过被甩在脑后，乔晚一路跑得口干舌燥，连同众人终于冲到了塔底。

四大天王，披帛高高扬起，手执法器，怒目圆睁，居高临下地俯视着塔里的众生。

某少年捂着血淋淋的断指，难以置信地瞪圆了眼："我们……跑出来了？"

他们出来了！他们靠自己的能力出来了！

劫后余生的庆幸情绪瞬间涌上心头，方凌青一屁股往地上一瘫，颤巍巍地伸手往怀里掏，把那半条胳膊举到了孟沧浪面前。

"师兄，我把你的胳膊带回来了。"

孟沧浪顿时惊了，目光震惊又困惑："小方你……"他似乎也没想到方凌青竟然还惦念着自己的这条胳膊。

过了片刻，孟沧浪郑重其事地接过了方凌青手里的胳膊："小方，多谢你。"

方凌青摆了摆手。

任务完成，他累得再也说不出一个字。

方凌青颤巍巍地举起手里的胳膊，其他人才猛然想起自己身上好像也缺了点儿什么东西。

他们出来了，虽然缺胳膊断腿的，但好歹出来了不是？

也不知道是谁先笑了一声，紧跟着乔晚也笑了，王如意和方凌青龇牙咧嘴地挠了挠头。

孟沧浪莞尔，白珊湖和谢行止微微抿唇，眼里也露出了点儿笑意。

郁行之摸上自己的左腿，脚踝以下空空荡荡的，摸着摸着，也扯着嘴角低低地笑了一声。

一帮战损和残疾人士站在四大天王像下，笑意越来越浓，笑声越来越大。

笑声中，孟沧浪迈步上前："陆道友。"

乔晚礼貌行礼："孟道友？"

"这个给你。"孟沧浪拘谨地从袖子里摸出了块白白净净的手帕。

"这手帕一直藏在我的袖中，没有染上血污。"孟沧浪低声说，"道友拿去包扎吧。"

察觉孟沧浪落在自己小指上的目光，乔晚也没推辞，接过手帕，礼貌地道了声谢。

孟沧浪："举手之劳道友不必言谢。今日得以逃出生天，还要多谢谢陆道友急智。"

颔首示意之后，孟沧浪就坐回了方凌青身边。

"走吧。"把手帕缠到小拇指上后，乔晚轻声说道，"去找大光明殿的人求援。"

这一路上，所有人走得都很快。

过了丑时的"鬼市"，比之前冷清了不少。

乔晚走在王如意身边："如意，你之前说的阎老板店里的死人是怎么回事？"

"你说这个呀，阎老板店里藏了不少死人，不过他们都不爱出来，我也基本没怎么见过，只前几年才见到这么一次。"

"穿着盔甲，生前像是个修士。"王如意挠了挠头，思索道，"阎老板很重视他们，说那是他的战友，他攒那么多钱，就是为了能好好翻修客栈，让他们住得舒服点儿。"

听王如意这么说，阎世缘倒不像是反派？乔晚疑惑。

但乔晚再问下去，王如意就不知道了。

现在最重要的是先赶回大光明殿，所有人都很疲惫了，阎世缘和他那间客栈的古怪事情，最好还是交给专业的人处理。

王如意忽然扯住了乔晚的衣袖，面露局促之意："你们……你们是不是要走了？"

对上王如意干瘪的眼球，乔晚愣了愣，旋即反应过来。

他们走，王如意肯定不能和他们一起走，更不可能一起回大光明殿。

王如意只能长长久久地待在"鬼市"里。

"少女"撇了撇嘴，想哭，眼里却流不出一滴眼泪来，只能就这么干巴巴、直愣愣地看着乔晚。

"我……我舍不得你。"王如意结结巴巴地说道。

"我……"乔晚沉默了一瞬，片刻之后深吸一口气，郑重地说道，"我会来看你的。"

她知道的，她拦不住。王如意扁着嘴，其实在这几百年的时间里，在"鬼市"里看着人来人往，早就习惯了。"少女"耷拉着脑袋，乖乖地垂着眼，揉着袖子，宽大的嫁衣套在小巧的身体上，空荡荡的。

还没等乔晚开口，突然间，不远处的街口传来一阵隐约的马蹄声，伴随着马鸣、悠悠号角、金铁相交的杀伐声和喊声。

仓促间，乔晚和王如意都在彼此脸上看到了震惊之色。

"怎么了？"

郁行之一口气差点儿没喘上来："这是怎么回事？"

又出什么岔子了？

"嗒嗒"的马蹄声越来越近，渐渐汇成了雷鸣般的轰隆巨响。尘沙飞扬，众人远远只能看见一面面破损的战旗在夜风中猎猎作响，火把照亮了昏黄的夜市，无数颗人头晃动，浩浩荡荡的军队从街口缓缓走来。

"这是……"

乔晚睁大了眼，脑子里下意识地蹦出一个名词："阴兵借道"？

还在大宁村的时候，乔晚就听说传说过，碰上了一定要让开，不能用眼睛看。

但转眼之间，浩浩荡荡的"兵"就已经逼近眼前，虽然不知道这"鬼市"里幻化出来的"阴兵借道"是不是也和乡野传闻中一样，但这些"兵"速度极快，眼看跑不掉了，乔晚还是低喝了一声："先闭眼！"

众人一闭上眼，其他感官也随之变得更加敏锐。

马蹄声越来越近，浩荡"兵"裹着冲天怨气，井然有序地穿过了长街。

乔晚僵立在街心，能感觉到有什么东西擦着肩膀走了过去，怨气、凉气扑面而来。

马嘶和着人临死前惊恐的尖叫声在耳畔回响。

乔晚手脚冰凉，好像跟着坠入了一个血腥杀伐的古荒原战场里，夕阳西下，荒原上尸横遍野，战场上硝烟被狂风一吹，呼啸而过。

有个高大的背影伫立在夕阳下，青袍白履，浑身浴血。

这个背影像极了她在不平书院的汗青卷上看到过的前任山长。

不知道为什么，就在这一刻，有一股强烈的念头突然涌上了乔晚的脑海。

那个念头一直在说：睁开眼，看一看，就看一眼，只看一眼。

在这股念头的驱使之下，乔晚头痛欲裂，神情恍惚地睁开了眼。

她一睁眼，正好撞见了一辆辎重车路过，车上拉的全是一箱一箱紧闭着眼的人⋯⋯这是之前一道进入"鬼市"的三教弟子！

乔晚喉口滚动了一下，刚好和一个"兵"擦肩而过。

"当啷——"

擦肩而过的瞬间，对方腰上挂了什么东西，在夜风中轻轻晃了晃。这是面飞溅了血污、残破不堪的玉牌。

"苗⋯⋯春辉⋯⋯"

"灵霄宗⋯⋯"

"二十四年⋯⋯"

这玉牌上的时间，和她在血尸身上看到的时间是一样的，都是二十四年。还没等乔晚细思，突然间她察觉了点儿不对劲儿，好像有什么目光落在了自己身上。

乔晚睁眼了。

面容苍白的"兵"似有所觉地扭过了头。

"当——"

乔晚连退几步，企图冲出"兵"环伺的长街！

离乔晚最近的王如意率先察觉出不对劲儿，错愕地问："陆辞仙？"

陆辞仙？

孟沧浪微微皱眉，眼睫一颤，甫一睁眼就看见了被"兵"重重包围的乔晚，手中的沧浪剑条件反射地出鞘："陆道友，到我这儿来！"随后又唤被这剑鸣声吸引了注意力的方凌青，"小方！"

这下好了。

看着方凌青之后，郁行之、谢行止、白珊湖几乎同时睁眼，乔晚面无表情地想，一念之差，这下全完了。他们瞬间就从困难模式彻底掉入了地狱模式。

乔晚猛地跃起，冲破"兵"包围，企图赶到孟沧浪的身边会合！

就在这时，一道低沉的男声乍响。

有什么东西从天空中盘旋而下，紧跟着还在半空中的乔晚突然感觉身子一轻！

跑——

她怎么跑不掉了？

"轰——"

一张轮椅稳稳地落在地面上，激起尘沙飞溅。

马怀真端坐在轮椅上，一手抄着乔晚，懒懒地抬眼："怎么？吓傻了？"

"兵"眨眼之间已经团团围了上来，马怀真右手一扬，想也没想就把手里的乔晚直接丢了出去，瞬间砸飞了一圈儿"兵"。

看着面前这一帮一脸惊悚表情的少年少女，马怀真淡定地扯了扯嘴角，眼里杀气四溢，不满地低喝道："愣着干吗？还不快跑！"

孟沧浪迟疑地想：如果他方才没看错的话，昆山马前辈是把陆道友给丢了出去？

马怀真前辈……把陆辞仙道友给丢了出去？

代表崇德古苑来参加三教论法会的年轻又正直的好青年沧浪剑孟沧浪，世界观在这短短几天时间内接二连三地被刷新，内心一阵疯狂动摇。

疼，疼，疼。

乔晚刚从地上爬起，一抬头，一把冷冷的枪尖正中心口。

危急时刻，马怀真轻喝："过来！"

乔晚只感觉浑身又是一轻，像被什么东西给吸了回去，一回头，猛撞上了马怀真那张毁容的酷脸。

在"鬼市"撞见马怀真，这惊悚程度不亚于她直面"蜈蚣像"。

乔晚头皮都炸开了，结结巴巴地唤道："前……前辈？"

男人挑眉，正要开口说点儿什么，目光突然如鹰隼般落在了乔晚身后，眼神遽然一变，再次把手里的乔晚给顺手丢了出去。

他动了几个手指头的功夫，一来一收间，一手将乔晚舞得出神入化。

乔晚再一睁眼，自己又腾空而起，一路升高数十丈，宛如电闪一般朝着地面的一圈儿"兵"砸了下去！

马怀真抬起眼皮，淡淡地下了个评价："还行。"

素有昆山煞神之称的问世堂堂主马怀真，丝毫没感觉把小辈当流星锤抡出去有多缺德，心里感叹，这陆辞仙身为体修，果然皮糙耐造，还挺称手。

目睹了全过程的众人："……"

方凌青：昆山问世堂煞神果真恐怖如斯……

察觉到身边还没动静，马怀真挑眉："还不快跑！"

谢行止脚步一动，还想说点儿什么。

马怀真勾唇一笑，眼里煞气十足："叫你们走你们不走，怎么？信不过我？"他压根就没因为面前是什么孤剑而嘴下留情，怼得谢行止微微皱眉。

不过马怀真毕竟是长辈，而且还是特地赶来救他们几个的长辈。

谢行止沉声行礼："晚辈并无此意，多谢前辈救命之恩，我们这就离去。"

方凌青错愕："这……这就走了？"

那陆辞仙呢？

他扭头看了一眼乔晚。

他们就放着陆辞仙不管了？！

马怀真阴恻恻地说道："陆辞仙有我看着，怕什么？"

方凌青：就是因为有你看着才更担心好吗？

马怀真一扬手，灵活地操纵着乔晚避开了枪尖儿，转头笑问："怎么？还是不放心？"

将这一幕尽收眼底，白珊湖朝马怀真微微颔首，转身："小方，走了。"

崇德古苑隶属儒门，儒修一直就比较重视"礼"这一套，从没见识过马怀真凶残一面的方凌青被这阴森一笑笑得头皮也顿时麻了。

这昆山的弟子是怎么在马怀真手下过活的？

方凌青等人一撤，马怀真余光落到了王如意身上。

王如意和郁行之都没动。

"你俩……"

他目光淡定地越过了王如意，主要是问郁行之，毕竟面前这穿着嫁衣的小姑娘看着也不像活着的人。

郁行之躬身行了一礼："晚辈希望能与前辈同行。"

他师弟师妹枉死，至少不能就这么不清不楚地回去，否则怎么向卢长老交代？

这两个人不愿意走，马怀真也不再啰唆，收回注意力，目光幽深，全神贯注地对付着面前这一条长街上的"兵"——还是用的手里的乔晚。

马怀真目光冷厉地扫过面前满大街的"兵"。

这些"兵"穿着一身染血的盔甲，腰上挂着的玉牌也基本上被磨损了个一干二净，缺胳膊断腿的人不在少数。这盔甲马怀真很眼熟，是几百年前的制式，当时修真界和魔域死磕的，盔甲由三大世家之一的陆家统一打造，专门用来对付各种各样的战场环境。

面前这一支军队是几百年前的兵。

不过当初整个修真界几乎都被卷入了这场大战，死伤的军队不计其数，单看制式，就算马怀真也分辨不出来究竟是哪一支。

"兵"面容苍白，身上沸腾着的只有冲天的怨气和杀意。

杀！

以杀止杀！

几百年前的号角吹响，刀剑相撞的兵戈之声重现，一整条长街沦为了百年前的血色战场，而这一支军队，依然浴血冲杀不止。

在被马怀真当流星锤反复甩出去的间隙，乔晚艰难地转了个身，决定自救，做个有理想、有追求的"锤子"，手脚并行，一脚蹬飞包围上来的"兵"。

一支残破的旧戟朝她的后心劈来。

马怀真见状，运使乔晚调换了个放向，半空中来了个一百八十度的大转身，乔晚伸手一抓，把旧戟抓在自己手上。

马怀真目光微冽，指尖微动，一股磅礴的灵力迅速从乔晚的脚心贯穿全身，在这灵力激荡之下，乔晚握着旧戟，如利箭般向"兵"阵中射去。

两个人配合默契无间。

饶是马怀真也微感惊讶。

这么多年以来，被他随便当兵器用的人多了去了，像陆辞仙这种深得他心的还是第二个。

至于第一个，那就是乔晚。

不过就算乔晚，那也是被他操练了几百次之后，才眼见着长了记性。

这也不能怪马怀真太过缺德。

他毕竟是个重度伤残人士，没腿走跳，没胳膊用刀用剑，只能发挥手边一切能利用的物品。

马怀真目光微闪。

想当初，他就是用刀的。

当初不像现在。几百年前，战打得太惨烈，修真界那是大批大批地战损，见惯了战友缺胳膊断腿，就算马怀真失去了脸、胳膊和腿，折腾成这副模样，也没多少人有空管他。

只要人还活着就够了，所有人都是这么想的。

但大多数人没活下来。

往往是上一秒战友还站在面前说话，下一秒就被魔兽给一口咬碎，鲜血飞溅一脸。有时候运气好，其他战友还能从魔兽嘴里抢回来一点儿，的确就是一点儿，不是一截衣袖，就是一只手，能抢回半个残破的身子都算幸运。

从这种战场上走出来的人，能活着就算不错，至于毁容、缺胳膊断腿，那算个屁。

就算成了这副德行，马怀真也没一蹶不振，咬牙嘶吼着把胳膊和腿重新缠了缠，爬出战场之后，就开始琢磨着"弃刀"之后还能做什么。

最后，他只花了短短两个月工夫，就练就了如今这一手"隔空之兵"的招式。

他将目光落在面前这支"兵"上，血染的破碎战旗迎风飘扬，依稀能看出一个"暑"字。

不到万不得已的地步，马怀真还真不愿和面前这帮"兵"动手。

能活下来，用这副姿态活到现在，马怀真算不上多感情用事，就连当初乔晚那小浑蛋从太虚峰上跳下来，也没让这位冷酷无情的煞神掉一滴眼泪。

但这都是阵亡的英魂。

人死道消……这批"兵"背后肯定有什么人在操控！生前这些人死得惨烈，死后还不得尊重安歇。

马怀真目光转冷，半张鬼脸在黑暗中显得越发阴森恐怖。

"走！"

冷不防再度被马怀真抄在胳膊底下，乔晚探出一个头："前辈不打了？去……去哪儿？"

马怀真滚动轮椅，两只车轮风驰电掣一般飙了出去。男人冷冷的嗓音透过夜风传来："去查清楚这背后究竟是怎么回事。"

眼看轮椅狂飙在寂冷的长夜里，王如意也麻利地裹起郁行之蹿了上去。

被抄在手上这感觉十分不好受，尤其马怀真几乎把这轮椅开上了二百码的高速，乔晚胃里一阵翻涌，艰难地举起手："前……前辈……我想先去客栈看一看。"

马怀真专心致志地"开车"，分出一丝余光给乔晚。

帮对方跑了这么久的腿，这一个眼神，乔晚立刻就明白了马怀真的意思，这意思是：说清楚。

乔晚郑重地说道："客栈可能有线索。"

马怀真果断掉转了车头。

客栈前，把乔晚随手往地上一丢，男人问："就是这儿？"

王如意拖着郁行之，急急忙忙地赶到："是这儿没错。"

客栈里空空荡荡、冷冷清清，也没上门闩，大门敞开，一行人一眼就能看见里面的景象。

马怀真皱眉："跑了？"

王如意摇头："这个时候阎老板估计在灯火乡呢。"

"'鬼市'不比其他地方，一般都过了午时才营业，一到寅时，阎老板就带着小十往外面跑，每每要等到午时才回来。"

马怀真敏锐地抓住了重点："小十？"

王如意回道："是客栈里的伙计。"

马怀真皱眉："这客栈只有两个活人？"

王如意老实回答："我在这儿待了几百年，只看到过阎老板和小十。"

"那正好。"马怀真眼也不眨，"就趁这个机会进去看看。"

不经人同意搜家这种事有点儿伤人品，但和马怀真相处久了，知道这位一向是为达目的不择手段，更何况非常时期使用非常手段，乔晚问也没问，抬脚离去，动作熟练至极。

马怀真斜靠在轮椅上，不动声色地多看了少年的背影一眼。

这陆辞仙确实让他想起了一个小浑蛋，但现在不是纠结这事的时候。

他也不再耽搁，滚动轮椅四处转转。

这间客栈统共只有两层。

马怀真伸手一摸，桌椅、扶手都用的柳木，楼梯前搁着一张柳木长桌，桌上的黄铜瓶中插了几枝花。

马怀真往门槛后面退了几步，眼神微沉，滚动轮椅转出了客栈。

另一厢，乔晚按着剑上了楼，一上楼就看见楼梯拐角处堆着几口柳木箱。她蹲下身看了看，出乎意料的是箱子也没上锁，只用钉子一根根封死了。

面前这口柳木箱，乔晚看起来觉得有点儿眼熟，比普通的箱子更长一点儿，箱盖微微呈现平滑的弧度，两头也不一样高。

就在这时，乔晚浑身猛地一震，脑子里再度不受控制般"嗡嗡"作响。

她想打开箱子看一眼，就看一眼。

和之前"兵"借道时几乎如出一辙的念头喷涌而出，乔晚微微咬紧了牙，拼死抵抗，心底还保留着的清明告诉她：别开，至少现在别开。

但几乎一眨眼的工夫，"打开"的欲望就成功压倒了一切想法。

乔晚打开了面前的其中一口柳木箱。

柳木箱一开……这些东西最上面放了一块染血的玉牌。

"荆……永鑫……青云宗……二十四年……"

客栈外，男人一拍轮椅，拖着半截腿当空一跃，升到了三丈多高。

落回轮椅中，马怀真脸色遽然一变，朝身边的郁行之低喝道："陆辞仙呢？去把陆辞仙叫出来！"

半空中俯瞰客栈，屋顶呈圆滑的弧度，两头不一致，几乎一眼，马怀真就认出了这是什么。

这根本不是客栈，这是具凶棺！

第十一章　又见碧眼邪佛

又是玉牌，乔晚的头就跟炸开了一样，太阳穴"突突"直跳，识海里，受损的神识一路暴涨，俨然要冲破识海。

这感觉就像把人放在了不合尺寸的容器里，一瞬间，乔晚的脊背就被冷汗浸透了。

她费力地辨认了一眼箱子内那死去人的衣着，虽说箱子里的男人们死状惨烈，但透过残存的布料依然能看出，那是和街上的"兵"同一款制式的盔甲。

这玉牌应该是行军时佩戴的一种类似于身份证明一样的东西。

玄雾宗、灵霄宗和青云宗，她之前没听说过有这几个宗门的存在，如果能找到这几个宗门的消息，应该就能查到这支"兵"的来历。

但就在这时，柳木箱中的东西突然蠕动了起来……一只血手猛地向前抓来！

头疼欲裂之下，乔晚猝不及防地就被这么给拽进了木箱中。

"咔嗒。"

柳木箱重新合上。

乔晚跌落进箱子之中，血腥腐烂味道铺天盖地地钻入鼻腔。感受到身下微妙的触感，意识到发生什么事之后，乔晚愣了愣，浑身上下的汗毛根根参开！

心跳失控，差点儿飙出脏话，乔晚手忙脚乱地赶紧爬起来，伸手推箱盖，没推动。

乔晚心里一沉。

箱子被重新严丝合缝地钉上了。

眼前陷入一片黑暗之中，陪伴着她的是什么可想而知。

这箱子看上去不大，但竟然能装进她一整个大活人。

就算乔晚经历过"蜈蚣像"和塔之事，但和一箱子这些物件被关在一起的感觉，那完全不一样。

感觉到身下冰冷黏腻的触感，乔晚后背一阵发麻。

天知道她现在坐在哪儿，是手腕上？还是脚上？

不过就算再怕，也得硬着头皮上，乔晚伸出手缓缓在箱子里摸索，咽了一口唾沫，努力稳定心神。

这箱子里肯定有机关。

刻意掠过手下古怪的感觉，终于，乔晚好像够到了什么东西，感觉冰冰凉凉的。

还没等她仔细摸索，那东西顿了一秒，猛地缠上了她的手指！

这感觉！

那一瞬间，乔晚能感觉到自己全身上下的血液都开始冻结了。

与此同时，身下东西如有生命般蠕动着，渐渐涌了上来。

郁行之："凶棺？"

没有哪个客栈会做成个棺材样的，这根本就不是客栈，整个客栈里里外外就是具凶棺！

意识到不对劲儿之处，郁行之也变了脸色："那陆辞仙……"

马怀真目光冷峻，毫不犹豫地转动轮椅直接进了面前这座二层客栈里："进去看看。"

乔晚觉得自己好像做了个梦，低头一看，身上是粗布衣衫，肩膀上扛了个锄头，手掌宽大。

这不是她的手。

乔晚握紧锄头，愣愣地往前走了几步。

她之前是被"荆永鑫"拖入了木箱，然后荆永鑫包裹住了她……思及此，乔晚猛然意识到，她该不会是被拖入了荆永鑫的回忆之中吧？

她刚往前走几步，身后突然传来了一声呼唤。

"永鑫！"

乔晚扭头，几个肤色黝黑的少年赤脚奔来，哥俩好地一把搭上乔晚的肩膀，笑嘻嘻地问："听说大娘又给你生了个弟弟？"

乔晚默不吭声地想，看来这的确就是荆永鑫的回忆了。

静下心，乔晚静静地重新走了一遍荆永鑫的过去经历。

荆永鑫和一般修士没什么不同，一家子世世代代都是农民，靠在地里刨食为生，可惜生不逢时，赶上了魔域入侵。

魔域入侵，天下大乱，异象横生，妖孽横行。

除了荆永鑫，荆家一家六口，没一个有灵根的，于是在这种情况下，荆永鑫顺理成章地离开了家，踏入了修真界，由于资质不够，只能拜入当时没啥名气的青云宗。

后来上了战场，他还没反应过来，就糊里糊涂地被切成了碎尸，死前怀里还揣着一封没寄出去的家书。

荆永鑫的一生走马灯一般在眼前闪过，最终画面定格为一个尸横遍野的山谷。

山谷两面壁立千仞，谷中陡峭逼仄，罡风四季不绝。

乔晚……或者说，荆永鑫恍惚地看着眼前这一幕。

"暑"字大旗倾倒，尸横遍野，血流成河。

身上的伤已经毫无知觉，朔风吹得满面血污和尘沙，肺里像拉风箱一样，心跳如擂鼓。

眼前的画面像是瞬间被放慢，慢到乔晚能听见每一次呼吸声，粗重、短促。

"呼——"

"呼——"

"呼——"

乔晚抬头一看，太阳冷冷地悬挂在天际，日光刺目。

乔晚肺里像快炸开了一样难受，每一次呼吸都好像拼尽了全力。

她眼前一花，耳畔传来人声嘶力竭的怒吼声："撤！快撤！"她一转头，就对上了目眦欲裂的一张脸，这个男人眉眼长得有点儿像岑向南。

"岑向南"两眼血红，口沫飞溅，嘶声道："酆昭叛了！"

酆昭叛了？

酆昭是谁？

还没等乔晚反应过来，一道金光飞掠，面前的男人被当场斩首，喷涌而出的鲜血"哗啦啦"浇了乔晚一身。

这一道金光在山谷内忽来忽去，几个瞬息的工夫，像镰刀割麦子一样，倒了一地的修士。

血浸染了石砾，山谷中呼啸的山风扑面拍打在脸上。

这道金光最终落回了一个身着修士服的青年弟子手中。

青年修士姿容姣好，笑容温和可亲，风吹动修士服袍袖，他踏过一地尸首一步步走了过来，一抬头，露出了一双碧莹莹的眼！

荆永鑫跌跌撞撞地往前跑去，还没跑出几步，眼前忽然一亮，纵横交错的耀眼金光直入眼底。

荆永鑫难以置信地睁大了眼，绝望地看着掌心的一道迅速蔓延的"红线"，红线顺着掌心极速向手腕、脖颈、大腿扩散。

一眨眼，他整个人"哗啦"从头到脖颈、手脚、躯干，寸寸崩裂。

临死前最后一眼，他看到的是一道青衣染血的身影，男人横剑而立，黑金色的剑柄上刻着几个笔力遒劲的字——"闻斯行诸"。

乔晚猛然惊醒！

临死前惊惧到扭曲的绝望情绪以及压抑的喘息声仿佛还在耳畔回荡。

这是荆永鑫临死前的回忆，至于他临死前看到的那弟子……

四个字立刻蹦入乔晚的脑海中——碧眼邪佛。

乔晚瞬间绷紧了脊背，一阵凉意顺着尾椎骨一路攀升。

客栈里空无一人，没有陆辞仙的背影。

马怀真脸色微沉，目光沉沉地睃巡了一圈儿，一楼没有人。

他上了楼，二楼也没有人。

差点儿被面前的几口柳木箱给绊到，郁行之皱眉问身边的"少女"："这是……"

王如意奇怪道："我之前没看到有这几口箱子呀。"

马怀真果断地说："打开看看。"

撬开箱子后，郁行之愣了愣，一颗心差点儿跳出嗓子眼。

目光在这几口柳木箱上一扫而过，郁行之显然联想到了什么不好的东西，脸色发青："这几口箱子里都是这些东西？"

"玉牌，"马怀真嗓音低沉地说，"拿给我。"

郁行之神色复杂地看了一眼轮椅里窝着的男人。

一撬开木箱，看到这一箱子的东西，马怀真硬是连眉毛都没多动一下。他接过郁行之递来的玉牌一看：曹路平……巨灵门……二十四年……

马怀真目光幽深地攥紧了玉牌。

来时路上陆辞仙说在玉牌上看到过"玄雾宗"和"灵霄宗"，加上这玉牌上的"巨灵门"，基本上，马怀真已经能确定这批"兵"的身份了。

见马怀真脸色不对劲儿，郁行之皱眉道："马……前辈？"

马怀真顺手把玉牌往袖子里一揣，抬眼说道："先找陆辞仙。"

男人目光冷峻，一一扫过面前的柳木箱。

十二口箱子安安静静地堆在二楼过道上。安静只是一时的，整个客栈就是口大型凶棺，他们不能多待。

就在这时，其中一口柳木箱突然动了！柳木箱一阵晃动，箱盖被人从里推开。就在箱子里的东西爬出来的那一秒，马怀真当机立断，转动轮椅护住王如意，身形一振，一脚把这血淋淋的东西给踢飞出去丈二远！

箱子里的东西顺着楼梯"咕噜噜"地翻了下去。

"扑通——"那东西脸朝地地磕在了地上。

刚爬出柳木箱，被一脚踹下楼的乔晚晕乎乎地抹了把鼻子下面的鼻血：好痛。

看清自己踹飞的是个什么玩意儿之后，马怀真脸上那冷峻的神情一时间变得格外微妙，过了一会儿他十分淡定地把脚往轮椅后面缩去。

郁行之回头看了一眼柳木箱，又看了一眼刚从箱子里爬出来的乔晚，顿时惊悚，看着乔晚的目光宛如在看一个变态："陆辞仙？"

王如意从马怀真的背后探出一个头，眨巴着眼："小陆？"

丝毫没踹错人的自觉，马怀真收回视线，十分镇静优雅地低声说道："既然找到了就先出去，这地方不能多待。"

话音刚落，客栈大门突然"哐啷"一声合上了。

另一个阴沉的男声乍响。

阎世缘面色阴郁地站在门前："诸位道友不请自来，翻了在下的东西这就想走吗？"

和瞬间紧张的郁行之、王如意不同，目光落在阎世缘身上，马怀真反倒老神在在地往轮椅里一窝，面色不改道："来得正好。"

原本还顾及着身后这三个小的，不过既然对方都主动送上门来了，那马怀真也不再客气。

看见二楼过道上那几个被翻开的柳木箱，阎世缘脸色铁青。

"谁准你们翻木箱的！如意，是你？"

对上阎世缘，王如意本来就心虚，闻言也不敢出声，赶紧摆了摆手，局促地低下了头。

将这一幕尽收眼底，郁行之不动声色地拖着断腿，往王如意身前迈出了一步，隔绝了两个人之间的视线交流。

王如意瞪大了眼，青年脸色算不上有多友善，一言不发。从王如意的方向，她只能看见郁行之硬朗的下颌线条。

马怀真扬唇一笑，不紧不慢地沉声问："我还想问问老板，在客栈里放这些东西，就不怕把这为数不多的客人都给吓跑吗？"

阎世缘往前走了两步，脸色更加难看了："这不是'东西'。"

马怀真果断说道："这是你的战友。"

阎世缘一路走上二楼，将地上倒着的柳木箱重新扶起："如果你们知道，你们就更该尊重他们。"

端详了一会儿阎世缘的表情之后，马怀真竟然破天荒地主动软化了态度，低声说道："老板息怒，我们只是对有些事不太清楚，想请老板解答。"

中年男人捡起地上的东西，一点一点地重新放到箱子里摆好。

这画面由乔晚看来本来是十分惊悚的，但有了荆永鑫的记忆加成，面对这箱子，乔晚发现自己竟然再也生不出"害怕"之类的情绪。

重新合上柳木箱，阎世缘看了马怀真一眼。男人虽然残疾，但这一身修为深不可测，明显不是自己招惹得起的。他在这儿和对方起冲突，要是伤到了那没事，要是这间他精心料理的客栈被伤到了……

马怀真主动让步，阎世缘沉默了一瞬，也主动退让了一步："你想问什么？"

"这间客栈，"马怀真说道，"还有这几口箱子。"

"如你所见，这箱子里装的都是我的战友。"

马怀真问："你是'暑'字旗下的人？"

阎世缘脸上掠过了一丝诧异之色："道友知道'暑'字旗？"

马怀真："几百年前为了对付魔域，修真界统共分了八支军队……不瞒你说，"男人似笑非笑道，"我正是'寒'字旗下的人。"

阎世缘问："道友这一身伤，也是……"

马怀真淡淡地说道："战场上所伤。"

"原来如此。"阎世缘喃喃，再一抬头，眼里的阴郁和警惕之色顿时散去了不少。

马怀真："'暑'字旗与'寒'字旗分属南北，'暑'字旗下的事恕我知之甚少。不过我曾听说，当初'暑'字旗的人在扶风谷一战中损失惨重。"

当初为了方便统御，修真界把所有战力，按照八个方向分别分出了八面旗，各守"八门"。

东北方的"苍"字旗、东方的"开明"旗；东南方的"阳"字旗、南方的"暑"字旗；西南方的"白"字旗、西方的"阊阖"旗；西北方的"幽都"旗、北方的"寒"字旗。

玄雾宗、灵霄宗、青云宗因为地处南部十三洲，被一道划分在了暑字旗下。

这一战，"暑"字旗中的云烟派弟子酆昭叛归魔域，导致扶风谷一战，修真界这方死伤惨重。玄雾宗、灵霄宗、青云宗等小宗门精英弟子死伤过半，从此之后一蹶不振，没过一两百年，就被其他门派或吞并或灭门。

如果说之前马怀真还不大确定，但眼下结合这几张玉牌稍加联想，不难还原出大街上那支"兵"的真实身份。

提及往事，被戳中了伤心事，阎世缘沉默了良久："你说得都没错。我的的确确是'暑'字旗下的修士。"

乔晚双手交叉，放在膝盖上，坐直了点儿，静静听阎世缘讲述当初那段往事。她还有许多不明白的地方，比如说，碧眼邪佛和"闻斯行诸"。

"我生性懦弱，虽然上了战场也不敢冲杀。扶风谷一战中也是如此，于是久而久之，打扫战场之类的活儿就落在了我头上。"

扶风谷的罡风粗犷冷厉，四季不绝。

魔域的人来势汹汹，修真界损失惨重，战局几乎呈现一边倒的态势，在这种情况下，许多小宗门的练气期弟子被提溜上了战场，甚至这里面还有不少人刚开了道域，学会引气入体。

"北边是大人物们的战场。"

某天傍晚，打扫完战场，坐在一块儿啃着干馍馍的时候，曹路平意味深长地说。

人分三六九等，战场也被分了必争之地和弃子。

所谓大人物，那都是一剑搬山、只手能当百万兵的存在，和他们这些练气期弟子扯不上什么关系。

不过这并不妨碍停战之后，一堆人坐在一块儿，捂着伤口，啃着又冷又硬的军粮八卦。

"听说，'寒'字旗的玉清真人凭着一己之力，硬是干翻了魔域的四百八十人，搅得北境冰原大雪山崩裂。"

北境大雪山后面就是魔域大本营，因此修真界顶尖的战力大部分归属"寒"字旗下，也就是所谓的"大人物的战场"。

至于他们扶风谷的人，没北边那么天崩地裂，这里都是靠血肉冲杀出来的。

"怎么？"苗春辉笑道，"你还想和玉清真人比？"

曹路平也笑："我哪能和玉清真人比啊？我就想着，什么时候要是这战能打赢就好了。"

"快了。"开口说话的是个红衣圆脸姑娘，名叫张霞，膝上摊着一件正在缝补的战甲。

在这情况下，满脸的血污也挡不住她清丽柔和的眉眼，张霞抿唇微微一笑："听说，最近上面已经开始反攻了？"

"反攻？"苗春辉好奇地问，"怎么反攻？酆昭，你这儿有消息没？"

"听说魔域的战神苏不惑前段时间失踪了。"人群中，一个面容苍白俊秀的少年微笑道，"最近太平书院的山长孟广泽联合了昆山的人，决定打进魔域老巢，趁着这口气一举封印始元老贼，割了魔域的脑袋。"

"这还是几个月前的消息了，"张霞咬断了线头，怔怔出神，"也不知道成功没有。"

曹路平："据说这次封印是东到七岳十岭，西到昆山群山，北到北境大雪山，南到南部十三洲栖泽府，以天下灵脉之灵气为供养的天地大阵。"

"南部十三洲栖泽府？"虞宝成惊讶地问，"云攀，这不是你的老家吗？那儿有灵脉？"

被唤作云攀的岑云攀莞尔一笑："是，我家的确就在那儿，我府上的确有条灵脉。"

虞宝成还想再说什么，立刻被曹路平暗暗使了个眼色。

岑府靠近南边，这回总共来了三十六个弟子，到现在死了三十五个，只剩下了岑云攀一个人。

"要是能打赢，"曹路平笑道，"我立马下山。"

立马就有人问："你不修仙了？"

"对啊，之前是谁想着要当剑仙的？"

"不修了，不修了，"曹路平摆了摆手，"没那个资质，在山上虚耗光阴。人这一辈子太短了，我能在山上耽搁一两百年的，家中老娘耽搁不起。"

他修个几百年，终于修成了，那又怎么样？回头一看，家里灶台落了灰，茅屋破败，他光看门前多了几堆坟吗？

"荆永鑫，你呢？"

"我？"肤色黝黑的少年不好意思地抿唇笑了笑，"我想回家，我想我娘了。"

此言一出，面前的汉子们纷纷哄笑出声。

"都多大了，你不想着媳妇，还想着你家里的老娘啊？"

不过笑完，众人又沉默了一瞬，不言不语地对着夜空一轮冷月啃着干粮。

不知道是谁低声说了一句："我也想我爹了。"

"我想我娘，家里就她一个老的，也不知道她能不能照顾好自己。"

"我想我女儿，我走的时候，她才这么高呢。"

"别说了，别说了，说这些干吗？说得我眼泪都下来了。"

又是短暂沉默之后，众人对视了一眼。

曹路平嬉笑道："要我回去了，我就用这一身法术，去混个什么国师当当。"

虞宝成拍大腿："要我回去了，我要娶上三五个媳妇儿！"

"要我回去了，"荆永鑫笑道，"我就带我弟弟四处逛逛。"

停了手中的活儿，张霞偏头说道："我想想啊，要我回去了，我就……"

少女眼神微微闪烁，不知不觉间目光落到了阎世缘的身上，"对了，老阎你呢？"

苗春辉捅了阎世缘一下："问你话呢，要是这战打赢了，你想干啥？"

阎世缘愣了愣："我？"

"问你呢，"苗春辉笑道，"你怎么不说话？"

"你就别逼他了，谁不知道我们'阎王爷'胆子小啊？"

"哈哈哈——是谁刚上战场，吓得一步也不敢动，差点儿尿了裤子？要不是老子我手疾眼快，你这脖子上的脑袋就不保了。"曹路平笑道，"别怕，你只要保管好我们几个的家书，等上了战场，哥哥我罩着你。"

他？

阎世缘苦笑。

他哪里敢奢望这个啊？就现在这情况，三个多月了，他们被困在扶风谷里三个多月了，连个援军的影子都没看到。

不过气氛这么好，他也不愿扫战友们的兴，随口说道："要我回去了，我就开个客栈。"

看了一眼圆脸红衣的姑娘张霞身上，阎世缘感觉喉咙有点儿发干。

然后，他要让张霞来当老板娘。

其实每个人心里都清楚，他们在这儿苦撑了三个多月，援军一直没到，也永远不可能到了。

谁能想到，这场仗打了整整三个月，整整三万人前后被包抄，就这么被困死在了这山谷里，大多数人是饿死的。

如今弹尽粮绝，他们唯一能做的，就是每次停战之后，遥望夜空中这一轮冷月，给自己编织一场和平的幻梦。

不知道是谁低低地叹了一口气："如果能回去，我要在山前结一间草庐，再种几株桃花，最好门前还有一条山溪，平常钓钓鱼，钓完了拿回去烧上俩好菜，叫上你们几个，我们一道喝酒。"

"要是……要是玉清真人能到这儿来救咱们救好了。"

"一剑搬山的大能啊……"

交谈声越来越小，越来越小。

有人轻轻唱起了歌。

"十五从军征，八十始得归。
道逢乡里人，家中有阿谁？
遥看是君家，松柏冢累累。
兔从狗窦入，雉从梁上飞。
中庭生旅谷，井上生旅葵。

> 舂谷持作饭，采葵持作羹。
> 羹饭一时熟，不知贻阿谁。
> 出门东向看，泪落沾我衣。"

渐渐地，所有人都不说话了，沉默地望向了天际这一轮冷月。

第二天又是新的一天，援军还是没来。

血色染红了朝霞。

谁都没想到，在这种绝望的情况下，酆昭叛了，那苍白俊秀的少年叛归魔域了，伙同碧眼邪佛，给了他们致命一击。

原来这就是所谓的大能。

一道金光，几乎收割了小半个战场。

在这绝对的实力压制之前，人命就像蝼蚁般不值分文。

"还不快滚？"曹路平浑身浴血，全身上下被箭扎得像个刺猬，拼尽全力扭头，声嘶力竭地怒吼道，"快跑！带着我们的家书一块儿跑出去！"

男人眼睛几乎充血。

"就趁现在！给老子跑！

"你胆子小，没本事，就别在这儿送死！"

摸上怀里这厚厚一沓家书，阎世缘泪流满面。

苗春辉死了。

虞宝成死了。

他们里面年纪最小的荆永鑫也死了。

阎世缘跌跌撞撞地一路往前跑——头昏眼花，气喘吁吁地想：跑出去——

"阎世缘！"熟悉的怒吼声再一次乍响，曹路平怒骂道："当心！"

后半个字还没说完，就被卡在了嗓子眼里。

温热的鲜血突然飞溅了自己一身，阎世缘愣愣地转头。

在他面前，曹路平替他挡住了那道夺命的金光。

男人全身上下随之蔓延开红艳艳的血线，身躯寸寸崩裂，散落为一地碎尸。

临死前，男人目眦欲裂，眼里几乎流出血泪来："跑……"

"等上了战场，哥哥我罩着你。"

他跑不出去了。

眼睁睁地看着战友接二连三地倒下，那道穿着修士服的身影离自己越来越近，阎世缘全身上下抖得像筛糠，颤巍巍地躲在尸山下面，死死地咬紧了牙关。

一边摸上胸口的家书，阎世缘一边闭着眼拼命祈祷，念到口舌发干。

别看见他，别看见他，别看见他。

"砰砰砰——"心跳如擂鼓，阎世缘将眼皮睁开了一条缝。

是那邪佛走近了。

碧眼邪佛走得不紧不慢，脚踩一地尸山，犹如闲庭信步。

青年修士嘴角勾出点儿笑意，碧莹莹的眼像是一汪春水般柔和。

明明视线没相对，瞥见那碧莹莹的眼，阎世缘却全身冰冷，觉得对方一定看到他了。

一道金光飞旋而出——

阎世缘神魂巨震，手足冰凉之际，这道金光却不是冲他而来的。

金光掠过，他身上的尸堆也随之四分五裂！

他是躲在他的战友的尸体下面，他头上都是他的战友啊……

将头埋得更低更深，阎世缘哆嗦个不停，眼泪拼命往下流。

是他……是他太懦弱了，胆子太小。

是他不争气，到这个时候还躲在战友的尸体下面，把同袍的尸身当成自己的庇护所，苟且偷生。

虽然那邪佛没有看他一眼，但莫名其妙地，阎世缘心里清楚，对方肯定发现了他这个躲在自己的战友尸体下的胆小鬼。

第一道金光，贯穿了苗春辉的胸口。

第二道金光，割断了张霞那纤细白皙的脖颈，少女温柔的笑容戛然而止。

第三道金光，腰斩了岑云攀。

仿佛过了几百年，又好像只过了几个瞬间，碧眼邪佛走远了。

不知道过了多久，阎世缘推开了头顶的尸体，浑身是血地从尸堆里爬了出来。

八尺高的汉子一个踉跄，跪倒在地，绝望地哀号了一声，瞬间泣不成声。

他要替他们收尸。

他……他要让他们好好安息。

客栈里。

阎世缘沉声道："酆昭叛归魔域之后，这几百年来，三万'兵'一直供他驱策。后来我爬了出来，开始收集战友遗骸，想要重新将他们收殓入棺，给他们一个安息之地。"

于是这么多年下来，他为了收集战友的尸体，走过了很多地方。

他带着这间客栈，或者说这座坟墓，孤身一人四处游走着。

因为听说过只言片语的传言，他半夜挖过坟，遭到过冷眼、驱逐和虐打，为此干过不少错事、坏事，到最后来到了"鬼市"。

这几百年间，他沦落"鬼市"，四处寻访，早上出去，午时回来。

他想找到他们。

他……他还想让张霞来当老板娘。

他要让他们住得舒舒服服、安安稳稳的，等到大家伙都聚齐了，他就带着客栈找个漂漂亮亮、有山溪的地方住下来，再种几株桃花。平常他就钓钓鱼，钓完了拿回去，再烧俩好菜，叫上兄弟几个一道喝酒。

这一箱子一箱子的东西，都是他的战友。

"你说得没错。"阎世缘看向马怀真,"这客栈里里外外就是口凶棺。
"因为这是他们的安息之处。"

整个客栈都出奇地安静了下来。

乔晚心里沉甸甸的。

真相太过沉重。

一将功成万骨枯,不论结果如何,战争带给人们的只有无意义的牺牲和无边无尽的伤痛。

郁行之抿紧了唇,胸中突然冒出了股困惑感。

卢长老和他们善道书院现在做的事,当真就是对的吗?可是,都到这个地步了,让他们放弃,他们怎么甘心?

王如意愣了愣,犹豫了一会儿,默默伸出手盖住了阎世缘的手背:"阎老板……"

伤疤被血淋淋地揭开,阎世缘苦笑:"如意,我没事。"

"这就是这口凶棺的真相。"阎世缘定了定心神,抬眼问马怀真,"道友可还有什么不解之处?"

马怀真沉声说:"我知道了,多谢老板愿意告知这事的来龙去脉。不过有关这里,我还有一问,希望老板能告知"

阎世缘:"道友但说无妨。"

马怀真问道:"听老板你的意思,你在这'鬼市'里待了已经有上百年,那老板你知不知道那座塔究竟是怎么回事?"

阎世缘思忖道:"我只知道'鬼市'供奉这些邪物,至于为何供奉这些邪物,背后又有谁在主持供奉,就无从得知了。

"不过,这塔附近住了一户楚姓人家,家主叫楚永生,这家有一对儿女,平常有事没事就爱进塔里玩。前段时间,应该是三个月前吧,这家的大女儿在塔里失踪了,这段时间,做弟弟的一直在找阿姊。道友不妨去这户人家家里问问。"

马怀真颔首:"多谢阎老板解惑。"

说完,他一转轮椅,沉声说道:"走。"

乔晚愣了愣:"走?"

"去塔里。"马怀真转动轮椅,头也没回,"既然心里有疑惑,那就亲自去看看。"

这果断的语气、利落的身姿,还有这沉着冷静的气度,顿时镇住了乔晚、王如意和郁行之三人。

郁行之刚往前走一步,男人余光一瞥:"你俩留下,我和陆辞仙过去。"

郁行之脸色微变:"前辈不愿我一块儿去?"

马怀真顿了顿,目光肆无忌惮地在郁行之身上扫了一圈儿,扯着唇笑道:"你确定要这么和我们过去?"

像是又想到了什么,男人随手往怀里一掏,摸出俩瓷瓶,一人一个,分别丢到乔晚和郁行之怀里。

"拿过去擦。"

生骨凝肌丹？看清手里这瓷瓶，郁行之默默攥紧了。

"怎么？"马怀真余光一瞥，"不乐意用？"

郁行之默默无言，自嘲般笑了笑，平常阴狠俊俏的眉眼里染上了点儿落寞之色："前辈误会了，晚辈不是不愿意用，而是如今成了这副模样，不必浪费这好药。"

生骨凝肌丹，顾名思义能生骨凝肌，不过他伤得太重，又是被咬成了这样，尸毒入骨，基本上已经没了痊愈的可能。

他将瓷瓶原封不动地递回给了马怀真："这药前辈还是拿回吧。"他自负容貌俊美，年纪轻轻，修为已经是同辈中的翘楚。现在断了一条腿，没了胳膊，引以为傲的容貌也毁了，出去以后他怎么跟卢长老交代都是个问题。

马怀真似笑非笑道："这副模样？听你话里这意思，你是看不起我了？"

男人这么一说，郁行之这才猛然意识到，面前的男人缺了一条腿和一条胳膊，毁了半边脸。可能是因为马怀真他自进入"鬼市"起就姿态强硬，雷厉风行，竟然让人一时间忘记了这是个只能坐轮椅的修士。

"晚辈不是这个意思。"

"如你所见，我和你一样缺了一条胳膊，断了条腿。"马怀真笑道，"可我现在不还活得好好的？"

"既然你知道自己如今是什么鬼样，就好好疗伤，老实地在客栈里待着。"马怀真嗤笑道，"有这时间伤春悲秋，你不如好好想想以后要做点儿什么。"

郁行之脸色微微一变。长这么大，他还没这么不客气地被人这么说过。如果搁在之前，以他的性格他肯定不服气。但现在，他这人不像人、鬼不像鬼的。

郁行之半合上了眼。

马怀真说得没错，他的确不甘心，就算成了这副模样还是不甘心。

要说郁行之，仗着辈分高、修为高、脸好，一直以来都眼高于顶，仇家基本上和乔晚一样，拎出去能绕昆山一圈儿。这回一朝不慎，他沦落成了这样，肯定少不了来寻仇的人。既然不甘心接受这命运，还不如好好想想，郁行之默然道，没了这条腿和这条胳膊，他以后还能干什么？

"走了。"看了一眼还在发愣的乔晚，马怀真催促道。

临出门前，想到那道青衣染血的背影，乔晚纠结了一秒，还是没忍住，回过头了："阎先生，请问您听说过孟广泽这个人吗？"

"孟广泽？"阎世缘微愣，"我没听说过这人。"

乔晚微微一愣："我明白了，多谢阎先生。"

马怀真和乔晚一走，郁行之朝阎世缘微微颔首，径直走上了楼。

王如意萌了半秒，扭头看向阎世缘，担忧道："阎……老板？"

阎世缘摇头："如意，我没事。回去休息吧。"说完，他沉默地将地上散落的柳木箱扶好，缓缓走上了楼。

阎世缘离开之后，王如意也上了楼，在郁行之的门口敲了敲门。

虽说听了马怀真的话，决定要为将来好好打算，但回去之后在床上坐了半天也没想出个所以然来，一向脾气暴躁的善道书院二师兄脾气更暴躁了。

"王姑娘。"听见门口的动静，郁行之拉开了门，面色难看，口气冷淡，"这么晚了，不回去休息来找我干什么？"

但面前这"少女"像是一点儿都没看出来，认真说道："我来看看你。"

"看我？"一句话撞上了枪口，郁行之讽刺道，"看我如今这副模样吗？"

王如意困惑地挠了挠头："你这副模样怎么了？挺好看的啊，反正比我好看多了。"

郁行之顿了顿，难得正眼多看了一眼面前的"少女"。

眼前的人勉强称得上少女，虽然长得丑，却还是穿着件嫁衣，头上斜插着根金步摇。意识到自己的语气对一个姑娘来说的确有点儿伤人了，郁行之沉默了一会儿，问："你当真这么觉得？"

王如意："你低头。"

"你看，"王如意往后退了一步，皱起眉端详了一会儿，伸出手在郁行之面前比画了一下，盖住了那半张血肉模糊的脸，"只要挡住这儿就行了，毕竟你那半边脸那么好看。"

如果王如意不假思索地说，他这副模样挺好看，郁行之或许还会冷笑，这话说出去连他自己都不信。但王如意偏偏没这么说，还直言不讳，让他把那被毁的半边脸挡起，这就让"那半边脸那么好看"显得有可信度了不少。他不得不承认，这句话极大程度地安慰了自尊心受挫的自己。

这小干尸，也没那么丑。

青年阴狠冷戾的脸难得柔和了不少，隔了一会儿，抿了抿唇道："多谢。"

王如意赶紧摆摆手，往郁行之身后看了一眼："我能进去吗？"

郁行之看了王如意一眼，退了一步："算了，你进来。"

想到孟广泽，乔晚有点儿出神，一边想，一边默不吭声地摸了摸左臂上的伤。

这还是之前在殿里她为拖孟沧浪的时候伤到的。

原本走在前面的男人，就跟脑袋后面长了眼睛一样。

马怀真微微斜眼。

少年两眼清明，若有所思地摸上了左臂上的伤口，怔怔的，不知道在想些什么。

左臂这一整条胳膊，血肉剥离，露出森森白骨，这一路走过来，他竟然也没听到这少年吭一声。

"这伤……"

乔晚如梦初醒，简单解释道："当初在殿里伤到的。"

一路走过来她没喊疼，这份硬气的确是个汉子，这少年比他手下那批不争气的暗部弟子反倒还硬气点儿。

想到这儿，马堂主忍不住陷入了深深的沉思之中。

人狠话不多，能力也不错，要是这人能替他做事的话……

信奉物尽其用、心狠手黑的昆山煞神，贪婪的开始一本正经、毫无心理压力地思考着挖墙脚，叫面前这陆辞仙来给自己打黑工的可能性。

这陆辞仙好像是……不平书院的吧？

虽说乔晚修为不怎么样，但用起来还挺顺手，自从这浑蛋下山之后，再也找不到这么称手的剑，马怀真还为此遗憾了一段时间。

要知道在北境战场中摸爬滚打出来的，已经修炼到战友于自己眼前殒命而面色不改的铁血爷们儿，能为个小辈之死而熬红眼是多了不得的一件事。

客栈离塔并不远。

还没走两步，乔晚和马怀真就到了阎世缘口中的楚姓人家门前。

楚家是做皮影营生的，在这"鬼市"里面也很受欢迎。

粗制滥造的戏台子前有几排桌椅。

乔晚和马怀真到的时候，皮影戏刚好演到尾声，扦子撑着的皮影人活灵活现，红红绿绿的，眉眼细长，好像活了过来。

乔晚拣了个座位坐下，和马怀真坐在一块儿，等着这场皮影演完，下了戏之后才找到后台。

"你们问娇娇？"

开口说话的是个中年男人，也就是阎世缘口中的楚永生。

楚永生正在收拾东西，听到马怀真的话，犹豫了一秒，还是扯出了点儿笑。

乔晚："娇娇？"

楚永生苦笑："娇娇就是我那个女儿。"

套话这种事基本全交给马怀真来处理。

乔晚跟在马怀真身后，默默地听着两个人交谈。

突然间，身后传来了个清亮的嗓音。

"爹。"

楚永生回头惊讶地问："荣儿，你怎么出来了？"

乔晚循声回头，身后站了个五六岁大的小男孩，长得和楚永生酷似，怀里抱了个皮影，抱得紧紧的。

小男孩怀里的皮影光滑透亮，做成了个小姑娘的模样，梳着两个圆滚滚的发髻，穿着件红袄子，眉眼带笑。

乔晚和马怀真的目光不约而同地都落到了男孩怀里的皮影上。

楚永生沉默了片刻，叹了一口气："这是照娇娇的模样做的。

"娇娇没了之后，荣儿整天想他阿姊想得睡不着，我就做了这个皮影给他。他喜欢这个皮影喜欢得不得了，天天都要抱着，说这是阿姊，晚上也要抱着睡。"

马怀真收回目光，低声安慰道："节哀。"

提及伤心事，楚永生沉默了半天，过了一会儿才开口："虽说我和内子经常进塔参拜，但这塔里究竟有什么，我也不清楚，这塔里供奉的不都是像吗？"

眼看楚永生的确不知道塔里面的古怪情况，问也问不出个所以然来，宽慰了两句之后,马怀真转动了轮椅:"走了。"

他刚走出几步远,那抱着皮影的小男孩突然问道:"你们要去塔里吗?"

马怀真挑眉:"是。"

小男孩抱紧了怀里的皮影人,犹豫地又问道:"那你们能不能帮我找找阿姊?"

"我阿姊长得就和我怀里的这个人一样。"小男孩小心翼翼地把皮影人举到了马怀真面前。

被灯光一照,皮影人全身透亮,色彩绚丽,目光盈盈,顾盼神飞。

"好。"马怀真眼也没眨,不假思索地说道,"我答应你,我会替你留意你阿姊。"

有马怀真在前面扛着,走在男人身后,再进塔的时候乔晚略松了一口气。

待会儿遇到危险,她往这位背后躲就成了。

他们昨天是丑时进的塔。

马怀真问:"现在是什么时辰了?"

乔晚:"子时了,快了,还有两刻钟。"

马怀真目光意味不明地在这四大天王像上扫过,低声说道:"先上去看看。"

他们这一路走来,地面、楼梯上散落着几个供果,案和香炉倒在地上,香灰撒了一地。

男人面不改色地转动轮椅,"走"到了一张案前,伸出手指抹了把案上的"果皮"。马怀真摸出张手帕,随手擦了擦手指,往案上一丢:"你们在殿里折了几个?"

乔晚:"五六个。"

马怀真还准备说点儿什么,就在这时,一道黑影突然从眼前闪过!

眉眼温和的"像"手撑着地,伸着脖子,嘴角含笑看着乔晚,细长的眉眼,目光静静地落在了乔晚身上,或者说乔晚手上那个标记上。

这是……乔晚瞳孔骤缩。

"蜈蚣像"!它追来了!

"像"开始转动胳膊,高高抡起了手中的巨斧。

"来得好。"

瞬息之间,马怀真伸手一拍轮椅,借力震了出去!这一斧头,直挺挺地落在了轮椅上!

"哗啦——"

男人座下的轮椅顿时四分五裂!

对方三十条胳膊,男人一条胳膊。但光用一只手,马怀真就扛下了这三十条胳膊,五指或屈或伸。

"扑哧——"

马怀真硬是把像这其中一只手给扯了下来!

飞溅的鲜血映在男人暗沉沉的眼里,平添了几分森森的邪气。

下手这样果断、迅速、狠辣,再配上这能止小儿夜啼的尊容,马怀真简直比这"蜈蚣像"还更像反派。

扯了像的胳膊，马怀真非但没丢，继续发挥了一切都能当武器使的优良作风，挥舞起手里的胳膊，继续和像打。

他用别人的胳膊，专往别人的下三路撩，丝毫没有当着小辈的面的自觉。

乔晚的打法一直以来也受到马怀真的影响，简而言之就是，着实用得不要脸，这是男人在北境战场中拼杀出来的经验，够狠，够缺德，但也足够好用。在马怀真这凶残的一套连击之下，像撑着地面的数十条胳膊连连后退，向后面爬去。

"想走？"马怀真牵起嘴角，阴恻恻地笑了笑，继续伸手去抓，手上用力，又硬生生地扯下来一条胳膊。

不过一条腿的人，的确追不上二十九条腿的像。

像转瞬就消失在了楼梯口。

"走。"把手里沾血的胳膊往地上一丢，马怀真抬眼命令道，"背我过去。"

乔晚有些无语，老实地蹲下身，背起了马怀真。

想到刚刚马怀真这一顿猛如虎的操作，乔晚也有点儿不放心，忍不住开口问："前辈没事吧？"

马怀真淡淡的嗓音从头顶传来："顾好你自己，我这儿还犯不着你来操心。"

乔晚立刻收敛心神，专心致志地背着身上这位主往楼上爬。

她刚迈出几步，心里却漏跳了一拍，微微晃神。

马怀真比她想象中还要轻。

这个问世堂的堂主，整个昆山赫赫有名的煞神，其实只有半个成年男人的重量。

意识到了身下的人心不在焉，马怀真问："在想什么？"

乔晚下意识地回答："在想前辈。"

"想我？"

乔晚抿唇。

"前辈没事吧？"

这怎么和乔晚一个德行？

马怀真眼神微黯，眼前迅速闪过了那道粉色身影。

起初他倒没在意过周衍新收的徒弟，只不过乔晚隔三岔五地往问世堂跑，每次都一脸血地来交任务，时间久了，也就在他面前混了个脸熟。

既然周衍这徒弟愿意学，吃得了苦，他也不介意帮这小辈一把，帮她个忙，于是碰到什么秘籍，顺手就丢给她了。没想到对方从此之后就上了心，经常前脚把脸上的血一擦，后脚就换了身干净的衣服就到他这儿来帮忙，扫扫地，擦擦桌子，做点儿杂活儿。

其神色之认真、动作之恭敬，宛如一个照顾老年残障人士的老妈子。

他都活了这么多年，哪里需要她来照顾？

不过送上门的家政服务，作为缺德不要脸实用主义的代表，马怀真不可能不要，坦然地受着了。

他这一受，也就意味着将乔晚置在了问世堂的保护范围内。

这么一副操心的姿态，他只在乔晚身上看到过，没想到如今竟然会在陆辞仙身上看到。

"好小子。"马怀真嗓音低沉有力,"我说过,我还用不着你来关心。"

一行人一路来到了第九层。

乔晚几乎一眼就看到了地上摔得四分五裂的彩瓷女人。

头颈、四肢散落了一地,画了"眼睛"的瓷片缺了一角,看着天花板。

吊着的人牲被风一吹,肚子里空空荡荡的。

仰头看了一眼头顶那十多条人干,马怀真说道:"把他们放下来。"

放下这十多条人干,需要的心理素质不同于常人,"鬼市"一行锻炼出了强大的心脏,乔晚面不改色地走上前,把这十多条人干放了下来。

马怀真把这十多条人干叠在一起,抄了手上,继续吩咐:"带下去。"

乔晚背起马怀真,刚下到第八层,就听见背上的男人要自己把他放下来。

马怀真说道:"就放这儿。"

面前也是一尊肌骨丰润的塑像,端坐在台上,修眉细眼,衣袂翩翩。

把这十多条人干放在了这一尊塑像前,乔晚没忍住问:"前辈?"

"等着。"马怀真目光炯炯,面色不改,等着面前这"塑像"会有什么动作。

过了大概有一炷香的工夫,突然间,面前这尊塑像缓缓开始动了。

"塑像"睁眼。

果然不出他所料,马怀真扯动颊边肌肉,冷笑着。

这座塔里全是邪神。

"上供的祭品越多,"马怀真说道,"这些'像'修为也就越高。"

"一开始这些'像'只能在这台上待着。"马怀真冷冷地说道,"后来就能走下坛,走出'鬼市'。"

继而走向人世间。

这和鬼、魔属于一个性质,靠同类相食来变强。

"有人在这里蓄意捣鬼。"

"那……"乔晚嗓音干涩,"楚娇娇……"

话音刚落,丑时到了。

"在这儿。"马怀真目光冷酷地拈起桌缝里一片指甲。

这是片小巧莹润的指甲,沾了点儿油彩。

这是做皮影的油彩。

"她在这儿。"

乔晚愣了愣,突然觉得浑身发冷。

那小男孩怀里的皮影,究竟是用什么做的?

"这家人果然不对劲儿。"马怀真眼神冷漠,眼含讥讽之意,"刚巧,这做娘的带着儿子出去之后,女儿就没了?"

乔晚目光微闪:"楚娇娇她……"

"阎世缘不是说过吗?这家人常来这塔里参拜。"

楚娇娇恐怕根本不是失踪，而是被自己最亲近的家人推出去了！

"怎么？"察觉到乔晚脸色不对劲儿，马怀真问，"不甘心？"

少年虽然一声不吭，眼睛却亮得惊人，映着一团蓬勃的怒火。

"恨吗？"

乔晚喉口滚了滚，一声不吭。

丑时一到，诸天的塑像纷纷转动眼珠，重新活了过来。

马怀真非但脸色没变，反倒老神在在地找了个地方一窝："时间到了。"他抬眼看着漫天的会活动的塑像，牵着嘴角，眉眼含笑，肌骨丰润，走向了他们。

马怀真说道："这专业的事就要交给专业的人来处理。"

没等乔晚开口问，马怀真突然开始报数。

"一。"

"二。"

"三。"

时间到。

清正威严的怒喝声猝不及防地在耳畔炸响！随之而来的是一阵沛然耀眼的光，巨大的金色掌印盘旋而出。

这是，光照无间！

这是妙法尊者的招式！

前辈？

乔晚心神巨震！

马怀真挑眉笑道："来了。"

耀眼的金光之中，一个玉色修士服、藏蓝色长发的尊者缓缓走来。

乔晚瞠目结舌，磕磕巴巴地说道："前……前……前辈？"

妙法没往她这儿多看一眼，眼一瞥，目光落到了马怀真身上："今日多谢马堂主替我转圜。"

尊者一来，马怀真彻底甩手不干，毫无负担地笑道："好说。"

救场的事就交给专业的人。

之后，乔晚就眼睁睁地看着，尊者面沉如水地走到了这诸天像面前！宽大的袍袖无风自动，藏蓝色发丝飞扬间，一张美艳冷厉的脸刹那间如同冷剑出鞘。

目光掠过了案上，虽然脸上还看不出来有什么变化，但乔晚立刻敏锐地察觉到了四周气流的涌动变化。

饶是乔晚也不由得打了一个哆嗦。前辈他……绝对生气了啊！

据说大光明殿的妙法尊者善恶分明，疾恶如仇，对待敌人那叫一个冷酷无情，不留情面，这还是乔晚第一次看到这么生气的尊者。

尊者手上迅速捏了个诀，目光冷冷地扫过了面前这数尊像。

有像骑着巨狮,发出一声雷鸣般的狮吼,眨眼间蹿了上来!顷刻间就是杀招,手中智剑眼看即将刺入尊者的胸膛。

与此同时,像的容貌也慢慢发生了改变,血盆大口怒张,脸色黧黑,身下巨狮的鞍辔在呻吟,在嘶吼,在扭动。

乔晚不自觉地微微睁大了眼。

第一掌。

妙法眉眼冷冽,一举拨开了此像手中的智剑。

"咔嚓——"

尊者随手将剑折断,"当啷"一声丢在了地上,紧跟着发出了第二掌,第三掌。

接连挥出三掌,轰然一声巨响,泥塑的像片片碎裂,一片一片宛如飞花,一簇簇爆裂。

诸天像纷纷围了过来,三丈高的那像,高高在上地俯瞰着乔晚等人,巨斧、宝剑纷纷高举。

这个时候,妙法终于对乔晚说了第一句话,断然轻喝道:"还不快走!"

见势不妙,乔晚赶紧背起马怀真转身就跑!

夜深了,塔外面的"鬼市"好像有什么游行活动,乔晚透过小窗往外面看了一眼。

绚烂的烟花喷涌而出,灯火熙熙攘攘,拥挤成了一团,看上去和人间的元宵会没什么不同。

瓷新妇子一块儿宵行,穿着朱衣的魁梧巨人,身短腰阔穿着皂衣的多年老酒坛子妖来来往往,还有捶着太平鼓的人,时而正面敲,时而反面敲,时而颠铁环,时而摇铁环,鼓声铿锵,环声清脆。

"咚咚——哗——"

修士服"哗啦"作响,一个闪身的工夫,尊者已经抢过了人骨琵琶。左手抵住琵琶,颈上珠子因为动作轻轻扬起,右手掌心里一团光越来越盛,轰然一声,尊者反手一击,琵琶声骤然走了调,一路走高,随后戛然而止。

窗外鼓声一顿。

那怒目像愤怒的眼停顿在了这最后一秒,紧跟着,一颗彩漆华丽的头颅从脖颈上跌落了下来,身首分离,头颅摔在地上,化为了一地齑粉,只剩下半截无头的空荡荡的泥身。

下一秒,太平鼓鼓声又扬起,密集如雨,骤如爆豆,"咚咚咚,咚咚咚,咚咚咚"!

在这密集的鼓声包裹之中,妙法清喝一声,掌气接二连三地"砰砰砰"打在画壁上,画壁崩塌,鲜艳绚丽的彩漆落了一地,露出粗劣丑陋的砖瓦。

"咚咚咚——"

尊者姿容美艳,出手却狠厉迅疾如雷,身形宛如山岳拔高,声如雷鸣狮子吼。

这一掌,击碎了像色身。

这一脚,将像直直踩入了脚底。

一拳一掌,短促激烈,又如行云流水般流畅,和着窗外"哗哗"的动静,交织成了让人眼花缭乱的一幕。

马怀真瞥了乔晚一眼，又看向了塔中金光沐身的尊者，好心提醒面前这一脸蒙的少年后辈。

"多看看。"换了个姿势，马怀真撑着下巴，目光沉沉，"对你的修为也大有裨益。"

好强，乔晚睁大了眼，心头一颤。

这简直就是变态能达到的级别的强大实力！在这之前她也只见过伽婴有这种恐怖的实力，但说实话，当初长街之战，乔晚也就只负责补补刀，之后抱着修犬一路狂奔，至于伽婴在他们离开之后究竟做了什么事，她也没真正见识过。

而现在，磅礴的真气不加掩饰地倾压而出，画壁一阵震动，乔晚目瞪口呆地看着妙法尊者宛如一台推土机一样"轰隆隆"开过，所过之处，碎片横飞。

像当死。

有的威压能震慑人心神，让人屁都不敢放一个，但有的威压能激荡出人内心的豪情壮志！

在妙法这沛然光的激励之下，乔晚内心也猛蹿出一股豪情，胸中一颗心怦怦直跳。于是乔晚热血沸腾地握紧了剑，也冲了上去！

"前辈，我来助你！"

可能也意识到了面前这尊者有多强，像们不约而同地将攻势纷纷对准了妙法。

在这碾压局之中，乔晚意识到可能妙法这儿用不着自己，虽说如此，还是尽心尽力地帮着补个刀什么的。

尊者可能是往她这儿看了一眼，可能也没有。

"陆辞仙，你来这儿干什么？"

察觉到身边多出个小的，妙法皱眉怒喝。

一剑戳中了个像，乔晚按剑沉声回道："我来帮前辈。"这话说出口有点儿大言不惭，乔晚也不由得微微红了脸。

妙法这儿却没空多看她一眼，乔晚也收敛心神，将注意力全部放在了对付像身上。

她越看，心里越沉。

随着金光更盛，这诸天像，终于彻彻底底地显露恶鬼面貌，青苗獠牙，以人为食，以血为饮。乔晚深吸一口气，凝神静心，运转剑招，招招毫不留情地刺出。

鼓点越来越急，越来越急，在彩漆纷飞中，乔晚又看见了那尊千手像，褪去了神的外表，露出了血淋淋的内在。拖着这二十九条血手，"蜈蚣像"摆首蹿出，手中巨斧、长剑、金刚杵、金杖诸多法器一道落了下来。

妙法脸色不变，几个过招的工夫，断肢纷纷扬扬地落了下来，伴随着窗外的密集鼓点，"砰砰砰"地落在了地上。

而处于漫天断臂中央，尊者藏蓝色的长发微扬，一路穿过血雨，动作没见任何停顿，反手又拍碎了身边一物的天灵盖，动作暴力、邪性又含着股神性。

清正威严的光荡过，塔里的邪气顿时一扫而空。

乔晚局促地收了剑，张了张嘴："前辈。"

妙法没搭理她，或者说没空搭理她，自顾自地闭上了眼，脸色却隐隐有点儿发青。

乔晚心弦骤然一紧，立刻察觉了点儿不对劲儿！这一幕她简直熟悉得不能再熟悉了。她刚试探性地往前走了一步，妙法霍然睁眼！

刹那间，一个青面獠牙的形象蹿入眼帘，因为愤怒，脸上隐隐呈现愤怒之相，身后渐渐浮现四臂虚影。

心知这个时候就算着急自己也做不了什么，乔晚干脆按住了剑，沉默不言地守在了尊者身边。要是有异动，她也能立刻出剑。见过刚刚这一幕，乔晚心里清楚得不能再清楚，妙法尊者肯定不愿变成那样。所以要真出现意外，她会尽量拔剑拦他。

就算她拦不住，还有马怀真不是？

过了一会儿，尊者脸色稍霁，这才缓缓地睁开了眼，目光落在身边的少年身上，却什么话也没说。

周身冷冽威严的气息一收，妙法缓缓闭目坐了下来，声声不绝于耳，所过之处，仿佛有漫天花雨翩翩落下，遍地寸寸琉璃光。

一棵七宝菩提树拔地而起，树越升越高，枝叶繁茂四散，中有金光如金线般密密地垂落，温柔、耐性地一一抚过这一地的狼藉。

塔里，泥塑的眉眼也纷纷化作了一摊烂泥，缓缓地在地面流淌。

……

乔晚惊愕，又默默不言地垂下了眼。

好温柔的光。

马怀真缓缓摸上了袖中那片小巧的指甲，目光幽深。胸怀这一颗济世琉璃心，大光明殿的妙法尊者的确是如今此门派中当之无愧的巨擘。

窗外鼓声渐渐地弱了下去。

"咻——砰——！"

一声冲天巨响过后，九层塔开始逐层倒塌，化为飞灰。

而在夜空中突然爆开一团炫目的烟花，伴随冲天光直入云霄，久久不绝。

烟花满地。

灰烬中，太平鼓唱着喜乐平安。

就在这时，尊者突然身形微微一晃，宛如巍峨玉山一般栽倒在了乔晚怀里。

乔晚哆嗦了一下，突然倍感压力山大：前辈！你快醒醒！

她……她承受不来啊！

而且她要怎么把两个铁血爷们儿给带回去啊？！她要背上背着一个，怀里抱着一个吗？

这温暖高大的身躯一栽进怀里，乔晚全身上下便僵硬得像个棒槌。

马怀真唯恐天下不乱，毫无长辈的节操："美人当然要抱怀里的。"

"可怜我。"马怀真抬起眼皮，森森一笑，眼含揶揄之色，"没尊者这般美貌，只能爬回去了。"

幸好妙法可能只是压制心魔耗费了不少心神，很快就睁开了眼，眼睫微扬，莹润如水的目光定定地落在了乔晚身上，蹙眉道："陆辞仙。"

乔晚赶紧伸手去扶妙法起来："前辈没事吧？"

"我没事。"

妙法拨开乔晚的手，直起身，抬眼看向马怀真，颔首道："马堂主，今日多谢你替我转圜。"

马怀真嗓音低沉地说："举手之劳，尊者客气了。不知尊者眼下感觉如何？如果累了不妨先坐下来歇歇。"

两个长辈说话，自然没乔晚插话的份，眼看妙法的确没事，乔晚乖乖地撒开了手，退到了一边，眼观鼻鼻观心地听着妙法和马怀真打官腔。

两个人你来我往，简单地交代了一下"鬼市"的情况，谈话主要还是围绕着这"鬼市"的幕后主使是谁展开的。岑清猷是妙法的关门弟子，让岑家损失惨重的扶风谷一战妙法也有所耳闻。

既然妙法听说过这事就好办多了。

马怀真说道："酆昭叛归魔域之后，将三万同袍全'操控'了。我已经在这支'兵'身上留下了昆山问世堂暗部的独门记号，说不定能探听出什么消息。"

马怀真和妙法说话的工夫，乔晚摸上了自己的太阳穴。

她的头已经不痛了。

那几次不受控制地睁眼，好像识海里一直有个声音压迫着她，想到自己的脑子里那片黑暗的还没开放的庞大识海，乔晚默默陷入了沉思之中。

难不成，她的脑子里也有个老爷爷什么的？她想得入神，四周突然安静了下来，一抬眼，就见妙法皱着眉，马怀真微笑地看着她。

乔晚惊讶："前辈？"

马怀真似笑非笑道："想什么这么入神？叫你都听不见？"

妙法将目光落到她白骨森森的胳膊上："陆辞仙，稍后我会送你们回大光明殿休息。'鬼市'的事，就交给我与马堂主处理，无须你们再操心。这几日……"妙法顿了顿，显然不太适应说什么安抚性的好话。

"这几日委屈你们了。"

见妙法主动放低姿态安抚自己，乔晚莫名其妙地觉得紧张，脸也涨红了："前……前辈不必在意，毕竟谁也没想到这事会发展至此。"

"你说得对。"妙法蹙眉道，"这事我会好好查明，你先回鸠月山休息吧。"

说完之后，他又转头和马怀真说了点儿什么，没有再和她多话的意思。

乔晚站在原地，一颗心好像被高高地吊起，随后悠悠荡荡地落了下来，心里空落落的，突然觉得一阵失落。

完了。

乔晚默默抱头，她现在这状态非常危险哪，对一个此门巨擘有好感什么的，想想简直就是自讨苦吃。

为了转移注意力，乔晚定了定心神，抬头去看。

光如雨，漫天光中，好像有无数金色的人影升腾而起，有男有女，有老有少。

在这模糊的虚影中站了个年纪八九岁的小姑娘……随着点点金光落在头上、肩上，她肌肉逐渐丰盈，最终变成了一个穿着大红袄子、梳着两个圆滚滚的发髻、眉眼带笑、玉雪可爱的小姑娘。

这是楚娇娇。

楚娇娇的目光落在了乔晚的方向，四目相对间，脸上露出了显而易见的迟疑神色。

乔晚愣了愣，不知道为什么，这视线她好像在哪里见到过。

但是楚娇娇的身影迅速消散在了虚空之中。

与此同时，马怀真也结束了话题。

"走吧。"马怀真扭头，"先回客栈。"

乔晚："等等。"

"在回客栈前，"乔晚犹疑地说，"前辈能不能和我先回一趟楚家？"

过了丑时，楚家大门紧闭。

放下马怀真，乔晚走上前敲了敲门。

过了一会儿，门"吱呀"一声开了，一个睡眼惺忪的女人问道："谁呀？"

目光落在门外这少年身上，女人不禁愣了愣。女人再往后一看：一个容貌美艳绝伦的弟子，一个残疾毁容的中年男人。

女人立刻清醒了大半，警惕地问："你们是……"

马怀真问："楚老板在家吗？"

"几个时辰前我们见过，"马怀真面不改色，嗓音低而缓地说，"这回我们是特地赶来谢谢他的。"

灯火一亮，楚永生披着衣服，从卧房里走了出来，惊讶地看着面前这一行人："道友这是……"

马怀真问道："令郎可在？"

楚永生心里"咯噔"了一声，疑惑地问道："道友找荣荣有什么事？"

昆山煞神这名号不是白叫的，光看脸，马怀真也颇有黑道老大的架势。

虽然疑惑，但看面前这男人毁容残疾，看着就不好招惹，楚永生还是转头看向女人："去，把荣荣叫起来。"

女人停下倒茶的动作，点了点头，没一会儿小男孩抱着皮影人走了过来。

一看见楚荣，马怀真就开门见山道："你阿姊找到了。"

楚荣愣了愣，问："阿姊呢？你们真找到了阿姊，阿姊在哪儿？"

楚荣眼神急切，但楚永生和女人在听了这话之后，脸立刻就白了。

楚永生不自觉地上前一步，结结巴巴道："道友真……真找到了娇娇？"

马怀真抬头看了一眼面前这对夫妻。

被这人的目光一盯，楚永生喉口滚了滚，心里更有点儿发虚："道友？"

马怀真把揣在袖子里的指甲拍在了桌上，抬眼说道："这是在塔里找到的。"

"怎么？"马怀真挑眉，"看两位的反应，你们倒不像高兴的样子？"

楚永生看了一眼桌上的指甲，心头一震，惊惧交加，赶紧垂下眼不敢再看，勉强挤出个笑容："道友这是在和我们开玩笑吧，这不过是个不知道从哪儿找来的指甲。娇娇呢？娇娇在哪儿？"

马怀真淡淡地说："这就是你女儿的指甲，在案上找到的。"

男人怔怔地看着桌上染了油彩的指甲，突然脸色大变，抬眼大叫道："这……这不可能是娇娇！

"娇娇是我女儿，没人比我更了解她！这不是娇娇的指——"

话音刚落，乔晚敏锐地察觉到了落在自己身上的视线。

马怀真瞥了她一眼，冲她使了个眼色。

"当——"

一声剑器轻响传来！

男人的后半句话卡在喉咙里，戛然而止。

"你……"楚永生冷汗涔涔，胆丧魂飞地看着眼前的少年。

一把利剑直挺挺地插在了男人的指甲缝边，鲜血缓缓渗了出来。

少年面无表情地跨在椅子上，居高临下地看着男人，低声说道："这是不是你女儿的，你自己心里清楚。"

黑漆漆的眼，看得楚永生心口发凉。楚永生仿佛被抽空了力气，面色颓败地瘫倒在了椅子上。

"这……"他想否认，却说不出口，"这……这的确是娇娇的指甲……"

妙法微微蹙眉。

"但……但我们也不想的啊！"楚永生抱头痛哭道，"我们一般人要在这里活下去，就得求像保佑。荣荣是我们唯一的儿子，以后我们这家还要靠他来撑起。"

楚永生一哭，女人也立刻捂住脸嘤嘤地哭了出来："娇娇……我的娇娇啊……我们只有这一个女儿，疼还来不及，怎么可能舍得？……"

马怀真瞥眼。

小男孩抱着皮影，惊惧不安地看着眼前这一幕。

马怀真问："你阿姊的事，你究竟知不知道？"

"我……"

楚荣往后退了一步，咽了一口唾沫。

这人看上去好恐怖。男人周身气息阴郁肃杀，楚荣腿一软，忙不迭地丢下了怀里的皮影，往女人身后躲去。还在哭泣的女人立刻反应过来，一把将宝贝儿子扯到了身后。

"荣荣年纪这么小，他懂什么？千错万错都是我们的错。"女人抹着眼泪，"是我们对不起……对不起娇娇。"

他其实也隐约察觉出来了。楚荣不安地垂下了眼，他听到过爹娘夜里谈话。

"荣荣年纪还小，娇娇是做姐姐的，就让娇娇去吧。"

"毕竟她以后出嫁了，嫁出去的女儿泼出去的水，留在家里也没用。"

后来，阿姊就失踪了。

他很想阿姊。

楚荣扯着衣袖，惴惴不安地想。

可是……可是他不敢去塔里，还是让阿姊去吧。阿姊对他一直都很好，大事小事一直都让着他。

他还记得阿姊笑着往他嘴里塞糖的样子。

当时娘买了好多糖，阿姊不敢当着爹娘的面吃，只敢一个人偷偷抓了一把。他看到了，吵着要告诉爹娘，阿姊一听这话立刻就慌了，赶紧抓了一颗糖塞进了他的嘴里。

"给你吃，给你吃。"阿姊低声说道，"别告诉娘好不好？"

看他吃得香，阿姊抬手帮他揩去了嘴角的糖渍，眉眼弯弯地笑问道："甜吗？"

既然阿姊能把糖和肉都让给他吃，为什么不能再多让让他呢？他相信阿姊若有在天之灵，也一定不会怪他的。

楚永生通红着眼说："为人夫、为人父，我都没做到位，说到底还是我对不起娇娇。"

女人哭道："永生。"

楚荣也扯着女人的衣角："娘。"

一家三口抱在一起，哭成了一团。

被丢下的皮影轻飘飘地落在了地上，却无人问津。穿着大红袄子的皮影小姑娘眉眼含笑，俏生生地看着这一家三口，全身被光照得透亮。

楚永生突然擦了把眼泪，朝着马怀真磕了几个响头："不管怎么说，还是多谢道友把娇娇带了回来……是我们对不起娇娇。"

"你要找的阿姊，我们已经帮你带回来了。"马怀真说道，"女儿是你们生的，如果你们真有悔意……"马怀真笑了笑，继续说道，"现在就该搬走，离这个地方越远越好。"

楚永生黯然道："我已经想好了。归根到底，还是因为这里容不下普通人，我们这就搬走。"

"陆辞仙，"马怀真突然抬眼喊道，"背我走吧。"

乔晚没动："前辈。"

眼前又浮现那塔里的金色虚影，是穿着大红袄子的楚娇娇。

这家人亲手把自己女儿的性命断送了，不配做父母，但这家人说到底还是被这地方所害。

乔晚冷冷地看着他们，只觉得可悲又可恨。但她下不了手杀了这一家三口，也没有资格去审判别人。

没想到马怀真主动开口要走，乔晚脚步却纹丝不动。

马怀真："走。"

等出了楚家之后，男人这才淡淡地开了口："无须你动手，这家人就会自食恶果，最迟今晚。"

最迟今晚……是什么意思？

乔晚微愣。

马怀真抬头看了妙法一眼。

尊者微微闭眼，一言不发，眉眼中好像蕴着股锋锐的冷意。

从一开始妙法就没出声，听说这位大光明殿的尊者一直被困于心魔而不得寸进。不管别人怎么认为，马怀真自己是一向不能理解这些弟子的。

他自认为他也算自私，没多大的野心，只要护着手下这批人就够了。至于那些普度众生的人，到头来还是为难了自己。

这世上总有"度"不到的地方，也总有不得不用上非常手段的时候。

马怀真眸色沉沉。

早在几百年前的北境战场上，他就明白了这个道理。该杀的时候杀，该上刑的时候就要上刑，慈悲这玩意儿，救不了任何人。

恐怕这位此门巨擘也一早就生了这种想法。

目睹乔晚、马怀真和妙法一走，女人便哽咽地问道："现在该怎么办？"

"怎么办？这几个人不好招惹。"楚永生咬了咬牙，"还是先搬一段时间避避风头。"

要不是在这"鬼市"里面挣的钱够多，又不用向官府交税，能攒钱给荣荣盖房子娶媳妇，他们一家人也不至于在这鬼气森森的地方过活。

一想到那断了腿、人不人鬼不鬼的男人，女人就忍不住打了个寒战。

"好，好……还是先搬走。"说着女人就站起身来，"我去收拾东西。"

楚永生提醒："走之前……"

他犹豫了一瞬，才又说，"再去塔里供炷香吧！"收拾好东西，楚永生抱起楚荣，一家三口往塔的方向走去。

丑时早就过了，街上人烟渐稀。

女人愣了愣："这……这是……"

塔呢？！

原本矗立着高塔的地方只剩下了一地彩塑的碎砖乱瓦，到处是半截儿身子被埋在废墟之下的彩绘残片。

女人立刻丢开包袱冲了上去，大惊失色！

楚永生跟着跪了下来。

这可是保佑他们家生意兴隆的寄托神啊，千万不能有闪失。

"爹……娘……"

眼看一男一女跪在废墟上伸着手去刨碎砖乱瓦，楚荣不自觉地往后退了一步，目光落在不远处一只面带微笑的塑像头上。

他……他总觉得不对劲儿。

就在这时，楚永生惊喜的叫声响起："找到了！"

"还好，还好。"搬开压在彩绘残片上的红漆柱子，拨了拨它们上面的浮灰，楚永生长舒了一口气。

还算完整。

白衣塑像仰面倒在一地废墟之中，嘴角含笑，颊边虽然空了一块儿，缺了只手，但依然庄严。

楚永生小心翼翼地将塑像扶起，忙不迭地拉着女人跪下，磕了几个响头，还没忘叫着楚荣一道。

"快，过来，磕个头。"

"咚咚咚——"

几声闷响回荡在暗沉沉的夜里，白衣塑像的衣衫也好像随风微动，栩栩如生。

"娘……"楚荣搓着衣角，往后退了一步，"我……我怕，我们还是走吧。"

"走什么走？这是要保佑我们一家的。"

女人为难地看了一眼满地的狼藉："这塔没了，现在怎么办？"

楚永生沉默了一会儿，狠了狠心："要不带回去吧？"

"说不定看我们心诚，还会保佑我们家。"

无意中瞥见废墟里的东西，楚荣心里更害怕了。

他……他总觉得这东西真笑了……想到这儿，楚荣慌乱地想去摸那个皮影。

但皮影早被他丢到了地上。

"阿姊！"楚荣叫道，"阿姊！"

阿姊快来啊！他又听见爹娘要带这东西回去，立刻不满地大叫："我不要！爹！娘！我不要！"

但古往今来，没父母会把小孩的抗议放在心上。背起了这尊塑像，楚永生小心翼翼地越过了这一地狼藉。

"走吧，先回去。"

夜色中，白衣塑像伸出了圆润纤长的手，缓缓攀上了男人的脖颈。

第十二章 郁行之被揍实录

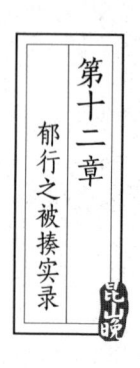

察觉妙法的脸色不对，乔晚低声唤道："前辈。"

妙法："走吧。"

他还没她想象中的那般脆弱，会因为这家人的所作所为而勾动心魔。

回到客栈之后，乔晚见到了王如意和郁行之。

"你回来啦！"王如意高高兴兴地牵着嫁衣，"噔噔噔"三步并作两步冲到了乔晚面前，视线自然而然地跟着落在了妙法身上。

王如意瞪大了眼："这不是……"

乔晚嘴角一抽，快准狠地上前一步，一把捂住了王如意的嘴！

王如意拼命使眼色：这不是你那个心上人吗？

你的心上人怎么变了个色啊？这看上去怪凛然的！

透过王如意的目光，乔晚仿佛看到了一丝由衷的敬佩之意。

瞥见身边的少年一张便秘脸，妙法十分敏锐地蹙眉清喝："这副表情做什么？有事说事。"

"前辈。"乔晚一边把王如意往自己身后拽，一边忐忑不安地开口，"我能把王姑娘带回大光明殿吗？"

妙法看了一眼乔晚背后这明显就不是人的"少女"，蹙眉道："这是你的朋友，你自己决定便是，无须问我。"

乔晚攥紧了王如意的袖口，有点儿垂头丧气。

前辈说得没错，这种事确实没必要问他啦。她就是……下意识地想找个话题。

妙法尊者和马怀真还有话和阎世缘谈谈。

乔晚、王如意和郁行之三个小的就蹲在一边旁听，听到一半，还是马怀真看不下去这"种蘑菇"的三个人，斜眼把这三个人打包丢了出去。

"'鬼市'这么热闹不出去逛逛，窝这儿种什么蘑菇呢？"

虽然这次"鬼市"之旅有惊也有险，但要走了，乔晚还是打算带几个手信回去。

大师兄体弱，她要给大师兄带块儿暖玉，至于什么时候能送出去那另当别论。马前辈的轮椅碎了，她给前辈先打一副新的轮椅凑合着用。李前辈的布鞋穿久了，也得换上一双。

走在熙熙攘攘的长街上，乔晚心里"噼里啪啦"地盘算着。

至于妙法前辈……乔晚想了半天，成功卡壳了。她确实不知道尊者缺点儿什么或是喜欢什么东西。一般弟子，尤其是修到了妙法这种境界的弟子，估计是心如止水，无欲无求了吧？

王如意斩钉截铁地说："买这个！"

看到王如意手里拿的是什么玩意儿之后，乔晚顿窘。

《风流女鬼俏尊者》，为什么"鬼市"也会有这种小黄本哪！封面上简简单单的一行大字，仿佛是在引诱人犯罪。

可能是心态发生了改变，乔晚心里"咯噔"一声。

糟……糟了……她竟然有点儿想看。

无法抗拒这书名的诱惑，乔晚面不改色地花了点儿灵石，看似淡定，实则脸热地悄悄把这本子揣进了袖子里。做完这件事后她感觉就像是在犯罪。

跟在两个人身后的郁行之一脸不满的表情，冷笑道："为什么我要陪你们在这儿浪费时间？"

王如意开开心心地举起一朵绢花："这不挺好看的，你看看？"

"你戴这个，这个好看。"

少年五官阴柔俊美，配上鬓角的一朵绢花，更是美得相得益彰，那被毁了容的半张脸也多了点儿对比出来的惊心动魄。

还有陆辞仙。

郁行之一脸嫌弃的样子。

他之前怎么会把这货给当成竞争对手的？就这个满脑子都是姑娘家的小蝴蝶的家伙？

虽然抗拒，但在乔晚和王如意的努力之下，一只胳膊打不过四只胳膊，郁行之还是（被迫）戴上了一头小蝴蝶。

少年顶着一头小蝴蝶，阴沉着一张脸："为什么我要戴着这玩意儿陪你们浪费时间？"

一行人走到一半，还有人在吆喝着卖糖。

王如意扯了扯乔晚的袖口，眼巴巴地说道："陆辞仙，我想吃糖。"

被砌进墙里之后，她好久都没吃过糖了。

有前车之鉴，买糖之前，乔晚和郁行之无比郑重地检查了一圈儿，确定不是什么稀奇古怪的东西做的之后，王如意"啊呜"一口将手里的糖吞进了嘴里。

过了半秒，"少女"脸色微变。

"怎么了？"郁行之也跟着变了脸色。他和陆辞仙明明检查过这糖的，总不至于这又是什么骨灰做的吧？

王如意眼泪汪汪地捂住嘴：她没牙了，嚼不动。

就在这时，一只手突然伸过来，拿走了王如意手上剩下的桂花糖。

郁行之抬头："陆辞仙？"

少年面无表情地握紧了糖，突然转身就走。

郁行之愣了愣，皱眉叫道："陆辞仙？！你去哪儿？！"

这一句话还没说完，一个清朗熟悉的男声在背后响起。

"郁行之？"

郁行之一回头，就见少年惊愕地看着他。郁行之顿时脸色扭曲，腾出一只手，使劲儿揪住乔晚的脸掐了一下。

真的。

既然现在这个人是陆辞仙，那刚刚那个是谁？

见郁行之脸色不对，乔晚问："怎么了？"

郁行之："刚刚好像有个你的纸人跑过去了。"

纸人！

乔晚惊了，立刻拔腿就跑，终于在街口追上了郁行之口中的"自己"。

纸人僵硬地转过了头，乌黑的眼静静地凝视着乔晚。

乔晚脚步一顿，心里突然蹿出了一股诡异的熟悉感。

乔晚盯着纸人看了一会儿。不是错觉，她的的确确在哪里见过这个纸人。这个眼神……她实在太熟悉了。

纸人按理来说不该有自我意识，除非有什么东西附在这上面。

突然间，在楚家看到过的那个皮影猝不及防地闪进了脑海，皮影人和纸人的形象逐渐重合。

乔晚脑中灵光一现！

"你是楚娇娇？"

从她进"鬼市"开始，附在她这壳子上的人就是楚娇娇？

虽然对方顶着陆辞仙的壳子，但乔晚依稀能看出来面前的纸人被自己戳穿之后的僵硬样子。

过了一会儿，纸人缓缓颔首，朝着乔晚伸出手，脸上露出了点儿小心翼翼的忐忑不安之色。

纸人的手里安静地躺着几块儿糖。

她不是故意抢那个新娘子的东西，只是想吃糖。

楚娇娇垂着眼。

那天爹给她买了好多糖，各种各样的，花花绿绿。之前这些糖只有弟弟才能吃到，她当时可高兴了，给爹爹吃了一颗，剩下的攥在手里没舍得吃，想着要带回家给娘和弟弟也尝尝，大家伙儿一块儿吃。

后来，爹爹拿刀捅入了她的心口。

她好疼啊，想舔一口手里的糖，但因为疼，她握得太紧，糖被握化了，沾了血，和血一道粘在了指缝里……血滴进了嘴里，有丝丝的甜意，和她想象中的糖的味道是一样的。

乔晚抿唇，从怀里摸出了那面皮影，斟酌着问出了口："你要不要到这儿来？"

楚娇娇面露迟疑之色。过了一会儿，纸人突然动了。

纸人从上到下一点点地塌了下来，最终变成了一张轻薄的没有重量的纸，而乔晚手里的皮影女孩眼珠子突然动了动。

乔晚继续盯着皮影："你要不要和我一起走？"

楚娇娇："……"

又过了两三秒，皮影人"刺溜"一声乖乖地滑进了乔晚的袖子里。

她见过这个大哥哥，楚娇娇想。

这个大哥哥和那个怪叔叔把她带回了家。

看着自己宛如摊大饼一样摊在地上，是一件十分惊悚的事，乔晚蹲下身把"自己"卷了卷拢入了衣袖里，回去找王如意和郁行之。

她还没走几步，一头撞上了赶来的郁行之。

郁行之皱眉："找到了？"

这马上就要出"鬼市"了，别因为这玩意儿又出了岔子。

乔晚："找到了。"

"纸人呢？"

乔晚指了指自己的袖口："说来话长，回去再说。"

等他们回去之后，妙法、马怀真和阎世缘这边也谈完了。

他们一进门就听见马怀真的嗓音传来："阎道友当真不与我们同行？"

阎世缘委婉地说道："道友的好意在下心领了，但我答应过他们。"

更何况，面前这位昆山问世堂的堂主，也并非真的为他着想。将他放在眼前，这位堂主恐怕才会放心点儿，阎世缘苦笑。

他倒没怪马怀真这心思，"寒"字旗下的北境战场，甚至比扶风谷还要惨烈数十倍，能活着走出北境大雪山的人，肯定不单纯。

马怀真本也是随口一问，没认为阎世缘真会跟着离开，当下也不再勉强。

从进入"鬼市"到离开"鬼市"，这中间整整花了三天时间，出了"鬼市"之后，将楚娇娇和王如意交给绿腰和李判先照顾，乔晚也整整在床上躺了三天。

这三天时间里，来探望的人源源不断，眼熟的，不眼熟的，把不平书院的小茅屋给挤了个水泄不通。

毕竟大家已经有过命的交情了！一众三教弟子豪气冲天地想。

这么多人一口气拥入不平书院的代价是，书院那可怜巴巴的几间小茅屋塌了。

原来不平书院这么穷啊——一众出身名门正派的三教弟子心想。

第一天来的是方凌青、孟沧浪和齐非道。

彼时，乔晚正盘坐在床上，咬着笔头清点角落里堆着的补品。

这回去"鬼市"，齐非道转了几圈儿都没找到大部队，和朝天岭的几个弟子结了伴，还没来得及出事，立刻就被大光明殿给征召了回去。乔晚和方凌青、孟沧浪这段惊心动魄的经历，还是事后方凌青添油加醋地描述给他听的。

正直的孟沧浪，探病的时候随身带的东西也十分正常——一堆补药。

进门把手里拎着的补药放下，齐非道蹬着草鞋，笑吟吟地说道："小陆道友，身体怎么样了？感觉好点儿了没？"

孟沧浪和方凌青紧随其后。

青年的胳膊已经被重新缝了起来。

方凌青："我这回本来没打算带上师兄，但孟师兄说非要过来看你一眼。"

乔晚受宠若惊，不好意思地摆了摆手，客客气气地关心了一句："孟道友的手怎么样了？"

孟沧浪神情肃穆且正直，保守地回答："多谢道友你与小方替我捡回断臂，虽然如今还不太灵活，但已无大碍。"

为了展示这话的可信度，青年拔下了背后的蓝色巨剑，将剑换到了左手上。

重剑刚入手，孟沧浪就胳膊一颤。

"当啷——"

剑落到了地上。

乔晚、方凌青、齐非道大惊失色："师兄（道友）！"

孟沧浪耳根微红："在下……没事……"

过了一秒，他补充道："大概……"

乔晚：这个'大概'是什么意思啊？

第二天，白珊湖和谢行止竟然也托人送来了点儿东西慰问。

刘辛文伤得比较重，一直到第三天的时候才下地。

至于妙法尊者，自从在"鬼市"分别之后，乔晚就没再看见过妙法了。

不过乔晚也能理解如今大光明殿的处境。

在报名参加三教论法会之前，各教派弟子都是签过生死状的。毕竟这是正儿八经的修真界修士交流大会，不是门内点到即止的切磋，修士不经历生死之争，日后怎么在这条路上走得长久？

在这种信念的驱使下，各教派也都默认了每届论法会会折上几个好苗子。

不过这回伤亡实在惨重，就算大家签了生死状，大光明殿也委实不太好交代。

各派精心呵护的花朵，成了几文钱一大捆的大白菜，各派带队长老内心都在滴血。

为了安抚一众三教弟子，也为了腾出时间来处理这些杂事，大光明殿下了个决定。

大光明殿连同各派，一道做了个决定，暂缓第三场论法会比试，在第三场比试开始前，给大家放个假，并且开放鸠月山上能生肌凝神养伤的灵泉，大家一块儿去泡温泉！

一众好了伤疤忘了疼的三教弟子，纷纷抄起家伙冲向了灵泉。

当方凌青和齐非道提起这事的时候，乔晚果断地选择了拒绝。

她现在顶着这马甲，不管是去泡男汤还是女汤都显得很不正常！

齐非道挑眉："大光明殿的灵泉灵气丰富，能涵养肌骨，小陆道友当真不去？"

乔晚含蓄地拒绝："我的伤还没好，就不过去凑热闹了。"而且，她总有种不祥的预感。

这不祥的预感，在某一天果然成真了。

当乔晚躺在床上思考人生的时候，孟沧浪进了门。

"陆道友，"青年拘谨地站在门边，"你的伤势如何了？"

"多谢道友关心，已经没什么大碍了。"

孟沧浪面露迟疑之色，局促地问道："那道友可否借一步说话？"

乔晚不疑有他，披上衣服，拿起剑，跟着孟沧浪转身走出了茅屋。

"这是去鸠月山的方向？"

乔晚转头看了一眼沿途景象，问道。

孟沧浪："的确。"

孟沧浪走在她身边，脊背挺拔得过了头。

两个人转过一处山壁，眼前出现一个不大的灵泉，石壁光滑，水雾缭绕。

一众三教精英弟子打着赤膊靠在石壁上，一脸餍足的样子。

听到脚步声，众人纷纷扭头。

乔晚："……"

众人："……"

四目相对间，一声惊呼响起。

"陆道友？"

"陆道友来了？你不是说不来的吗？"

紧跟着，一众三教弟子争先恐后地爬出了灵泉，邪魅地笑起来。

"终于把陆辞仙骗过来了！别让他跑！"

"按住！按住！"某少年一拍大腿，率先跳出温泉，一脸激动地说道。

"道友们上啊！"

乔晚捂紧裤腰连退几步。她就知道！

"都是大老爷们儿，别害羞啊！"少年笑道，"来，来，来，让我们几个都见识一下。"

乔晚捂紧裤腰，猛甩头看向孟沧浪。

察觉从左边射来的视线，孟沧浪低咳一声，默默地移开了视线。

他移开视线是什么意思啊！

此时此刻，乔晚还不知道，这位大名鼎鼎的沧浪剑在此之前究竟经历了什么惨绝人寰的一幕，比如被人摁在灵泉边上扒了裤子什么的。

乔晚往后退了一步，警惕地看着面前这帮赤裸着上半身、个个肌肉紧实、笑容邪魅的三教弟子。

在这灵泉里她甚至看到了谢行止！男人穿着件单衫，湿漉漉的墨发披散在眼前，目光冷然地看了过来。

在池子里泡着的齐非道还特别热情地拍了拍水："来，来，来，陆道友，到我这儿来。"

前后左右被包围，眼看着一众威武雄壮的汉子狞笑着伸出罪恶的双手，乔晚面无表情地深吸一口气，眸光转冷。

剑一·速杀！

剑光如虹，盘旋而过，霎时间水花四溅，惊起飞鸟一片。

"来真的？陆辞仙跟我们玩真的！"

一众三教弟子纷纷吆喝道："道友们上啊！按住！按住！按住！"

"冲！冲！冲！我们这么多人，还摁不住陆辞仙一个！"

剑光一动，众人笑得更加邪魅了。

"嘀，这还挺扎手的。陆道友别反抗了，你叫啊，叫破喉咙也没人会来救你的。"

"陆道友啊，就别忸怩了呗，大家都是男人，怕什么？"

大家都是男人嘛，就算一个个出身名门正派，平时穿着道袍，身后背着剑，一口一个道友、在下，看上去人模狗样、俊俏正派的，但男人的快乐就是这么简单。

"怎么样？陆道友来玩呗。"

另一个少年补充："陆道友你还是不是男人哪？是男人就利落点儿，又不是女人，婆婆妈妈的做什么？"

少年们年少懵懂，说话口无遮拦。

直到不久的将来，得知乔晚的真实身份之后的众三教弟子回忆这段往事，忍不住纷纷泪流满面。

但现在懵懂无知的三教弟子们，还在企图和乔晚的裤子做斗争。

说着，其中一个少年一跃而出，企图一把把岸上的少年给一同拖下水！

没想到乔晚反应极快，灵活地从少年腋下钻出，手肘正中对方的小腹。

KO（击倒对手完成比赛）！

少年悲痛地连连往后退了几步，差点儿吐出一口血。

这陆辞仙是属牛的吗？这是什么力气？

眼看一个人竟然没拿下来，剩下的人顿时也来劲了，纷纷摩拳擦掌。

"来，来，来，让在下上。"另一个赤膊大汉兴致勃勃地走上前。

几个过招的工夫，乔晚顺势一扭一带，宛如提起只小鸡崽一样举起对方，往灵泉里丢去！

陆辞仙这是什么力气？

目睹这一幕，众人纷纷惊讶，顿时也不想脱乔晚的裤子了，纷纷游到了岸边围观。

其中，剑修等一众糙汉子近战最为踊跃，至于其他擅长法术和阵法的脆皮法师，就默默围观这场真男人之间的战斗。

"换我来！换我来！"

这回上场的是梵心寺的一个弟子，膀大腰圆。

立刻就有人笑道："陆道友，小心了啊，智空小友可不好对付啊。"

这智空可是梵心寺里出了名的力士。

智空走上前，微微蹲身，像根铁柱子一样牢牢地插在了地上。

"智空可不好对付。"齐非道点评道，"如果我是陆辞仙，我就走轻灵……"

这一句话还没说完，少年直接一把抱起了面前的弟子！

少年抱起了……抱起了智空！

智空见势不妙，立刻扭身去躲，却没料到乔晚更快一步，锁喉勾颈，动作一气呵成。

KO！

威武雄壮的八尺大汉被勒得面色通红，差点儿直翻白眼。

一众三教弟子瞪圆了眼。

陆辞仙把智空给抱起来了？反应过来后，众人纷纷狂拍水面，激起阵阵水花。

"上，上，上！"

"道友们，来个人哪！陆辞仙这么狂，来个人治治他！"

灵泉四周的气氛立刻被炒上了最高点。

少年越战越勇，来一个丢一个。

就在这时，一个低沉清冷的嗓音响起。

"我来。"

乔晚扭头一看，愣了。

谢行止？

男人面无表情地丢了剑，当着乔晚的面脱了上衣，露出结实的胸膛。

谢行止战技丰富，看得出来乔晚走的是刚猛力气流，特地选择了一条颇有道家太极气质的路子，一托一推间，刚柔并济，比之前几个更难对付。

乔晚稳了稳心神，集中注意力，全神贯注地对付着面前的男人。

拳，冲；肘，掀；脚，挂；肩，撞——两个人打得难解难分，俨然是死磕到底的架势！

最终还是乔晚力气更胜一筹，抓住机会虚晃一招，趁着谢行止攻来的刹那间，左脚一勾。

谢行止脚下平衡顿失，面色微变，立刻想稳住身形。乔晚根本没给他这个机会，抱起男人的腰，气势汹汹地往灵泉里砸。

"哗啦！"

众三教弟子嘴角一抽，整齐划一地默契往后退了一步。

飞溅的水花洇湿了少年单薄的衣衫，映出流畅的肌肉线条。

别说，陆辞仙这腱子肉还挺好看的，怪不得他力气这么大。

于是，众汉子开始比谁的腱子肉好看。

"看看陆辞仙这腱子肉。"某少年拍着乔晚的胸膛，感慨道，"这可真结实。"

"比什么呢？"

一个低沉的嗓音响起。

众人纷纷警觉地扭头，只看见岸边不知道什么时候多出了辆轮椅。

马怀真就窝在轮椅里面，笑着问，把手上甚至搭了条巾子。

"马堂主也来泡灵泉？"

众人精神一振，齐声热情招呼。

乔晚内心疯狂吐槽：为什么马怀真也会在这儿？

这还没完，另一个尊贵威严、提神醒脑的嗓音紧跟其后。

"陆辞仙。"

这嗓音里含了几分震诧，和几分怒意。

乔晚瞬间一僵，一阵寒意顺着脊椎一节一节一路攀升。

比起马怀真为什么在这儿，妙法为什么在这儿明显更惊悚。

目光瞥见这身穿修士服、手上也搭着条巾子的妙法，乔晚如坠梦中。

这已经完全是恐怖片了！

"前……前……前辈。"

妙法就站在马怀真身后，脸色精彩纷呈。

乔晚：冷静，冷静……先找个地方躲起来，就比如……

目光落在这一汪灵泉上，只听"扑通"一声巨响，少年一头扎进了泉水里。

妙法的脸色顿时更黑了。

他这段时间忙于大光明殿的杂事，一直不得空闲休息，今日还是马怀真特地请他一块儿到灵泉商讨这"鬼市"背后的主谋，没想到就在这儿看见了乔晚和一帮男人比肌肉。

妙法脸色不善，喝道："上来！"

乔晚埋在水里："咕嘟嘟嘟。"

结果还没等妙法走出几步，四周视线突然发生了点儿微妙的变化。察觉到落在自己身上的异样视线，妙法敏锐地蹙起了眉。

"尊者？"

"尊者怎么来了？"

众少年眼睛晶亮，异口同声地问："尊者，要进来一起泡吗？"热情得像在酝酿什么天大的阴谋。

少年们默契地交换了一个眼神，心中不约而同地冒出了一个大胆的想法。

道友们上啊！听说妙法尊者刀子嘴豆腐心，扒不下陆辞仙，就趁这个机会扒了妙法尊者！

在场的众人似乎都是一种有野心、自尊心比天高、不服输的生物。

没等尊者有什么反应，他立刻就被一群打着赤膊的少年给团团包围了。

少年一个个眼神晶亮，热情洋溢。

"尊者操劳了这么久，一块儿下来泡泡灵泉歇息歇息吧。"

众人神情真挚到就连一向脾气暴躁的妙法，一时半会儿也说不出一个"不"字。

妙法浑然不知众人的险恶用心，就这么被拖下了水。

美人入浴，藏蓝色的发丝柔顺地垂在肩侧，眼睫上沾了点儿莹莹的水珠，柔和了眉眼的冷厉华丽，美貌程度直线上升！

众人彼此使了个眼色。

道友们，准备好了吗？

在下，在下有点儿怕……

怕什么？！不豁出去，怎么能摸清妙法尊者的秘密？

这可是妙法尊者啊。

据说在很多年之前，修真界有不少人觉得大光明殿的妙法尊者是个女扮男装的姑娘。毕竟哪有汉子能长这么漂亮的？

直到有一天，佳人打架打破了修士服，破损的修士服染了血，露出了白皙的……肱二头肌，还有那结实的胸肌。

"多谢尊者愿意开放后山灵泉，让我们这些晚辈泡泡。"

"操劳这么多天，尊者一定累了吧？我之前跟师兄学了套按摩手法，尊者要不要试试？"

诸如此类看似寒暄奉承，实则居心不良的吹嘘话语，此起彼伏。

众三教弟子纷纷拥了上来，笑容更加热情，态度更加恭敬，上手就要脱尊者的修士服。

"尊者这修士服还是脱下来吧。"

"对，对，对，哪有穿着衣服泡灵泉的道理，尊者你看我们？"

胸前传来了点儿奇妙的触感，妙法眉心一跳，手指反射性微动！

光在掌心里聚了又聚，对上这十多张"天真"的笑脸之后，妙法硬生生地把光照无间给摁了回去。

这毕竟都是小辈们，妙法蹙眉，莽撞冒失一些也不能怪他们。

这一秒的动摇，带来的后果就是，莽撞冒失的小辈们顺杆就爬一块儿动手，顺势剥下了尊者的衣服。

眨眼之间，尊者衣襟大敞，露出了如山峦般起伏的胸肌，线条流畅，水雾晕出一片薄薄的水光，还有水滴顺着腹肌往下滑，湿润的藏蓝色发丝垂落在胸前，尊者一瞥眼，顾盼神飞，眼中锋锐的冷意逼人。

乔晚偷偷冒出一个头：咕嘟嘟……大胸肌……咕嘟嘟……果然诚不我欺！

远远看去，尊者倒像只藏蓝色的大猫岿然不动地泡在温泉里，身上挂了一串崽子，想动手去挠，又怕伤着这帮小的，只能闭了闭眼，沉着张脸耐着性子带孩子。

"陆辞仙。"因为长得有点儿抱歉而被忽视的马堂主立刻不怎么高兴了，敲了敲轮椅，一瞥眼挑中了还窝在灵泉里装死的乔晚，"扶我下去。"

乔晚麻利地立刻爬上了岸，把马怀真扶了下去。

额头上搭了块儿巾子，男人舒舒服服地靠在石壁上，露出水面的腰腹肌肉上一道道狰狞的伤疤纵横交错。

这都是当初在北境战场上留下的，真男人嘛，当然要留点儿勋章。

"有事没？"马怀真问。

多年来跑腿的经验之下，乔晚十分上道："没，前辈可有什么事要交代的？"

马怀真看起来十分满意。

"下了山往东走两里有个卖酒的酒肆，麻烦你帮我带一坛过来。"

乔晚依言转身，下了山顺着马怀真所指的方向，很快就找到了那间酒肆。

双方一手交钱，一手交货。

就是回去的路上，乔晚抱着酒坛，有点儿踌躇了。鸠月山地形复杂，山道纵横，尤其是这一片"温泉区"，之前孟兄是怎么带她过来的来着？如果她没记错的话，是先往南走一段路，然后再直走，第三个路口拐弯。隔着面石壁，乔晚隐约听到了点儿潺潺的水声。

就是这儿了！

乔晚抱着酒坛，加快了脚步，绕过了石壁。

她刚踏出一步，突然听见了一声惊叫："谁？"

水雾缭绕间，她隐约能看到水中白皙的脊背与垂落腰际的长发。

"有男人！"紧跟着，娇叱声此起彼伏地响了起来，"有男人闯进来了！"

乔晚抱着酒坛，木然地站在原地。完了，她走错澡堂子了。考虑到她现在还披着个马甲，她走错澡堂子的第一件事那就是——跑！

乔晚抱紧酒坛子，拔腿就跑！她刚跑出一步，立刻听到一声熟悉的清冷女声。

"想跑？"

一条如海波般粼粼的披帛一卷一收，乔晚手中的酒坛"啪"一声落到了地上，乔晚立刻就被捆成个粽子拽到了对方面前。

白珊湖披了件衣服，神情震动，瞳孔骤缩："陆辞仙？"

"白道友，这人是谁？"

惊魂未定的少女们裹紧了衣服，俏脸微红，愤怒地凑到了白珊湖身边一看，纷纷惊。

这少年，还有这眼角的龙鳞，这不是陆辞仙吗？！

乔晚垂死挣扎："如果我说我是走错了路，诸位道友会信吗？"

走错了路？一众女修面面相觑。要说其他人走错了路她们不定相信，但是陆辞仙……

众女修看了一眼被白珊湖绑成个粽子的少年。

少年眼神真挚，脸长得也俊俏，这可信度顿时蹿升了不少，毕竟单看陆辞仙这张脸，他不像是能干出这种事的人。

"你当真是走错了路？"某少女一脸怀疑的表情。

乔晚举起手上的酒坛，表情诚恳："我本来是受马堂主嘱托下山买酒的，只是回来的路上走错了路，这才不小心闯了进来，望仙子们见谅。"

看见乔晚手上的酒坛，白珊湖脸色缓和了两分，手中披帛松了一些。

偏偏就在这时，另一个熟悉的轻笑声响起。

"他骗人！"

乔晚抬眼看去。

少女乌发柔顺地披散在肩头，眨着无辜的下垂眼，眉眼生得单纯又妩媚。

楚桐徵？

楚桐徵披了件单衫，缓缓走来，俏脸飞红："你们看那儿！"

一众少女顺着楚桐徵的目光看去，纷纷惊叫出声！

变态！

被水雾一浸，少年本来就单薄的衣裳这回湿了个透，再被白珊湖一绑，那该露的地方不该露的地方，都隐隐映出了个轮廓。

乔晚看着扑面而来的剑光，心里苦。

被揍了一顿之后，乔晚被拎着丢出了温泉区。

一众彪悍赛汉子的女修，还特地借了白珊湖备用的一条飘带，给乔晚绑了绑，将人挂在了大家必经的山路上示众。

就是这变态，偷看她们洗澡！

楚桐徵露出一颗小虎牙，得意扬扬地笑了笑。

陆辞仙你这个负心汉，这回总算栽在我手里了吧。

"挂是挂上去了，现在要怎么办？"

望着山壁上迎风飘扬的乔晚，一众少女纷纷陷入沉思之中。

"要不找妙法尊者来领人吧？"崇德古苑御部大师姐解红丹思索道，"这陆辞仙不是认识尊者吗？"

众女修找了个人通知妙法尊者来领人，做完这一切，这才回到了灵泉里继续泡着。

"欸，这是什么？"一个崇德古苑的弟子疑惑地弯下腰，捡起了地上某个神秘的小本子。

《风流女鬼俏尊者》？崇德古苑的弟子翻开第一页，看上去还挺正常，就是个女修死后成了鬼修的冒险故事。她继续往下翻，等翻到后面，这味道顿时就不对了，这鬼修要采阳补阴，于是盯上了长得最美的妙法尊者。不止妙法，这女鬼最后还找上了妖皇伽婴，不止老的，还有小的，比如孤剑谢行止、病剑陆辟寒、沧浪剑孟沧浪。

变态！这陆辞仙妥妥是个变态！

恍然大悟的崇德古苑弟子脸色通红地合上了本子，尴尬到头皮发麻，心里唾弃，又有点儿想看。

拿着本子，一众小姐妹坐在温泉里，一边看一边骂地翻完了本子，转而找到了还被绑在山壁上的乔晚，把这本子往少年怀里一插，一道绑在了山壁上示众。